「
　背后的新树，向阳而生．
　总有一天，会带着他们的名字，
　高出矮墙，久长，
　一夏又一夏．」

七寸汤包 著

你想都不要想

C1S
PUBLISHING & MEDIA
中南出版传媒

湖南文艺出版社
HUNAN LITERATURE AND ART PUBLISHING HOUSE

博集天卷
CS-BOOKY

路言裹在颈间的围巾飘动，露出一块小小的福牌。那是顾戚送的生日礼物，愿他可以大步向前，愿他"喜乐顺遂，遇难也成祥"。

直到进了九班，遇上九班那群人，直到遇上路言。那是顾戚第一次这么透彻、这么清楚地认识到，他究竟想要什么。

他不需要去‘体验高考’，不需要退路。他想和所有人一起，站在同一起点，完完整整地过完整个高三。

目录
Contents

晚自习的铃声差十几分钟打响，一抬头，就是盛夏那粉紫色的天空。

谁笑着应了一声，转身朝着高三九班跑去……

卷一

镇安一中

立春刚过不久，

雨水未至，

皇历上春景一片，

可镇安的冬天还没过去。

第1章

○

镇安一中

路言从诊疗室出来的时候，外头已经入夜。

立春刚过不久，雨水未至，皇历上春景一片，可镇安的冬天还没过去。寒潮夹着湿气，冷得人直打战。

路言裹了件宽松的黑色绒服，兜里的手机振了一路，他也没察觉，直到铃声响起。路言低头一看，来电显示上是"林南"。揉了揉有些发僵的指节，他按下接听键。

电话那头的声音被压得有些失真："喂，哥。"

"嗯，"话刚出口，就撞碎在冷风中，化成一团白雾，"怎么了？"

林南音量都拔高了几分，问："你真要转去一中？"

路言顿住步子，没说话。街灯亮起，光线惨淡，不偏不倚，恰好打在他身上。他最终没什么情绪地回了句："应该吧。"

应该吧……这下不说话的人，换成了林南。大抵是听出那头的语气不太对，林南的声音放低了些："还真是啊，我刚开始还以为群里的人在开玩笑。"

"群里？"路言继续往前走，垂在身侧的左手指节却捻着，稍一用力，档案袋便被转了个面。一中那显眼的校徽标志，连着"镇安一中"这几个字，被匿到了背面，他随口问道："什么群？"

林南一本正经地说："一中的群啊。"

路言一时无言，顿了顿问："你加了一中的群？"

林南立即否认说："我怎么可能加那种群？""那种群"三个字，被咬得要多尖锐有多尖锐，活像在说下一秒就会被查封的限制级网页。

林南想不多想都不行。

镇安一中，在镇安市所有家长眼里，那就是天子坐朝的金銮殿，飘着仙气的朝圣地，鱼跃龙门的"龙门"。镇安一中建校百年，是省重点，桃李满天下不说，桃李还个个果大、肉厚，办个校友会都有教育厅的领导参与、电视台全程采访的。

但在学生眼里，镇安一中就是一个修罗场。哪怕是全市联考，也会出一个剔除一中成绩的二次排名的名次表。一中的成绩直接当作异常数据处理了。除了过分打击别校的信心，其成绩对其他学校的学生几乎没什么参考价值。镇安一中是那种光靠校内排名就能大致估定一流高校分数线的考试机器集中营。

而他们十四中，堪堪挂在普高尾巴尖的十四中，和镇安一中的差距可想而知。

林南说："这是我隔壁那个神仙告诉我的，他不是一中的吗。刚问我这事，还录了屏，说现在一中群里都在说你。"

路言说："录屏？录什么屏？"

"就一中群里的聊天记录啊。"林南说，"那也不是什么正规群，就是个散群，只是里头的人都是一中的，不知道怎么就讨论到转校生的事情了。本来他只是想录屏发到班群，问问这个转校生转到哪个班。毕竟都高二下学期了，这省重点的高中里突然多了个人，大家都挺好奇的。结果莫名其妙的，群里有人说转来的那个是你，他就直接来问我了。"

三两下解释不清，林南索性把录屏直接发给路言了，并附了一句：言哥你就当随便看看，反正看看也不碍事。

路言没顾得上看。

入了夜的街头巷尾比早上的热闹得多。天气虽然冷，可这对夜市没什么影响。不远处就是一个露天烧烤排档，正值饭点，食客不少。服务生一层一层地往高处垒着啤酒箱，动作间，酒瓶不断地碰撞，发出声响，声响间又混杂着各种人声。这些声音吵得路言有些头疼。

他拐了个方向，出了巷子，等到吵闹的声音消下去了，才点开那个录屏，群名瞬间映入眼帘——"里面个个人才"。

路言："……"

视频时间不短，路言看了几秒，话题基本都围绕开学考试。他垂了垂眸子，现在他手上的档案袋里，就有一套一中开学考试的卷子。他还没做，也来不及做。只一恍神的工夫，再抬头时，群里已经开启了匿名模式。

路言手就这么停了下来。

姜子牙说："可靠消息，这学期要来一个转校生，和我们同年级，你们听说了没？好像是特招进来的。"

虞姬说："特招？我靠，这时候？！别是什么省状元预备役吧，或者跟戚神一样，国外回来的？"

姜子牙说："不是，你们不知道什么叫特招吗？特招是什么？就是特帅，特有钱，特能打。"

虞姬问："分数特能打？"

张飞说："别怕！对于新转来的这个神仙，我们表明态度：不愿面对，但也不怕面对，必要时不得不面对。新同学选择一中，我们也早已给出了答案：学，大门敞开；打，奉陪到底，经历了十年寒窗、考场沉浮、戚神（顾戚的绰号）碾轧，我们什么阵势没见过？"

姜子牙说："路言，就十四中那个路言，你说哪个'打'？"

"张飞"和"姜子牙"的话几乎是同一时间出现。尘埃落定的瞬间，原本闹腾的群里一片死寂。几秒后，再度响起消息提示声。

"张飞"撤回了一条消息。

张飞说："告辞。"

貂蝉说："不怕面对？"

不知火舞说："大门敞开？"

孙悟空说："奉陪到底？？？"

张飞说："所以真是路言？"

姜子牙说："真的，一手消息。"

张飞说："……"

录屏看完没多久，林南的第二个电话打了过来。接通后，林南小心翼翼地开口问："哥，你看完了吗？"

路言不太喜欢冬天，因为他天生怕冷，手下意识地往袖子里藏了几分，只露出一小节白皙的指节，被黑色的机屏一映，显得越发秀净："看完了。"

"真就定了啊？"林南仍旧有些不敢置信，接着问，"手续什么的，都办好了？"

路言轻轻"嗯"了声，说："刚办好。"

林南说："我记得一中好像前几天就开学了，我邻居说有个开学考，先考试，然后放个周末给老师批卷子，再正式开学，今天是……你等等我看看日期，放个寒假我都不知道星期几了……"

"周六。"路言提醒道。

林南立刻回："那你现在在一中吗？"

路言说："不在，手续刚办好，还没去。"

林南说："那你现在在……"

深知林南性子的路言及时打断他，回答："南塘街，新悦商场。"

林南惊喜道："真的吗？我家就在这边！"

路言无奈道："我知道。"

"那……"林南顿了下，一咬牙，说："那言哥你在广场楼下等我一下，我马上来！给我十分钟！"

说着十分钟就到的林南，半个小时后，才喘着粗气出现在路言的视线里。

路言叹了一口气，所幸这边是综合商业广场，一楼就有超市。他径直地走进去，出来的时候，手上已经多了两瓶水。他给林南递过去一瓶，自己也开了一瓶。

林南接过，猛灌了一口水，说："不好意思啊，哥，发现手机没带的时候司机都开出小区了，路上太堵，也不好掉头。"

路言坐在长椅上，等着林南把水喝完。

档案袋就放在两人中间，林南看着侧缝上"镇安一中"四个字，又看了看路言，一时词穷。

他言哥性子冷、能打，是镇安各校公认的。言哥无他，就是长得好、家境好，但真正让他登顶各大高校贴吧论坛榜首的，却不是那些外部优势，而是别人想都不敢想的——罢考。

在他们这个年纪、这种环境，和"罢考、弃考"比起来，什么"打架、作弊、早恋"，那简直不值一提。打架、早恋哪里都有，可"罢考还不留级"的，除了路言，再找不出第二个。

于是，他言哥的传闻就这么开始了。从"路言不想考试就不考"，到"路言整张试卷只会写学号"，再到"路家只手遮天"，各种消息层出不穷，路言罢考的事也越传越离谱。路言的风头一时无二。这么久过去，话题度能与之一较高下的，有且仅有一个刷新各大联赛纪录、被省重点的学校捧在手心的压箱底王牌——顾戚。

路言和顾戚，原本你不见我、我不见你的，倒也没事，可现在，怎么忽然就变校友了？林南心情复杂，他既怕路言打不过定海神针，又怕路言真把定海神针打折了。林南怎么想都觉得不合适，最终长叹一口气，问："哥，一中学号难记吗？"

路言手里空了一半的塑料瓶，骤然捏紧。水花溅到长椅的瞬间，林南才反应过来自己刚刚说了什么。

"哥，我不是那个意思，你别误会！"林南立刻站起身来，亡羊补牢道，"今天我出来，也没别的事，就是想请你吃顿饭！前几次的事，我也没好好地谢过你，现在你要去一中了，以后也不知道有没有机会，总得表示表示。"

林南带着路言拐了个弯，最终回到那条巷子。熟悉的矮墙、垒了五六层的啤酒箱、露天烧烤排档。

林南点完单回来，路言刚挑了个位置坐下。他其实没什么胃口，可看着跑了一路的林南，说不出拒绝的话。

排档食客仍不见少，烟火气十足，路言给徐娴发了条短信，说："妈，路上遇到同学，晚点回去。"

"好好好，开心玩，要不要让司机开车去接你？"

"不用，我自己回去。"

那头回了个"路上小心"的表情包。

放下手机的瞬间，还不等他回神，身后却忽然传来一句："就路言，你知道的，整张卷子只会写学号的那个路言！"声音嘹亮，哪怕是夜市那鼎沸的人声，也没能盖住。

路言无语，心中暗道：

"学号？还没完了是吧！"

第 2 章
黑外套

路言转过身去，朝身后看了一眼。

他坐的这个地方位置有些偏，靠着墙，两桌之间还隔了一层质地不算好的防风塑料膜，光影打下来，斑斑驳驳的一片，路言勉强能看个大概：身后那桌坐了四五个人，看不清样貌，听声音，年纪应该跟他们差不多。

林南就坐在路言身边，那句石破天惊的"只会写学号那个"自然也听了个正着。他怎么也想不到，只是出来吃个烤串都能遇到事。他浑身绷得笔直，生怕他言哥还没进一中，先进了派出所，确认他言哥还挺平静，才放下心来，顺着路言的视线往后看。

这一看，忽然觉得眼熟。不过熟悉的不是人，而是他们那一身衣服。

"哥，好像是一中的。"林南拍了拍路言的袖子。

路言看着林南，问："有认识的人？"

"人不认识，衣服我认识。"林南随手一指，"你看，就背对着我们……白外套那个，那是一中的冬季大袍，我的邻居天天穿。"

路言遇上一中的人不知道是不是巧合，只是觉得奇怪。以前在十四中的时候，"镇安一中"的人和事都离他很远。除了从别的渠道拿到一中的卷子，基本上毫无交集，他甚至都不知道林南还有个一中的邻居。

可今天，从档案拿到手到现在，满打满算两小时，他已经听了四五个关于"一中"的事了。听也听得差不多了，恰好烧烤上桌，他把磁盘往林南手边一推，示意他趁热吃。

这个举动放在林南眼里，简直就是敲响了"休战锣"，证明他言哥今晚佛光普照，不想动手。

林南悬着的心一下子垂到胃，立刻开动。最后，三个盘子的烧烤，有三分之二点九，都落在了说着请客的林南肚子里，而且，还是路言结的账。

林南掏遍全身，掏出了全部家当，整整二十一块"巨款"，疯狂地往路言手里塞，说着："哥，哥，哥，对不起，出门的时候没注意，手机落家里了……说好我请客的，这钱你先拿着，我下次再请回来。"

手机都能忘，路言自然也没指望他能记得带钱。可看着那人一副备受打击的样子，最终还是叹了一口气，拿过他右手手心那一枚硬币："剩下的，自己打车回家。"

烧烤摊老板被眼前两个小年轻逗得不轻，拿计算机结账的瞬间，刚好瞥见路言手上的档案袋，随口说道："一中的啊。"

路言手上动作一顿。

"好高中学习就是辛苦啊，出门吃个饭还得带这么多东西，给你们学生价，打八折！"老板又笑呵呵地说，"今天一中是放假还是有活动啊？刚刚走的那桌也是你们一中的。"

老板说着，抬手一指，说："喏，还没走远。"

顺着老板手指的方向，路言下意识地抬头看了过去。

旁边的音响里还放着流行音乐，人声依旧嘈杂，明明是要费点劲才能听清别人说话的环境，可也不知道是不是老板嗓门够高，在他指过去的瞬间，原本已经走出一段路的几个人忽地停了下来，慢慢地转过身。

路言就这样，和队伍里最末位的那个人，对上了视线。那人穿了一套黑色的宽松运动服，个子很高，干净利落，在一堆白外套间显得格外扎眼。路言没看清他的五官，只觉得让人很难忽视。等他结完账再抬头的时候，那群人已经走远。

两人出了巷子，路言送林南上了车，转身朝另一个方向走去。就在他低头拿手机的瞬间，转角处忽然拐出几个人，路言及时往后退了一步，人没撞上，手机却"砰"的一声，直直地落在地上。

那人显然也没料到，愣了一下后，连忙蹲下身来把手机捡起，一边递给路言，一边开口道："不好意思，走太快了，没注意……哎，你是刚刚坐我们隔壁那个？"

路言抬眸，看清人的瞬间，心情更加复杂。又是这群人。

"你是一中的？"那人指了指路言的档案袋，又指了指自己的校服，"我们也是一中的，校友！"

校友不校友的，路言不关心，他礼貌地点了点头，接过手机一看，已经黑屏，上面还有个电池红血的标志。现在看来，他和没带手机的林南也没差，甚至更糟。起码林南身上还揣着二十块，他只有一块，而且那一块也是林南给的。

路言没辙，更不可能大冬天里走回家，半晌，他看着那人开口道："抱歉，能借一下手机吗？"

那人连忙在兜里掏手机，说："可以，可以，不好意思，请问是摔坏了吗？摔坏了我给你赔！"

路言说："没坏，没电了。"

那人只觉得路言在安慰他，手上动作越发急切，可谁知手机偏偏跟他杠上了似的，哪个口袋都找不到。就在这时，一双手越过他的肩膀，将一个手机递了过来。

路言非本意地注意到这人的手。轮廓分明、修长，骨节匀称，他抬眸一看，就是那时候看到的身穿黑外套的人。

"别找了。""黑外套"对着那人开口，他的声音压得有些低，但每个字都很清晰。路言怔了下，道："谢谢。"

他给司机打了个电话，让人到这边来接他，把手机还回去的时候，又说了声："谢谢。"

"黑外套"把手机放回外套口袋，淡声道："有人来接？"

路言点了点头。没人说话，气氛带着一阵诡异的沉默。就在路言开始有些不自在的时候，"黑外套"忽然转身，开口说了一句："走了。"

其他人没反应过来，七嘴八舌起来。

"去哪儿啊？"

"不是回学校吗？"

"黑外套"说："谁说要去航空馆的？"

有人立刻接了一嘴，说："你不是说都是比例模型，没什么好看的吗？"

"黑外套"声音有些散漫地问："去不去？"

"去去去！"

"听说这次还有着陆模拟设备！"

"快走，趁我们戚神还没反悔！"

说着，一群人闹哄哄地往前走，撞到路言的那人还不忘回头补充了一句："同学，要是手机有什么问题的话，你就来高二九班找我，林季，季节的季！"

高二九班……路言心情复杂到无以复加。没什么意外的话，后天他要去的，就是高二九班。如果现在手机还有电，路言觉得他可能会翻个皇历看看，今天是不是不宜出门。

看着那群人走进新悦商场，路言在长椅上坐下。没有手机，他也不知道时间，身边只有那个档案袋。他盯着看了好一会儿，最终解开压扣上的绕绳，拿出试卷，借着灯光看题。

一中开学考试的卷子是自主出题，难度不小，尤其是理科卷最后几道大题，难度偏向竞赛，题型虽然跟路言之前做过的几套卷子相像，但侧重点不同，没有纸笔，算起来也有点费劲。

路言就这样看了二十多分钟，风吹得头开始疼的时候，司机总算到了，他收好卷子，上了车。可他不知道的是，那个借他手机的人，也站在二楼航空馆的落地窗前，等了半个小时。看着他上了车，那人才转身下楼。

回到家，徐娴看着脸都冻红了的路言，连忙让保姆煮了碗银耳汤，徐娴亲自端了上去。借着半掩的门缝，她看到坐在书桌前的路言。他脱了外套，显得清瘦了很多。

徐娴知道路言打小就怕冷，所以温度一降下来，她就会买些宽宽松松的绒服。一来怕冷着他，二来，她也没跟路言说，她其实很喜欢看他穿厚衣服的样子。看着总是格外乖巧，也格外孩子气。偏巧又生得白，衣服一裹，软乎乎的，像个小圆子。她也不知道从什么时候开始，孩子抽条似的长，转眼间，个子比她都高很多了。

徐娴轻轻地敲门，走了进去，不经意地扫了一眼满桌的试卷，标题无一例外，都写着"镇安一中高二下学期第一次调研卷"，她心疼得慌，几不可见地叹了一口气，说："把汤喝了，歇一下，累了一天了，就别看卷子了，早点睡。"

路言点头，拿着勺子三两下把汤喝完。等徐娴下楼，他洗了个澡，回到书桌前继续做题，楼下还隐约地传来徐娴和路明的声音。

"言言呢，回来了没？"

"回来了，楼上呢，你声音轻点，等会儿再把儿子吵醒。"

"睡了？好好好。"

路言笔尖一顿，起身把没关严实的门关好，继续刷题，等到将近四点，天都快亮了，才整理好卷子上了床。

一天后，星期一，镇安一中正式开学。

虽然这才是正式开学，但早在开学考那几天，该搬的、该聊的，都进行得差不多了，照理来说，现在就只是放了个稀松平常的周末，没什么新鲜事。可今天，整个高二年级跟煮沸了的开水似的。

因为路言转到一中的消息，已经得到官方认证。最绝的是，吊车尾煞神要去的班级，是九班。有顾戚在的九班。

一中有个流传很广的段子，哪怕是刚入学的高一新生都清楚，那就是一中109届班级分为两大阵营——别的班，以及，九班。前者，横跨八个班级，平均分第一轮流坐，没有定数。后者，坐拥"稳稳的幸福"，撒手锏顾戚，永远的第一，人称戚神。

在这个"只知第一，不闻第二"的年代，顾戚的存在，就是压在一中所有学生身上的一座大山。不可平，且不可移。攘外的时候，顾戚是一中全体学生的定心丸，可在安内的时候，顾戚就是"所有罪恶的根源"。

常常就是：

别班说：我们是省先进班级。

九班回：我们有戚神。

别班说：我们平均分第一。

九班回：我们有戚神。

别班说：我们全员过重本模拟线。

九班回：我们有戚神。

在这种九班靠戚神让别班无路可走的情况下，路言，就这样出现了。一个是"考试只会写学号"的煞神，一个是"就算不写学号老师都能盲猜"的定海神针。这是什么？

这就是老天给顾戚下的一个战帖！这就是他们高配玩家才玩得起的高端局！这就是109届其他八个班级扳倒九班的唯一希望！以毒攻毒，以暴制暴，只要他们安分守己，煞神的铁拳就只会对着九班出击！一到八班的所有人，只觉得新学期，新气象，连教导主任曾宏都变得眉清目秀起来。

而另一头的九班，在收到确切消息后，面对来自八个班的亲切问候，表面上轻描淡写，甚至集体表示：就这？我们眉头都不带皱一下的！实际上，眼神已经涣散。

没过多久，九班把英语早读素材从《爱生活》换成了《和平之诗》的事，跟风似的传遍了整个高二年级，高二的整幢楼顿时陷入一片狂笑的浪潮。而此时话题中心的路言，就站在离九班几步远的位置，停下步子。

等他听清里头念的是什么，路言："……"

第3章

高二九班

路言到学校的时候，还很早，宿舍楼只象征性地亮了几盏灯。他带的东西不多，基本生活用品，还有一箱子书。他安安静静地整理完宿舍，走出宿舍楼天才放亮。

路言没有跟九班的人住一间宿舍，而是单独住在了五楼最末尾的那间自习室。说是自习室，床也有，衣柜也有，听宿管阿姨说，是某届闲置着，被学生用作自习室后，就一直当自习室用了。

为了空间更大，还把其余床铺拆了，只剩下一张老式的钢板床，上下铺，贴着墙。

路言睡惯了上铺，可徐娴怕路言爬梯子不方便，就把两张床都铺了被子。

出了宿舍楼，路言借着路标，朝着高二九班班主任周易的办公室走去。到了门口，刚想敲门，里头就传来一句："新来那个路言，位置怎么排？"

听到自己的名字，路言下意识地停了手。

办公室里有人跟了一嘴，问："老周人呢？"

"出竞赛卷子去了，都去一星期了，不知道什么时候回来，昨天打电话让我带路言报一下到。"

"路言，就十四中那个学生？"

"嗯，老周哪次给学生排位置不要研究半天啊，跟研究风水似的，昨天也没跟我说把路言排到哪里去，别我给排好了，到时候又搬，多折腾。"

一个女老师的声音传来："跟女孩坐，就陈蹊，或者雨濛，女孩心细，靠谱。"

"不合适。"

那个女老师登时笑了，说："你还怕他欺负女生啊？我也听了一些关于路言那孩子的事，但我觉得不至于。他真要无法无天，校长也不会同意让他转到我们学校来，顶多学习劲头差了点，陈蹊和雨濛一个团支书，一个班长，看着也好。"

"不是，你们是没见过那孩子的照片吧？特好看，真的！别说她们这个年纪的小姑娘了，就是我看着都觉得打眼。"

"话别说大了，九班可有个小顾在。"

"没骗你，举顾戚这个例子也行，你就照顾戚那个方向想。"

"真的？"

"真好看，不信看照片。"

所有讨论声淹没在一句中气十足的"哪个班的，怎么不穿校服？"中。

路言转过身去，来人穿着一件深蓝色冲锋衣，裹得很严实，手上还捧着一个不锈钢保温杯。隔老远路言都能看到那杯子上硕大又鲜红的一中校徽标志。

"现在早读时间，不在班里早读，站这边干吗？"那人一边说话，一边走近。

等终于走到跟前，盯着路言看了半天，才说了一句："路言？"

路言不认识，统一称老师，低声道了句："老师好。"

那人应了一声，直接推开办公室的门。路言没进去，站在门口，被他的冲锋衣挡了个全，而办公室里的人大概也没注意到他身后还有个路言，话头再度打开。

"一大早训谁呢？这大开学的。"

"隔着一条走廊都能听见你的声音。"

"老曾这是攒了一个寒假没训人了吧。"

老曾。路言大概知道这人是谁了，他就是一中教导主任，曾宏。

果不其然，下一秒，他们口中的"老曾"就咳嗽了一声，往旁边侧了一步，介绍道："九班新转来的学生，路言。"

办公室安静了一瞬，然后一切才开始变得有条不紊起来。让办公室讨论不休的"路言位置安排"的话题，最终从曾宏口中得到了回答——跟顾戚坐。

说不诧异，是假的。这两天，路言被迫灌输了很多和顾戚相关的事。在国外长大，高一才回国，读书时期国内国外竞赛的奖杯都扫了一圈。他以自主招生第一名的成绩进入一中后，还保持着多项竞赛的纪录。各大竞赛论坛上甚至还有一句话，叫"能打破今天顾戚竞赛纪录的，只有明天的顾戚"。

他是一中保状元的压箱底王牌，也是所有老师的重点关爱对象。

路言还没想通为什么曾宏会让他跟顾戚做同桌，比答案更早出现在他视线内的，是高二九班的班牌。

紧接着，就是从班级内缓缓传出的、低吟浅诵的《和平之诗》。

路言再次沉默。

"怎么了？"见路言停下了脚步，带他往班级走的英语老师回头看他，笑着解释："早读材料都是他们自己准备的，诗歌、演讲稿、散文、故事，什么都有。所读内容没有硬性规定，他们偶尔也会读读课文。"

路言走在英语老师身后，控制在一个很合适的距离。当英语老师在九班门口站定的时候，里头所有声音戛然而止。不只是九班，甚至隔壁的八班，也跟突然卡了壳似的。一时之间，整个走廊就这么诡异地安静了下来。

"好了，手头的事情都停一下，"英语老师站在门口拍了一下手，说，"我们班这学期转来一个新同学，路言。"

说着，她偏过头，对着门口的路言说："进来吧。"

"虽然路言同学加入我们九班的时间比较晚，可剩下的一年半时间，是最关键的，也是最辛苦的，老师相信……"

英语老师自顾自地说着套话，下面却没有一个人在听。九班的同学面面相觑，没人敢信传说中"拳头比沙包还大、试卷只会写学号"的小霸王，会长得这么——好看。

那种漂亮并不女气，只是精致到有些晃眼，一时之间，也找不到什么更合适的形容词来描述。直到英语老师带头鼓起掌，说了句"欢迎新同学"，下面的同学才回过神来，机械且毫无灵魂地鼓掌。

掌声结束，英语老师扫了一圈，问："顾戚呢？"

下面鸦雀无声。等到英语老师问了第二遍，最后排才有一个男生回答："被化学老师喊去实验室了。"

路言这才注意到，说话这人就是那天在新悦商场附近遇到的人之一。不只是他，最后排那一圈还有两个。

路言在看他们的同时，林季他们也在看路言。尤其是林季，和路言对上视线的那一瞬间，整个人从脊背僵到头顶。他甚至不敢回想自己那天都做了什么……在街头喊校友，活像是搭讪，撞坏他的手机，还自报家门，让路言来找他。

林季心中感叹："这什么人间疾苦？"

班级再度陷入沉默，没人说话，偶尔传来一两声翻书的声响，还翻得毫无章法，光听声音都能感受到心不在焉。气氛有点紧绷，就在这时，后门那边忽然响起一个声音："老师找我？"

就一句话，班上所有人都齐齐地回过头去，像是收到了什么统一的指令。路言明显察觉到下面的人振奋了一下，显然对这声音很熟悉，他下意识地抬眸，循着声音的方向望过去。

这人——路言是真没想过，那天遇到的"黑外套"，就是顾戚。和上次见面不同，这次顾戚穿的是校服。不是冬大袍，而是春季校服，仿佛和路言活在两个季节。可那身校服利落、干净，衬得顾戚整个人更出挑。

"回来得正好，"英语老师抬头看了眼挂在墙上的时钟，分针已经指向"6"，早自习马上结束，立刻说道，"过来，把你同桌领走。"

话音刚落，教室各个角落传来"啊?!"的声音。

九班所有的人看看老师，再小心翼翼地偷瞄路言，最后又看向顾戚。他们不知道老师是怎么想的，为什么会把这两人排在一起。难道不应该重点隔离吗?!

所有人有疑义，却不敢发表疑义，更没人敢一直盯着路言看，只好看着后门的定海神针，等着他正面拒绝，或婉拒。

可谁知道，定海神针不仅没有第一时间发表异议，还应得挺快："嗯。"

所有人："……"

"老师，那我呢？"顾戚现任同桌，马上要变成前任同桌的郑意举手道。

"坐林季后边去，第一节课前就搬好。"

英语老师随手翻了翻第一排一个女生的试卷，头都没抬，说："让你过去不是让你和林季说话的，要是让我看到你们上课交头接耳，就给我坐到讲台桌旁边来。"

郑意作为周六现场人员之一，现在只想离事件中心远一点，别说坐林季后面，就是坐讲台桌旁边、坐讲台桌上面，他都愿意，当即就起身，应道："好嘞。"

郑意动作很快，下课铃响起的瞬间，位置已经空了。而比郑意动作更快的，是隔壁八班。平日没什么人走动的走廊，今天愣是跟出课间操似的，站了满满一走廊。几个打头的男生，借着上厕所的名义，刚准备"恰好"经过九班后门，看看战况如何。

可出师未捷，抬头就看见朝着他们走来的顾戚。往里瞟的视线被截住，几人干巴巴地笑了声，说："戚神真巧。"

顾戚随口回了句："巧。"

几人见顾戚要往外走，正高兴。可没多久，他们就发现，自己高兴得太早了点。因为顾戚走出门的一刹那，"恰好"很不经意地，随手把门给带上了。紧接着，又"恰好"很不经意地，偏头看了靠窗坐着的林季一眼。于是，仅剩的窗也关了。

几人："……"

别问，问就是看了个寂寞。

第 4 章

小同学

门一关，窗户一关，走廊外的声音一下子小了，成功地将教室内外隔成两个世界。

九班所有人觉得，眼下最应景的一句名言就是：墙外的人想进来，墙内的人想出去。可事实是，墙外的人进不来，墙内的人也出不去。

路言不是没注意到别人偷偷瞟过来的视线，只是昨天刷了一晚上的题，今早又起得早，也就没心思理会，最终慢慢地俯身，趴在桌子上。

可他刚趴下没多久，耳边忽然传来敲桌子的声音，只两下，很轻。他坐起身来，站在他面前的是个女生，个子不高，扎个马尾，手里正抱着一摞书。

"路言同学，你好，"尽管女生已经表现得比较镇定，可还是能看出局促，"我是九班班长孙雨濛，这是老师让我拿给你的课本。"

路言想了一会儿才想起来，这名字他早上在办公室外听过。她就是那个女老师说的，他可能的同桌……之一。

路言接过书，放在桌上，轻声地说了句："谢谢。"

没什么表情，疏离到冷淡的一句"谢谢"，却让很多人转过头来。别说是做好了心理建设才来的孙雨濛，就是九班其他人，都被惊了下。这煞神竟然还会说"谢谢"！

准备无论路言说什么，凶什么，都不去理会，送个书完成任务就好的孙雨濛，面对这句突如其来的"谢谢"，反倒不会说话了，半晌，憋出一句："不……不客气。"

林季和郑意听着这句"谢谢"，立刻想起一些事来。周六那天晚上，路言总共就没说过几句话，加上今天这句，他说了几句话，一只手都数得过来，简单地算算，频率最高的竟然还真是"谢谢"两个字。

林季忽然就有种预感，路言可能不屑跟他计较手机的事。可这个美好的向往需要有人帮他证明。于是林季撕了张小纸条，拿起笔，一口气地写道："你说煞神会不会已经忘了那天我摔他手机的事了？"

林季手从课桌下伸过，把字条交给同桌，并用气声小声地说："给老杨。"

老杨，也就是那天跟着一起出校门的杨旭之。

林季认为自己做得滴水不漏，甚至还先望了风，确认了路言那头的动静。可谁知，防住了路言，没防住同桌。此时，他那仍震惊于班长对话校霸勇猛得不可自拔的同桌，左耳进，右耳出，登时就把字条传给了——老严。

隔壁老严满头问号，打开了字条，睁大了眼睛。

隔壁老严满头感叹号，拿起了笔。

隔壁老严满头省略号，重新写了一张字条。

隔壁老严换了个方向，递了出去。

字条越传越多，辐射范围越来越大，除了最后一排趴着休息的煞神，基本上每人手里都传了，从班级左上角，到右下角。而这一切，林季都不知道，直到他的桌上，传来了第一封"回信"。

林季打开一看，上面写着十二个大字和一个问号："你为什么要把路言手机摔了？"

林季一头雾水，接着第二张字条已经传来。

林季再度打开，看见一句："你打不过路言，就把他手机摔了？？？"

第三张上写道："老季！路言在路上抢了你手机，还给你摔了？！"

第四张、第五张……

林季："……"

顾戚从实验室回来，一进门，脚边就滚过来一个纸团，班里四十多双眼睛还齐刷刷地看着他，于是顾戚俯身，捡起纸团，打开看了一眼。上头横七竖八，各种字迹都有。

"我觉得路言人好像还挺好的。"

"我也觉得，还会说谢谢。"

"看着也不像一拳一个小朋友的样子啊，是不是传言有误？"

"看着也不像只会写学号的样子啊。"

"可能就是不爱说话。"

"关键是长得还好看。"

……………

顾戚笑了下，随手把纸一折，放进口袋，随后抬眸看了他们一眼，九班人立刻转回身去。

预备铃还没响，可隔壁教学楼已经开学半个多月的高三正准备考试，喇叭放着考试须知，很吵。趴在桌上的路言指尖下意识地蜷了下，睁开眼睛，坐起身来，然后才注意到身旁忽然多了个人。

他那早自习一下课就不见人影的同桌，不知道什么时候回来了。

顾戚顺势在路言身旁坐下，看着路言放在右上角的书，第一本就是一中自制教材，极其自然地开口问："班长拿过来的？"

如果放在平常，路言大概率不会回答，可偏偏这人是顾戚，前天他借的就是这个人的手机。于是路言沉默了下，最终极其冷淡地回了一句："嗯。"

明明不太想理会，却还是应了声。

顾戚忽然想起他进门时，捡到的那张字条。

想到其中的两句：

"可能就是不太爱说话。"

"还会说谢谢。"

顾戚笑了下，觉得这两句还挺贴切。

"班里人性子都不错，不难相处。

"有事……"顾戚说着，不知怎的，忽然就顿了一下，再开口的时候，话锋已然一转，"只是都挺忙，有事可以找我。"

顾戚悠悠地道："我闲。"

路言："……"

路言这才偏头，看了顾戚一眼。因为两人位置挨着，离得很近，没了距离限制，也不像周六那天光线惨淡，路言这次看得很清楚，也总算明白了那些论坛里，为什么总调侃"顾戚"这名字是个"神级账号"。

除了成绩和家世，长相也是资本。明明是带着点攻击性和疏离感的长相，可话语间又随性，把那疏离感硬生生地冲淡了几分。

路言身边没有这样的人，顾戚算是第一个……应该也会是最后一个。

早上一共四节大课，也不知道谁排的课，全是理科，等到最后一节化学课的时候，所有人都有点蔫，路言也有些吃不消。

一中的校训，在整个高校区都很有名，因为只有四个"自"，简单好记。分别是自律、自信、自省、自由。

镇安各大高中的老师，基本都来一中听过公开课，感慨最深的，就是一中的"课堂自由"。路言现在体会到了，一节课四十五分钟，老师讲的话甚至还没学生多，常常是一个问题或观点跑出来，下面立刻开始阐述解题思路。

根本不像上课，像"斗法"，还是回合制的，再加上"闭关锁班"政策抓得很牢，空气都有点凝滞。

化学老师刚进教室，书都没放下，就先开口说了一句："顾戚，早上记录做到一半上哪儿去了，我找了半天，人影都看不到？"

这一声把下面的人给弄激灵了，睡意散了大半。

路言抬头看着化学老师，化学老师的年纪应该挺大了，头发有些花白，但光听嗓门都能知道精神很好。

顾戚笑了下，语气有些散漫地回道："老师，我是没做好，还是没做完？"

"做是做完了，也挺完善，"话一说完，化学老师立刻觉察到自己又被顾戚绕进去了，忙回归正题，"谁问你做得怎么样了，我问你早自习的时候跑哪里去了？"

顾戚笑了下，说："有事，就回来看看。"

化学老师显然不信，一边俯在讲台上开多媒体设备，一边问："什么事这么急，等记录做完再回来也不行？"

顾戚看了路言一眼。想见见他的新同桌，是挺急的。

这话顾戚没说，但另一头趴在桌上困迷糊了的前任同桌郑意，却是举了举手，打着哈欠说道："也不是什么大事，就同桌没了。"

九班人就这么硬生生地给笑清醒了。等到林季一巴掌拍到郑意肩头，郑意才想起来自己刚刚说了什么："我是说，我没了，换了新同桌！"

化学老师眯着眼睛，总算抬起头来，可愣是没看见郑意，问了句："郑意呢？"

在众多同学的注视下，郑意悚然地举手道："这儿。"

化学老师打开手边的眼镜盒，掏出老花镜戴上，看了看郑意，又转回视线，盯着路言看了一会儿，说："那顾戚身边那个小同学……哦，路言是吧，我听周老师说起过。"

说完，他又埋下头去点课件，俨然已经忘了刚刚的话题，一心扑在课件上，还不忘补充一句："顾戚你对小同学客气点，别欺负小同学啊。"

一连两句小同学，还叫顾戚注意点，别把人给欺负了，差点没把九班人憋出内伤。老师怕是没听过这位"小同学"道上的传闻。

而被老师"语重心长"提醒的顾戚，却是心情颇好地笑了下，看着身旁的

"小同学"，慢慢开口道："好。"

"小同学"："……"

第 5 章

"教研组"

开学好几天，周易还没回来，物理课被各科老师瓜分得一干二净。

九班人没等到班主任，倒先等来了寒潮。镇安地处南方，湿气重，雨水时节又临近，从星期一晚上开始，接连下了三天的雨，玻璃窗上一片湿漉漉的，小半节晚自习上完，都能淌下水来。

路言好几个晚上没睡好，再加上趁晚上的时间把一中的自制教材过了一遍，每天看到凌晨两点，到星期四晚自习的时候，就有点撑不住了。可他一伏在桌子上，门缝间传来的凉风便扫了过来。

这雨连着春寒一起，冷得人骨头都疼。最糟心的是，风不是从门沿周围传来的，而是从木门中间那密密麻麻的小隙里传来的。

人一旦觉得疲累，感官机能反应能力也会迅速地下降，不困的时候，路言还能挨得住这风，一困就挨不住了，他叹了一口气，最终把头偏过去，面向顾戚那边。

路言不知道，在他趴在桌子上的瞬间，顾戚的注意力就没从他身上离开过。从他那个角度看过去，路言手指轻蜷，大半都掩在校服下，宽大的校服衬得他整个人都有点显小。

顾戚伸手，不经意地碰了碰路言身上那件校服的边沿。一中的冬季校服以"抗风"著称，因为够长够厚，被学生们戏称为"冬大袍"，但路言身上这件是新校服，还没洗软，带着新衣服特有的粗糙感，衣领、袖口都进风。

顾戚皱了皱眉，看向木门的方向。这还是他第一次注意到这门有问题。以往晚自习的时候，他不在班里的时间居多，偶尔在班级里，身旁也坐了个郑意，个子够高，挡风是够了，也就没在意门有没有问题。

顾戚回神，便看见他的小同桌正慢慢地皱起眉头，看样子可能要醒，于是不慌不忙地转过视线。果然，下一秒，越想越不自在的路言睁开了眼睛。

迷迷糊糊的时候，路言总觉得有人一直盯着他。但周围的人都在做自己的事，哪怕是离得最近的顾戚，手上也拿着笔。

这个认知让路言松了一口气。被这么一折腾，他的意识清醒了一点。可意识是一回事，身体是另外一回事，他还不想起身。

正走神的时候，忽然听到顾戚问了一句："很冷？"

他一时都没分清，顾戚是不是在和他说话。还没等自己回答，顾戚就已经起身走了出去。

班里人听到动静，抬头看了顾戚一眼，原本见他突然出门还有些不解，可一回头看见趴在桌上的路言，懂了——可能是怕吵着某位煞神睡觉，也可能是眼不见心不烦。

于是一个传一个，"路言在睡觉"的消息就这么传遍了九班。很快，班里讨论题目的、对试卷答案的、背书的，全安静了下来，只剩下风穿过走廊的呼啸声。

十分钟后，顾戚回来了，手上还多了一件衣服。看着那熟悉的外观，熟悉的款式，以及背后熟悉的"教研组"三个字，九班所有人："……"

见衣如人，有那么一瞬间，他们还以为是老周回来了。

一中"自由过了火"的地方很多，校服就是其中之一。每三年就换一次校服，款式不好变，就在颜色上想法子。轮到前两届的时候，颜色由美术组亲自操刀。

当时高二组、高三组为了条纹的颜色是蝶翅蓝还是孔雀蓝吵得不可开交，甚至出动了语文组，从文学赏析各个角度切入，辩论了好长一段时间，谁料最后校长那边弄了个蓝精灵的蓝，所有人："……"

后来到顾戚他们这届，美术组吸取教训，直接说红色。红，就要他们镇安一中校徽那种红，深红。校徽红，总不至于给他们弄出个黑红来。

衣服是做出来了，颜色也好看，可上边又觉得这届新意不够，为了统一面貌，也为了保暖，更为了方便以教导主任为首的省重点高中的领导天团，在晚自习后，更深入自然地潜伏操场抓小情侣，特地给老师们也配了一套。

还欲盖弥彰地在衣服上写了"教研组"三个字，以示"这是给老师的，跟校服不一样，绝对没有想混入其中抓小情侣的意思"。

明面上老师们人手一件，可一中所有学子一致认定，高二九班班主任周易和教导主任曾宏，每人起码三件，因为他们经常能看见两人穿着这件衣服在学校里乱晃。

前者，觉得衣服好穿，保暖，随便洗都不心疼。后者，为了抓小情侣。

所以当九班人看见这件衣服的时候，条件反射地以为"那个男人"来了。

"戚哥，你吓死我了！"前排一个男生开口道，"就是这件衣服，我上次差点没上去跟曾哥勾肩搭背，到现在还有心理阴影，你拿远点。"

顾戚笑了下，说："出息。"

说完，他径直地向后走去。

从顾戚进门，前排开始窃窃私语的时候，其实路言就醒了。因为真的冷，只要精神一松懈，凉气就见缝插针似的透进来。要不是现在回寝室会被宿管大爷记名，记了名又要给班主任打电话确认，实在麻烦，路言一早就回去了。

顾戚走到身边的时候，路言好半天都没听见他坐下的动静，下意识地睁开眼睛。一睁眼，就和顾戚对上了视线。

路言头疼，不太想说话，刚要把头转过去，又听到一句："换上再睡。"

路言撑着桌子起身。

"披着也行，随你，"顾戚坐下，随手把衣服一放，刚好半垂在路言的椅背上，"衣服基本是新的，我只穿过一两次。"

"换上再睡""披着也行"……几句话连起来，路言总算懂了顾戚的意思。这衣服是给他拿的。

路言想不通顾戚特意跑一趟，给他拿一件校服是为什么，直接道："不用，谢……"

"谢谢"都没说完，就被顾戚打断，说："晚自习结束九点半，现在八点，还有一个半小时。"

路言："……"

他还要冻一个半小时……

顾戚没再给路言拒绝的时间，抬手拿下衣服，递了过去。借着这个动作，路言才看清原来这不是校服。布料好很多，最重要的是，还多了个帽子，起码不会吹得头疼。

明明颜色和款式与校服基本一致，可好像哪里又不一样。

"你们学校有两款校服？"路言开了口。

顾戚纠正道："是我们学校，不是你们学校。"

说完，他把衣服翻了个面，指着"镇安一中"那下面的三个字，说："教研组。"

教研组？路言怔了下，问："老师的衣服？"

"我的。"看着路言眼中明显的怀疑，顾戚解释道，"去年学校自主招生，我也在，老周给的。"

去年自主招生，周易是调研组组长，拉着顾戚做了几套"内测"试卷，这衣服就是所谓的"奖品"。九班其他人羡慕得要死，毕竟背后是"教研组"，学生中的独一份，实在没事穿着出去还能吓唬吓唬小情侣。

可这被所有人羡慕的"独一份"随手就被顾戚塞到了衣柜里，因为这衣服平时也穿不上，没想到今天派上了用场。这衣服还挺实用。顾戚心想，有机会的话，今年还可以替老周"内测"一下。

路言最终还是没跟自己较劲，披上外套，把帽子一盖，四周陷入黑暗之后，很快就睡了过去。

等他睡醒的时候，已经将近九点半。借着帽子的缝隙，他看见了顾戚。那人脚抵着桌子下面的横档，整个人靠在椅子上，左手上还拿着一本竞赛讲义，看起来真的挺闲。

这一觉睡得路言头有点昏沉，脑袋还发涨，但是比睡之前好了很多。他直起身子来，想把帽子掀下去，可刚有动作，帽子将将被摘到一半，原本在看书的顾戚已经抬起右手。下一秒，帽子重新戴上。

路言："……"

整个过程中，顾戚都没看他，左手甚至还游刃有余地给书翻了个页，说话的语调听起来比他还懒，他说："刚睡醒，先戴着。"

路言手上动作一顿，人也彻底清醒了。他抬手，把披在身上的这件带帽子的衣服整件脱下，说："衣服，谢了。"

毕竟盖着睡了一觉，也不好直接还给顾戚，路言又道："我洗了再还你。"

顾戚本想说不用，可不知怎的，莫名地看了路言的手一眼，说："你自己洗？"

这双手，看着不太像会洗衣服的。

从小到大基本就没干过家务的路言说："……洗衣机。"

顾戚笑了，道："嗯，行。"

路言看不懂顾戚那个笑，又道："你有什么要求可以提，送去干洗也可以。"

顾戚随手又翻了两页书，语气闲适地说："没什么要求，你不洗也可以。"

路言："……"

还有十分钟晚自习结束，整个班级明显都有些坐不住了。不知道哪边先说了一句"冻死我了"，紧接着就跟按了开关似的，声音逐渐嘈杂。

尤其是林季和郑意这边，两人紧贴着窗，又靠着门，硬是被吹了一晚上。饶是郑意这种每天跑步锻炼的人，都有些吃不消，更别提林季了。见路言醒了，也不怕吵着他了，林季直接朝着孙雨濛那个方向喊了一句："班长，这门能不能报修啊？真漏风，我都快被吹偏瘫了。"

孙雨濛无奈地说："去年期末就报修过了。"

说着孙雨濛就起身，走到班级放书的那个阅览角。她从书架的下层摸了好几张旧报纸出来，又拿了一卷胶带，走到后门那边，说："拿报纸贴一下，应该会好一点。"

郑意离得最近，见孙雨濛左手报纸，右手胶带的，不太方便，就接过报纸和胶带，起身帮忙。

郑意刚把报纸压在门上，胶带还没撕出来，下一秒他就连着报纸一起被扯走了，他顺着动作看过去："戚哥？"

"这门怎么回事？"顾戚用指背贴在门上，压了几下，中间明显有些凹陷，其中好几条缝都有越裂越大的趋势，看着不明显，可漏风已经很严重了。

团支书陈蹊也走了过来，说："上学期就裂了。"

顾戚放下手，说："报修了？"

"说到这个我就来气，上学期后勤处的负责人换了，新来的那个年纪不大，脾气很不好，早上报修，都是晚自习结束才来。

"来了一两次，说这点缝不用补，也没法补，就拿不知道什么胶刷了刷，不仅胶的味道重，还没什么修补的效果。去年期末考试那段时间，下了一个多月的雨嘛，天气又潮，没几天原来有缝的位置就破了，新的缝还越来越多。"

陈蹊刚说完，下面很多人开始附和。

"那语气真的绝了，说，就这点缝，还要给你们换个门不成？让你们哪天破了洞再找他。"

"哦，对，那天我也在，态度真的有够垃圾的，还说我们事精，就知道死读书，以前那些孩子窗户没玻璃拿报纸贴贴都能考上大学。我记得濛濛都快被气哭了。"

"我听五班的人说了，那人是领导的亲戚，每个月有固定的工资拿，所以跟外面的维修工不一样。修个门、修个窗户之类的，只有最基本的成本物料费，没有人工费，所以他都懒得换，糊弄一下就过去了。"

"告老师也没用，顶多态度好点，就说没法换，不用换，换了浪费。上次五班换个玻璃，也是五班的老师跑了两三趟找他，他才换的。"

…………

路言靠在椅背上，抬头看过去，顾戚已经开了口："郑意，去讲台桌下面，把老周上次用的磁铁拿过来。"

离得最近的郑意没听懂顾戚的意思，林季先起了身，一溜烟地跑到讲台桌下面去，问："哥，就一个 U 形磁铁，有点重的那个，可以吗？"

顾戚："就那个。"

不知道是不是出于对顾戚莫名的信任，除了靠着椅子的路言，其他人都停下手中的事情，站起身来。

班级再度安静下来。顾戚接过林季手上的东西，看着孙雨濛，问："电话有没有？"

"什么电话？"孙雨濛想了想，"后勤那个？"

顾戚答："嗯。"

孙雨濛说："有，他就住在学校里。"

顾戚在手上掂了掂重量，差不多，于是说："打给他。"

话音刚落，孙雨濛那句"打给他干吗"的话，还卡在喉咙里，顾戚已经按着磁铁一端，对着中间那凹陷处砸了过去。动作不大，但"轰——"的一声，那条"不用补也没法补"的缝，彻底裂成一条不规则的、必须补、不想补也得补的大洞。

在所有人还没反应过来的时候，顾戚已经把磁铁重新放回林季手上，轻声道："既然不好补，那就换门。"

一秒，两秒……死一般的寂静后，班级突然爆发出一阵巨大的尖叫声，几乎要掀了房顶。

离得最近的八班被吓得跑出来好几个，六班、七班也把窗户全打开了，一个个往外伸着脖子。

九班的尖叫声，彻底压过下课铃。

"戚哥牛!!!"

"哥，你太帅了!!!"

"我 ×!!! 爽!!!"

"班长，给那人打电话，快！现在就打！我留下来等他！等他换完门再回去！"

"加我一个!!!"

哪怕是路言，都被顾戚这举动惊了下。但他坐在椅子上，看着门口喊着"不换门不回宿舍""戚哥你先走，我们替你断后""别担心，这边是走廊监控死角"的那几人，忽然就笑了一下。

连他自己都不知道，为什么忽然想笑。可能是因为漏风的门没了，也可能是因为他那不按常理出牌的同桌。

顾戚从人群中走出来，恰好看见路言还没收敛的笑意，心情颇好。他看着路言，笑了下，说："雨小了，刚好回寝室。"

路言抬眸，问："不等换门的人？"

顾戚随手指了指后门那几人，说："人够多了。"

路言起身，说："可要换门的原因是你……"

顾戚应道："嗯，所以要快点跑。"

第 6 章

从宽处理

回到宿舍，路言刚打开手机，就收到好几条消息提示。他这才发现自己不知道什么时候被拉进了九班班群。

一中有明文规定，不能带手机进教室，可也不知是有意还是无意，只说了不能带手机进教室，而不是不能带手机。不过这么多天下来，路言也真没发现有明目张胆地玩手机的同学，哪怕是没老师坐班的晚自习。

路言一直以为，同学们可能是真自觉。直到今天，看着群里只多不少的活跃人数，路言才知道是他想多了。前几天这么安静，很可能是因为突然多了一个他，群里不好说话，也不知道说什么，索性没开口。

现在"换门事件"一出，"犯罪嫌疑人"又提前战术性撤离现场，群里正热闹。

"那人来了没？态度横不横？你们别把戚哥供出来啊！"

"放心！监控死角，拍不到，只要我们咬定了是团伙作案，下课出门人挤人，不小心撞到的就好。"

"就是供出来了能怎么样？！不是我吹，我们戚哥的照片迟早会贴在优秀校友墙上，说不定以后还要给学校捐栋楼，这扇门，只是预支。"

"对啊，学校难道会因为一扇门找戚哥麻烦？不存在的。（嚣张的一个表情）"

话头一歪，接下来的话开始彻底地偏离正题。看着那句"预支一扇门"，路言心情复杂，倒也像是"早读读《和平之诗》"的班级的学生能说出来的话。

关了消息提示，路言随手把手机放进了桌膛。睡了一个晚自习，他总要做点题醒醒神，于是翻开手边的一套物理竞赛卷。

"某电磁轨道炮的简化模型如图 1-1 所示，其管道所在平面与地面夹角为 θ……顾戚把门砸了的时候，动静不算小，确定没引来其他老师？"

路言自己打断了自己的思路，笔尖一顿。半晌，他才浅浅地吸了一口气，继续看题。

"不考虑空气阻力和摩擦阻力，重力加速度为 g，真空磁导率为 $\mu 0$……隔壁几个班，应该也听到了。

"求弹丸在加速过程中所受到的磁场……顾戚力用得巧，砸的痕迹不算明显，但不知道维修工能不能看出来。

"磁场感应强度……顾戚就这么走了，真的没事？"

路言笔尖再度顿住。等回过神，试卷上已经写满数据，但乱七八糟一片，第一小题和第二小题公式都套混了。

路言："……"

心中暗骂一句。

几分钟后，路言认命地拿出手机。群里正在实时播报修门的情况。

"这人脸都黑了，哈哈哈，哈哈哈。"

"戚哥选的那个位置好，刚好是凹陷的地方，说门坏了是个'意外'，这也说得过去。"

"我 ×！这人还威胁我们！说换个大件肯定要上报学校！"

"那我们就黑吃黑，看谁怕谁！"

"让他报，但门今晚就要换好，明天还要早自习。"

最后那句"让他报"一出，下面接连跟了十几个"收到"。路言一看，纯黑色的头像，中间潦草的一个"顾"字。都不用猜，就知道说话的人是谁。

路言偏过头去，看了床上的衣服一眼。下铺的位置光线弱，那件深红的"教研组"却很显眼。

不管怎么说，顾戚也借了他一件衣服，去问问也好。

路言不知道顾戚住在哪间宿舍，但这一层住着的都是九班男生，大多数男生还在班里，没回寝室，所以亮着灯的也就那么几间，目标很明确。

等路言一一确认完后，在最里间的门上，看到了顾戚的名字。501，五楼打头第一间。

他可能命里和顾戚就不太对付，连住个宿舍都是一头一尾，路言边想着，边抬手敲了敲门。

隔着一扇门，顾戚的声音被压得有点低沉，说："门没锁，进来。"

路言顿了下，说："是我。"

然后便听到一句，说："等等，有点事。"

"那不……"路言刚要转身离开,"打扰"两字还没说出口,501 的门就开了。顾戚看着他,笑了下,说:"没说你。"

路言一脸疑问的表情。

顾戚随手晃了下手机,说:"刚在打电话。"

那句"等等",是跟电话那头的人说的。

路言觉得顾戚可能真的不怕冷,这种天气,脱了外套,里头竟然只穿了一件黑色短袖。

顾戚心情却颇好,问:"怎么知道我寝室号的?"

路言面无表情,屈指敲了敲门中央的寝室名单。

看着回了宿舍还裹得这么严实的小同桌,顾戚笑了下,开口道:"先进来,站在外面,不冷吗?"

路言直接道:"不冷,我就问问……"

"我冷。"说完,顾戚让了一步,示意路言进门。

路言只好进了屋,可也没到处看的兴趣,直接地说:"衣服急着要吗?"

顾戚半靠在宿舍中间的桌子上,看着路言,问:"特意过来一趟,就是问这个?"

语气明显带着怀疑。

路言也觉得理由站不住脚,可还是敛着表情,点了点头,应道:"嗯。"

顾戚顺着他的话往下说:"不急。"

路言道:"好。"

说完这句话,路言转身便想出门,可手贴在门把上的一瞬间,还是顿了下……来都来了,路言慢慢地转过身,问:"你室友他们还没回来?"

顾戚大概猜到了这人过来要问什么,怕自己笑意太深,把人给吓回去,于是道:"还在教室。"

都问到这里了,也没停下去的必要,路言直接开口:"你不去那边看看?"

路言话音一落,那头顾戚手机屏幕就亮了,传来一声:"顾戚?人呢?"

声音虽然失了真,也不算响,可寝室里正安静,所以很清晰。

顾戚这才想起电话还没挂断,看着路言说:"等我接个电话?"

顾戚嘴上让路言等着,手上却没动作,只是一直看着路言,就好像要等他点头才继续一样。路言只好点头。

谁知道,顾戚接起电话的瞬间,就轻描淡写地说了一句:"嗯,吹偏瘫了。"

"不是我,林季。"

路言："……"

偏瘫、林季……不出意外的话，应该和那扇门有关。所以顾戚在跟谁打电话？

"那人自己说的，缝太小，没法补，等破了个洞再找他，为了加快进程，也就只能人工干预了。"

"手没事，没用手，用的磁铁。"

"对，你的那个。"

"没办法，只有那个趁手。"

"我看过了，老式门，拆卸最多十分钟，半个小时就能换好。"

"知道了。"

几句话连起来，想也知道打电话的人是谁。

路言问："班主任？"

顾戚放下手机："嗯。"

路言下意识地皱了皱眉，说："后勤那人给他打电话了？"

"没有，我打的电话，"路言话里话外的担心，让顾戚很受用，"先自首，争取从宽处理。"

其实顾戚压根没把这事放心上，给周易打电话纯粹是知会一声，等周易回来，自己少挨一点唠叨。那人上报与否，以什么理由上报，对他影响都不大，只要最后的结果是把门换了。

但路言来找他，是顾戚没想到的。他也清楚这人今天真正的来意，不是为了那件衣服，而是为了那扇门，更直白准确地说，是担心他。

知道没事了，路言放下心来，正打算走，门口却忽然传来林季的声音。

"戚哥，你没留下看戏真是亏了，我跟你说……"林季自顾自地说着，余光瞟到人影的时候，还以为是顾戚，正大笑着，等看清人，笑容瞬间僵硬。

林季顿住了，但他身后的郑意、杨旭之，以及赶来凑热闹的一群人根本没反应过来，他们为了早点汇报战果，几乎是从教学楼一路跑回来的，被林季这么猛地一拦，压根刹不住，连人带书就摔了进来。

试卷就这么落了一地，人也滚成一团。

"×，林季你搞什么?!"

"老狗你压我腰子了！"

"别踩别踩，老子校服洗了三天都没干，就身上这一件了，弄脏了老子把你衣服扒了！"

"路，路言同学也在啊。"林季总算说了进门第一句话。说着，还咽了口口水。

完了，肯定是找他来了。秋后算账，一日如三秋，这么算来，从星期六到今天，已经整整五天，十五个秋了。

十五个秋都过去了，他还以为秋天不会来了。

林季声音不大，可其他的声音倏地没了，这群人抬头，看见站在门侧边的路言，都消音了。

路言再一次觉得，这一趟他来错了。看着趴在地上半天不起来的一群人，路言皱了皱眉，问："地上不凉吗？"

"路，路同学这是……"郑意第一个爬起来，看了眼半倚着桌子笑的顾戚，又看了看路言，问，"这是刚来吗？"

桌椅什么的都没动，寝室也没乱，看起来不像打过一架的样子。那就是还没开打。

"你们再晚一点，我已经走了。"路言没什么情绪地说。

换句话说，就是"要不是你们一群人堵在门口，我已经走了"。顾戚这下没忍住，轻笑出声。

其他人："……"

明明是调侃意味很浓的一句话，可在路言口中，偏偏显得格外平静，就好像不带一点感情，只是陈述一个事实。也正因如此，反倒让人更慌。

地上的人立刻起身，连试卷都没捡，自动让出一条道来。

事情已经解决，路言也不太喜欢这么多人挤在一个房间里，直接就走了出去。走到门口的时候，他还顺手捡了一张飘到地上的试卷。

这段时间也不知是有意还是无意，路言总觉得顾戚在帮着他认人。虽说不明显，但几天下来，也粗略地认了个大概。看着试卷上的名字，他什么也没说，直接把卷子递给了站在门口的一个人。

那人愣了好半天，才伸出双手，跟接圣旨似的接过了那张试卷。等路言走远，他低头一看，试卷上就写着自己的名字。

杨旭之抬起手肘，撞了撞他，说："回神，人都走远了，别看了！"

那人立刻把卷子立起来，在姓名栏上戳了两下："老杨！这就是我的卷子！你看！煞同学……呃，路同学不……不是认得我吧？"

"你绝对是想多了。"

"那时候就你离得最近，肯定是凑巧。"

"别瞎想，我估计这煞神也就认得一个戚哥。"

只有顾戚站在一旁，看着已经关上的门，轻描淡写地回了句："说不定。"

所有人看他："说不定什么？"

顾戚随手拿了一本书，翻了翻，说："说不定真认得。"

"戚哥你……你别吓我！为什么要认得我?!

"戚哥你说话啊，什么叫认得我？我做什么了？"

…………

另一头回到寝室的路言，洗完澡出来的时候，手机又亮了，是徐娴发的一条微信信息。

"言言，最近天气冷，早晚记得多穿一件，晚上别学太晚，早点睡。"

路言一个字一个字地看完，回了一句："好。"

那头没了下文，但"对方正在输入"的提示，已经来回了几遍。

路言没有催，也没有收起手机，就放在桌子上。几分钟后，屏幕总算再次亮起。

"在那边还习惯吗？同学呢？都好不好？"

连上标点符号也就十七个字，可徐娴打下这句话用了六分钟，像是斟酌了很久才按下发送。

习不习惯路言不知道，但他知道，给了时间，总会习惯的。但第二个问题……路言又看了眼床上那件印有"教研组"的衣服，半晌，轻触屏幕，最终打下一个字。

"好。"

第7章

在线索命

第二天是星期五，接连下了好几天雨的镇安赶着开学第一节体育课放了晴。天气好，体育老师又难得没生病，操场上人不少。

看他们在教室闷了这么多天，各班老师也就没布置任务，象征性地热了热身，就让课代表去器材室领了东西，说自由活动。

很快，操场上就传来各种器材的声音，然而放眼过去最热闹的是九班。与别的班不同的是，他们没在玩球，而是玩牌。将近一半的人围坐在闲置的篮筐下，剩下的一半也没闲着，在旁边规规矩矩地围了一圈。

别的班没参与，不是没兴趣，而是不会，因为这牌是高一运动会时期，九班集思广益，设计出的一个自制手牌游戏。

自制手牌、自定规则、不限玩家人数。和一般游戏手牌不一样，是一种纯靠推算概率、再打心理战的数字游戏。刚"问世"的时候，一度吸引了不少老师，班主任周易在帮着完善规则的同时，还"恬不知耻"地以他的名字，命名了其中一副"王炸"。

一群人刚围成一个圈，就看到顾戚朝他们走了过来，林季一挥手，道："哥，来玩牌！"

虽然游戏不限人数，可人少的时候，总少了那么一点"厮杀感"，所以班里的人也不常开局，只有在操场这种坐得开的场地偶尔玩玩。

可顾戚很少参与，因为规则大头是他定的，对制定者来说，体验感总归不太强。

林季本来也就是随口一说，没想着顾戚会应，可谁知道顾戚应了，还淡淡地开口："留两个位置给我。"

"两个？"一群人抬头看他。

"嗯。"顾戚说着，转身往后走，"还缺一个。"

"没啊，都齐的。"下面有人四处看了看。

林季先回过神来，说："哥，郑意被体育老师拉去整理名单了，他不玩，你别找了。"

杨旭之在他身边盘腿坐下，说："应该不是郑意。"

林季看着杨旭之，有种不太好的预感，问："那缺个谁？"

杨旭之没说话，但坐在林季正对面的陈蹊却一边洗牌，一边说了一句："缺个在线发牌的性感荷官。"

林季："……"

眼前覆下一片阴影的时候，路言正坐在跑道旁的阶梯上。他没抬头，可不知道为什么，心中有个声音告诉他，来人是顾戚，事实证明，他猜得很对。

"麻烦让让。"路言先开了口。

"无聊了？"顾戚顺势往旁边侧了一步，说，"带你去玩。"

路言："……"

见人不回答，顾戚又问了一句："去不去？"

路言不疾不徐地吸了一口气，淡声道："顾戚。"

顾戚倒是很少听见路言喊自己的名字，应了声："嗯。"

路言慢慢地站起身来，一字一顿地道："你是不是想打架？"

路言觉得有点烦。严格来说，不是烦顾戚，而是烦这所学校的一切。老师、同学，以及可以被单独拎出来的同桌。

他总觉得，不该是这样的。同学不该是这样的，老师不该是这样的。一中这种学校，就应该是规矩的，冷清的，拉满"提高一分，干掉千人"的横幅，张口"竞争"，闭口"分数"，而不是像现在这样……热闹。

这种违和感和不受控让他心烦意乱，可昨天晚上，当妈妈问他习不习惯、好不好的时候，他下意识的回答，竟然是"好"。

路言自己想不明白，也没处说，于是做了一晚上的题，以为差不多都好了，谁知道，看到顾戚的一瞬间，刚熄下去的火星子，又吱地冒了上来。于是这句"你是不是想打架"跟着火星子一起冒了出来。

可那人像没听懂他话里的意思，顺着他说："也不是不行。"

好好一个"打架"，从顾戚嘴里说出来，好像变成什么"有商有量"的话了，路言气笑了。

"走吧。"顾戚两步走下台阶，偏头看他。

路言皱眉道："去哪儿？"

"不是想打架吗？"顾戚轻笑，说，"总要挑个地方。"

很快，路言就知道顾戚在诓他。因为这人挑的地方，是操场正中央，篮筐下还坐着一圈人。别说打架，就是打坐，都能引起围观的那种。

而此时的九班众人，看着被顾戚带过来的、新鲜出炉的"性感荷官"，生理性条件反射，咽了口口水。什么在线发牌呀！这就是在线索命！

一时之间，整个操场中央都有些安静，连另一个球场的三班人都探着脖子往这边看。

路言不想参与，转身走出没几步，忽然就起了一阵风，不偏不倚地正好吹在操场中央……那堆破纸上。

那头器材室的大爷已经嘶着声音开始喊："体育老师都出来看看，篮筐下哪个班的？乱丢纸屑，再不捡起来就扣分！"

大爷声音已然不小，可路言身后这群人，此时显然正忙着呢。

"大爷，那不是纸屑！是筹码！"

"×！我捏着器材室犄角旮旯里捡到的短铅笔，捏着指头费了老大劲才画好的，你们快捡啊！"

"班长！你先别动，你脚下粘着我的钱！"

"林季你别以为我没看到你抢的我的钱！×！你还往兜里塞！"

"我已经做标记了，上面画着一个 β，这金条就是我的！你不要脸！"

路言："……"

路言来不及远离战场，脚边刚好飘过来一张纸，他俯下身，捡起一看，上面写着一个端端正正的"100"，显然就是他们口中的"金条"。

可能是为了加强效果，右下角还添了"林氏银行"几个字，底下落款，林季。

路言把它拍到顾戚手中，一字一顿道："金条？"

顾戚连看都没看，一下虚握着路言的手，把"金条"重新压回他的手心之后，说："嗯，藏好了，别被他们发现了。"

路言："……"

不到片刻，操场中央接连发生两起"恶性斗殴事件"，尤其是靠近跑道一侧两位大佬的对决，引起了操场多方人马的关注。在以郑意、体育老师为首，器材室大爷为辅的围追堵截下，将相关的所有人缉拿归案。

"你们几个在操场上扭成一团，这么多班看着，像什么话?!"体育老师先挑软柿子下手。

"老师，林季他抢我钱。"

"老师，他不仅抢我钱，还打我脸。"

"老师，你听他放……放厥词！这真是我的钱，上面还有标记！"

体育老师看着那所谓的"钱"，不知道这省重点的高中里混进了什么奇怪的东西。

"行，钱，是吧！"体育老师随手抓起一把"金条"，"现在，抄着你们的钱，把操场清理干净后罚跑十圈！"

在那一瞬间，耳边传来一片哀号声，金钱立刻变成粪土。哀号之后，相关的人都第一时间供出同伙，以期罚跑队伍的壮大。

等那边处理完，体育老师视线又一转，问："那顾戚呢？你们两个怎么回事，抱在一起干什么?!"

抱在一起?! 已经清理完操场，站在起跑线，等着老师吹哨的九班一群人："……"

"老师，"路言额角一跳，说，"我们没有抱在一起。"

顾戚轻笑出声，半晌，说了一句："嗯，没有。"

体育老师直接一摆手："去去去，也进队伍跑步去。"

不一会儿，哨声响起。九班近半数人罚跑的消息，很快传遍整个操场。虽说是罚跑，但谁都知道，这罚跑只是嘴上说说，老师没当真，九班这群人也没当真。

很快，以郑意为代表的"漏网之鱼"，也被用各种理由拖进了队伍，连女生也不例外，里里外外的都是笑着打闹的声音。

队伍已经彻底散了，根本看不出形状。刚开始一两圈还好，从第三圈开始，基本都在浑水摸鱼，甚至还有系鞋带系了两圈的。

可饶是如此，九班还是整个操场最热闹的那个。唯独没停下的，只有路言和顾戚。圈数一点点往上增，可路言不觉得累，甚至越跑越轻松。

他能清晰地感受到，心头那股没由来的烦躁慢慢地消了下去。出现得没由来，走得也没由来。

十圈结束，路言手撑在膝盖上，低着头，笑了一下。一回身，顾戚已经站在身后。

顾戚看着路言因为跑步变得有些微红的脸，问："还想打吗？"

路言直起身，说："想。"

现在不烦了，但并不影响他想和顾戚打一架的心情。顾戚却笑了，伸手递过一瓶不知道哪里来的水，说："不打了，讲和。"

看着那瓶水，听着那句"讲和"，路言怔了下，几秒后，他开口喊了第二声："顾戚。"

顾戚挑了一下眉："嗯。"

路言说："闲的话，你可以再跑几圈。"

他嘴上这么说着，可最终还是接过了那瓶水。

吃完午饭，等顾戚折回教室，看到自己桌上那瓶显然新买的，连牌子都一模一样的矿泉水之后，偏头看了正空着的位置一眼。

顾戚拧开，慢悠悠地喝了一口，嘴角不自觉地弯了下。

第8章

换位置

从体育课下课到现在，最多过去半小时，算起来，也就是前后脚的事，顾戚觉得还挺可惜，自己要是再早几分钟，说不定还能守着株，待只来还水的兔。

"戚哥，你什么时候去买的水，我怎么都没看见？"林季三两步走到顾戚桌边，他随手拿起水看了看，"就一瓶？你买的时候，就没想到你兄弟我？"

林季龇牙道："体育课上那瓶水都是你兄弟我买的。"

顾戚伸手把水拿回来，说："不是我买的。"

林季问："那是谁买的？"

顾戚抬起右手，敲了敲路言的桌子。

林季说："路……路同学买的？"

在"秋后算账"的反复自我折磨中，林季给自己留下了阴影。到现在为止，他见到路言还有些发怵，所以话都跑到嘴边了，还硬生生地从"路言"变成"路同学"了，林季声音不自觉地小了下去，问："他为什么要送你水？"

顾戚笑了，问："他为什么不能送我水？"

林季大惊道："所以老杨说的是真的？早上他手上那瓶水，真是你给他的？"

顾戚坐在位置上，一边慢悠悠地找卷子，一边回："声音可以再响点。"

林季这才发觉班里仅剩的几个人的注意力全转移到他们这边来了，忙压着声音问："那你为什么把水给他？"

顾戚又回："我为什么不可以把水给他？"

林季："……"

是我问你，还是你问我?!

林季深吸一口气，失败是胜利他妈，更何况，还要在他戚哥手中夺得胜利。按辈算，失败得是胜利他祖母。

"戚哥，那……"林季正顺势要在顾戚身旁坐下，他要坐的空椅子就"啪——"地多了一本书——一本《物理竞赛专题精编》，扉页上还写着"顾戚"两个字。

知识的力量重不重林季不知道，反正"知识"的声音是挺响的，这声"啪——"，显然就是不让坐的意思。

顾戚眼睛都没抬，说："坐前边去。"

林季立刻怒从心起，说："坐都不让坐了?!"

"你想要坐哪里？"顾戚这次总算抬头。

林季这才猛地想起来，他刚要坐的这个位置，是路言的。戚哥不让坐，也是因为这位置是路言的。

幸好悬崖勒了马，林季立刻跑到前座去，一坐下，便开口："哥，你有没有觉得，你对路同学，稍微有那么一点……和善？"

他其实想说的，不是有那么一点，是很，是非常，但毕竟话题是关于"路言"的，措辞总要严谨点。

顾戚已经恢复了散漫的样子，随口一应："有吗？"

林季立刻点头道："有。"

顾戚总算在一堆卷子中找到了要用的那份，问："所以呢？"

林季一脸蒙地说："什么所以呢？"

顾戚悠悠地起身："所以不可以吗？"

林季："……"

敢情他问了这么大半天，一点有用的信息都没捞着。那还聊天？聊个×！

早上体育课后，路言和顾戚一起罚跑的事，传得沸沸扬扬，罚跑的原因还是因为两个人扭打在一起。这事还不是谣传，是体育老师亲口盖的章。

这体育课上着上着，就打到一起去了，也不知道这其他课上，会干些什么。

课表上的第二节大课是物理，但周易还没回来，课表上的"物理"形同虚设。在这一个星期里，九班已经彻底地接受没有班主任的事实，甚至还能眼不眨、心不跳地押这节课上什么。

最后，化学高票胜出，因为林季看见化学老师夹着他的课本、拎着他的实验黑匣子来了。

九班人都已经把化学书翻开了，谁知道这位夹着课本的化学老师只是拎着他的黑匣子，从九班门口高调地路过，走到后门的时候，还不忘喊了一句："顾戚下课来一趟实验室。"

再一次误判信息的林季："……"

孙雨濛直接站起身来："大家先自习吧，我去办公室问问。"

"问什么？"

熟悉的声音一出，好些人都愣了一下，周易已经慢悠悠地走进来，端着个保温杯，放在讲台桌上，问："怎么都拿的化学书？"

短暂的安静过后，班级立刻吵闹起来。

"老师你什么时候回来的？"

"我们班都留守一个星期了。"

"老师你不在，曾主任一天要来我们班八次！"

讲台下闹得很，周易却没喊他们安静，有一下没一下地闲聊。

这是路言第一次看见周易。长相、身形其实和曾宏挺像，可给人的感觉完全不一样。说话温暾，捧着水杯乐呵呵地回答同学们的问题，看着不像个物理老师，倒像是教语文的。

最后，周易用一句"好好好"结束了闲聊，开始上课。

这么久没上物理，九班人格外给面子，一堂试卷分析课愣是给上出了公开课的效果。

上完课，路言就坐在位置上，等周易找他。周易课上没说，也没叫他，可走的时候看了他一眼。

果然，下课后没多久，陈蹊就让他去一趟办公室。

办公室里只有周易一个人，路言不知道是凑巧，还是周易特意选了这么个时间。

周易见到路言，抬起头来，朝着他招了招手，说："路言，来，进来。"

顾戚从实验室回来，一进门，就看到林季撞在了路言的桌子上。动静不算小，桌子移了位，书还掉了两本在地上。

郑意忙把桌子复位，说："都跟你说了，别满教室跑！"

林季把书捡起来，上供似的放了回去，说："那你还追我！"

前排男生转过身来，老神在在地说："小林啊，你该庆幸'这位'被老周喊走了。"

"被老周叫走了？"顾戚站在后门那边，忽地开了口。

林季被顾戚的声音吓了一跳，转过身去，确认路言不在，松了一口气道："嗯。"

顾戚走过来，问："去多久了？"

郑意想了想，说："也没多久吧，就你去实验室那一会儿。"

接下来郑意和顾戚说了什么，林季已经没心思听了，一心想着路言的书。刚刚书被他撞到地上的时候，是翻开的。恰好翻开的那两面上，没什么笔记，书面挺干净，但记了几条公式。

他没记错的话，那几条公式，好像不是基本要点？其中好几条还是引申出来，辅助求解的那种。

林季碰了碰郑意，说："哎，之前老周有一次给我们试课，就专门讲竞赛题的那堂课，你怎么上的？"

"什么怎么上的？"郑意不知道他怎么突然说起这个。

林季说："就那些题目，你听得懂吗？"

郑意说："你以为我是戚哥？"

那次周易为了让九班人感受一下物理的魅力，特意选了节自习课做拓展，专门讲解竞赛题的一些解题思路，说能让他们另辟蹊径，多点启发。

林季和郑意成绩不算差，但遇上竞赛题，也得歇菜，整堂课下来，也就记了几条公式。

后来班主任说上交讲义，想看看同学们解题思路的时候，愣是没几个人敢交——因为根本没有什么解题思路。

林季说："我刚刚看到，路言的书好干净啊！"

郑意不明所以地问："书干净怎么了？"

林季斜了他一眼，说："你是不是从来不看论坛？"

郑意直接承认道："又没什么好看的。"

"不好看？"林季大惊道，"里头都是路言和戚哥的消息，你竟然说不好看！"

郑意这才来了兴致，问："说什么了？"

林季转了个身，特意避开身后正跟杨旭之说话的顾戚，说："论坛上说，路言可是能把 DNA 写成 NBA 的人，你说他每天上课都在干什么？"

"听又听不懂，也不画画，也不睡觉，也不玩手机。"

郑意有种天灵盖都被劈开的感觉。他这才惊觉，这么多天下来，路言太安分，安分到他都快忘了路言的"学渣"属性。

这下郑意的疑惑比林季更甚，问："对啊，那他每天都在干什么？"

林季说："问问戚哥？"

郑意说："成！"

可两人一回头，顾戚已经不在后门了。

林季看着杨旭之问："戚哥呢？"

杨旭之说："去办公室了。"

林季皱眉道："他去办公室干什么？"

杨旭之默了默，道："我说他去找路言，你们信吗？"

另一头的路言，正捧着周易递给他的茶，坐在椅子上。

周易把电脑盖上，看着路言说："一个星期了，还习惯吧？"

路言点了点头。

"那就好。"周易依旧乐呵呵，"顾戚呢，和他处得怎么样？"

路言不太明白周易为什么突然提起顾戚，但坐在这里，他忽然想起一件事。他去报到那天，里面的老师就说过，周易排位置跟研究风水一样，讲究得很，可那天他的位置是曾宏安排的。

现在周易提起顾戚，可能是觉得位置不妥。路言压下心头隐隐生出的一点情绪，平静道："老师，如果您要说的是位置的事，我没意见。"

"没意见？"周易愣了一下，随即笑道，"没意见就好，我还怕你不适应。"

"那就不打扰老师了，上课前我会换好，"路言起身，顿了下，又道，"还是跟郑意换？"

"郑意？"周易放下手中的茶杯，一脸茫然加震惊地说，"你想跟郑意做同桌？"

路言一脸疑惑。

就在这时，办公室的门忽然响了两下。敲门声不重，甚至有点轻，但此刻办公室安静到近乎诡异，这两下足够打破沉默。

路言一回头："……"

为什么顾戚会在这里？

视线对上的一瞬间，路言心情更复杂，不知道是不是错觉，他总觉得现在的顾戚，跟平常不太像，虽然也在笑，但笑得……有点凉。

第9章

得看牢一点

"顾戚？"周易先反应过来，"怎么突然过来了？"

顾戚仍站在门口，视线从路言身上移开，随口说了一句："林季说老师你找我。"

周易先被路言弄得一头雾水，现在又听到顾戚的话，只觉得脑袋有些涨，问："林季说我找你？"

顾戚毫不心虚地答："嗯。"

顾戚表情太平静，以至于周易都有些怀疑自己是不是真跟林季说了什么，后来忙起来忘了。

周易喝了一口茶，冷静了下，说："行，来都来了，先进来。"

可能是为了防止有下一个"来都来了"，顾戚进门的时候，特意带上了门。

周易又推了把椅子出来，作为班主任，一个是谈，两个也是谈，多个顾戚也没什么。

可还不等周易开口问路言换位的事，顾戚反倒先开了口，把刚刚周易说的话，一字不落地重复了一遍："你想跟郑意做同桌？"

路言："……"

这问题恰恰就是周易想问的，一时之间，周易也顾不上让两人坐下，抬头看着路言。

路言只觉得有口说不清，说："老师，您今天找我来，不是说位置的事吗？"

周易说："是啊。"

若放在往常，周易是决计不会当着两个当事人的面，问他们对各自的看法的，可眼前这两个孩子不一样，而且，另一个当事人都站门口听见了，就没必要藏着掖着了。

周易想了想，直接说："不是和顾戚处得挺好吗？刚问你，还说没意见，怎么又想和郑意做同桌了？"

路言难得有些怔，问："什么？"

他什么时候说过和顾戚处得挺好的？

周易这句"处得挺好"一出，顾戚身上的凉意顿时散了大半，闲适地坐在椅子上的时候，还不忘把另一把椅子挪近一点，示意路言坐下。

"是处得挺好的，"顾戚看着路言，话头又一转，"所以为什么想换到郑意旁边去？"

路言："……"

这人是复读机吗？他究竟哪句话表明想和郑意做同桌的意思了？

一团乱麻，路言压根不知道从何说起，索性从头说："我来报到那天，位置是曾主任安排的，和顾……"

"不是，"周易微一抬手，打断路言的话，"是我的意思，只是提前跟曾主任打了招呼。"

路言："……"

这都什么跟什么？

"所以老师你说的位置，是我和……"

"我和顾戚"四个字，因为某人就在旁边，路言有点说不出来。

周易补上了，说："对，就是说你和顾戚的事，随便聊聊。"

周易总算把始末理顺，路言先误解了他的意思，他又顺势误解了路言的意思。头一遭的，周易在面对学生的时候，竟然也生出点尴尬。

周易刚咳了一声，路言就开了口："老师想问什么？"

周易看了看路言，又看了看顾戚。有些话，当着两个人的面可以说，有些话又不可以。

周易从抽屉里摸出一套卷子来，想先解决顾戚的问题，说："把门砸了的事，还用的我的磁铁，虽然没报到学校去，但该检讨的还要检讨。"

说着，他把卷子递了过去，说："两小时，自己算着时间，写完了把卷子放到我位置上。"

周易带了顾戚两年，很了解他，凡事有度，不出格，但绝对不是模板里刻出来的那种中规中矩的学生。

周易不觉得头疼，甚至很欣赏，年轻人多点朝气挺好。所以"换门事件"发生的时候，他也不觉得意外，但面上功夫总要做，因此顾戚"检讨"没少做。只不过"检讨"也随性些，别人写文章，顾戚写卷子。

顾戚接过卷子，低头扫了一眼，问："新出的？"

周易点头道："隔壁那几所省重点的尖子生刚做过，难度比上次那套高了一点，但成绩还行。"

周易又道："行了，也没你什么事，下节课还是我的，你回去让他们把课后给的四道练习题做了，我下半节课马上讲。"

周易"赶客"的意思很明显，可顾戚还是没什么动作，好一会儿，靠着办公桌边沿的左手才轻轻地点了两下，刚好停在周易给的那套卷子上。

"老师，不会我一走，您这边又开始怂恿我同桌换位置了吧？"

路言："……"

周易："……"

周易立刻摆了摆手，说："跑不了！"

顾戚这才起身，出门的时候，周易还不忘提醒一句："把门带上。"

办公室里又只剩下两人，周易把茶往路言那边一推，说道："路言，你知道为什么我会安排你和顾戚做同桌吗？"

路言抬起眸子来，摇了摇头。他一直以为位置是曾宏安排的，为的就是让他安分点，别打扰九班其他人。

这个想法在这一个星期，也得到了证实。除了顾戚，他和九班其他人的确没什么交集。可现在知道是周易安排的了，反倒不懂了。

周易微调座椅，转过身来，面对着路言。他手里还捧着保温杯，看起来有一种超出年纪的和善，说："因为你和他很像。"

路言听惯了他和顾戚不和，也不可能和的话，这还是第一次，有人说他们很像。说这话的人，还是周易。

过了很久，路言才找回自己的声音，说："老师，我不懂你的意思。"

"没事，以后有的是时间，"周易打定主意糊弄过去，"慢慢处，处得好就行。"

周易说着，从桌面上的置物架里，拿了一个蓝色的文件夹出来，递给路言："这个先拿着。"

周易又转身，拉开抽屉："还有一个。"

这次路言看得很清楚，周易手上的东西，就是一张试卷，跟刚刚顾戚拿走的那份一模一样。

"刚出的竞赛卷，跟前两年比起来，题型和侧重点都有改变，你先回去试着写写，"周易自顾自地喝了一口茶，像是完全没注意到路言的僵硬，继续道，"跟顾戚一样，自己算着时间，不要超过两小时，做完了放在我桌上，我给你批。"

"另外那个文件夹里，有几套去年的省重点联合模拟卷，没做过的话，也做做，不打紧，答案可以找顾戚对一下，他那边都有。"

"如果不想找顾戚对，就来我这儿拿。"

茶水滚烫，雾气一蒸，周易的镜片上已经白茫茫的一片了。他摘下眼镜，拿着眼镜布擦了擦，说："行了，也没别的，回去做题吧，等会儿我还要讲。"

路言已经彻底地僵在原地，那张竞赛卷被他捏出好些褶皱，连声音都有些哑，说："老师。"

周易戴眼镜的手一顿，最终把眼镜放下，直直地看着路言。

"我知道你已经听了很多话了，我也不多说，但路言，不管是什么理由，你既然现在已经转学到一中了，就要相信，这里会是你新的开始。新的同学，新的老师，你也会有属于自己的新的目标。"

周易说完，转回身去敲电脑，说："回去吧，以后生活或学习上有什么事，都可以来找我。

"不好说的话，找顾戚聊聊也行。"

路言都有点不知道自己是怎么走出办公室的，直到在转角处看到顾戚。那人倚靠着墙，手上还拿着刚刚的卷子。

"不是让你回教室通知他们上自习吗？"路言现在满脑子都是周易的话，说话有些心不在焉，连语气都轻了很多。

顾戚下意识地皱了皱眉，敛了敛身上散漫的气息，一步一步地靠近路言，说："老周跟你说什么了？"

顾戚声音不重，可路言明显地感受到顾戚的认真。

路言随口回："没什么，让我对你客气一些，别打坏了。"

顾戚在心底叹了一口气，明显是有事不想说，他换了个话题："没再提换同桌的事？"

路言说："你没完了是吧？"

顾戚说："要不要猜猜看，我什么时候到办公室门口的？"

路言问："什么时候？"

顾戚答："就在你说'上课前换好'的时候。"

路言："……"

"所以，这句话的意思就是，如果今天老周真开了口，你也就顺着他的意思换了，还会赶在上课前就换好。"

"再换句话说，在我从实验室回来之前，同桌就没了。"

路言："……"

无法反驳，事实如此。

电光石火间，路言忽然想起来一件事，问："这话你是不是应该去问问郑意？"

"郑意"这个名字，今天在顾戚这里不太受待见，他回道："问他什么？"

路言说："星期一那天，你不就是从实验室回来之后，同桌就没了吗？"

因为那天顾戚也在实验室，等人回来，同桌已经换成他了。

顾戚根本没多余的心思分给郑意，这下反应过来，的确相似，于是顺着路言的话道："所以啊，得看牢一点。"

路言："……"

"衣服还没还，同桌先不要了，"见路言没什么表情，顾戚笑了，"这么狠心啊，小同学。"

这声"小同学"压得很轻，不细听都能漏过去，可路言还是听了个正着。

一下子又想起化学老师那句"不要欺负小同学"。

路言顿住脚步，忍无可忍地说："顾戚。"

顾戚应："嗯，在。"

下一秒，路言动了下手腕，干净利落地朝着顾戚招呼过去。他这一拳根本没用几分力，还特意避开了脸，胜在速度够快。可谁知顾戚比他更快，往左侧一偏头，一抬手，路言那一拳就不偏不倚地接在了顾戚的掌心。

顾戚笑了下。

比起刚从办公室出来的时候，还是这个样子更好点。

事实证明，他还是挺擅长惹恼小同学的。

第 10 章

见好就收

周五晚自习下课铃声打响的那一刻，高三那边还满楼寂静，高二这边已经开始闹腾。

第一个周末，依照惯例，周易是要唠叨几句类似"回家路上小心""记得回顾错题"之类的标准官话的，可谁知这才刚开了头，下面就压不住了。

"小心小心，知道了老师，都八百遍了，我都会背了。"

"老师，我举报，朱瑞根本没在听你说话，书包都背好了，现在在抖腿热身，准备等会儿跑快点！"

"老师你的磁铁还在讲台桌的下面吗？我想借来往张健头上使使。"

"……"

"该回寝室的回寝室，该回家的回家，路上记得别跑。"周易被闹得不行，也懒得再说，把书往臂间一夹，可这头他刚从教室的前门消失，那头走廊很快就传来他撕心裂肺的喊声："朱瑞你再跑快一点?! 你看哪儿呢?! 给我看脚下！注意楼梯！"

回应他的是朱瑞嘻嘻哈哈的笑声。

周易走后，教室再度热闹起来。林季和郑意他们不知道什么时候绕了过来，也不敢打扰路言，就在顾戚椅子后站着，轻声问："哥，你周末什么安排？回家吗？"

一中高一、高二的星期五晚自习结束，周末才算开始。住校生为了安全起见，安排当晚住校，周六上午八点开校门，可自行选择离校或留校。

顾戚还在算最后一道大题，闻言，手下笔也没停，只偏头看了看路言，极其自然地说道："周末什么安排？"

路言动作一顿，问："什么安排？"

顾戚是问他周末有什么安排。

顾戚在卷子写下答案，说："回家还是留校？"

身后三人："……"

路言已经懒得猜顾戚问他这个做什么，直接道："回家。"

顾戚应声："嗯。"

顾戚往后微一侧身，朝着林季那个方向，漫不经心道："回家。"

路言："……"

林季表情僵硬地说："哥，我问的是你。"

"我说的也是，"顾戚放下笔，"有事，回家一趟。"

如果没有刚刚和路言那段对话，林季他们也就信了，可偏偏顾戚这句"回家"，是在路言说完"回家"之后，就好像两人要一起回家似的。

看着林季眼中明显的怀疑，路言"啪"的一声把书合上，林季他们立刻移开了视线。他隐约地记得上个星期六那次，遇到顾戚他们的时候，时间已经不早，也不知道这几人最后是回了学校，还是回了家，于是开口问了句："学校周末有没有门禁？"

顾戚点头道："有。"

路言问："几点？"

顾戚如实道："九点半。"

九点半？他记得从烧烤摊出来的时候都快九点半了。

路言问："星期六那天，你们后来回学校了？"

顾戚把卷子随手放在一旁，应道："嗯。"

路言问："没迟到？"

顾戚不知道在想什么，顿了一会儿才回答："迟到了。"

此时身后的林季憋不住话了，说："哥，你也好意思说'迟到了'？最开始说都是模型没什么好看的是你，后来一待待半个小时的也是你。"

路言忍不住看了顾戚一眼。二楼那个航空展他也知道，顶多就两间商铺那么大，就算看得再细致，也花不了半个小时。

路言被顾戚那气定神闲的"迟到了"弄得无话可说，沉默了一会儿，才补充了一句："后来你们怎么进去的？"

顾戚笑了下，说："教研组。"

路言一脸疑惑的表情。

林季觉得今天的煞神似乎挺好说话，没忍住，又开了口："就戚哥那件'教研组'的衣服，到学校后就找人给送出来了。

"学校那几天刚好来了几位新的实习老师，每人也发了一套，后门那边的大爷眼神不太好，以为戚哥是老师，没注意，就给我们放了行。"

路言问："那你们呢？"

哪怕知道顾戚是老师，也没道理放进这么多学生。

这还是林季第一次听见路言如此亲切地说话，对象还是他，所以恨不得给路言说个书："随便找了个理由，说我们几个偷着上网吧，老师来抓人，赶着回学校挨处分。老大爷一听挨处分，觉得我们可怜，也就没登记名字。"

林季越讲越兴奋，接着说："这法子也挺危险，为了不被认出来，我们全程都低着头，装作太羞愧的样子。为了戏更真，郑意还哭了出来。"

郑意不敢置信地看着林季，说："谁哭出来了?!"

林季说："是谁不重要。"

郑意："……"

路言："……"

接收到路言的视线，顾戚往椅子上一靠，眼带笑意地看着路言，说："那件'教研组'用着还行，我不急着要，先放你那儿。"

路言懒得跟他贫，说："我家没门禁，用不上。"

林季说："给我，我用得上!"

顾戚右手懒散地搭在椅背上，偏过身来看着林季，林季被他看得脊背发凉，立刻目视前方，说："用不上! 我不配!"

路言一个人习惯了，回宿舍的时候，最多多个顾戚，这还是第一次身后跟了一群人。本来人也不多，只有林季他们，可走着走着，也不知道人都从哪里冒出来的，身后的人越跟越多。

本就是周五晚上，大家刚解放，心是最散，也是最静不下来的。刚开始，他们还顾忌着前头的路言和顾戚，不敢大声说话，后来郑意先把林季按住了，他们一下子炸开了锅，彻底地消停不下来了。

"上次跟你走一起的那个人，是亲戚?"顾戚走在路言身侧问道。

路言想了一会儿，才意识到顾戚说的是林南，说："不是，是同学。"

顾戚问："十四中的?"

废话，难不成还是一中的? 路言表情冷漠地说："一中的。"

"一中的啊，"顾戚装作没听出来路言话中的反意，不紧不慢地应下，"挺眼熟。"

路言："……"

这人还真是……什么话都能接。

路言问："找他有事?"

路言原本以为顾戚只是随口问一句，他也就随口回一句，没想到顾戚竟然应了。

顾戚答:"嗯。"

路言:"嗯?"

"你们认识?"

"不认识,"顾戚摇头道,"但有些问题想讨教一下。"

路言觉得,如果林南现在站在这,听到省重点高中的"定海神针"说有问题想讨教他,可能当场就会加入一中所谓的"那种群",还不匿名。

见路言皱着眉看他,顾戚笑了下,也不心虚地说:"这么看着我做什么?"

路言问:"你想问什么?"

顾戚放缓步子道:"问他用了什么法子能把你骗出去。"

顾戚是真想知道,那人是怎么把小同学骗出去的。当时在烧烤摊,路言侧对着他,又低着头,顾戚没注意到路言。可路言对面那人就很显眼了,三个烧烤盘全在他面前,木签一堆。路言面前的那块地方,干净得很,路言看起来没什么胃口。

也不只那时候,现在想想,他同桌大概率不会喜欢那种地方。他原先一直以为那人是路言的亲戚,谁知道会是"同学"。也正因为这样,那人就更有本事了。

路言闻言,沉默几秒钟后,停下步子说:"顾戚,你是不是觉得,我之前说过的和你打一架,都是嘴上说说,当不得真?"

前头两位大佬刚慢慢下脚步,后面的人就察觉到不对劲了,下意识地闭嘴。这一收敛,打闹的声音没了,路言这句"打一架",就显得掷地有声。

所有人:"……"

怎,怎么总是这么突然?刚还好好的,扭头就要打架了?这不行啊,这么多人看着,等会儿真打起来,拉哪个?

前面两个拉不得,就拉个垫背的。说做就做,下一秒,叨叨了一路"路同学跟我说话了"的林季,就被一掌推了出来,直直地冲着路言的方向撞了过来。

就在林季离路言还有两步远距离的时候,顾戚却先有了动作,握着路言的手腕,轻轻地一拉,把人带离。

另一边的林季没刹住车,挥着手和空气打了一架,还打输了,最终冲出去了五六米,才稳住身形。

林季:"……"

路言还来不及冷静,顾戚先开了口:"很冷吗?"

路言:"……"

路言咬牙道:"打一架就暖和了,你要不要试试?"

顾戚之前觉得，哪天路言真想打架了，陪他打一架也没什么，可现在看着冷得手都冰凉的同桌，还真挺怕把人打坏，顾戚松了手，说："打架留在下次，今天先回寝室。"再吹下去，路言怕是要感冒。

路言也不想被一群人围在这边，径直地往前走。接下来这段路，顾戚都挺安静的，偶尔和喊他的人打个招呼，没再说别的，把"见好就收"的本事用得炉火纯青。

就在路言觉得顾戚今晚把该说的、不该说的话都说完了后，在宿舍五楼那即将"分道扬镳"的楼梯口，擦肩的瞬间，路言还是很清晰地听到了两句话："明天下雨，回去的时候多穿点。"还有第二句——"周日见。"

路言收回那句话。顾戚这人，一点都不知道什么叫"见好就收"。

第 11 章

——○——

单独洗

第二天一早，路言是被铃声硬生生地吵醒的，从床头摸过手机，亮屏一看，才六点半。他深吸一口气，差点忘了，对面楼就是高三，周六还要照常上半天课，所以铃声也照响。

和顾戚说的一样，天刚放了一天的晴，今天又飘起了雨。路言关上窗，正想去洗漱，桌上的手机却忽然振动了下，他打开一看，是徐娴的微信。

"言言，醒了的话，记得给妈妈回个电话。"

路言没多想，直接拨了回去。

那头接得很快，徐娴声音带着明显的诧异，像没料到路言会接得这么快，问道："言言？"

路言拿着手机进了浴室，问："妈，怎么了？"

徐娴问："是不是微信吵醒你了？"

路言道："没，已经醒了。"

虽然路言说不是被微信吵醒的，可徐娴还是忍不住说了一句："下次手机不要放枕头边，放远点，吵不到。"

毛巾浸了冷水，贴在脸上很凉，连带着路言的声音都有点闷："嗯，知道了。"

"今天周六，怎么起这么早？"徐娴语速很慢，"是不是没睡好？"

路言说："没有，学校六点半响起床铃，就吵醒了。"

徐娴问："周末还放起床铃？"

路言说："嗯，对面高三还要上课。"

"那怎么行，周末也就两个早上能多睡会儿，"徐娴马上道，"要不这样，等下星期，妈妈跟学校申请一下，以后周五就跟走读生一起回家？"

徐娴轻飘飘地说出"周五"两个字，不知怎的，路言忽然就想起了昨天晚上的事，想到顾戚，还有身后的一群人，一下子没回话。

徐娴那头没听见回答，叫着："言言？"

"不了，也就一个学期，下学期……"路言关掉水龙头，声音轻了点，"下学期就高三了，周六早上也要上课，在学校习惯点。"

听到"高三"这个词，徐娴也沉默了下，应道："好。"

路言走出浴室，把手机开了免提，一边穿外套，一边道："妈，不是让我回个电话吗？"

"差点都忘了，"徐娴笑了下，"今天下雨，外头冷，一中那边不好打车，妈让司机去接你。就停上次那边，后门，人少。"

徐娴又嘱咐了几句，挂了电话。

临出门前，路言才想起那件"教研组"的衣服，他坐在下铺，盯了好一会儿。这雨还要下上一周，先不说衣服晒不晒得干，晒干了也带着霉湿气……

路言最终认命，打算把它带回家，可问题是一中冬季大袍分量本就不轻，这件又是给老师准备的，更厚实。他在寝室找了一圈，都没找到什么合适的袋子，只好费了点力气，把它规矩地叠好，塞进了包里。

包里塞了件衣服，变成鼓鼓胀胀的一团。拿是不好拿了，况且包的下面还有周易给他的试卷，要是被雨淋到，卷子说不定会被打湿，路言只好抱着。

司机就在门口，见路言出来，连忙下车替他拿包。

平日金贵的小少爷，现在穿着红色相间的校服，撑着把伞，抱着个包，看上去还挺乖巧的。于是，司机第一时间拍了张照片，给徐娴发了回去，说接到人了。

一中周末八点才开校门离校，路言上车的时候，已经是八点半，班级群里正响个不停。他忽然想起之前林南问过他一句，说也不知道一中学生的群里每天都会讨论什么，是不是都是国际形势、奥林匹克竞赛什么的，路言低头看了一眼。

陈蹊问："你们周末都干什么？"

林季说："一个人寂寞吗？火热劲爽游戏，尽在绝地求生，来吃鸡①，我等你！"

朱瑞说："别扯那些没用的，我就问你几点上号？"

林季说："对了！周末有没有什么活动？都干吗？戚哥和老杨都回家了，宿舍里就剩我和郑意，连吃鸡都凑不成四排，学校里待着没意思。"

张健说："不知道，反正是不可能学习的。"

徐乐天说："我要快乐。"

杨旭之说："学习不能使我快乐，学习能使我妈快乐，我妈快乐全家快乐，所以我要学习。"

林季说："说起这个，上个寒假，我抽空把大学四级词汇书过了一遍，然后特意跟我爸说了一声，准备让他给点钱，让我也快乐快乐，结果他转头来了一句，四级看完了那还不快去看五级。"

"真的，我都没好意思说四级完了就六级了，怕我爸老脸挂不住。"

尚清北说："林季，那你要买六级词汇书吗？书城开学特惠，我有 VIP 卡，可以有折上折，要去吗？"

孙雨濛说："北北，折上折的那种，我记得是限量发行的吧？好像还要看在书城的消费记录，你充了多少？"

尚清北说："嗯，我充的也不多，之前卡里还有点余额，凑到了五千元。"

孙雨濛："……"

林季说："打扰了。"

朱瑞说："北北，书城那种纸醉金迷的销金窟，以后少去。"

尚清北说："阿瑞你们要来吗？我下午三点会去书城。"

孙雨濛说："算我一个。"

…………

路言："……"就这，还国际形势、奥林匹克呢？

看到尚清北的名字，路言的思绪顿了下。这还是他第一次看到尚清北在群里发言。

路言对他印象挺深的，无他，名字太好记，而且是九班中规中矩到一看就很符合统一标准的好学生。

路言放下手机，对着司机说道："下午不去书城了，林哥你不用来接我。"

本来他打算去买两本书，现在看样子，说不定会撞上。

---

① 吃鸡：游戏用语。——编者注（后文页下注无特殊说明，均为编者注。）

司机虽然不知道路言怎么突然就不去了，但还是好声地应下："好的。"

路言到家的时候，给他开门的是保姆，没看见徐娴，便问了声："阿姨，我妈呢？"

保姆接过路言手上的包，说："厨房呢，太太今天没去公司，一大早就起来炖汤了，等会儿记得多喝点啊。"

路言轻轻"嗯"了一声，朝着厨房走去，没走出几步，就想起那件被他塞到包里的"教研组"，衣服不拿出来，压在下面的卷子也没法拿出来，于是他转回身，重新拿过包，把那件叠得整整齐齐的校服拿了出来。

保姆反应很快，说："要洗是吧？给我就好。"

路言点头，递过衣服，可刚走了两步，不知怎的，脑海里倏地闪过顾戚那天说的话。

"你自己洗？"

"没什么要求，你不洗也行。"

路言顿住脚步，顾戚这人，看着好说话，也随性，但路言总觉得这人的毛病不会比他少……可能对衣服也是。

路言抿了抿嘴，转身看着保姆，说："阿姨，这件单独洗。"

单独洗，总不至于出差错。

路言本来是为了安全起见，怕顾戚也跟他一样，有乱七八糟的讲究，所以提前打个招呼，可这话落在保姆耳朵里，就有些奇怪了。这还是她第一次听到路言这样的要求，愣了好一会儿，才点头说："好的。"

卷二

2.3 秒

尚清北拿着粉笔戳了戳黑板，说：

"就算是错误答案，也得先报……"

话还没说完，

后排忽然传来一个声音："2.3 秒。"

第 12 章

尚清北

雨从周六开始下，就没停过，路言嫌冷，就没有出门。这两天，他把周易给他的几张联合卷写完，又检查了一遍，没到要找顾戚对答案的程度，但那张竞赛卷很新，虽说范围做了大致的框定，核心不变，可重点明显有所转移。

这些出卷老师都是老手，他们的出题重点在很大程度上就是在预判趋势，或者直接代表了趋势，路言做得还算顺手。收好卷子，他看了看时间，两点不到。晚自习六点半正式开始，还有时间去书城看看。

路言没通知司机，跟保姆打了声招呼后，自己打车去了书城。当他在书城看到尚清北的时候，他有些后悔出门了，原先还以为避开了周六就没事了。谁知还是没躲过去。

不过好在尚清北现在在一楼自习区，他在二楼走廊，碰不上面。

路言合上书，准备早点走，可就在他转身下楼的时候，忽然看见尚清北慌里慌张地跑了出去。因为起得太急，椅子擦地，发出尖锐的摩擦声，引得好些人皱眉朝那边看去，可尚清北只是匆忙地鞠了两个躬。在这个过程中，尚清北的视线还一直盯着落地窗外，像在确认什么。

路言皱了皱眉，他看着尚清北跑出门的方向，他的直觉告诉他尚清北不对劲，转身进了二楼的阅览室。阅览室有一整面落地窗，视野开阔，透过窗户，路言看到尚清北拐进了一条巷子。

镇安寸土寸金，书城占地面积又极广，也正因如此，地段比较偏僻，后门那片就是待规划的老区，没什么人走动。尚清北往那边跑什么？

路言正不解，视线一偏，发现在离尚清北那条巷子几十米远的另一个巷口，站了三个人。三人举止奇怪，凑在一起不知道说了什么，两人转身进了巷子，留下一个守在巷口。

路言心下一沉，他径直地下楼，凭着记忆朝着巷子走去。巷子里视野并不开阔，又下着雨，周遭湿漉漉的一片，巷子里各种横七竖八的出口，还散发着一股腐烂生锈的气息。

"你管这么多干吗？"

"哟，这校服……我看看，我看看，镇安一中，啧，一中的啊，好学生啊，怪不得什么闲事都要管。"

"可惜了，考试你在行，打架我在行。"

隔着一道墙，这三句带着明显的讽刺意味的话，干脆利落地进了路言的耳朵。路言脚步一顿，换了个方向。

"就要点钱的事，他没有，你给也行。"眼前这人染着一头黄毛，叼着根半燃不燃的烟，耐心很快要用尽的样子，说，"趁我能好好说话，快点。"

尚清北从没见过这样的架势，紧张得手都有点抖。他出来得太急，别说钱，就连手机都搁在书包里了，眼下只能稳住呼吸，说："我现在身上没有，你可以跟我回书城取。"

那人把烟扔到地上，踩了一脚，说："你当我傻？老子前脚跟你走，后脚你就把我卖了，要真去书城取，还用这么辛苦地把人堵在这里？"

对峙间，尚清北余光瞥到一个人影，还以为又来一个同伙，猛地偏过头去，可在看清来人的瞬间，什么话都不会说了，好半天，才蹦出一句："路，路言同学？"

黄毛显然也看到了路言，甚至比尚清北更早。看着这两人身上如出一辙的一中校服，黄毛嗤了一声，朝着巷口大声地嚷嚷道："你放个屁的风啊，多了个人没看到？给老子滚过来。"

黄毛骂人的时候，尚清北已经从看见路言的震惊中清醒过来，拼命地压着声音，靠近路言说道："路言同学，你怎么会在这里？"

路言说："路过。"

尚清北："……"

路言低下头，和藏在尚清北身后紧紧地抓着他衣服的那个小男孩对上视线。

路言问："怎么回事？"

他以为这几个人只是来堵尚清北的，怎么还有个小孩？

尚清北只好快速地解释："我在书城的时候，看到这三个人挺奇怪的，也不看书，还一直东张西望的，盯着别人看，于是就留了意。"

"后来发现这几个人跟着一个小孩出了门，就追了上去。"

路言想起刚刚听到的几句话，皱了皱眉，说："要钱？"

尚清北点头道："嗯。"

这么点大的孩子，能有什么钱？

看出了路言的疑惑，尚清北又道："我问过了，这小孩身上真有钱，还不少，说是今天拿压岁钱请客。"

书城五楼除了文具区，还有几间甜品店，平日里学生不少。

那黄毛见多了一个人，戾气更重地骂："×的，怎么还一茬一茬的？"

黄毛往前走了一步，问："你又是谁？"

又？路言看了尚清北一眼，尚清北脸色煞白地说："我被发现了，就骗他们说我是他哥。"

路言也没多少耐性，随口回了一句："他哥。"

黄毛："……"

黄毛身后的跟班有些莫名其妙，疑惑道："这小孩哪儿来那么多哥？"

尚清北死死地捏着伞柄，说："我是二哥，他是大哥。"

话说到这里，黄毛总算听出自己被耍了，登时把伞往地上一扔，上前就想把尚清北给按墙上。可还不等他再走近，路言已经把伞一侧，挡在尚清北的面前。

路言不着痕迹地看了那个小孩一眼。那小孩紧紧地攥着尚清北的袖口，眼睛通红，却拼命地忍着，不敢哭出声来。

借着伞的遮掩，路言对着尚清北开口："让你身后那个小孩背过身去，捂住耳朵。"

尚清北疑惑道："啊？"

听着路言的话，尚清北下意识地朝着身后看了一眼。对啊，他都忘了，连他自己都怕成这样，更别说一个小孩了，眼前这黄毛不仅凶神恶煞，还说了这么多不干不净的话。

尚清北连忙把小孩转过身去，提醒小孩："捂住耳朵，什么也别听，什么也别看，很快就没事了。"

黄毛没听见路言和尚清北说了什么，也不知道那小孩怎么突然背过身去。猜着这两人可能要搞事，正打算凑近看看，可都没等他弄清，路言忽然说了一句："钱不要了？"

黄毛动作一顿，不知道为什么，对着眼前这个人，他竟然……有点怵。明明只是个死读书的乖学生，却带着一身的压迫感。连黄毛自己都弄不清楚，那种压迫感是哪里来的。黄毛没敢再靠近，顺着路言的话，给自己找了个台阶下，问：

"你有？"

路言抬眸道："有。"

黄毛心头一喜。其实在路言走过来的时候，他就注意到了，和后面那个小鬼比，这才是真正的肥羊。光脚上那双鞋，不出意外的话，最少也要五位数。

见路言这么识趣，黄毛咂了咂嘴，刚想让路言拿钱，可下一秒，耳边又响起一句："如果你拿得到的话。"

路言声音很轻，语气平静。没有嘲讽，没有怒意，语气毫无波澜的八个字，黄毛却跟被钉子钉住似的。

又是这种压迫感……× 的，见鬼了。

第 13 章

双双"入狱"

整个巷子很安静，没人说话，只有雨打在伞面上的细密碎响。如果放在以前，黄毛早就把人按地上了，可今天没有，看着眼前的路言，黄毛破天荒地多问了一句："你他 × 什么意思？"

表情已经称得上狰狞，尚清北抖得差点拿不住伞，可路言仍旧是那副冷冷淡淡的模样，问："不是要钱吗？"

黄毛总觉得事情没这么简单，半信半疑道："废话少说，钱先拿出来。"

路言干脆地说："让他们两个先走。"

尚清北顿时睁大眼睛，死命地压着声音道："不行，路言同学！这小朋友还太小，我们两个人对他们三个人本来就吃亏了，留你一个绝对不行！"

路言："……"

两个人对三个人，亏他说得出来，路言看着尚清北，一言不发。

尚清北抿嘴道："好，好吧，一对三。"

尚清北正视了自己的实力。

一向是黄毛拿捏别人，现在他突然有种自己被遛的感觉。黄毛要把新仇旧恨一起算在路言头上。黄毛心想这人想做什么，我就偏不让他如意。黄毛一个眼神示意，两个跟班就一左一右地站开，围住了身后两人。

尚清北见状，忍不住往路言那边靠了靠，感受到身后那小孩在抖，又拍了拍他的肩膀，道："别怕，怕的话就抱紧我。"

尽管尚清北声音已经压得很轻，可不承想，站在他那侧的跟班为了防止出岔子，此时正全神贯注地盯着他，好死不死的，把话听了个正着，还听错了。

那人顿时吓得面如土色，伸出手指着尚清北说："报警?!"

那人六神无主地看着黄毛，大喊："哥！我听见了！他们报警了！故意的！他们就是故意把我们堵在这里的！拖着我们！然后等着警察过来！"

尚清北完全蒙了。

恰巧也把话听了个全的路言："……"

尚清北已经知道那人听错了，却不敢声张，只看着路言道："我没……"

路言立刻打断他说："我知道，别说话。"

尚清北反应过来，闭上了嘴。

"报警"两个字一出，两个跟班彻底地慌了神，黄毛虽然没到那种程度，可脸色也已经很难看了。理智告诉他，"报警"是假的，很可能只是为了脱身想出来的法子，心底却有个声音，万一没说谎呢？如果只有最开始的一中的那个，他当个屁就放了，可偏偏又来了一个……

两个跟班面面相觑，都在彼此的眼睛里看出了退意。后来的这个学生，总给他们一种"来者不善"的感觉，而且出现得太过凑巧，凑巧到根本不能用正常的理由解释过去，只有一种可能，就是冲他们来的！

现在听到"报警"两个字，两人惧意更甚，挣扎了好久，还是开了口："力，力哥，算了吧，我看他也没多少钱。"

"对，力哥，先走吧，警察真要来了，事情就麻烦了。"

"他从书城那边过来的，可能真报警了，否则也不会随随便便地就进来。"

黄毛越听越烦躁，可之前一直怀疑的一点有了答案，这人之所以这么有恃无恐，就是因为报了警。

黄毛狠狠地啐了一口，只当自己今日运气不好，他直直地盯着路言，说："下次最好别让老子看到你，否则就没这么好运了。"

三人扭头往外走，可路言看着黄毛的背影，皱了皱眉，总觉得……还没完。

他偏头看着尚清北，问："知道怎么回去吗？"

尚清北紧绷的神经已经放松，整条腿都是软的，说："知道。"

路言点头道："从后面绕过去，别走之前那条路。"

尚清北总算知道哪里不对了，问路言："那你呢？"

路言的预感是对的，黄毛压根没咽下这口气。他走得很慢，一边走一边骂。没弄到钱就算了，还被报警的人阴了，最恶心的是，他竟然对着一个一中的小白脸，生出了"害怕"的情绪。

黄毛牙都要咬碎了，就在这时，耳边忽然传来其他两人的声音。

"那人没有跟上来吧？"

"没有，你别回头看了，快走！"

"那人真是一中的？怎么都没听过？看着比力哥还要……"

黄毛猛地顿住脚步，转身抓住其中一个人的衣领，嘶声道："你刚刚说什么？"

虽然最后半句没说完，可话里话外的意思，彼此都清楚。

那人吓得不轻，忙说："力，力哥，我没……我不是！"

黄毛松了手。钱不算什么，脸面才是最重要的，更何况今天他是里子面子都没了。这笔账，必须从那小白脸身上讨回来。

黄毛视线一扫，既然他们已经报了警，那就顺道让警车去趟医院。他忽然俯身，从地上捡了一根废木棍。

路言在黄毛顿住脚步的时候就察觉了，同样察觉到的，还有尚清北，刚松了的神经又再度紧绷，连"同学"两字都没有加，直接抓着路言的手，开口道："路，路言，快跑！"

看着把他手都快抓破了的尚清北，路言又好气又好笑，把人轻轻地往后一推，说："出了巷子记得往有人的地方跑。"

尚清北有些不敢相信地看着路言，片刻后，才懂了路言的意思。他转头看着身后还藏了个小的，一咬牙，一闭眼，说："你小心，不要硬碰硬，我回到书城马上通知那边的保卫处，立刻带人过来。"说完，带着小孩跑了出去。

路言转回身，轻轻一抿嘴，不要硬碰硬……也由不得他。

黄毛的目标从始至终就是路言，也没管跑了的两个。他见路言站在原地，也没跑，一时之间，都有点佩服路言的胆量了。但比起这个，他更想知道，木棍打下来的瞬间，这人还能不能这么硬气。

黄毛冷笑一声，登时就抄起木棍，抢了过来。所幸这巷子是老区，别的不多，木棍、塑料满地都是。路言脚边就有一根曲棍，曲棍半靠着墙立着，只不过有点脏。路言有点嫌弃，可似乎也没别的更合手的，只好微一弯身，握住曲棍一端，一侧身，挡在身前。

黄毛料定路言会躲，所以这一下的本意是拿来吓唬人的，用的力气不小。可谁知道，路言不仅没躲，还直接伸手挡了。黄毛根本来不及反应，从掌心一路麻到手臂，咬着牙才没让棍子掉下去。

路言也被震了一下，可他力用得巧，吃得住，趁着黄毛握不稳棍子的间隙，他往后撤了一步，轻描淡写地说："有句话你说错了。"

黄毛下颌绷得死紧。

路言笑了下说："考试我不在行，打架我在行。你说，巧不巧？"

下午五点，晚自习还没开始，一中最大的散群已经炸了，一拉下来，几百页聊天记录都和路言有关。

自"路言进派出所"的消息传出以后，申请入群的消息就没再断过，甚至连平日拒绝水群的一众年级排名前列的尖子生，都披着马甲下场了。

"真进派出所了，九班班主任和老曾都过去了。"

"不是说事情发生在校外吗？按理来说，老曾他们不至于过去啊，闹得很大？"

"都闹到派出所去了，你说能不大吗？"

"不是，老曾他们之所以过去，是因为除了路言，我们学校还有一个……"

"谁？戚神？"

"不是吧……"

"说出来你们可能不信，是……尚清北。别问我哪来的消息，只能说保真，不真我高考数学考 100！不！110！不！120！"

"竟然发这么恶毒的誓！我信了！"

"等一下，等一下，让我缓缓，清北那性子是怎么和路言打起来的？如果真是尚清北和路言，就根本不叫打架吧。只能说单方面挨揍。"

…………

路言和尚清北双双"入狱"的消息，第一时间就传到了九班。散群同一时段上线人数破了纪录，可九班一片死寂。无论是班群还是教室，根本没人敢提这件事。

已经下午五点，平常正是最闹腾的时候，可现在，班里人都有些心不在焉，时不时就往后瞟瞟，因为路言的位置还空着，尚清北的位置……也没人。路言他们没那么了解，可平日一早就会来的尚清北，到现在还没出现。

顾戚手机就放在桌上，没遮没掩，所有人都能明显地感受到，戚哥现在心情不算好。

"戚哥，清北今天下午没回过寝室。"尚清北室友对着顾戚摇了摇头，"我给他打电话，他也没接。"

顾戚靠在椅子上，没说话。他给周易打了两个电话，周易也没接。路言把尚清北打了这种话，他连听都懒得听，更别说信了，他只想知道发生了什么。

顾戚随手翻了翻班群聊天记录，顿了下，抬头问："雨濛，昨天你们去书城了？"

孙雨濛第一时间点头，说："嗯。"

顾戚问："清北也去了？"

听到尚清北的名字，所有人转过身来，孙雨濛连忙应声："对，人不少，陈蹊他们都去了。"

顾戚继续道："他有没有跟你们说，今天什么安排？"

昨天去过书城的一批人，听到顾戚这句话，都愣了一下。对啊，都在讨论"路言和尚清北"打起来的原因，却忽略了关键的一点，这两人究竟是怎么碰上的？以清北的性子，总不可能是约架吧？

尚清北的室友最先反应过来，说："昨天晚上讨论题目的时候，北北跟我提了一嘴，说要去书城自习。"

说着，他顿了一下，接着说："去书城，应该碰不到路同学吧？"

顾戚没说什么，沉默了片刻，抓着手机起身，径直地朝门外走去，经过林季身旁的时候，才说了一句："路言回来了，给我打个电话。"

林季问："哥，你去哪里啊？"

可林季没等到回答，顾戚已经转身下了楼。

第 14 章

锦旗

看着顾戚消失在转角处，林季连忙推了推后桌的郑意，说："快跟上！"

郑意问："跟谁？"

"戚哥啊，"林季急得不行，"我怕他直接跑到派出所去。"

"不会……"郑意顿了下，虚无地在最后加了一个"吧"。好像，也说不好，毕竟事关他的新同桌，可他也拿不定主意，只好看着杨旭之，问："老杨，跟不跟啊？你给句话。"

还没等杨旭之做决定，尚清北的室友已经从位置上跳了起来，说："回来了，回来了！"

班里人立刻看过去。

"什么回来了？"

"清北给你回电话了？"

"不是，你们看群！有人在校门口看到老曾的车了，说清北和路言都在上面，还有老周！"

与此同时，走廊上已经拥了不少人，全都挨在护栏边上往楼下看，连护栏湿了都顾不上。一时之间，整个高二年级的楼层都黑压压的一片。九班的人彻底地坐不住了，林季、郑意打头往楼下跑之后，孙雨濛和陈蹊她们也跟了上去。

顾戚接到林季电话的时候，离校门只有几十米远。看着来电显示，他按下接听键，也没等林季开口，说了一句："知道了。"他已经见到人了。

在校门口看到顾戚的瞬间，路言有些诧异，还是身旁的尚清北先开了口："他们怎么都跑出来了？是发生什么事了吗？"

然而比尚清北更加魔幻的，是九班众人。

他们看到了什么？为什么传说中打架打进派出所的两人，会撑着同一把伞？为什么刚去派出所捞完人的老周和老曾会勾肩搭背，还笑得一脸慈祥？

周易出声打破了两方的沉默，喊道："下着雨都跑出来干什么？回教室去。"

说完，他看了看路言和尚清北，语气轻了点，说："你们俩也先回教室吧。"

雨势忽然大了点，还起了风。看着撑在尚清北和路言上方的伞，顾戚也没问发生了什么，直接开口道："就一把伞？"

"伞都落在派出所了，这把还是曾主任车上的，"尚清北如实地说道，"要不我去门卫室先借一把？"

顾戚顺着他的话头说："不用，过来一个就好，几步路的事。"

刚刚下车的时候，伞就放在尚清北脚边，他顺手就拿了。路言没撑伞，看起来也没有撑伞的意思，还是尚清北看他淋着雨，自己跑过来替他遮一遮的。

尚清北觉察到路言不太喜欢别人靠太近，所以顾戚一开口，尚清北立刻点了头，说："路同学，这伞给……你……"

最后那个"你"字，轻到只能尚清北自己听见，因为他看见顾戚已经把路言接了过去，就好像那句"过来一个"中的"一个"，压根不包括他。或者索性说，指的就是路言。

顾戚把伞偏向路言那一侧，问："在书城碰到麻烦了？"

路言说："什么？"

顾戚接着问："不是说从派出所回来吗？"

从事情发生到现在，也没多久，可听顾戚的意思，好像什么都知道了一样，路言疑惑更甚，顾戚却只是笑了下，说："尚清北刚说过，伞落在派出所了。"

路言显然不信，朝顾戚身后看了一眼，问道："那他们呢？"这么一群人也是听尚清北刚说的？

顾戚说："班里闷，出来透透气。"

路言："……"

曾宏从门卫室折了出来，看到九班一群人，破天荒地笑了下。林季他们微微一僵，以示尊敬。

曾宏说："行了，雨下大了，都快点回去。"

"清北，你今晚辛苦一下啊，把稿子赶出来，尽量晚自习前就写好，到时候发给胡老师，让她帮你润色一下。"

尚清北握着伞柄，偷偷地看了路言一眼，说："老师，要不还是让路同学来吧，我，我不合适。"

曾宏和周易闻言，也看着路言，像是在问他的意思。路言沉默了，长久的沉默之后，曾宏和周易懂了，周易出来打了个圆场，说："谁来都一样，谦让也是美德。"

九班众人疑惑道："嗯？"

现在写个检讨，还要老师帮着润色了？还"谦让"？还"美德"？

曾宏把伞递给身旁的周易，让他举着，然后"唰——"的一声，把手里的东西放了下来。

九班众人这才看见曾宏手里拿了半天的红棍子，原来是面锦旗。虽然天色阴沉，可还是能看清上面烫金描边的大字，写着："一中学子兼德智，惩恶扬善美名传。"

路言："……"

九班众人："……"

顾戚离得最近，看见锦旗的瞬间，将事情猜了个大概，失笑，开始慢声地念起锦旗上的字来："一中学子……"

路言拳头握紧了，咬牙道："顾戚。"

顾戚忍笑道："嗯。"

路言直直地盯着他，语气并不友善地说："你想干吗？"

顾戚："天黑，看不清，就随便念念。

"这锦旗给谁的？"

路言如果早知道事情会发展成这样，他根本不会跟那三个人耗时间，更不会拖到尚清北带人找过来，他立刻把这"美名"推了出去，说："尚清北。"

尚清北把头摇成拨浪鼓，否认道："不是不是，路同学你这样我真的很不好意思，明天的国旗下讲话也不该……"

路言额角又开始痛了，说："打住，可以了。"

那头的曾宏根本没发现身后的学生炸开了锅，还心满意足地拍了拍周易的肩膀，说："真不用挂你们班去？"

周易说："家长送学校的，你收着吧。"

曾宏说："行，哪天班容班貌评比的时候，让雨濛来我这边拿。就你们班有，德育项就满了。"

周易也觉得可行，立刻应下："成。"

路言："……"

周易和曾宏两人商量完，并肩朝着教务处走，而身后的一群人不敢靠近路言，很快就把尚清北围了起来，陈蹊打头，开口问道："什么稿子？"

"锦旗怎么回事？"

"你和路同学为什么一起回来的？还是从派出所回来。"

尚清北捏着伞柄，都不知道要从何答起，心虚，弱小，又无助，偏偏还不敢看路言。

"嗯，国旗下的讲话，曾主任说要表彰。"

"书城那边有小混混抢钱。"

"锦旗是那个小孩的家长送的，本来说要给路同学和我每人各送一面，路同学没要，我也没要，就做了一个给学校。"

"路同学？他，他路过。"

"谁说的？路同学没有打我！他们怎么可以乱传？他救了我！"

尚清北平日讲话总是温暾，九班人难得见他急赤白脸的样子，连带着想起之前的传闻，拳头也有点硬。明明是个"联手拯救祖国迷你花骨朵"的好事，竟然能被传成双双"入狱"！

路言怕自己再站下去，会忍不住回一趟派出所，逮着黄毛再揍一顿，身旁的顾戚先他一步，开口道："走吧，雨下大了。"

路言立刻应下："去哪儿？"

顾戚示意前面两个方向，问："寝室、教室，你想去哪儿？"

路言选了教室，寝室远，懒得去。

晚自习临近，外头又下着雨，一路上也没什么人，挺安静，看着走在自己身边的顾戚，路言忽然想起来，说："衣服迟些还你。"

从派出所出来他就直接坐曾宏的车回学校了，也没来得及回家一趟。

"衣服我现在用不上，"顾戚见路言真上了心，有些想笑，"不用洗，直接给我吧，没那么讲究，这天气也难干。"

路言心想：都讲究完了，家里阿姨洗得干干净净的，只差拿个礼盒包起来。

路言一抿嘴，说："洗好了，明天让人送过来。"

让人送过来？也就是说衣服现在不在。顾戚把路言的话在头脑中过了一遍，问："真送到店里去了？"

路言觉得比带回家强，于是应道："嗯。"

顾戚没怀疑，只笑了下，说："下次直接放楼下洗衣房，不用那么折腾。"

路言回："没下次，你自己留着用吧。"

两人又走出一段路，顾戚漫不经心地问了句："上周六，你打的那个电话是谁的？"

路言顿了下，才想起来，回道："司机。"

顾戚语气格外自然地说："那你的呢？"

路言一时没反应过来。

顾戚又道："我说，你的电话。"

路言偏头看了顾戚一眼，顾戚眼神没有闪躲，说："有什么事，打电话总快些。"

就像今天下午，有个电话，也不至于心神不宁。

下了雨，路上光线暗，路言看不太清顾戚的神情，随口把自己的电话报了出来。

顾戚说："行，我试试。"

路言问："试什么？"

话音刚落，路言兜里手机振动了。

顾戚说："通了。"

路言："……"

路言看了顾戚一眼，所以这人是觉得，他会无聊到编一个号码给他？

路言问："所以，你以为我给了你一个假号码？"

顾戚说："没有。"

他没怀疑号码的真假，只是单纯地想让路小同学记一下他的号码。顾戚指着屏上亮着的那串数字，说："这是我的号码。"

声音挺轻，像沾了点凉意。路言偏过头去，看见顾戚笑了下说："礼尚往来。"

第 15 章

只是不想学

回到教室，顾戚给林季发了个消息，然后在走廊上等他。外头天色已经彻底地暗下来，连带着顾戚的声音都有些轻，问："下午怎么回事？"

林季已经把事情基本摸清了，立刻道："书城那边有一伙人专门抢学生的钱，让清北遇上了，路言不知道为什么也在那里，就让清北带着迷你花骨朵先跑了，他一个人对上了那个黄毛。"

顾戚问："动手了？"

"应该是。"林季小声地回答，"清北说当时路言让他走的时候，那个黄毛已经折了回来，手上还拿了根棍子，动手的情形他没看到，但他带着书城的保安过去的时候，那三个人已经趴那儿了。"

顾戚"嗯"了一声，问："路言呢？"

林季答："路言就撑着伞站在一边。

"然后书城报了警，小孩的家长来了，警察把那几个人带走了，又通知了学校，最后，老曾手上就多了一面锦旗。"

林季说完，顾戚迟迟没说话，好半天，林季才听到一句"知道了"。

很快，尚清北救了一朵祖国的迷你花骨朵，路言又救了尚清北的事，传遍了整个高二年级。据说家长送的锦旗都有三十个曾主任的脸那么大，而且明天还要在国旗下表彰他们俩。谁都知道他们一中成绩在哪儿都排得上号，奖杯拢了一大堆，可这种"见义勇为"的锦旗还是第一个，几乎可以算创造了历史。

此时，"创造了历史"的尚清北，正站在另一位"历史"面前，一言不发，而另一位"历史"开始后悔自己为什么没有回寝室。

"你想说什么？"路言最终开口问。

尚清北说："路同学，这演讲稿……"

路言当即打断他，说："你随意发挥。"

尚清北就是发挥不出来，才来找的路言，说："可我也没做什么。"

一旁的顾戚听笑了，问："演讲稿什么主题？"

尚清北说："智斗不法分子，见义勇为。

"但曾主任让我写和不法分子迂回的过程，而且要求写得不要太简单粗暴。"

尚清北说着偷瞄了路言一眼，说："因为和事实有点出入，所以我不知道写什么。"

路言抬眸，说："尚清北。"

尚清北第一次听路言喊他的名字，腰背都下意识地挺了挺，说："在！"

路言闭了闭眼睛，好让自己心静一点，问："这种稿子，不是看你想写什么，而是看老师他们想听什么，懂？"

尚清北不太懂。

顾戚怕路言被尚清北气伤了，书也不翻了，看着尚清北，说："智斗不法分子，老师只想听怎么'智'，不想听怎么'斗'。你就朝着如何'智'这个方面去写，和事实有出入的话，就用套话套过去，范文看过没？"

晚自习还没开始，班级中的同学东一团、西一撮地挤着，老老实实地坐在位置上的就没几个，即使老老实实地坐在自己位置上的，也没学习的意思，伸着耳朵听着这边的动静。

等到尚清北走到路言面前的时候，几乎所有人都放下了手头的事情看过去，看着两眼散发着"懵懂"两个字的尚清北。林季碰了碰郑意的手，说："郑意，我怎么觉得这情景，有点……诡异，怎么这么像……"

前排的陈蹊默默地接了一嘴，说："像我爸我妈辅导我那个不成器的弟弟做功课。"

所有人："……"

"快删掉，快删掉！我有画面了！"林季怕自己再听下去就回不来了，瞬间加入战局，"北北，智斗！智斗！你主要负责智！路同学主要负责斗！意思就是把你那部分写完就行了，知道吗?!"

"不成器"的尚清北极其心虚，因为在这起"智斗不法分子，见义勇为"事件中，他大概只发挥了一个"见"字。智是路言，斗是路言，"勇为"也是路言。

他从头到尾最大的作用，就是一句"抱紧"，还被歹徒自己听成了"报警"。后来还因为这句"报警"，让歹徒生了恶意，对路同学下了手。

路言见尚清北还一直看着自己，深吸了一口气，说："写不出来，就编。"

尚清北总算点头，说："我知道了。"

路言松了一口气，尚清北却低着头，神色有些不对劲。路言看着尚清北，不用费多大劲，就知道他在想什么。这人有点一根筋，很容易转不过弯来。

路言垂下眸子，开口道："不关你的事，没有你那句报警，他也不会停手。"

尚清北有些惊讶地抬头，忽然想起在巷子里的时候，好像也是这样，他自己都没注意，路言却看到了那小孩在发抖，还让他背过身去，捂住耳朵。

路言观察力很强，而且……他在安慰自己。这个认知让尚清北更为惊讶，他一时不知道该说什么，顾戚已经开口，问路言："那人你认识？"

路言知道他说的是那个"黄毛"，道："不认识。"

顾戚说："那是他认识你？"

一旁的尚清北回过身，第一时间替路言回答道："不认识。"

路言和顾戚同时看他，尚清北一本正经地解释说："因为他还想抢路同学的钱。"

文不对题的答案，可周围一圈拉长耳朵偷听的，立刻信了，那绝对不认识啊！镇安整个高校圈凡是听过"路言"名字的，哪个敢抢他的钱？

林季冷不丁地插道："那为什么都放过你们了，还折回来？"

尚清北纠正他道："不是他放过我们了，严格来说，是路同学放过他了。"

路言往椅子上一靠，又看了尚清北一眼，半天处下来，总算忍不住了，偏头淡声问顾戚："他平常说话就这样？"

用最循规蹈矩的语气，说着让人接不了的话。

顾戚笑道："嗯，就这样，不用解读，只是字面意思。"

尚清北觉察到路言和顾戚的视线，挺了挺腰板，说："戚神有事吗？"

顾戚也往椅子上一靠，说："没事，你继续。"

尚清北说："继续……什么？"

顾戚说："分析一下，为什么路同学都放过他了，他还要折回来？"

尚清北垂了垂眸，说："因为他不认识路同学。"

问题回到原点。

"如果不是这样，"尚清北看着路言，"可能就是找死吧。"

路言："……"

顾戚早就习惯了尚清北的说话方式，又问："除了想抢钱，那人还说什么了？"

尚清北回忆了一下，说："说我们管闲事。"

顾戚应道："嗯，还有呢？"

尚清北说："还说让路言同学小心点，别让他再碰到。"

顾戚问："有照片没？"

尚清北问："什么照片？"

顾戚说："那几个人的照片。"

既然报了警，总会留些照片，而且他觉得以尚清北的性子，也能想到这一点。

尚清北果然点头，说："有，报警的时候，我还从书城取了一段视频。"

顾戚说："发我一份。"

尚清北虽然疑惑，可他对顾戚的决定向来不会多说什么，直接拿出手机，给顾戚发了过去。

路言看着顾戚点了保存，皱了皱眉，问："你认识？"

顾戚说："现在不认识，以后说不定。"

如果"有幸"碰上，可以认识一下。

顾戚放下手机，对着尚清北开口："行了，差不多清楚了，回去写稿子吧。"

晚自习结束，回到寝室没多久，林季就扒着门对顾戚说："哥，清北站路言门口半天了，也不敲门，他想干吗？"

顾戚刚冲了个澡出来，闻言把校服随便往身上一套，便走了出去。

尚清北见到顾戚的时候，眼睛都亮了一下。顾戚开门见山地说："找路言有事？"

尚清北点头，说："路同学救了我，我总要做点什么，报答他。"

顾戚被尚清北一本正经的话逗笑了："那你说说，想怎么报答？"

尚清北压着声音道："戚神，我觉得路言同学挺聪明的，可能就是不想学。"

老师用来对付家长的一贯说辞，从尚清北嘴里说出来，却有几分莫名的可信度。

顾戚原先只是开玩笑，现在他倒真想听听，尚清北这个"挺聪明，只是不想学"的结论，是从哪里得出来的。

"嗯，怎么说？"

尚清北说："戚神，你知道书城后面那片老规划区吗？"

顾戚说："知道。"

尚清北点头道："其实里面路不好找，可路言同学记得很清楚。

"路言同学跟我说是路过，我知道他只是随口一说，也没信。

"一来，那边地方偏，平常就没什么人走动，又是下雨天，连书城里的人都少了一半，更别说后面那片。

"二来，我和路言同学基本就是前后脚，不出意外的话，他应该是看到我跑出来了，觉得有点不对劲，所以跟了上来。

"后来书城调监控的时候，也证实了这一点，路言同学在二楼阅览室窗户那边站了一会儿。那个窗户我知道，正对着后面的巷子，很可能就是在确认位置。

"所以从他看到我，到确认位置，再到追过来，最多十几分钟，我觉得有这种敏锐度和观察力的人，无论做什么，都不会差。"

顾戚一字一字听完，看着尚清北，语气有些认真地问："所以？"

尚清北说："所以路言同学很可能就是心思不在学习上。"

"有这种敏锐度和观察力的人，无论做什么，都不会差"，顾戚觉得尚清北这话说得很对。毕竟不是所有人都能在那种状况下，记住这么多细节，还能条条框框地列出来。路言是，眼前的尚清北也算一个。

尚清北见顾戚不说话，小心翼翼地问了一句："戚神，你怎么看？"

他怎么看？顾戚视线忽地往后一扫。

有时候太专心了，也是会漏掉很多事情的，就好比现在。

尚清北就没有发现，他身后的门是开着的，虽然只有一条缝，可的确没锁。

也就是说，他口中那个"挺聪明，就是不想学"的路言，很可能已经听见他们的对话了。

第 16 章

受伤

顾戚往墙上一靠，恰好遮住了尚清北的视线。

他头发还湿着，里头只穿了一件黑 T 恤，校服拉链也没拉，看着有些散漫，可莫名给人一种锐利感。

尚清北小心翼翼地喊了一句："戚神？"

顾戚"嗯"了一声，偏头看他："对了，你刚刚说什么？"

尚清北说："我问戚神你怎么看。"

顾戚说："上一句。"

尚清北的大脑飞速运转，说："我说路同学可能只是心思不在学习上。"

顾戚笑了下，说："那你觉得，路同学的心思在哪里？"

尚清北疑惑地眨了眨眼，什么叫"路同学的心思在哪里"？为什么自己说了这么一堆，戚神问的竟然会是这个。

尚清北完全蒙了，半天挤出来一句："啊？"

顾戚对答如流："心思不在学习上，那总该有别的。"

"要想下药，也得先对症，不是吗？"

倒也，倒也说得通，尚清北立刻思考起来。不想还好，越想越觉得顾戚这解题思路是对的。对症下药，量体裁衣，是该这样。可路同学的心思不在学习上，又能在哪里？

顾戚说："你不妨想想，自己不想学习的时候，最想做什么？"

尚清北义正词严地说："我每时每刻都想学习。"

顾戚："……"

顾戚难得被噎。

这话要是从别人嘴里说出来，他可能不信，可从尚清北嘴里说出来……是真的。尚清北长这么大，除了学习，还真没有什么别的心思。

尚清北拧眉思考了半天，得出了在他的认知范围中，最离经叛道的答案："谈恋爱。"

顾戚盯着尚清北看了好一会儿，盯得尚清北脸都涨红了，才慢悠悠地问了一句："和谁？"

尚清北缩了缩脖子，高声地否认道："我，我，我没谈恋爱！"

顾戚说："我也没问你。"

那就是问路同学……那他更不清楚了！尚清北觉得今天的戚神特别难对付，说："我不知道啊。"

顾戚说："这问题，可以以后再问。"

尚清北："……"

他为什么要问这个？

顾戚见话题也歪得差不多了，笑了下，说："还有事？"

尚清北一心扑在"路同学和谁谈恋爱"这个话题上，早把正事忘了，也忘了自己这趟来的目的，僵硬且机械地摇了摇头，说："没事了。"

顾戚目的达到，说："行，那回去吧。"

尚清北魂游天外地往回走，走出几步，见身后的顾戚没动静，又问："戚神，你呢？"

顾戚说："我有事。"

尚清北问："找路同学吗？"

顾戚点头说："嗯。"

等着尚清北走回寝室，顾戚才转头，看着那开了一条缝的门，沉默了会儿，最终敲了门。

正如顾戚所想，路言的确听到了尚清北的话，但他只听了一会儿，停在那句"戚神你怎么看"，就没再往下听。现在听着这敲门声，不用猜都知道来人是谁。半晌，他才回了一句："有事？"

顾戚的声音被木门掩去了几分，路言听见一声："嗯。"

左右没什么躲的必要，路言直接开口道："没手，门没关，自己进来。"

听语气不像"欢迎"的意思，顾戚莞尔，推门进去，就看到路言坐在床上。怪不得会说"没手"。

顾戚问："睡这么早？"

路言快速地下了床，语气平静地说："你睡觉穿这么厚？"

因为在寝室待着，所以路言没披外套，现在只穿了一件白色卫衣。卫衣宽松，刚刚下床的时候，腕间的袖子随着他的动作滑了下来，顾戚看得很清楚，路言手腕处红了一片。

路言没发现顾戚的不对劲，问道："有什么事？"

顾戚皱了皱眉，答非所问地说："都不怕疼的吗？"

路言抬眸看他，疑惑地发声："嗯？"

顾戚叹了一口气，转身向后，说："回去拿个东西，等我一下。"

走到门口的时候，顾戚只是象征性地带上了门，还说了一句："门不用关，等下还要开，麻烦。"

路言："……"

等顾戚回来的时候，手上多了一个箱子，箱子不大，一掌宽，上面有一个很显眼的"红十字"标志。

顾戚把急救箱放下，言简意赅地说："校医务室关门了，用这个应一下急。"

说着，根本没打算给路言拒绝的机会，"啪嗒"一声，直接解开锁扣，随即抬眸看着路言，说："要我帮忙，还是自己擦？"

见路言一副"不想配合"的模样，顾戚笑了下，说："那就是要我帮忙。"

路言迟疑了下，才开口："箱子给我。"

顾戚把生理盐水、碘伏、棉签拿了出来，递过去。

路言扫了一眼瓶身上的生产日期，日期很新，像最近才备的，忍不住问了一句："这急救箱是宿管阿姨的？"

顾戚答："我的。"

"你寝室还放这个？"路言觉得顾戚不像容易磕着碰着的那种人，比起来，更像让别人磕着碰着的。

顾戚不仅没正面回答，还挺欠揍地说了句："我寝室东西不少，要不要去看看？"

路言："……"

路言原先都没在意，因为伤口并不深，只是他皮肤软，什么印子都留得住，看上去瘆人了点。伤口的位置有些不顺手，于是他草草地涂了两下就结束了。

"药不是这么擦的。"说着，顾戚顺手接过路言手上的棉签，在路言下意识避开的动作中，语气淡淡地讲："如果想衣服沾上碘伏的话，就继续动。"

路言低头看着岌岌可危的卫衣，最终放弃了。

离得近了，顾戚才发觉，这伤口有点不对，他原先以为是擦伤，现在看起来，倒像是被什么东西抓的。

路言偏过头去，不耐烦地问："你能不能快点？"

顾戚说："快了会疼。"

路言："……"

顾戚继续擦药，一边擦一边问："除了手腕，还有没有别的地方伤到了？"

路言想都没想地说："没有。"

顾戚问："你确定？"

路言总算回过头，虽然手还被顾戚握着，可他的表情异常冷漠，说道："如果我说不确定，是不是还要站起来给你检查？"

路言觉得自己都怂成这样了，顾戚总该没话接了。可谁知道他高估了自己，更低估了顾戚，顾戚只笑了下，说："可以。"

路言："……"

顾戚怕真把人惹恼了，先举了降旗，温声地问："不开玩笑了，还有没有别的地方碰到了？"

路言收回手，放下袖子，说："没有。"

本来就都是皮外伤，不擦药的话一两天也就下去了，顾戚用眼神示意了一下路言的手腕，问："这里怎么伤的？那黄毛弄的？"

路言顿了下，想起这伤口是怎么来的之后，摇了摇头。

第 17 章

把路言带回来

顾戚一回到寝室，林季他们就齐齐地起身看他，神色还闪烁着，像有事要说。

顾戚没理会，随手拉过椅子坐下，才道："又怎么了？"

几人你看看我，我看看你，最终把林季推了出来。

林季深吸一口气，问："哥，你刚刚在路言寝室干吗？"

顾戚抬眸扫了他一眼，很轻的一眼，林季却觉得自己要凉了，忙说："不是，哥，我不是故意跑过去听你墙根的！是因为刚刚宿管阿姨来抽查人数，我们说你去别的宿舍了。阿姨就说她先上楼检查，等你回来了再签名，我这才过去找你的。"

林季平日说话就跟放炮似的，这次急着解释，顾戚被林季吵得耳朵疼，顾戚眼帘半垂着问："嘴是借的？急着还？"

林季："……"

林季突然不讲了，像机关枪突然卡了壳，他调整了一下语速和音量，说："你也知道，我们学校宿舍的门隔音不好，就不小心听到了你和路言的对话了。"

顾戚问："还听到什么了？"

林季猛地摇头，就随便听了两句，哪里还敢往下听？

"戚哥，你东西呢？"杨旭之盯着顾戚看了好一会儿，半晌，开口道。他明明记得戚哥出门的时候，好像拎了个小急救箱。

"给路言了？"

顾戚点头道："嗯。"

杨旭之第一个反应过来，说："所以，戚哥你刚刚在路言寝室，是在给他上药啊？"

顾戚看了林季一眼，轻笑道："问你呢，我刚在寝室干吗？"

林季立刻乖巧地认错道："哥，我错了。"

见顾戚没有生气，林季放下心来，拉着椅子在顾戚身旁坐下，问："哥，你刚刚说路言受伤了？"

"没听清北说起过啊，"连郑意都有些意外，说，"那时候我还特意问过清北，他说路言没受伤。他带人过去的时候，那三个都趴地上了，他们的衣服上全是泥水，路言一点都没沾到。照理来说，应该没受伤才对呀！"

"不过，到底是一打三，人数上总是吃亏。"杨旭之接了一嘴。

林季立刻把杨旭之给否了，说："我觉得对付那种小流氓，路同学一个人就可以包围他们三个。"

杨旭之白了他一眼，说："包围是这么用的？"

"夸张懂不懂？夸张。"林季回怼道。

三人说了一通，才发觉顾戚一言未发，于是默契地不再说话，只看着顾戚。

顾戚想着路言手腕上的伤痕，不是擦伤，也不是淤青，路言也没说是怎么弄伤的。他倒不是担心别的，只是书城后面那巷子废了很久，那些杂物锈的锈，烂的烂，路言虽然只是受了皮肉伤，也不能保证伤口是干净的。

如果路言的手腕是被什么锈钉子划到的，擦药就是应个急，要想安全地处理伤口，还得让路言去医院。他怕路言嫌麻烦，不肯去医院。顾戚想了想，最终还是起身了。

"哥，你去哪儿？"林季这次学乖了，先问清楚，几秒后，补了一句，"去了还回来吗？"差点又脱口而出一句"回来还爱我吗"的时候，门已经被顾戚带上了。

顾戚出了门，便直接往尚清北的寝室走去。尚清北见到他的第一句话就是："戚神，关于路同学心思的问题，我还在研究。"

严谨专注到用上了"研究"这个词，顾戚也没表现出丝毫诧异，不仅顺理成章地应了，还回了一句："慢慢研究，不急。"

尚清北点头。

"我来不是问这个，"顾戚换了话题，直接道，"路言手上的伤是怎么来的，知道吗？"

尚清北睁大了眼睛，问："路同学受伤了？"

顾戚说："你带人来的时候，有没有发现什么？"

尚清北把下午的事，事无巨细地跟顾戚说了一遍。

"书城保安把那三人扣起来的时候，可能是觉得路同学看起来不像会打架的，以为他吃了亏，就一直跟黄毛说小小年纪不学好，出来抢钱，还以多欺少。

"然后那三人就喊了半天，说'谁欺负谁啊，谁趴在地上，你们看不出来吗？老子连他衣服都没碰到，好吗'，看起来不像在说谎，所以我猜路同学应该没受伤，而且他的衣服很干净，都不像刚打完架的那种。"

尚清北有些不放心，又问了一句："戚神，路同学伤哪儿了？"

"手腕，"顾戚说完，顿了下，忽然道，"那之前呢？"

尚清北一头雾水地问："什么之前？"

顾戚言简意赅地说："你走之前。"

"走之前？"尚清北低着头认真地思考，"那就更没……"

尚清北倏地没了下文，他忽然想起来，就在黄毛猛地停住脚步的时候，他拉着路言说"快跑"，当时他好像就一直死死地抓着路言的手腕来着。

尚清北："……"

尚清北一直没说话，顾戚也没催，耐心得很。最终，尚清北凭着记忆，小心翼翼地指了指自己的手腕，问："戚神，路同学受伤的地方……是这边吗？"

顾戚说："差不多。"

"那可能是我。"尚清北几乎能肯定了，主动坦白，"那时候……"

顾戚听完始末，有些想笑，没伤在小混混的手上，倒伤在了自己人的手上，所以刚刚大概是顾虑着尚清北，路言才没说怎么弄伤的。路言看着性子冷，实际上很为他人考虑，心思比谁都细。

尚清北歉意更甚地问："戚神，路同学伤口破皮了吗？严重吗？"

顾戚原先是担心路言对伤口不上心，现在知道了，伤口处理得也算及时，于是道："不严重，擦了药，一两天就好。"

尚清北还是有点不安心，说着就要往外跑，说："那我还是去给路同学道个歉吧。"

顾戚伸手拦下，说："不用，他已经睡了，别去吵他。"

尚清北说："那我明天去？"

顾戚说："他如果想让你知道，我就不用来问你了。"

尚清北一下子听懂了顾戚话中的意思，戚神明显是帮路言处理完伤口才来的，他问了，路言没说，所以才特意过来一趟。尚清北最终点头应下："我知道了，戚神，我会想别的法子来报答路言同学的！"

顾戚不置可否，对尚清北口中的"别的法子"还挺有兴趣，也就随了他。

第二天一早，天还阴着，下了一晚上的雨却停了。

几天前，路言还觉得下雨麻烦，可今天他巴不得下场瓢泼大雨，因为学校非常舍得地拿了一个早自习的时间，举办了一场开学典礼……以及表彰大会。一想到尚清北的演讲稿，路言就头疼，索性直接待在教室。

操场盛况空前，所有人都被台上领导的阵容惊了下，简直堪比一年一度的誓师大会。而且，台上所有领导的目光，都集中在发言的尚清北身上，目光慈祥，仿佛在看一个状元。

谁都知道他们一中是状元的摇篮，生源优秀，师资雄厚，可万事都有两面，久而久之，"考试集中营""里头的孩子只会读书"等此类传言层出不穷。而今天，竟然有两个学生能挺身而出，与不法分子斗智斗勇，他们不仅将不法分子绳之以法，最重要的是还毫发无伤。

这叫什么？这就叫智勇双全。思及此，他们的目光越发和蔼。

底下所有人："……"

什么"冷静非常，跟不法分子周旋"，什么"避免正面冲突，保护自身安全"，不是说带人过去的时候，三个都已经趴地上了吗？

所有人转过视线，想看看"冷静非常，跟不法分子周旋"的路言，可一侧头，把九班从头到尾地看了一圈，都没看见路言。连顾戚也没见着。

尚清北念完稿子下了台，曾宏还在长篇大论。尚清北看了一圈，径直地走到林季后边，问："路同学呢？"

林季回答得很干脆："教室。"

尚清北问："那戚神呢？"

林季回答得更干脆，说："应该也在教室。"

林季接着又压着声音道："北北，你靠近点，低头，别到处看。"

尚清北闻言立刻低下头，有些紧张地说："怎么了？"

林季解释道："给路言和戚哥打掩护呢。"

尚清北这才发现，九班后排无论男生还是女生，都靠得特别近，低着头，这样从台上看下去才不会注意到少了谁。为了戏更真点，每人手上还拿了一本英语小册子，装作低头忙着背单词的样子。

"对了，北北，刚刚我听老周接了个电话，提了一嘴你和路言奖金的事，什么奖金？"前排的朱瑞问了一句。

"奖金？"尚清北想了一会儿，"哦，本来那小孩的家长是想要给我们奖金的，我们没要。"

朱瑞忍不住好奇道："多少？"

尚清北说："好像一万吧，我也不记得了。"

所有人："……"

林季拍了拍尚清北的肩膀，说："做得好，视金钱如粪土，是我们九班人该有的品质。"

典礼结束，林季飞奔着回了教室，一进教室，就问有没有吃的。郑意在抽屉里摸了一通，什么都没捞着，回道："谁让你不吃早饭。"

林季委屈地说："谁知道老曾能说这么长时间啊，我还以为有时间去食堂吃个饭呢。

"算了，我去超市买个包子吃。"林季站起身，朝着顾戚喊："哥，我要去超市，要不要帮你带什么？"

林季这才发现路言不在，又问："哎，哥，路言呢？"

"刚好，"顾戚偏头看了一眼身旁空着的椅子："把路言带回来，快下雨了。"

刚他从楼下上来的时候，好像看到那人往超市那个方向去了。

顾戚又道："看看他在不在超市那边。"

林季："……"

林季顿了一会儿，说："哥，麻烦问一下，你的意思是，让我……把路言带回来？"

顾戚头都没抬地应道："嗯。"

林季："……"

林季刚想回一句"我能把超市老板给你带过来，都不能把路言给你带回来"，一张校卡就扔了过来，林季下意识地接过来，低头一看，是顾戚的，意思也很明显，随便刷。

林季的表情瞬间就变得美滋滋的，完全忘记了刚刚自己是副什么表情，说："保证完成任务。"

郑意斜了他一眼，问："视金钱如粪土？"

林季拉着郑意往外走，义正词严地道："我爱粪土。"

第 18 章

谁甜一点

　　林季回来得很快，嘴上还叼着一个烧卖，三两口地咽下后，立刻来跟顾戚汇报情况。

　　"哥，人见着了，没带回来，"说着，他从身后掏出一袋豆奶，"带回来这个，还烫的，你要吗？"

　　顾戚合上书，看着他。林季心领神会，知道顾戚不想听别的，于是道："见到了，没碰着，也没说上话。

　　"我过去的时候，路言刚从超市出来，手上拿着一块黑色的东西，有点远，我没看清。"林季想了想，"我看着他往校门那个方向去了。"

　　顾戚问："校门？"

　　林季点头道："嗯。"

　　"行了，知道了。"顾戚接过林季递还的校园卡，偏头朝窗外看了一眼，天阴沉得很快，看样子没多久就要下雨了。

　　顾戚有些摸不准路言是往校门口去，还是往校外去，但无论往哪边走，路言都没带伞。

　　顾戚最终给路言发了一条信息，问他："在哪儿？"

　　路言收到顾戚的消息的时候，正从校门口往回走。今天一早，徐娴就让司机把那件"教研组"的衣服放到一中门卫室去了，然后给路言发了个短信，让他记得取。

　　当路言看到被熨烫得毫无褶皱，叠得整整齐齐，放在一个高级的包装袋里，只差系个蝴蝶结就能当礼物送出去的衣服时，他有点烦躁，想直接把衣服撂这儿，并且后悔告诉了他妈这衣服的最终来源——徐娴知道这衣服是同学借给路言的之后就很高兴，惊喜于儿子这么快地融入了班集体的她对这衣服格外上心。

　　路言久久地没说话，转身去了超市，买了一个最普通的黑色塑料袋。换包装袋期间，门卫大叔还一个劲地问："为什么要换袋子啊？""这个多好看，硬壳的，还能装东西。"最后路言把那个"好看又能装"的袋子，贡献给了门卫室。

　　雨说下就下，看着顾戚的消息，他也来不及多想，随手敲了一句"回来了"，就把手机塞进兜里，绕进了教学楼。他不知道，这句明显透着熟稔意味的"回来了"，让某人心情大好。

这边林季正美滋滋地剥着茶叶蛋，准备趁上课前赶紧解决，那边的顾戚忽然开了口，问："刚说的那个豆奶，还有没有？"

"还有一瓶。"林季从袋子里找出来，扔给顾戚，"哥，你不是说不喝吗？"

顾戚稳稳地接过，说："现在想喝了。"

林季吃完了两个烧卖，看着"说不喝又要喝，说要喝又放着不喝"的顾戚，撇了撇嘴，对着身后的郑意小声地说："戚哥的心就是六月的天，说变就变。"

郑意把林季手上剥了一半的茶叶蛋抢走，开口道："可能不是他自己喝，给别人的。"

林季问："谁？"

就在这时，路言从后门走了进来，林季正侧着身，两人的视线撞了个正着。

林季："……"

林季乖巧且僵硬地转回身子，还能有谁！他就不该问！郑意就是用这个转移他的注意力的，好骗他茶叶蛋的，他还真信了！

顾戚见路言肩上已经洇湿了一小块，开口问："下雨了？"

"嗯。"路言坐回位置上，把袋子递过去，"衣服还你。"

顾戚顿了一会儿，问："所以刚刚这么急，就是去拿这个了？"

路言："……"

他哪里急了？路言咬着牙问："衣服你还要不要了？"

"要，"顾戚接过袋子后，问，"干洗店送来的？"

路言这才想起自己上次说送去干洗店了，不过也好，能解释为什么熨烫得这么齐整，顺势应下："洗得很干净，你放心。"

顾戚笑了下，收好衣服后，把豆奶放在路言桌上，说："还是温的，刚好。"

见路言没动作，顾戚又补了一句："怎么说都亲自取了一趟衣服呢。"

路言盯着那袋豆奶看了一会儿，困恹恹地抬眸道："所以这是什么？辛苦费？"

"你说什么就是什么，"看着淋了雨嘴唇都有些白的路言，顾戚直接把盖子拧开，递过去，"等下连着两节物理课，喝点暖的，醒醒神。"

路言的确有些困，不知道是不是因为昨天久违地打了一架，还淋了点雨，今天险些没起来。

"谢了，"路言接过豆奶，从头看到尾，记下了名字和外包装，看着顾戚说，

"超市买的，还是食堂买的？"

顾戚一听就知道，这豆奶又算"借"的了，不出意外的话，明天一早，他的桌上就会出现一瓶一模一样的豆奶。

虽然路言给他买东西不是什么坏事，顾戚也挺乐意的，但如果事事都冠上"有借有还"的名头，就不是那么让人乐意的事了。顾戚轻笑道："上次偷着送水，这次又打算偷着送豆奶了？"

路言："……"

为什么好像无论什么话，只要从顾戚嘴里说出来，都能岔出另一层意思来？路言往椅子上一靠，看着顾戚问："能解释一下吗，什么叫'偷'着'送'水？"

顾戚学着路言的样子，懒懒散散地往椅子上一靠，说："给我送水的时候，是不是没人知道？也没告诉我。这不是偷着送，是什么？"

路言竟有些无言以对，沉默之后，回道："那叫'还'，不叫'送'。"

顾戚说："既然是'还'，总要先借了才有还。"

"可我是给你的，"顾戚笑了下，说，"不是借你的。"

路言："……"

路言看着顾戚欠揍的样子，非常想打人。

"好了，不说了，趁热喝。"顾戚语气敛了敛。

说完这话，顾戚神情忽地认真了很多，还没等路言反应过来顾戚为什么忽然敛了神情，他就听到一句："其实不用事事都算清楚的。"

路言顿了下。

"时间久了，很多事也就算不清楚了，"顾戚声音不重，只看着路言，"就像书城那次，你也没向尚清北算清楚，不是吗？"

顾戚话音落下，预备铃刚好打响，因为毫无防备，显得格外刺耳，惊得路言手指都下意识地攥了攥。

顾戚说完这几句话，就没再投过视线来，路言却沉默了很久。

第二天，顾戚在自己桌上看到一杯豆浆的时候，莫名地想笑，而他的同桌手上也拿了一杯。

路言正在看书，余光瞥到顾戚，头也没抬地说："豆奶没了，只有豆浆。"

顾戚极其自然地拿过，喝了一口，说："没放糖？"

"半分，"路言说完，抬头看他，"半分还不够甜？你什么小孩口味？"

顾戚又喝了一口，问："你的那杯呢，有没有甜一点？"

"没有，"路言面无表情地说，"你爱喝不喝。"

顾戚说："学校超市的老板糖放得少，半分要当两分算，下次最好买七分的。"

路言说："没下次，滚。"

豆浆还有些烫，隔了一层纸杯壁，温度正合适，顾戚偏头看了路言一眼，笑了下。他很清楚，这杯豆浆是路言"给"他的，不是"还"他的。

一早上，顾戚都格外地平易近人，连化学老师都有所察觉，趁机多给他布置了一个实验任务。等到顾戚被叫去实验室，路言又被老周喊走的时候，熬了一早上的九班人，总算捱起了桌子，一下子全围到了后排。

"快说，我憋了一早上了，真的假的？"

"真的，不信你问我同桌，如假包换。"那人说着，推了身边的人一把，"你说是不是？"

被推的那个人沉思了一会儿，重重地点头道："真的，差不多就是这个意思。"

下了雨，大课间没出操，本来正是趴着补觉的时候，谁都没料到，接下来会有一张字条横跨九班，从头传到尾，除了自带结界的顾戚和路言，几乎涵盖了九班其他所有人的字迹，话题围绕一个中心——为什么路同学今早要给戚神带豆浆？

本来林季都已经辟了谣，说昨天戚哥给路言带了一瓶豆奶，路言今天带回来一杯豆浆，礼尚往来，他想着这瓜吃不出新味，可以就此而止。可谁知道，第二张字条，才是舆论的开始。

起因是有人多问了一句，戚哥和路言早上聊得这么开心，在聊什么。

除了当事人，这答案显然只有离得最近的前排两人能听到，于是身负重任的两人凭着记忆，写了以下几句话。

"在讨论谁甜一点的问题。"

"路同学觉得戚哥不够甜。"

"戚哥说路言比他甜一点。"

就这样，"谁甜一点"的话题，成功引爆了这个"纸上聊天群"。

等到路言回来，看到后排围了个水泄不通，所有人嘴上还说着什么"甜不甜"的时候……

路言："……"

第 19 章

2.3 秒

路言一直以为"教研组"的事就这么过去了，谁知还是翻了车，而且是当晚就翻了车，翻得极其惨烈。

顾戚平日不怎么穿冬季校服，收到衣服就带回了寝室，顺手想挂进衣柜，却闻到一种很舒服，也很熟悉的香味……和路言身上的味道很像。紧接着，他在校服内兜掏出了一把糖，以及一张字条。

"同学你好，我是言言的妈妈，谢谢你把衣服借给言言，下次有空的话，可以来阿姨家玩。"

顾戚大概猜到了始末，看着路言妈妈写的字条，笑了。

书城事件后，路言煞神的传闻坐实了，可九班人对路言的观感越来越好，仗义，话少，战斗力爆表，还能在体育课上凭借一己之力，拉高整个九班的平均颜值线，吸引学妹的目光。

慢慢地，九班人都开始喊"言哥"，刚开始喊的人只有郑意他们几个胆大的，后来越喊人越多。下了体育课去买水的时候，大家也会极其自然地给路言也带一瓶，游戏组队也会喊上他。

路言什么都好，除了学习不行，九班人有点急。

月考前一周，班里的学习气氛越发浓厚，在晚自习这种本该争分夺秒的时候，路言却趴在桌上……睡觉。

"言哥怎么还在睡？"朱瑞刚在走廊背了两篇英文范文回来，嘴上虽然说着"恨铁不成钢"的话，身体却很诚实。他不仅小心翼翼地把后门关上了，怕风吹进来把人给吹醒，还压低了自己的声音。

顾戚从前门走进来，说："刚睡下。"

言下之意就是没有"怎么还在睡"一说，朱瑞觉得顾戚太惯着路言了，说："戚哥，还有一周就月考了，你急一点！"

顾戚听笑了，问："急什么？"

朱瑞说："你管管言哥啊！"

前排不少人也小声地附和道："是啊，学不学得会先不说，状态总要先进去呀！"

顾戚没回座位，直接站在讲台边，替周易复盘一沓竞赛资料。陈蹊就坐在前排，她放下笔，看着顾戚说："戚神，你是不是都不上论坛？"

顾戚语气很闲适地问："论坛怎么了？"

陈蹊敏锐地听出了顾戚话中的意思，他说的是"论坛怎么了"，不是"什么论坛"，说明之前也知情，既然当事人知情，也就更好说了。陈蹊继续说："因为不少人拍到了你和路言的照片，然后你们俩关系挺好的消息，就传到校外去了。"

顾戚点头说："然后呢？"

前排一群人纷纷开口。

"很多人都不信啊，说什么的都有。"

"有说你被言哥打服了的，有说你把言哥打服了的，还有说言哥根本不是跟你玩得好，只是馋你的脑子，说你和言哥是最萌智商差。"

"最萌智商差！听听！这说的是人话吗？所以，戚哥，你还不拉言哥一把？"

说到这里，顾戚才从资料上抬起头来，他的视线在路言身上定了一下，然后缓缓地说出两个字："不用。"

所有人："……"

半节课后，教室位置空了大半。一中和其他学校不一样，越临近考试，学习气氛越浓厚，整体氛围却越"轻松"。一批在走廊背书，一批讨论题目，一批在教室写卷子，再加上高二年级每楼备了两个自习室，可以走动，没有绝对的硬性规定，就更加自由了。

下午周易给了一张练习卷，讲完两道题后，剩下最后一道题让他们自己琢磨。

本就都是新题型，前两道题一知半解的就不少，啃了两三遍才啃下来，剩下一道题难度更大。一群人中，也就尚清北、陈蹊和孙雨濛做得快。他们和顾戚对了对答案之后，陈蹊和孙雨濛多少都有些步骤出了错，只有尚清北全对上了，很快，尚清北就被推着上了讲台做讲解。

尚清北捏着粉笔，在黑板上先画了图，除了顾戚和路言，九班人全伸着脖子抬头看。

"我也有点不确定，要不还是戚……"尚清北刚开口，就被台下细小的声音打断了。

"戚什么戚，让戚哥讲还不如把老周找过来。"

尚清北："……"

倒不是九班人不让顾戚讲，只是在绝大多数情况下，顾戚的解题思路，不是一般人可以套用的。别人是用证明推答案，他很有可能就是利用一些超考纲的竞赛思路，先解答案，再推证明。用他常说的一句话就是："显而易见，这道题的答案是……"

尚清北顾忌着最后一排的路言，讲题的声音不响，可路言还是醒了。看着悠悠醒转的同桌，顾戚笔尖顿了下，问："吵到了？"

"没，"路言意识还不清醒，"谁在讲台上？"

顾戚说："清北。"

路言眼睛没睁开，声音闷在衣服里，问："物理题？"

"嗯，"顾戚在黑板上扫了一眼，才讲到第三小题，"还要讲一会儿，自习室人不多，吵的话去那边睡？"

"不用，"路言头又往下埋了一点，下意识地说了一句，"习惯了。"

路言是真的习惯了，习惯了九班人的声音，习惯了他们的闹腾。他不觉得吵，甚至有时候醒来，听着耳边絮絮的讨论声，还觉得挺舒服。

路言说完，继续补觉，顾戚却因为他这句脱口而出的"习惯了"，沉默了好一会儿。

台上的尚清北不知道后排两位大佬的对话，解了第一、第二问之后，对着黑板看了几分钟，决定先打住。

"条件已经差不多都列出来了，大家可以自己试着解解看。"尚清北转过身，看着台下一群人，说道。

台下懂了的，在尚清北画完图后就回了位置，不懂的还死盯着黑板，一脸问号。

"那我再给个提示，"尚清北在图上又多画了一条轨迹，"第三问和第一问关系不大，不要局限于第一问求到的范围，不要被这个带偏。"

再睁眼的时候，路言被顶头的灯晃了眼睛。

其实醒了之后，他就没再睡着，只是昨晚久违地熬了个通宵，虽然刚补了一觉，可精神还很倦怠。顾戚的位置空着，也不知道去了哪里，此时台上传来尚清北的声音。

路言微撑着抬起头，定了定神，看清黑板上的题目，这是一道电磁大题，周易下午给的习题之一。

一中教学进度快，尤其是物理、化学、生物三门课。高二上学期结束时，高二的学生已经把教材完整地过了一遍，平日测验难度也基本和高考持平，甚至因为拥有周易这类出惯了竞赛卷的老师，有些压轴题难度甚至直逼竞赛。

路言还没来得及做题目，就着尚清北的解题思路，当场过了一遍。尚清北的步骤虽然烦琐，但往往是改卷老师最喜欢的。踩分点都有，哪怕答案算错了，步骤分也基本能拿满。

路言算完了答案，重新趴了下去。

台上的尚清北一点都没发觉路言刚才醒了，还在画重点。一分钟、三分钟、五分钟过去，仍然没人动笔。

"北北，北哥，放过我的小脑袋，你直接往下解吧，我不行了。"

"老周不是说最后一题换汤不换药吗，为什么我觉得连碗都换了？"

"不行啊，北北，我的粒子为什么走出了一个奥运五环啊？跟你的粒子不太像啊！"

"奥运五环？那我的这个差不多。"

"我看看。"

"你看，奥迪！"

尚清北："……"

最后一群人抬头看着尚清北，尚清北敲了敲黑板，说："你们再结合第二问想想。"

"我想了，真的想了，没想的话，我的奥迪画得出来吗？"

"北老师，再给个提示，就一个。"

尚清北叹了一口气，说："那就再来一个。"

台下人连连点头，尚清北转过身去，补了一条公式，又把第二问的其中一个步骤圈了出来，写完圈完，盯着台下一群人，说："不能再多了。"

所有人立刻低下头去，不是懂了，是不敢看，他们北哥简直就是小老曾。

又过去几分钟，尚清北咳了一声，问："算出来了吗？"

一片寂静……尚清北又咳了一声，没一个人抬头。

尚清北眼睛一眯，声音不自觉地响了两分："所以答案是什么？"

台下鸦雀无声，一群人把头埋得更低，恨不得匍匐在桌上。太难了！他们不会做！不会做！

尚清北拿着粉笔戳了戳黑板，说："就算是错误答案，也得先报……"

话还没说完，后排忽然传来一个声音："2.3秒。"

这声音不重，明显带着困意，像还没睡醒，所有人齐齐地回过头去，刚刚那声音，好像……是言哥？

第 20 章

没输过

整个班级倏地没了一点声音，就连已经解完题开始做其他科目作业的陈蹊等人，都放下笔，直直地看着后排的路言。

前排有人弱弱地开了口："北北，答案对吗？"

尚清北差点没反应过来这话是在问他，因为太蒙了，手上的粉笔断成两半都没发现。哪怕心里已经知道了答案，可尚清北还是对着卷子，把题从头到尾看了一遍，才僵硬地点头说："2……2.3，对，对的。"

所有人："……"

尚清北偏头看着黑板，虽然他已经把题解了大半，也给了提示，可最后一步最关键的等式没写出来，轨迹图也没画好，否则也不至于这么久还没人算出来。

尚清北越想越觉得哪里不对劲，物理是下午最后一节课，周老师又是后半节课才发的卷子，他自认做题速度不算慢，配着老师的分析，紧赶慢赶地也才做了两道题，最后这道题也是晚自习之前抽空写的。而言哥一回教室就趴下了，所以他究竟是什么时候把题做了？还，还做对了?!

比尚清北心情更复杂的，是看着路言报出答案的林季和郑意。

两人在后排，本身离路言就近，所以时不时地就看看路言，什么时候动了一下都记得很清楚，可也没见他动笔啊？

林季说："中途，言哥醒过一次，你还记得吗？"

郑意点头说："后来不是又趴下了吗？"

"我知道，我说的不是这个，"林季压着声音，"那时候言哥不是盯着黑板看了一阵吗？还看得挺认真。"

"你还说看这么认真，不是看懂了吧?!"

郑意说："我那是开玩笑的。"

林季说："我知道。"

两人你看着我，我看着你。当时一个打趣那么一说，一个当玩笑那么一听，本来谁也没当真，可现在看来，怎么就那么像一回事？可言哥明明就看了几眼啊，就在脑子里过一遍，就知道了？听着简直比"只会写学号"还离谱！

而此时，睡迷糊了，又被尚清北那句忽然拔高音量的"所以答案是什么"惊了一下，为了让尚清北安静一点，下意识地报出答案的路言："……"

就不该睡这个觉，更不该看这个题。路言浅浅地吸了一口气，直起身，虚撑着下巴，看着台上的尚清北，问："2.3秒，对吗？"

"对！"尚清北立刻点头，眼睛都亮了，"言哥你算出来了？"

路言扫了一眼身旁空着的位置，默了下，回道："不是我。顾戚算的。"

总归人不在，先把眼前的事应付过去，后续再说……再编。

和"路言自己算的"这种惊悚故事比起来，"顾戚算的"，显然可靠得多。虽然众人隐隐都觉得有哪里不对，但路言给的理由简单明了，又合情合理，根本没的反驳。

就在路言觉得掩过去了的时候，顾戚却忽然推门走进来："什么我算的？"

路言："……"

林季离得近，小声地开口道："哥，你刚不是去老周办公室了吗？清北给我们讲思路，就问我们第三问的答案算出来了没，是多少，可能声音大了点，把言哥吵醒了……然后言哥报了个正确答案，说是你算的。"

"哥，真是你算的？"林季极其谨慎地开了口。说这话的时候，他的声音压得很低，只有离得最近的顾戚能听见。

半晌，顾戚才轻声应下："嗯。"

顾戚盖了章，事情尘埃落定，可路言没有松口气的感觉……为什么顾戚会帮自己瞒过去？

月考前一个周末，住校生基本都选择了留校，其他人是怕在家听家长唠叨，路言则是因为家里没人——徐娴和路明临时要出国一趟，家里只有保姆在。

路言没跟别人说他留校的事，所以当林季在超市看到路言的时候，还有些不敢相信，第一时间就把消息发到了寝室群。

赶巧的是，杨旭之正在尚清北那边借书，顺嘴一说，没多久，整个九班的男生全知道路言这周没回家了，五楼各个寝室立刻热闹起来。

"言哥周末就没留过校吧，这次怎么突然留校了？"

"刚好啊，今天周六，不是说好早上游戏局，下午学习局吗？带言哥一起啊。"

"游戏局还有戏，学习局，你想多了。"

"那说不定言哥这次留校就是为了学习呢。"

"对啊，言哥不是还找戚哥偷偷地补课了吗？那个2.3秒我至今记忆犹新。"

"请不动就骗出来呗，怎么说都是言哥来一中的第一场考试。"

"第一，怎么骗？"

"第二，谁去骗？"

于是，顾戚就这样站在了路言寝室门口。

路言听到敲门声的时候，还愣了一下，随即把桌上快要写完的数学卷放进了抽屉，他开门，没问顾戚怎么知道他在寝室，也没表现出半分惊讶的样子，只问："怎么了？"

顾戚随手指了指他寝室的方位，问："开了游戏局，寝室里挺热闹，来不来？"

路言对游戏兴趣不大，可借着余光看到走廊那头站了不少人，还伸着脖子不停地往这边看，显然是在看他们。

路言沉默了片刻，最终点了头。

在十四中的时候，路言也是走读，但十四中宿舍熬夜打游戏不是什么稀罕事，他都知道。他只是不清楚一中学生也会，而且……玩得还挺大，因为他进门听到的第一句话就是："输了就吹瓶。"

路言："……"

林季表情更是史无前例的认真，说："我怕你！吹就吹，你说几瓶！"

旁边围着的一群人，满脸的见怪不怪，说："一瓶可以了，悠着点。"

"别喝多了，上次乐天就差睡厕所了，半夜起来好几次。"

路言："……"

吹瓶，悠着点，喝多了？路言侧过头去，看着顾戚，神色复杂："你们……喝酒？还吹瓶？"

"没，"顾戚笑了下，"喝的水，农夫山泉，1.5 升的那种。"

路言："……"

林季眼睛死死地盯着手机，还不忘分出一点心思跟路言解释："言哥，你别小看了那东西。比酒难喝，真的，还撑，1.5 升不是开玩笑！上次乐天一晚上跑了起码二十趟厕所。"

路言："……"他没小看，吹一桶农夫山泉，亏他们想得出来，路言面无表情，"你喝 1.5 升啤酒，也撑。"

说到这里，路言有些好奇，看着顾戚说："你也喝过？"

顾戚不明所以。

路言说："1.5 升。"

顾戚摇头道："没有。"

路言问："没玩过？"

"玩过，"顾戚眉梢微扬，"没输过。"

路言："……"

几人空出了两个位置，一个给顾戚，一个给路言。很快，寝室里到处响起的都是枪击的声音。路言长时间没玩，手有点生，被阴了一把之后，血条骤减，还没等药拿出来，顾戚已经在他脚边放了一个医疗包。

林季趁机开始说正事："言哥，我们早上游戏局，下午学习局，一起呗。"

路言操纵着人物进了一间屋子："学习局？"

"对，学习局，父子局，谁先撂笔谁是儿子的那种，"林季被郑意踹了一脚，才回想起自己刚刚说了什么，连忙道，"不是，就是去教室友善好学地共同进步的那种。"

路言："……"

其他人："……"

路言很难想象，有一天他会跟着一群人，在丁点大的寝室里，玩一上午的游戏，然后游戏局结束后，去了一个什么共同进步的"学习局"，听尚清北讲了一下午的课。

"学习局"之后，还临时加了一个饭局，美其名曰："精神食粮很重要，但填不饱肚子。"

一群人去的是一个新饭店，因为人多，在二楼开了个包厢。吃完饭，路言去洗了个手，想下楼把账结了，却发现顾戚已经从收银台那边往楼上走了。顾戚已经结了账。

"你动作是不是太快了点？"顾戚也看见了他，路言就没掉头，站在原地开口。

"接了个电话，顺道过来结个账，"顾戚笑了下，"下次给你，我保证不抢。"

路言下意识地想回"没有下次"，可不知怎的，看着眼前的顾戚，听着后面九班人的嬉笑声，最后没说出来。

周末一晃而过，短短两天，做的还是以往那些事，写卷子、改卷子，但因为身边多了一群人，显得闹腾了不少。路言原先以为自己是不大习惯的，可事实告诉他，他比自己想的要更习惯。

月考安排在下周的周四、周五两天，本来除了哀号一句"我恨"，没什么好说道的，却因为一场突发事件，忽然热闹起来。可跟前两次不同，这次不是因为路言，而是因为顾戚。

"戚神临时参加一个比赛，为期两天，刚好撞上考试，痛失此次月考的机会"的消息，跟风似的，横扫整个高二年级。众人一片惋惜，尤其是年级前列的同学，他们纷纷表示，对于此次痛失与戚神交手的机会，深表遗憾。

　　然后……他们躲在被子里笑出了声。

在满屋寂静中，

他听到了顾戚的声音，

顾戚说："不怕了。"

第 21 章

月考

顾戚不参加此次月考，也就意味着，这座压在所有人头上，不可平且不可移的大山，自己走了；更意味着，有人能摸一摸第一的宝座，甚至坐一坐。哪怕这宝座是三月限定款。

一到八班哪能放过这个机会，所有人跟打了鸡血似的，扬言势必要把这"三月限定款"摘下，而身处旋涡中心的九班更忙。

"北北、蹊姐、班长，你们都努努力，戚哥不在了，你们要争取把年级第一的宝座继续镇在我们班啊！"朱瑞把陈蹊的保温杯接满，毕恭毕敬地放到她的桌上，"蹊姐，靠你了，小的我也帮不了你什么，就多喝热水吧。"

陈蹊差点没把热水泼他头上去。

昨晚顾戚不能参加月考的消息一出来，路言就听到了，但时间有点晚，也就没问。现在想起来，偏过头去问顾戚："什么比赛，这么急？"

撞了月考时间不说，还一去就是三天。

顾戚说："一个国际模拟商赛，做临时替补。"

国际模拟商赛……路言动作一顿，一时没了话说。

林季前两天借了顾戚的书，走过来刚要还，恰好听到两人在谈论这个话题，他怕路言不知道什么叫"国际模拟商赛"，立即科普道："就很有名那个，ASP……"

"P，P 什么来着……"刚说到一半，科普大使林季就卡了壳，他平日做个英语真题都费劲，对这种全程外语的比赛，除了知道很厉害，基本就没多少了解了。

林季说着，充满求知欲地看向顾戚，想要专业人士给他答疑解惑，下一秒，却听到一句："ASPDC。"

路言突如其来的反向科普，让林季手上的书直接掉在了地上，林季甚至都忘了自己刚刚问了什么。他满脑子都是路言的声音，以及那句"ASPDC"。

他明明问的是专业人士，为什么回答他的，会是专业人士……旁边的言哥？

而此时的路言，表情凝滞了一瞬，在心底骂了一声。

周围一圈人又停下了手头上的事，齐齐地转过头来，画面诡异又熟悉。

不是说好 DNA 和 NBA 都不分的吗？怎么脱口就是 2.3 秒，张口又是 ASPDC？

林季生生地咽了口口水："言哥，这又，又是戚哥跟你说的？"

路言："……"

专业人士顾戚正平静地看着路言，那表情就好像在说："你随便编，我随便听。"

路言装作很平静地开了一瓶水，抿了一口，淡声道："听过。"

更准确地说，是参加过。初三的时候，他还因为这个比赛出国待了一个月，也正是因为太熟悉，所以林季一问出口，他就下意识地答了。

班里人对这个解释显然没有全信，奈何言哥太冷酷，浑身上下透着一股"信也得信，不信也得信，这事由不得你，由我"的气场，只好嘤嘤作罢。

唯独没被这气场压过去的，只有顾戚，不仅没被压过去，还笑了下，问了句："从哪里听来的？"

路言听了想打人，说："你管我。"

九班人差点憋不住笑，不过班里人对这比赛了解不多，也就在论坛上扫了一两眼，见话题到这儿了，问道："戚神，我听说是国际部的比赛啊，怎么要你做临时替补啊？"

"对啊，而且不是说这比赛周期长吗？国内国外各赛区同时启动，一轮一轮地过去之后，最后选一批学生去国外做交流，去的还都是顶尖的几所大学，跟夏令营一样，塞钱都进不去的那种，戚哥你想去啊？"

顾戚还没开口，杨旭之就先说了话："戚哥不是想去，是以前去过了。"

其他人闻言炸开了话题，唯独路言，在一群人中显得格外冷静，也格外心不在焉，他轻轻地皱了皱眉，心想：顾戚也参加过这个比赛？

"就是因为戚哥去过了，所以国际部在填替补的时候，直接填了戚哥。"杨旭之继续说，"就能保证无论哪个成员出了问题，都能顶得上。"

其他人这才反应过来。

"呀！我都忘了戚哥是从国外回来的了，所以这次出问题的是谁？"

"好像是队长。"

"队长实惨。"

"戚哥厉害！"

其他人已经就此讨论开来，路言却只看着顾戚。

"怎么了？"顾戚笑了下。

路言说："没，你这次是带队？"

顾戚答："嗯，只是替个初赛。"

路言沉默了很久，终是没再问顾戚比赛的事。

两天后，顾戚带着国际部的　行人去了邻市参加比赛。又过了两天，周四，镇安一中高二年级月考。

虽是月考，可所有时间依照高考流程进行，第一门考语文，九点开始。本是临阵磨枪的最后阶段，九班所有人却有些心不在焉，因为他们发觉，今天的言哥有些不对劲。

真要让他们说什么，也说不上来，但跟平时的言哥不太像。有那么一瞬间，他们还以为回到了路言刚转来那时候。

这种"不对劲"持续到考试开始，在"考试须知"的广播结束的那一刻，他们透过教室的窗户，看到往外走的路言时，所有困惑有了答案。

除了九班人，其他班的人也注意到了，考场内一下子骚乱起来。

"路言太敢了吧！来都来了，还敢弃考?!"

"这就走了?!"

"我记得言哥那个考场，监考老师就是老周啊，言哥都去考场了，怎么会随便弃考？老周也不可能不管啊！"

各考场的监考老师拍了拍桌子，说："都往外看什么！还交头接耳！当考试是什么?!"

另一头的路言已经回了寝室。寝室里很安静，天光正亮，阳光透过窗缝落了一地。他脱下外套，随手挂在椅背上，上了床，可一闭上眼，耳边都是周易那句"试试吧"。

周易就站在他身边，拍了拍他的肩膀，很轻地说了句："试试吧。"

"试试吧。"这话路言也对自己说了很多遍，可每次都不行。当"考场须知"的广播响起的那一刻，握笔的手又开始不稳的时候，他就知道，这次也不会是例外。

路言叹了一口气，可现在，除了那些混乱的记忆，还多了一点别的，在走廊转角，他看到了顾戚。

他不知道这个时间点顾戚为什么会在那里，可那时候，他没说话，也没停留，转身回了寝室。

路言闭上眼睛，刚想睡下，身边的手机忽然振动了一下，是林南发来的消息。

"言哥，十四中这两天运动会，下午我跑 3000 米，你要不要来玩玩啊？"

"还有上次那个黄毛的事，各学校都传开了，那人是第七职中的，有点势力，学校里有不少人都在他手上吃过亏，其中也有我们班的。听说你把人揍了，一个个解气得很，都开玩笑说要请你吃饭！你来十四中，这次我做东啊！钱保证带够！"

想也知道，林南肯定是从哪里听到了他弃考的消息，怕他一个人待着没意思，所以找了个名正言顺的理由，好让他从一中"这种地方"逃出去。

可路言现在什么都不想做，他拿着手机，刚想回个"有事，比赛加油"过去，门就被敲响了。

路言循声望去，还没等他问是谁，来人先开了口："睡了？"

是顾戚的声音。不知道为什么，路言并不觉得意外。手机响起，是顾戚的电话，只隔了一扇门，路言觉得没接电话的必要，最终却按了接听键。

"门没锁，我进来了？"隔着屏幕，顾戚声音显得有些远。

路言这寝室本来是自习室，后勤那边怕人独占，就卸了锁，换了旋转式门把，后来路言住了进来，才临时在里头加了一道闩扣，平时基本没什么人到他这边走动，路言也就没扣，从外头也打得开。

路言"嗯"了一声，挂了电话。

门应声而开。

顾戚进来的时候，路言就坐在上铺的位置。他穿着一件素白的 T 恤衫，靠着墙，衬得人越发干净。

"下次睡觉的时候，记得把门锁了，"顾戚说着，一抬手，像是给路言演示似的，轻轻地扣上闩扣，"这样别人才进不来。"

路言："……"

路言皱了皱眉，问："比赛结束了？"不是说要三天吗？

顾戚说："嗯，临时取消了两个流程，提前结束了。"

顾戚看了看半合的窗帘，又看了看路言，问："困了？"

路言说："这问题你应该在进门前问。"

顾戚轻笑。两人有一搭没一搭地聊了一阵，可慢慢地，路言不说话了。

他在等着顾戚开口，可顾戚也没有继续。顾戚没问他发生了什么，没问他为什么不考试，也没问他为什么回了寝室。就好像跟往常没什么区别，又好像根本不打算开口问他。

路言半垂着眼帘，再抬眸的时候，自己开了口："不考试了？"

顾戚回答得很干脆："补考。"

路言问："什么时候？"

顾戚答："还没说。"

路言等了半天，还是没等到那句"你呢，为什么不考试？"。

他定定地看着顾戚，半晌，手搭在护栏上，笑了，既然两个人都没什么事做，那就找点事做。

"顾戚。"路言的手依旧懒懒散散地搭在护栏上，声音却莫名带着点笑意。

顾戚答："嗯。"

"十四中运动会，就在今天。"

"去看看吗？"

在满屋静寂中，顾戚听到路言的声音。

"好。"

第 22 章

留宿

路言猜到了顾戚的答案，可是没猜到他会回答得这么快，也没问他为什么要去，去了又要做什么。

"我是说现在。"路言提醒道。

顾戚笑了下，说："我知道。"

路言进一步恐吓道："出去了就一时半会儿回不来，老师也找不到人的那种。"

顾戚站在下面，不紧不慢地应声："我知道。"

路言语调微扬地问："你也不问问怎么出去？"

现在这个时间点，高一、高三正在上课，高二在考试，天时、地利、人和，他们一个都没占，路言自己都没想好该怎么出去，可顾戚没有丝毫迟疑，笑了下，说："我知道。"

路言直起身子来，问："能不能换句别的说？"

顾戚从善如流地说："行，你想听什么？"

路言："……"

路言把被子掀到一边，见顾戚还站在那边，没挪步的意思，重新转回身看他，顾戚装作不知道的样子，问："怎么了？"

路言说："让让。"

顾戚嘴角一弯，问："下不来？"

路言说："你不让，我怎么下来？"

路言收回手，轻飘飘地补了一句："跳下来？"

顾戚莞尔，慢悠悠地让了一步，路言三两下地下了床，随手拿过外套，和顾戚下了楼。直到两人翻墙出了校门，踩在有些坑洼的沥青路面上的时候，路言还有些不真实感。

他回头看了看那矮墙，经年已久，斑斑驳驳的，中间嵌着一排菱形隔层，被晒得褪了颜色，隐约留着点暗红色。他来一中一个多月，都没注意过，操场后面会有个矮墙，更没想过，带他来的会是顾戚。

顾戚不知道从哪里拿了一张纸巾出来，递过去，说："刚不是说了吗，我知道。"

路言想了一会儿才反应过来，那时候他说"你也不问问怎么出去"的时候，顾戚的确答了一句"我知道"，他原本还以为顾戚只是随口说的。

路言想起顾戚刚刚的动作，干净利落到极致，踩着隔层，手顺势往墙上一撑，轻松地翻了过去，一点都不像是生手。顾戚不仅不是生手，很可能还是个"惯犯"。

路言抬眸看着顾戚，问："你怎么找到这地方的？"

顾戚答："看后面。"

路言转过身去，除了矮墙，别的什么都没有。

顾戚笑了下，说："往上看。"

顺着手指的方向，除了看到操场主席台天顶，路言看到一栋楼的偏角，红棕色，顶上还飘着一面校旗，那好像是……实验楼？

路言问："从实验室可以看到这边？"

"701可以，其他不行。"顾戚回道，"想看的话，下次带你去。"

比起这个，路言更想知道，顾戚这行云流水的动作是怎么来的。

"所以你这也不是第一次了？"

顾戚知道路言问的是什么，只道："要听实话还是假话？"

路言反问："你说呢？"

"第一次，"顾戚回答得很直接，"来一中之后是第一次。"

说着，他用一种"你看，我说了你也不信"的神情看了路言一眼，说："带人来也是。"

路言："……"

"没骗你。"见路言无话可说的样子，顾戚轻笑，屈指在墙上轻叩了两下，说，"以前学的，手还没生。"

以前？路言想到班里人的话，猜道："在国外的时候？"

顾戚答："嗯。"

从小到大，顾戚就不是个规矩的孩子，跟以前那些比起来，翻这墙根本不算什么。回国之后，他倒是收敛了很多。

路言本能地不想问起顾戚国外的事，可心里一直挂着一件事——之前杨旭之就说过，顾戚也参加过 ASPDC，自己却没见过他。

路言很清楚，以顾戚的实力和水准，不可能进不了交流会，然而商赛三年一轮，没道理两人会错开。他还在想究竟是不是自己忽略了什么，对面的街上已经响起了喇叭声，是路言叫的车到了。

两人上了车，司机看了他们一眼，还有些惊讶地问："一中的啊，怎么这个时间点去十四中啊？"

路言这才低头去看身上的校服，沉默片刻，临时改了目的地，说："师傅，麻烦去银湖湾。"

"要回去拿什么？"顾戚问。

路言视线在顾戚校服心口处那显眼的一中校徽上定了下，轻声道："穿这衣服进不去十四中。"

顾戚一脸疑惑。

路言没回答他，直接给刘婶打了个电话，要她把十四中的校服理出来。

镇安所有高中的校服都大同小异，除了各校各色，款式像是一个模子里刻出来的，一中和十四中也不例外，只是一个红色，一个深蓝。十四中的校服穿在路言身上，宽松了点，顾戚穿着却莫名地合身。

刚到十四中门口，他们就听见了操场广播的声音，耳熟能详的运动会必备曲目，全国统一。

路言低头看手机，还没等他拨通林南的电话，就被人轻轻地往旁边一带，他一抬头，顾戚正看着他，说："看路。"

顾戚语气带着一点无奈，路言刚想回答，手机已经响了，和铃声同时响起的，还有林南的声音："言哥！这里！这……里。"

最后那个"里"字，被林南自己吞了，连带着停下的，还有那高举着的挥了一半的手，要不是这青天白日、车水马龙的，林南还以为是自己在做梦，因为他看到路言和一个穿着十四中校服的男生靠得很近。

自认为在十四中没人比他跟路言关系更铁的林南："……"

林南背过身去，暂时将自己的眼睛闭了起来。

路言和顾戚在林南喊出那句"言哥"的时候，就听到了，两人同时看过去。

顾戚先开了口，问："就你那个同学？"

路言点头说："嗯。"

顾戚扫了林南一眼，忽然说："来十四中看他比赛？"

"为了看他比赛，还要翻墙，"路言声音很淡，说，"我没这么麻烦。"

顾戚笑了下，最终抬步跟了上去。

路言几步走到跟前，看着盯着校门口聚精会神的林南，皱了皱眉，问："还等谁？"

时隔一个多月，冷不防听到路言的声音，林南条件反射地绷直了腰板，可一转身，当他看清路言身后那人的长相时，惊到连"言哥"都忘了喊。

谁能告诉他，为什么镇安一中的"定海神针"，省状元预备役的顾戚，会在这个时候，出现在他们十四中的校门口？还穿着他们十四中的校服？！

"言，言哥。"林南也忘了什么礼貌不礼貌，下意识地伸出手指了指顾戚，向路言求证道，"这是戚，顾……"

舌头彻底打了结，林南根本不知道该喊名字，还是跟着论坛喊戚神。

顾戚打断了他的话，干脆利落地做了个自我介绍，说："顾戚。"

"我知道，我知道。"林南连连点头，整个镇安还有谁不知道他顾戚。

林南其实早就听过"顾戚和路言关系不错"的传闻，传闻很多，可他就没信过，直到今天，现实对他重拳出击。

"言哥，今天不是一中月考吗？"林南挠了挠头，问，"你不考试，这位……也不考吗？"

说"这位"的时候，林南甚至不敢太大声。

林南问的是路言，可回答他的是顾戚："有事出去了一趟，没赶上考试，等补考。"

林南觉得这位状元爷好像还挺好相处，忍不住多问了一句："什么事啊？"

这事应该不是来我们十四中看运动会吧？那他言哥也太罪过了吧！

林南几乎是把怀疑写在了脸上，路言想不知道都难："他有比赛。"

沉默片刻，林南忽地睁大了双眼，恍然大悟道："言哥，漂亮啊！"

路言都不知道林南究竟在想什么。

"这样就算学校事后发现了你们，有戚神在，也绝对不会下狠手，是不是？所以你把他带出来了！是不是？

"不愧是言哥，周到！"

路言："……"

路言和顾戚一起出现在十四中的消息，跟坐了火箭似的，在十四中迅速地传开。十四中的人怎么也想不到，有一天会有两个一中的人，把他们十四中的论坛首页给"屠"了。

更没想到，会是以这样的方式。

当时黄毛进局子的照片，作为时事爆点，各大高校论坛人手一份，连一中也不例外，更别说他们十四中，至今还在加精帖里挂着，时不时就有人挖出来乐一乐，而路言作为当事人之一，自然也有一份。

当时路言身上就是一中那显眼到不行的冬大袍，冬季校服。

十四中所有人看到照片的时候，心情复杂了很久，直到今天，他们才发现，比路言穿了一中的衣服，更让人不能接受的，是顾戚穿着他们十四中的校服。

"我的天，我不是瞎了吧！为什么顾戚这神仙穿着我们十四中的衣服？忽然觉得自己看起来都聪明了一点呢！"

"现在呢？现在呢？两位大佬往哪边走了？我上午为什么待在宿舍？我好恨！"

"不知道，刚跑 3000 米的时候，还在操场，你现在去看看，说不定还能看到背影！"

"马上到！"

等到一群人风风火火地赶到操场时，3000 米比赛已经结束，操场上也早没了顾戚和路言的身影，可论坛还在实时更新。

"你们拍到了没？刚刚站在终点那边的，是不是顾戚和路言？"

"是，有图有真相。"

"我又错过了什么吗？"

"两人关系看来是真的挺好，终点那边不是有几个立着的遮阳伞吗，从器材室淘出来的，用铁桶混着水泥，做成石礅子固定住的那种！也不知道多少年没换了，铁皮反正都快磨没了，所以立不太稳。刚工作人员去拿跳高横杆的时候，刚到了，差点倒了，顾戚几乎是瞬间就反应过来了，一手撑着推回去，一手把路言拉到身后，那东西才没砸到路言。"

…………

而另一边的林南，现在瘫坐在饭馆里，刷完论坛，闭着眼睛喘气。

他算是知道了，戚神根本不是什么工具人，他才是。要早知道这两人都没考试，言哥在一中里待着也不会无聊，打死他都不会给路言发那个消息，还平白地让人晒了半天的太阳。

但也正因这两人在终点处那边站着，林南使出了全身气力，不仅刷新了自己的长跑纪录，还成功地挺进了前三名，林南的代价就是目前这段时间内，怕是不太健全、不能动弹的双肢。

林南喝了一壶水，又躺了好一会儿，才缓过神来，从椅子上起来的时候，身旁却只有个顾戚，没看见路言，忍不住地问了一句："戚神，言哥呢？"

顾戚说："去买水了。"

林南觉得气氛有点僵，可他根本不知道要跟顾戚聊什么，聊奥林匹克、国际形势吧，他不会；聊游戏、八卦吧，好像又显得太没层次了点；聊言哥吧……林南现在甚至不能保证，他知道的东西，会不会有顾戚多。

等了好一会儿，林南最终开口，问："戚神，言哥在一中还好吧？"

顾戚问："你指的哪方面？"

林南被顾戚问得一时语塞，想了想说："就跟班里人相处什么的。"

顾戚抬眸道："挺好的。"

林南说："那就好，那就好。"

顾戚轻靠在椅子上，抬眸看着林南。说实话，这个人跟他想象的基本无二，性子直，说话没那么多弯弯绕，的确是路言最没办法的那套。

顾戚给林南倒了一杯水，推过去，问："他在十四中的时候呢？"

"在十四中的时候，言哥不怎么爱说话的，所以和班里人不热络。"林南捧着水杯跟捧着奖杯似的。

大概就跟他刚来九班那阵一样，顾戚心想。

"其实言哥人很好的，"林南立刻说道，"班里人心里也清楚，只是言哥家庭背景在那边摆着，看着有点不好接近，然后我们学校又都是住校生，只有言哥一个走读生，就显得有点……"

林南想了很久，用尽毕生文学素养，说道："太特立独行，格格不入了。

"还有一个很重要的原因，言哥高一过了大半个学期才来学校报到，认完人没多久，又很快地分班了。"

跟一中这种省重点高中不一样，像顾戚他们在的九班，高二上学期虽然分了文理科，但去文科班的，一共也就四五个人，可十四中这些处在边缘区的普高，分个班能拆掉大半，变数更多了。

顾戚问："学期过了一半，他才去报到？"

林南答："对。"

顾戚没说话。从见面开始，顾戚就一直挺好相处的，林南还以为他就这个性了，一下了见他敛下来，竟有种第一次见到路言的时候才有的局促和紧张感。幸好这种状态顾戚没持续多久，很快地恢复了一贯的样子，问道："那你呢，和他怎么熟悉起来的？"

林南说："我和言哥认识起来，算是个意外。高二开学那天早上，学校门口有一辆摩托车撞倒了我，跑了，我撞伤了脚，是言哥送我去的医院，垫付了医药费不说，还旷了早上的课。"

林南还记得那天的情形，路言走到他身边，皱着眉喊了一声："林南？"

那也是林南第一次知道，原来路言知道他的名字，在满脸的不可置信中，传言中不近人情的煞神，慢慢地蹲下身，看着他磨破了的校服裤脚，问他："还能走吗？"

还是冷冰冰的声音，却管了他的"闲事"，还让家里的司机半道折了回来，送他去了医院。自那以后，他就成了整个十四中唯一能跟路言好好说话的人了。

林南使劲抻着脖子，朝着门帘那边看了好几眼，确认路言还没回来，才放心地跟顾戚说道："其实言哥心软得很！黄毛那事一出来我就知道了，放在平时，黄毛那种人，言哥是看都不会看的，肯定是黄毛做了什么，被言哥撞上了。"

路言回来的时候，手上除了矿泉水，还有一瓶运动饮料，没说什么，直接把那瓶运动饮料扔给林南。

林南乐呵呵地接过，说："言哥你就是我爸爸！"说完，还和顾戚交换了个"戚神你看你看，是不是心软得很"的眼神。

顾戚轻笑，是心软得很。

这两天运动会，学校附近的饭馆生意都好得很，吃到一半，林南隐约地听到前方有椅子推拉的声音，原本没在意，可当他抬头看到来人时，猛地站了起来。

"言哥，戚神，走走走！是丁力！"林南也顾不上其他，直把两人往外推，还不忘暗骂自己两声，之前好端端的提丁力干什么，人这不就来了！

路言和顾戚却还坐在位置上，还坐得挺稳，林南忙道："这里的老板我熟，迟点再回来结账，哥，你们先走，别管了。"

"想走？"说话间，丁力已经一把掀开透明挡帘，走了进来，他手上的烟已经只剩下一半，冒着烟气。丁力拖着嗓子喊了一声："路言。"

短短两个字，被念得阴气森森，路言总算肯放下筷子，起身。

"挺久不见啊，"丁力狠曝了一口，烟一见底，顺势往路言脚底一扔，"上次没认出来，着了你的道，这次不让你见点血，你就别想走出这门！"

林南一听就明白了，这根本不是碰巧，是有备而来，这人肯定是从哪里听到言哥来十四中的消息，所以上赶着报复来了。

林南看了看对方的人头，又看了看他们这边，觉得事情有些不妙。他刚跑完3000米，现在四肢跟烫过的面条似的，而戚神……虽然飒，但那手平日就是用来拿奖杯的，动起真格来，还不得把手给打折?! 报警！对了！可丁力的手下明显有了经验，林南一拿手机，登时就围了过去，但又顾忌着路言，一时没敢动手。

丁力："怎么，还想把老子送派出所一趟？行啊，你可以看看，是你的手机快，还是老子的拳头快。"

丁力原以为路言总该怕了，可谁知路言还是原先那副样子，不仅什么表情都没有，还往旁边悠悠闲闲地侧了一步，像避开什么脏东西一样，抬眸看着他，问："抢完小孩子的钱，改砸饭馆了？"

丁力被拆了台，脸上立刻有点挂不住了。这几个星期，他就没一天好过过，整个圈子里的人都知道他被路言给揍了，最后还送进了派出所，而且进派出所的时候，他满脸彩，路言却是连衣服角都没脏。

"路言，你觉得你今天也能有那天的运气？"丁力嗤笑道。那天要不是他放走了两个，不见得会输，今天他学聪明了，单挑个屁！只要能让路言吃瘪的东西和人，他都乐意碰一碰。

丁力的手下见过林南，路言就更不用说，可路言身边这人，是个实打实的生面孔。一朝被蛇咬，十年怕井绳，现在他们见了一中的校服，还会下意识地有点发怵，更别提一中的人了，尤其……是跟路言走得近的。

"力哥，"一个认出了人的跟班靠近丁力，指了指路言身旁那个人，小声道，"顾戚，就省重点高中那个拿奖牌当饭吃的。"

"打了他，好像……会惹事。"

丁力极其不耐烦地说："老子今天就是惹事来的。"他一心想在路言身上找回面子，视线都没从路言身上离开过，听到他这话，反倒恶笑了下，说："上次也是三个人，我放过了两个，这次……"

丁力拖长音调，刚想说"你喊声爸爸，磕两个头，我考虑考虑……"

可一个字都还没说出来，路言已经开口："谁放过谁？"

丁力："……"

路言冷眼看着丁力，问："你放过我？"

"你别敬酒不吃吃罚酒，老子既然给了机会，最好接住了。"丁力猛地拔高了音量，说着，轻举起手，贴在背上，对着身后比了个手势，等身后的人拿出手机，掩着准备录像，丁力才笑着说："说句好听的，我可以考虑放过你后面那两个。再磕个头，说不定心情一好，连你……"

可路言根本没接丁力的"机会"，不仅没接，还连话都懒得听，直截了当，干脆利落地说："你最好一个都别放过。"

丁力："……"

跟班僵硬地抬头问："力，力哥，还录吗？"怎么跟他们设想中不一样啊？不是说有了人质，路言就施展不开了吗？

丁力气得脑仁疼，说："录！今天不让他们三个挂满彩的视频传遍整个镇安，老子就不姓丁！"

说着，丁力抄起身旁的椅子，就朝着路言打了过去。

…………

十四中的一群人闻讯跑来的时候，一切已经尘埃落定，整间屋子，就没一个站着的。据说来找回面子的丁力，满地嗷嗷叫，据说要被打惨了的路言、顾戚、林南三个，正坐在椅子上喝水。最诡异的是，屋子里好得很，连杯子都没砸几个。

所有人："……"

一时之间，他们都有些分不清，扬言要找回面子的究竟是谁。有人往前走了一步，脚边正好踢到一部手机，界面还闪着，显示着正在录像。忍不住好奇，他捡了起来，随手点了进去，十四中一群人立刻围过去。没多久，他们就看到一段清晰的视频。

视频中，顾戚屈膝半蹲，反手拿着一根类似棍子的东西，抵着丁力的后颈，偏头去问路言："他上次打你哪儿了？"

"老子……"丁力梗着脖子回话，很快转了语气，"我，我真没打到他，真的，别说打了，碰都没碰到。"

"问你了？"顾戚眼帘半垂，那种压迫感几乎隔着屏幕都能感受到，更别提趴在地上的丁力了，几乎是瞬间没了声音，连闷哼都吞进了肚子。

所有人："……"

十四中几个人接了手，把丁力他们处理完，又回到了饭馆，此时天色已经暗了下来，一群人排排站开，谁都没说话，还是林南开口打破沉默，说："言哥，是这样的，论坛里有人说看见丁力他们了，可能是来找麻烦的，他们怕我们人少，吃亏，就想过来搭把手。"

"看样子好像也不用我们帮忙。"打头那人干巴巴地笑了一声，心想哪里是不用帮忙，当时他们来了说不定还要帮倒忙。

一群人也觉得有些不好意思，刚要走，路言却突然开了口，说："坐。"

所有人愣了一下，林南立刻顺着路言的话往下说："刚好也是饭点，之前不是还一个两个嚷着要请言哥吃饭吗？戚神也难得来一趟，快坐！我点菜！"

一群人糊里糊涂地入了座，菜上齐了，老板还很豪气地送了几瓶果啤，几个男生仰头喝了一杯，说："言哥，戚神，也不说其他的了，下次再来十四中，我们做东，地方随你们选！"

有人打头举起杯之后，一个接着一个，纷纷拿起杯子。冒着泡的果啤，盛在透明杯子里，路言顿了下，最终举杯，和他们碰了碰。

回到学校的时候，夜已经有点深了，视野不好，顾戚不放心让路言翻墙，直接给周易打了个电话。门卫和宿管都放了行，因着认识顾戚那张脸，还乐呵呵的，没什么脾气，一时也没注意到两人身上穿的是十四中的校服。

"早点睡。"等到了五楼，顾戚先送路言回了寝室，说完，又调侃着补充了一句，"记得锁门。"

可路言只站在门口，没进门，他垂着眸子，盯着顾戚的手看了好一会儿，才道："手心那伤怎么回事？"

顾戚笑了下，说："没事，被碎玻璃划到了。"伤口只有一小道，很浅，顾戚就没在意。

路言说："伤口要清理一下。"

顾戚嘴角不自觉地弯了一下，说："嗯。"

路言沉默了下，说："药箱在我寝室。"

顾戚装作没听懂，应道："嗯。"

路言："……"

走廊上很安静，只有顶头一盏声控灯亮着，两人许久没有出声，声控灯过了时效，自动熄灭。

算了，伤口也不深，爱擦不擦，路言冷酷地转身。在一片黑暗中，路言听到顾戚的声音："忽然想起来，他们明天还有考试，不好意思吵他们。

"所以，收留一下？"顾戚往前一步，"行吗，言言？"

第 23 章

两年前

直到"咔嗒"一声，闩扣上锁，路言才有些回过神来。

"明天他们起来，发现我的床空着可能会来这边找，"顾戚随手拨了两下锁芯，"先扣上，不会吵到你。"顾戚说这话的语气太自然，一时之间，路言甚至都忘了问这句"可能会来这边找"的依据是什么。

在外面待了一天，外套上沾着各种气味，路言不太习惯，脱下衣服放在椅背上，然后从衣柜下一个档格里，把药箱拿了出来，看着顾戚掌心那一道红痕，抬眸道："到底是谁不怕疼？"

顾戚先顿了下，然后想起他给路言擦药那天，自己问的那句"都不怕疼的吗"，这是把话还给他了。顾戚轻笑，拉着椅子坐下，把袖子一撩，问："这就完了？下一句呢？"

"是不是该问我，是要帮忙，还是自己擦？"

还不等路言回答，顾戚又补了一句："自己擦也不是不行，只是可能会弄脏衣服。这衣服还是你的。"

刚拿出棉签的路言："……"

"没手，拧不开。"顾戚又晃了晃碘伏，一副"有自力更生的心，奈何没有自力更生的力"的模样。

路言浅浅地吸了一口气，这场架说到底是他引起的，顾戚是无辜的那个，而且把人带出去的是他，他忍。

路言低头拧开碘伏，盯着伤口看了好一会儿，伤口挺干净，只有边缘凝着一点血："确定是碎玻璃划的？"

顾戚温声道："碰了下，只是看着红了点，你发现得再晚一点，说不定都愈合了。"

他本来就没想让路言看见，所以一个晚上都刻意地避着用左手。

路言抬眸问："那还喝酒？"

话题突然一转，顾戚还有点没反应过来，等反应过来，忍笑道："果啤，就一杯。

"下次不了。"

路言没接话，继续擦药，过了一分钟，顾戚总算忍不住了，语气中的笑意几乎要渗出来，说："路小同学，你是不是没帮别人擦过药？"

他停了下，继续说："擦快点也没事，我不怕疼。"

路言："……"

他之所以擦得这么慢，纯粹是因为在检查有没有玻璃碴在里面，现在看来，应该没有。就算有，那也是顾戚自找的。

路言三两下把药涂完，起身，当着顾戚的面把棉签扔进了垃圾桶，很凶。

顾戚从浴室出来的时候，路言已经上了床，背对着他，被子盖得严严实实的，只留给他一个后脑勺，从头到尾透出"我不想跟你说话，你最好有这个自知之明"的气息。

顾戚手上有伤，不太能沾水，就随便擦了一把，但他没上床，坐在椅子上，朝着路言的方向，轻声说了一句："言言，有纸笔没？"

路言："……"拳头硬了。

路言出声警告道："顾戚。"

顾戚应道："嗯。"

路言说："再喊一声，就滚回你自己宿舍去。"

"这么凶啊！"顾戚轻笑，怕真把人惹恼，正经道，"早上的比赛有些资料要写，国际部那边有用，所以借一下纸笔。"

顾戚说的是正事，路言也没多想，直接道："左边抽屉里，自己拿。"

顾戚低头，的确看到一沓白纸，伸手拿了出来。就在这时，床上的路言忽然想到了什么，指尖一攥，立刻坐了起来："等……"

可是已经晚了，顾戚已经看到了，在那沓草稿纸下面，就放着周易给他的那几套竞赛卷。

这是路言第一次在面对顾戚的时候，生出一种心乱的感觉，跟以往每次都不同，甚至有点无措，可顾戚只是轻扫了那些卷子一眼，没有惊讶，没有疑惑，没有探究，就好像那根本不是什么做好的竞赛卷，就是草稿纸。

顾戚随手放回原位，多余的一个眼神也没给，只抬头看着路言，问："怎么了？"

路言知道顾戚看见了，沉默了很久，视线没再闪躲，说："那些试卷，班主任给的。"

顾戚应声："嗯。"

路言皱着眉说："你就没什么想问的？"

顾戚说："你想说？"

路言没说话，顾戚轻笑道："那就没有。"

路言重新躺下，顾戚走到门边，熄了灯，寝室一下子暗下来，只有书桌上开了一盏台灯，还被调到了最暗那挡，顾戚声音很轻地说："睡吧，很晚了。"

聊胜于无的灯光，路言也不知道顾戚能用它来看什么，怕顾戚再因着这灯把数据写错了，耽误事，还伤眼，路言最终还是开了口："台灯电量够你用到天亮，不用这么省。"

顾戚朝上铺的方向看了一眼，路小同学还是原来的姿势，背对着他，只不过这次埋得更深了，连带着说话都像是闷在被子里，有些瓮声瓮气的。

"知道了，你先睡，我很快。"顾戚道。

寝室彻底地安静下来，只有纸张偶尔翻动的细微声响。就在顾戚以为路言差不多睡下的时候，却忽然听到一声："顾戚，你参加过 ASPDC。"声音不重，却很清醒。

顾戚笔尖一顿，说："嗯。"

路言没有迟疑，直接开口道："什么时候？"

顾戚答："两年前。"

两年前，自己初三……路言几乎敢肯定，顾戚见过他，很可能就是在商赛上。

一切东西忽然变得有迹可循起来，路言想通了，为什么会在他报出物理题答案的时候替他瞒过去？为什么看到这些写好的竞赛卷一点都不惊讶……

路言开了这个口，就没想过要再混过去，眼下有了答案，反倒变得格外平静，说："我没有见过你。"

顾戚放下笔，说："因为我当时高一，在高中组。"

高中组，那所有事情都解释得通了，他初三，怪不得没撞上。

两人都没想过，一个彼此都瞒了的话题，会在这样一个时间、地点，这么无波无澜地坦了白，平静到好像只是在谈论刚刚那个灯是不是太暗的问题，可偏偏，似乎谁都不觉得意外，好像就该这样，默契得近乎诡异。

路言问："所以你是回国之后，重新读了高中？"

顾戚"嗯"了声："家里人怕我不习惯国内的模式，一定要从高一读起。"想到这，他笑了下，"严格说起来，你得喊我一声学长。"

路言重新转过身去，"可以了，打住"的意思很明显，顾戚还有些可惜地说：

"怎么不继续了？你不问问我一个高中组的，是怎么知道你的？"

路言了解了始末，又恢复一贯冷冰冰的模样，说："没兴趣。"

他是真没兴趣，高中组开始交流会的时候，他们都快结束了，彼此之间还隔了大半个校区。当时队里也有人说起过，想去高中组看看，可后来因为行程实在紧，又隔得远，最后也没人去成。

跑大半个校区去看别的组比赛，路言一直觉得没人会这么闲，可如果这人是顾戚……当他没说，是顾戚能做出来的事。

在外面待了一天，打了一架，昨晚又因为考试的事，几乎一晚没睡好，事情一结束，困意顷刻间袭来，在他都没反应过来的时候，意识就淡了下去。

顾戚没再动笔，只靠在椅子上，十几分钟后，轻喊了一声："言言。"

上铺的小后脑勺往被窝里浅浅地埋了埋，下意识地应了一声："嗯。"

顾戚低头笑了下，在心底说了句晚安，熄了夜灯，好让路言先睡沉些。

一个多小时后，顾戚看着手上那张跟原来没什么两样，只潦草地记了几个数据的草稿纸，又抬头看了上铺一眼，想到抽屉里的试卷，叹了一口气，最终低头，给国际部那边的人发了一条信息。

另一头，半夜还在奋笔疾书的队长收到顾戚的消息的时候，愣了很久，他盯着那连上标点符号就十一个字的短信，看了半天："今天没心思，明天给你。"

戚神以前发的都是"没心情"，今天为什么突然发了个"没心思"？这个"没心思"又是什么意思？

第二天，起床铃还没响，趁着路言还在睡，顾戚轻声地回了寝室，推门进去的时候，三个人都已经起了。

今天早上考英语，林季他们养成了习惯，每天都会早起背两篇范文，所以顾戚掐着点回到寝室。林季看见顾戚，就跟雏鸟看到返巢的爸爸似的，三两步地跑了过来："哥！你可算回来了！"

顾戚抬了抬手，示意他停下，说道："不是给你们发消息了？"

"你那也叫消息？"林季把手机打开给顾戚看，"人在外面，回来时间不一定，别等，早点睡。"

顾戚说："起因、结果，什么都有了，还缺什么？"

"我问你这个了吗？"林季恶狠狠道，"你这是夜不归宿，你知不知道？"

顾戚顿了下，随即想到了什么，轻笑道："归了。"是真归了。

郑意起身，朝着顾戚床铺的位置看了一眼，说："归个屁，床铺就没动过。"

"归了，"顾戚走到衣柜前，拿出校服，一边往身上套，一边轻描淡写地说，

"没归这儿。"

所有人："……"

林季问："那你归哪儿去了？"

与此同时，杨旭之也突然开了口："戚哥，你回来拿校服？那你出门穿走的那件呢？"

第24章

○

打起来了

林季和郑意听了杨旭之的话，才反应过来，顾戚进门的时候，的确只穿了一件黑 T 恤衫，没穿校服。

郑意离得近，一下子瞥见顾戚左手掌心的红痕，皱了皱眉。夜不归宿，校服没了，掌心有伤，言哥也一天没见踪影……前因后果一连，郑意开了口："戚哥，你不会是和言哥一起出去打架了吧？"

昨天就有高一的同学说看到两人出去了。

暮春时节，早上温度正低，顾戚身上还带了点微薄的寒气，他看了郑意一眼，没否认。

"所以你真跟人动手了？"郑意"啪"地合上笔记，他都多久没看见戚哥跟别人动手了，还受了伤。

郑意一时也想不出来顾戚会跟谁动上手，还在那人手里吃了亏。可能让顾戚吃亏的，目前看来，也只有一个言哥了啊？郑意沉默了半晌，才小心翼翼地试探了一句："言哥呢？"

顾戚进浴室洗漱，声音透过半封闭的小单间传来："还在睡。"

郑意扒在浴室门口，继续问："在他寝室？"

顾戚应道："嗯。"

郑意问："昨晚回来的？"

顾戚应道："嗯。"

郑意："……"

顾戚把昨天欠的债还完，发给国际部的人之后，看了看时间，七点差几分，于是起身："去一趟食堂，要不要带什么？"

林季抬头问："哥，你不是不吃早餐吗？"

顾戚在国外的时候，就没吃早餐的习惯，回国之后嫌麻烦，也就依着之前的习惯来，偶尔林季他们多带了一份，才随便吃点，更别说一大早去食堂排队。

顾戚拿过校卡，话说得直接："给路言带。"

林季恨恨地捶桌，就知道，他们的早餐就是顺带的。

路言醒来的时候，房间里正暗，他睡眼惺忪地揉了揉额角。刚坐起，路言就看到护栏上飘着一张便利贴，上面写着：我去买早餐，醒了给我发个消息。

路言把便利贴随手折了两下，放在手心。重新躺下没多久，门就响了，但开门的声音被压得很轻。如果不是路言正醒着，这开门声应该很难被察觉。

"醒了？"顾戚的声音很快响起，"下来喝点粥。"

路言慢慢地坐起身，也没问顾戚是怎么发现他醒了的，掀开被子，看到顾戚身上的一中校服，显然都已经回去一趟了，于是问："什么时候起的？"

"没多久，"顾戚把粥放在桌上，抬头问，"吵着了？"

路言不太想回答，因为答案是没有。不仅没有，还睡了这几天以来最沉的一觉，他甚至不知道应该归功于什么。

路言下了床，洗漱完，早自习的下课铃刚好敲响。他喝粥，顾戚做卷子，互不打扰。

一小半碗粥下肚，路言停了勺子，顾戚也停下笔，问："不喜欢喝粥？"

路言说："饱了。"

顾戚在袋子里挑挑拣拣了一会儿，最后又拿了几个热的素包子出来，还有一袋豆奶，说着："吃饭怎么跟猫似的，喝点粥就饱了？"

路言看着那巴掌宽的打包盒，问："你觉得这叫……一点？"

如果不是顾戚，路言甚至都不知道，食堂还有这么大的打包盒，再加上他平时吃得就不多，没什么胃口，半碗的量够了。

路言说这话的时候，慢腾腾的，视线还定在剩下的小半碗粥上，像是跟粥较起劲似的，顾戚轻笑道："林季他们平时就这么吃，可能还要加笼包子，加个饼。"

路言："……"

看着这满满当当的一袋早餐，路言最终面无表情地开了口："你有没有觉得你可能买得太多了？"

顾戚视线在袋子里扫了一圈，这么多，也没见哪个特别合口味的。他收回那句话，像猫倒是挺像的，吃得少，但一点都不好养，挑得很。

周五下午，"考试时间到，请考生停止答题"的提示音一响，监考老师一走出考场，整个高二年级的教学楼彻底地闹起来。

考试周结束，加上周末开始，所有人都像是憋着气儿的炮仗，给点火星子就能着，出了考场门就能冲到篮球馆和饭馆去。高二年级的教学楼很快空了大半，除了九班。

九班现在大门紧闭，窗户也锁着，里头格外安静。昨天"言哥弃考，和戚神同时消失一天，最后是老周给门卫和宿管科打了电话，把人放进来，差点夜不归宿"的消息，得到官方认证后，他们的心就没落过地。

朱瑞回头看了路言的位置一眼，问："言哥昨天为什么弃考？"

"照理来说，不应该啊，昨天那个考场真是老周监考，你们想想，以老周那性子，言哥都坐在考场里头了，怎么可能让他说走就走。"

其他人也跟着开口。

"是不是没复习好？"

"我觉得言哥态度没问题啊，上个周六那天，不也跟我们一起在教室学了一个下午吗？顶多分数低点。"

徐乐天闻言，皱了皱眉，说："可能问题就出在分数低点。"

"你们看，言哥多高冷的一个人啊，要是门门试卷拿出来二三十分的，我言哥不要面子的啊？比起来，弃考听着多'路言'，多高冷。"

孙雨濛随手拿过一本书，把书卷成圆筒，在徐乐天手上捅了一下，说："给我好好说话。"

陈蹊却觉得徐乐天的话是话糙理不糙，于是用手肘碰了碰尚清北，说："北北，你想想办法。"

"总不能一直不考试，留不留级先不说，高考呢？总不能高考也不考。"

尚清北叹了一口气，说："我本来想等这次月考结束，对着言哥的卷子做一个数据分析，帮他分析出薄弱模块，再帮着查漏补缺一下的。"

谁知道，他言哥压根没考。

陈蹊沉默良久，最终抬手，拍了拍尚清北的肩膀，说："辛苦了。"

尚清北突然失去了梦想，看着书桌上最爱的精选必刷题，都觉得索然无味。

朱瑞语重心长地说："北北，你有没有想过，其实你可以把查漏补缺的工程量，再……扩大一下？"

尚清北疑惑道："扩大？"

"我已经把我高一到高二用过的一些资料整理了出来，准备过两天交给言哥，我们学校进度快，言哥跟不上也是正常的，只要查漏补缺，以后面对难题……"

"难题？"朱瑞打断他。

"以言哥的水平，可能不太适合查漏补缺，"朱瑞伸出手，慢慢地比画了一个巨大的圈，"你完全可以开个天，顺便辟个地。"

"那首歌怎么唱的，只不过是从头再来。"

尚清北："……"

尚清北正要开口替路言挽尊，突然就听到一声嘹亮无比的咒骂声，贯穿教室，从头到尾，还晃荡了两圈似的，在所有人耳边炸开，朱瑞敏感又脆弱的神经立刻受到挑战，登时拍案而起："骂谁呢？"

张健对着朱瑞疯狂摆手，示意没骂你，随即号道："你们看论坛！快！"

所有人一头雾水，却在第一时间打开了论坛。

论坛首页上飘着一个赤红加粗的精品帖，"转自十四中"的尾缀格外显眼……

当天晚上，当路言去顾戚寝室，打算把校服还给他的时候，一进门，就看见林季他们正在疯狂地按手机，用着一种要把手机键盘敲出火的气势，面目还带着些许狰狞。

路言："……"

林季得空间隙，一抬头，看见来人是路言，立刻招呼："言哥，你先坐，戚哥去超市买水了，很快回来。"

林季平日说话语速就快，这次更是跟加了倍速似的，说完又立刻低下头去，看起来简直分秒必争，路言直觉有事，于是问："怎么了？"

林季头也没抬地说："我们跟十四中打起来了！"

路言差点以为自己听错了，问："谁？"心想：我们？十四中？

林季："我们，和十四中，在论坛！"

路言："……"他心中疑惑，什么跟什么呀？

第 25 章

论坛

杨旭之见路言站在那边沉默不语，立刻道："言哥，是在论坛里打起来了，不是我们和十四中的人打起来了。"

路言："……"他现在宁愿相信是人打起来了，也不想听什么在论坛里打起来了。

"因为丁力的事？"路言猜道。

"丁力？"

"丁力?!"

"那个黄毛?!"

三道声音同时响起，杨旭之、林季、郑意齐齐地抬起头来，连手机都放了下去。

路言一脸疑惑。

郑意一下子想起顾戚掌心的伤，说："所以戚哥手心那道口子，是黄毛拉的?!"

林季又转过头去看郑意，道："什么?! 戚哥被拉了一道口子？我怎么不知道？"

"你都知道些什么？"郑意把林季的头推远了一点。他早上看见了，但没说，是因为他以为这伤是言哥不小心给弄的，毕竟除了言哥，他几乎想象不出来，戚哥能在谁手上吃亏，谁知道，里头竟然还有黄毛的事！

路言："……"

所以他们还不知道打架的事，跟丁力也无关，那这么大反应是为了什么？

路言还是开了口："他自己弄的。"

"自己？"郑意根本不信，"戚哥为什么要给自己拉一口子？"

一问一答太累，说着费劲，还说不清楚，路言直接开口："吃饭碰上丁力，动手了，没注意，划到了碎玻璃。"

郑意在脑子里自动地补齐路言的话，两人去吃饭，碰上黄毛，新仇旧恨加一起，打了一架，戚哥没在丁力手上吃亏，自己没注意，被碎玻璃"暗算"，负伤而归。起承转合都有了，郑意又不知从何说起，和路言大眼瞪小眼。

"论坛上怎么回事？"路言只想问两句就走，"什么叫……打起来了？"

林季闻言，立刻把顾戚的椅子搬过来，毕恭毕敬地放到路言身后："哥，你坐，一下子说不完，站着多累。"

路言："……"一下子说不完？

林季原先想从弃考的事切入，可想想又觉得不大合适，万一言哥拒绝回答，还没开场就先冷了场，那还怎么继续往下问？想来想去，还是从案发现场切入更好一些，于是林季道："哥，你和戚哥昨天去十四中了？"

路言应声："嗯。"

林季又道:"怎么突然想去十四中了?"

路言抬眸,看着林季,答:"闲的。"

林季、郑意、杨旭之:"……"

现在想想,昨天一天他都做了什么?考试,弃考,回寝室,翻墙,拿校服,顶着太阳看林南绕着操场跑了六圈,和丁力打了一架,吃饭,回宿舍……从早到晚就没停过,不是闲的,是什么?

林季硬着头皮问:"言哥,所以戚哥身上那件十四中的校服也是你的?"

校服?路言皱了皱眉,说:"嗯。"

林季直接把手机拿了过来,说:"哥,你看。"

路言看过去,手机界面开着,那赤红加粗的标题——《校领导都进来看看,校招网首页素材有了,速度把现在那张九十年代影楼风给换了,搞快点!》映入眼帘,路言原先没懂,直到林季把帖子往下一拉,拉到镇楼图赫然就是他和顾戚在操场上的照片。

路言:"……"

图片里只有他和顾戚,角度问题,两人站得很近,所以画面看起来格外……友好。

路言记得很清楚,那时候林南 3000 米比赛刚开始,他和顾戚就在操场跑道终点处的遮阳伞下等,固定伞的石礅要倒,顾戚撑了一下,还拉了他一把,也不知道被谁拍了下来,加了乱七八糟的滤镜不说,还角度刁钻,以至于看起来有点像那么一回事。

路言往下看。

1 楼:校领导考不考虑把校招网首页上的照片换了?别的学校放在校招网首页的照片,一水的靓仔靓女和学校景色,我们学校滚动播放的竟然是领导合照?

2 楼:附议!!!总算有人说这个了,校招网真的每年除了更新一下数据,基本就不带动的,照片都懒得换。尤其是,校招网上那照片都多少年了,当时校长头发还茂密,现在……基本所有学校每年都要更新一下的,还会特意挑些很有朝气、养眼的照片放上去。一直很质朴的,除了我们,我记得就剩一中了。

3 楼:别拿我们跟一中比,一中的校招网就是个摆设,招生简章也是,需要用心做吗?不需要,用脚做都行,再省事一点,把每年那个一流高校录取情况的名单表做个表格一拉,需要啥包装?在绝对的实力面前,一切技巧都是徒劳。

4 楼:我怀疑我们之间混入了一个叛徒,3楼虽然说的是实话,但是,我心酸。

5楼：没事！我们没有一中的实力，但我们有一中的人啊！这两位大佬现在不就穿着我们学校的校服吗？我去看过了，一中还没放！所以我们赶快放上去！先占位置！

6楼：惊！这算不算虚假宣传？

7楼：不算吧，毕竟我们曾经拥有过其中一位大佬！

8楼：想不到有生之年，我竟然能看到我们十四中和一中抢人这样的高端局！

…………

十四中发这个帖子的时间，刚好是周五，他们运动会结束，一中高二年级的月考结束。然后这帖子被转到了一中，然后一中就和十四中斗起了图，用的自然都是顾戚和路言的照片，然后话题逐渐失去控制。

路言："……"

寝室里正安静，路言是不想说话，其他三个人是不敢说话，所以顾戚那声"在看什么"显得格外清晰。

林季被吓了一跳，问："哥，你进来怎么不敲门？"

顾戚不明所以地问："什么时候进自己寝室都要敲门了？"

他走了过来，问路言："怎么过来了？"

路言下巴微点，示意顾戚往下看，说："衣服还你。"

那天换上十四中衣服的时候，顺手就把一中校服留在路言家里了，顾戚俯身把袋子提起来，闻到很熟悉的气味，忍不住说了一句："洗了？"

路言说："刘婶要洗别的东西，顺便。"

林季几人还在魂游，顾戚开了口："刚在看什么？"

林季立刻回："就十四中那事。"

路言一点都不想提起这个话题，起身正要走，顾戚却又说了一句："谁赢了？"

他的语气格外自然，好像一开始就知道这事，没有一点路言刚刚的语塞。路言看着顾戚，问："你知道？"

顾戚应下："看了几眼。"

杨旭之替林季作了答："没赢，也没输。"

林季"啊"了一声，惊问着："什么叫没赢也没输？"

杨旭之斟酌了一下措辞："算……达成了共识。"不好解释，也说不清，杨旭之直接把手机放在了桌子中央。

几人下意识地看过去，图乍一看没什么变化，角度没变，滤镜也依旧魔幻，可再一看，问题来了，路言身上依旧是那件十四中深蓝色校服，而顾戚，已经换上了一中的深红色校服。

修图技术几乎达到了以假乱真的地步，郑意恨不得给人鼓个掌，问："谁修的？"

"好像是我们学校的，"杨旭之说道，"还说让他们别急，等会儿换个衣服，还有一张。"

林季没忍住，随手刷新了一下论坛。

1767 楼：这深红，这深蓝……

1768 楼：我怎么觉得……更带感了？

1769 楼：自古红蓝……

1770 楼：我开始怀疑发帖人发这个帖的意图。

林季伸手关掉了屏幕，寝室再度陷入窒息一般的沉默，而在这种窒息的沉默中，顾戚却淡声开口："拍得挺好。"

路言："……"

第二天是周六，依照惯例的游戏局。林季他们都开了好几把，等路言睡够了，才把人叫了过去。

九班众人对路言的学习现状很忧心，奈何这场攻坚战不是说打下来就能打下来的，要有持久抗战的准备，首先要做的，就是和言哥的关系，在短时间之内，要有质的飞跃。

起码，要敢于做善意的批评，批完了，还不能怀。要质变，肯定要先有量变，于是一群人偷偷地就到路言门口去了。

"哦，对了，"朱瑞玩到一半，偏头去看林季，"你早上在干吗？我一进门就看到你坐床上比兰花指。"

队伍里正在语音，朱瑞的话顺着耳机很快地传了出去，另一头的陈蹊和孙雨濛直接笑出了声。

林季龇牙道："兰个鬼，老子在吃八宝粥。"

"你家吃八宝粥用兰花指吃？"朱瑞嗤了一声。

"那八宝粥的勺子就那么长，最后一点不得捏着勺掏着吃啊？"林季说完，随即感慨道，"大好的周末时光，就躲在床上吃八宝粥，我恨。"

"戚哥，你们前天遇到黄毛那事都传遍了，还有视频，"郑意不解地问，"那视频谁拍的啊？拍得太烂了，都看不太清，镜头还到处转，晃得人眼晕。"

顾戚说："丁力的人拍的。"

屏幕那头的陈蹊顺着朱瑞的喇叭，听到了这话，立刻道："这是什么自取其辱的新招式吗？"

杨旭之眯了眯眼睛，说："怕不是想拍戚哥和言哥他们挨打的画面，然后把自己录进去了吧。"

顾戚和路言非常默契地抬了一下头，默认。

杨旭之说："还真是？"

林季笑得格外猖狂，又把那个视频调出来，认认真真地看了三遍，好一会儿后，突然扒拉着床铺旁边的护栏，说："戚哥，言哥，你们遇到黄毛那天是刚好在外面吃饭吧？"

"嗯。"

"你们觉不觉得，一碗水要端平才好吗？"林季嘿嘿一笑，"前两天跟十四中的人吃完饭，今天刚好趁人多，也没什么别的事做，我们也一起出去呗。"

林季最终说出了真心话："我真不想吃八宝粥了。"

"可！"朱瑞立刻举手附议，"新悦商场新开了一家烤鱼店，味道不错。"

"吃完了楼上还有一间密室逃脱，也是新开的，老板是年轻人，听说专门弄些大型的真人游戏，这次弄了个恐怖主题，还有高难度副本①。我一直想去来着，就是一个人不太敢。"

顾戚手还点在屏幕上，他刚开了倍镜②，正操纵着人物狙人，闻言，对着身边的路言随口问了句："言言，去不去？"

路言手一抖，枪打空，给对面描了个边，一点血都没掉。对面显然是个新手，新手一看就知道自己打不过，捡了一条命后，立刻跑了。

此时的寝室里，短短几秒钟之内，到处响起人物倒地、游戏结束的声音。他们刚刚听到了什么？戚哥喊言哥什么？

路言放下手机，抬头。朱瑞离得近，瞬间感觉到不妙，立刻起身，喊道："言哥，你别多想，我们平时经常这么喊着玩。"

朱瑞用手肘狠狠地撞了撞郑意，说："对吧，意意？"

郑意一脸吃屎的表情，说："对。"

朱瑞说："对吧，之之？"

---

① 副本，英文 Instance Dungeon 的通俗翻译，正式名称是"独立地下城"。地下城是游戏中的一种特殊关卡，或者说一张特别的地图，玩家组成队伍在其中完成任务，击败敌人，获取奖励。

② 倍镜，游戏中的道具。

杨旭之咬牙替顾戚疯狂挽尊，说："对。"

朱瑞一转头，看着林季说："季……"最终因为好像不太文明，没喊出来。

林季："……"

而罪魁祸首顾戚，此时慢慢地摘下耳机，偏头看着路言，半晌，笑着说："这次，真不是故意的，我认错。"

第 26 章

密室逃脱

那声生命不能承受之"言言"喊出来之后，直到走出宿舍楼，林季他们还有些胆战心惊，时不时就要看顾戚一眼，生怕他们的戚神在他们毫无准备的时候，冷不防又来一句。

刚刚是朱瑞反应快，虽然话圆得比较缺德，但起码给圆过去了，言哥也没动手，现在要再来一句，就不一定了，指不定就要发生什么斗殴事件。大好的周末没了不说，还要麻烦老周他们来政教处赎人。

出门的提议林季刚开始只是随口一提，后来朱瑞一附和，又在班群里一问，来的人就不少了。于是简单定了个时间，就约在校门口见面，一起去看看了。

当时不觉得，等人到齐了，才发觉画面有些诡异。本就是周末，又是这个年纪，他们在学校里就恨不得把校服给脱了，更别说难得一群人出门，所有人不约而同地换上了自己的衣服，只有顾戚和路言还穿着校服。

原本每人一件的，最常见的校服，现在在不穿校服的一群人中就显得有些扎眼了。

"我的天，幸好我没偷懒，把校服给换了，否则现在不就跟言哥和戚神撞衫了？"朱瑞一想到自己也穿着校服，再站在两人旁边的画面，竟打了个寒战。

"你还好，"林季小声地说，"老郑原本是穿校服的，后来去天台拿昨晚洗的鞋子的时候，刚好看到楼下的言哥和戚哥，一回寝室就把校服给换了。"

路言其实也不太喜欢穿着校服出门，但他没的选，因为周末基本不怎么留校，寝室里除了校服，没别的外套。他看了顾戚一眼，明明记得这人早上还穿了一件黑卫衣。

"你卫衣呢?"路言轻声地问了一句。

顾戚问:"哪件?"

路言说:"早上那件。"

"卫衣厚,出门穿着太热,"顾戚笑了下,"你觉得哪件好一点?"

路言:"……"

路言没理会,转身往校外走。看着路言和顾戚的背影,朱瑞下了结论:"两人果然是商量好的。"

林季说:"你又知道了?"

朱瑞说:"耳朵好,听到了,刚戚哥在问言哥哪件好一点。"

"所以言哥喜欢校服啊,这审美,挺独特啊!"

"说实话,我要是有言哥和戚哥那张脸,我也穿校服,不仅我自己要穿校服,还让你们都跟着穿校服,高下立判。"

"这玩意,还需要穿校服才能高下立判?"

…………

一群人到新悦商场的时候,正值饭点,烤鱼店门口队伍排得都看不到头。朱瑞接了个电话,在电梯口接到尚清北,走过来说:"要不我们先去顶楼密室逃脱玩一圈?"

"我们这么多人,肯定要大桌,"林季看了看手上的号码,前面还有十二桌,道,"以现在的速度,差不多要一个多小时。要不,先上楼玩一把?"

朱瑞走了几步,把着护栏朝楼上看了一眼,随即转过身严肃道:"先把密室逃脱玩了吧。"

朱瑞的表情和语气都太过一本正经,郑意忍不住学着他的样子,往上看了一眼,一边看,一边问:"怎么了?"

朱瑞说:"我怕吃完了去玩,再吐出来。"

所有人:"……"

沉默之后,所有人转头去看顾戚,要他拿主意,顾戚则是看着路言,问了一句:"饿不饿?"

路言摇了摇头,顾戚说:"那先上楼。"

路言早上吃了东西,胃里不空,可他想起今天早上玩游戏闲聊的时候,有人随口问了一句"早餐吃的什么",林季好像提了一嘴,说顾戚没吃早餐的习惯,虽然说得很模糊,他也没怎么听清。路言下意识地问了一句:"你早餐吃的什么?"

"怎么了?"顾戚明显怔了一下,像是不知道路言为什么突然问这个。

路言看了眼时间，说："从楼上下来，起码要一个小时，你确定你不饿？"

在说最后那句"你确定你不饿"的时候，路言的视线已经从屏幕上离开，慢慢地抬眸，看着顾戚。路言的眼睛生得好，玻璃珠子似的，干净透亮，哪怕只抬眼一扫，也给人一种他在认真地看你的感觉，硬生生地将他身上那股子冷淡的气息冲散了大半。

顾戚反应过来，说："今天吃了，郑意他们带的。"

今天吃了，所以林季说这人没有吃早餐的习惯是真的，不知怎的，路言脱口而出一句："你是小孩子吗？没人看着，连早餐都不会吃。"

顾戚一下子笑了，不仅应了，还应得义正词严，好像没有丝毫不妥："嗯。"

路言："……"

顾戚说："下次可以一起，这样就不会忘了。"

路言："……"

林季他们都快走到电梯旁边了，才发觉身后两人没跟上来，于是一行人乖乖地候在电梯旁。

等一群人到了顶楼，才发现这密室逃脱的场地比他们想象中要大得多，几乎占了四五个店铺的门面。还没走到门口，先行感受到了一股自下而上的凉气，林季他们顿时退意萌生。

"我觉得……"林季话还没说完，被朱瑞拉着连走了好几步，刚好站在那纯黑色的宣传喷布下，只见最底下写着血淋淋的几个大字：回魂夜，红嫁衣，鬼婴灵。

朱瑞僵在原地，咽了口口水，说："我觉得，要素过多。"

林季转过身去，说："我觉得我还是下次吧，下次一定。"

"季季，看到了没，这写着什么？"郑意指着宣传牌上另外一行大字，抑扬顿挫地念给林季听，"来，都，来，了。"

林季死都不敢往前迈一步，说："意意，我还是个孩子。"

杨旭之说："所以更不能放过你，走！"

可能是听到了门口的声响，不一会儿，里头就出来一个人，很年轻，穿得也很随意，看起来不像是普通的售票员，倒像是老板，朱瑞试探着问了一句："是老板吗？"

那人立刻点头道："对啊，人这么多，看来是大单啊！"

他说这话的时候，里头刚好传来一串尖叫，凄厉又尖锐，配着这句"大单"，显得格外瘆人，偏巧老板又补充了一句："马上结束了，你们来得正好。"

所有人："……"

"打算玩哪个版本的？"老板把宣传单铺开，"猛鬼版，还是普通版？"

朱瑞话都快说不稳了："猛，猛鬼版？"

老板点头道："这么多人，我建议你们选择猛鬼版，价位差不多，体验感更强。

"而且开业期间有彩蛋活动，每位玩家进入游戏会分发身份牌，根据密室里NPC①的指示完成任务，就有团体体验券一次。"

尚清北离得最近，立刻问了一句："团体体验券是什么？"

老板回："下次来，可以免费玩一次。"

林季问："下次？"这竟然还会有回头客！

老板说："当然送人也可以，很划算。"

几人一商量，最终被迫选择了猛鬼版。因为经过尚清北缜密的计算，觉得有戚神和言哥的存在，获胜概率不小，赢下的团体票可以给班里其他人，性价比高。

最主要的是，朱瑞一早就把这事在班群里知会了，远在另一端的陈蹊她们看热闹不嫌事大，立刻回了一句：是猛男，就该玩猛鬼版。

于是，班级群被刷了屏。

因为是老板亲自开的单，工作人员连票都没验，立刻把人推了进去。

"他们是急着下班吗？我话都还没问几句就给我弄进来了。"林季声音都小了不少。

密室的门一开，凉气便不要钱似的往身上跑，消毒水的气味很浓，还有滴水的特效，可除此之外，又没有别的声音，安静得很诡异。

黑暗中，顾戚对路言说了一句："怕的话，跟紧我。"

说这话的时候，顾戚刻意压了点声音，在这种环境下，莫名地让人很心安。林季和朱瑞闻言，立刻一左一右，下重手架住了郑意。

郑意说："刚那句话，是戚哥说的。"你们要抓，也去抓戚哥啊！

林季和朱瑞充耳不闻，路言却连表情都没变："是解谜，不是鬼屋。"

顾戚轻笑道："那也跟紧点，别丢了。"

然而顾戚这话都没放凉，刚进第一道旋转门，伴随着一阵机械运转的声音，以及林季和朱瑞撕心裂肺的"怎么回事"，一拨人就被分成了两拨，所有人："……"

看着身后的尚清北、林季、朱瑞和郑意，又听着隔壁顾戚他们的声音，路言在心底叹了一口气。这队伍分的，就挺神奇。

---

① NPC 全称为 Non-Player Character，意为非玩家角色。一般来说，游戏中不由玩家操控的所有角色都可以被称作 NPC。

"言哥，我们要做什么啊？"尚清北第一个反应过来，他对路言总有一种说不清道不明的信任，尤其是身处这种糟心的地方，就跟那天在书城后面的巷子似的，立刻开了口。

路言转头，看着身后的门："出去。"

其他人："……"言哥还真的……言简意赅。

房间很小，光线暗，东西也不多，耳边还有电流刺啦的声响，让人很难静下心来。尚清北率先走到门边，屈指敲了敲，然后低头一看，说："哥，这里有个密码锁。"

路言几步走过去，锁是市面上很常见的密码锁，唯一有些细微差别的就是每个锁扣上的颜色。

"密码锁？那这房间里肯定藏着密码。"林季几人听到尚清北的话，立刻开始四处翻找，就连尚清北都有些想当然，没注意这锁上的颜色。

路言见尚清北转身要走，忍不住提醒了一句："再看看，应该不是简单的密码锁。"

"有什么不对吗？"尚清北凑近一看，这才注意到密码锁的每个锁环上都有不同的颜色，立刻对着林季他们喊了一句，"密码应该跟颜色有关，你们可以着重找一些颜色特征比较鲜明的道具。"

其他人这才拥过来。

"我的天，北北你厉害啊！"

"这都能看见？"

"你的眼睛是显微镜吗？"

路言也毫无灵魂地称赞了一句。

还有点蒙的尚清北："……"这……是我发现的吗？总觉得，哪里不对啊！

第一关，线索应该不会有多难，路言猜着这一点，想着碰运气，就没往角落找，主要也是有些怕脏。可能是运气好，不一会儿，还真就在抽屉里发现了一个五阶魔方。红、蓝、黄、白、橙、绿，刚好对得上密码锁上的颜色。

路言拿起一看，每个面上多多少少都有一些黑色水笔的印记，也就是说，只要把魔方复原，就能解谜了。

路言基本能肯定，这第一关不止这一个解法，因为这魔方根本没藏，但不是人人都会玩魔方，还一上来就是五阶，老板的意图也很明显，好找的答案，难解，难找的答案，好解。

看着手里的魔方，路言脑海里想起的第一件事，竟然是顾威在门口说过的那句"跟紧点，别丢了"，平白有些后悔，是该跟紧点，要是顾戚在这，直接把魔方扔给他就好。

他不是不会……路言回头，看着还在找线索的一群人，而是当着他们的面，最好不会。

第 27 章
好看

此时尚清北正和林季一起，研究墙上那抽象的一系列后现代插画，研究了半天，除了更加眼晕，什么都没看出来。他转过身，正想让眼睛缓缓，余光却扫到路言那个位置，不自觉地看了过去。

路言就站在桌子前，低着头，没什么动作，尚清北心想正好，可以让言哥来看看，说不定能发现什么，于是走了过去。一走近，才发觉路言手上正拿着一个东西。

"言哥，你找到什么了吗？"这个位置本就背着光，尚清北又站在斜后方，看不太清，直接问了一句。

路言微侧过身，把手上的东西轻抛了过去，说："魔方。"

"魔方？"尚清北接了个正着，低头摸着那方方正正的东西，惊讶了一声，"还是五阶的？"

"五阶"这两个字一出，路言忽然觉得这间屋子里，或许也不止他一个人会，于是心情好了点，应声："嗯。"

尚清北又仔细地看了看，说："红、白……跟密码锁的颜色刚好对得上，也刚好六面。"

路言说："上面有黑色水笔的印记，把魔方复原，应该会出现密码。"

尚清北声音不小，林季他们本来就没什么头绪，听到声音立刻走了过来。

"魔方？"林季看着尚清北，"北北，你在哪儿找到的啊？"刚不还在看画吗？怎么转眼又玩上魔方了？

尚清北立刻解释道："不是我找到的，是言哥找到的。"

朱瑞问："所以密码在这上面？"

尚清北："应该是，你看，这魔方上的颜色刚好和密码锁锁环的颜色对得上，而且有黑色水笔的印记。"

朱瑞拿过魔方，低头拧了两下，指法还挺快，路言有些诧异地问："会玩？"

朱瑞把魔方重新放到尚清北手里，生怕路言误会了他的实力，说："不会不会，就转着玩。

"魔方这玩意，不都这样的吗？只要拿在手上，就算什么都不会，也想试试那种十指翻飞的快感！"朱瑞说到动情处，还不由得摇了个花手。

路言："……"

朱瑞指望不上，林季看着也不像会玩的，所有人的视线重新回到尚清北身上，看得尚清北满脸紧张，捧着魔方就像捧着个炸弹："我，我也不会啊，就在书上看过几眼公式。"

郑意说："全部复原不了的话，就一面一面地来，按照魔方的原理，只要保证一面加上顶上那一圈对好颜色，就能解码了。"

郑意说完这句话，立刻又补了一句："首先声明，我也不会。"

林季说："太狠了吧，还一上来就是五阶。"

"我们今天怕是出不去这个门了，"林季"嗯"了一声，继续说，"戚哥都不一定会，我就没见他玩过，也没听他说过。"

林季怕自己一个人的说法不够有信服力，于是转身看着郑意，说："意意，你说是不是？"

郑意也的确没见顾戚玩过这个，于是点头道："嗯。"

"所以很可能，隔壁今天也出不去这个门。"林季满意了，老神在在。

这边话音刚落下，那个"今天也出不去这个门"的隔壁，就已经传来一阵欢呼声，以及开门声，所有人："……"

紧接着，路言他们这间屋子外的门就被敲响了，杨旭之的声音清晰地传来："你们这边是不是密码锁？"

"这就出来了？这才几分钟？速度这么快，你们还是人吗？"林季语速飞快，嗓门还高，一时之间，外面的人愣是没听出林季这是在夸他们，还是在骂他们。

被打脸的林季也管不了那么多，立刻扑过去，贴着门喊："对，我们这也是密码锁。"

"别管我们是不是人了，563987，我们那边的密码，你先试试，看对不对。"杨旭之高声回。

林季立刻开始转密码，虽然是意料之中，可看着纹丝不动的密码锁，还是有些失望，说："不行，解不开，你们用什么解的码？"

林季问出这句话，路言便在心里回了一句"魔方"，果然，下一秒杨旭之的声音也响起："魔方。"

路言半垂着眸子，轻叹了一口气，这么快解了密码，也只能是用这个。看着重新回到他手上的魔方，路言没说话，屋子里太闷，外面还有一群人，在这里浪费时间，不值当。

他虚虚地往后一靠，半倚在桌子上，确定林季他们没注意到自己这边，才低下头。魔方在手上轻捻了一圈，路言看清楚分布，动了手。

那头两拨人还隔着一扇门，正在说话。

"你们也找到魔方了？上面有答案，快拼。"

"老杨你会魔方？"

"我不会啊，我一个三阶都不会的人，还拼五阶的？当然是戚哥拼的。"

"季季，你们是没看见戚哥那手速，神了，我们什么都没做，生怕我们的呼吸干扰到戚哥的操作，戚哥就是这密室的漏洞。"

林季闻言，越发绝望："我们这边没有漏洞啊！"

"没事，戚哥解魔方的时候还说了一句话，说肯定不止这一种解法，魔方不行就换一个，不过要费点时间。"

最后有人说了一句："北北，你们要不先找着，我们先去下一关，等会儿再会合，别浪费时间。"

尚清北想了想，觉得分头行动的确更合适，刚想点头应下，门外却忽然传来一句："把魔方给路言。"

几乎就是顾戚声音响起的瞬间，路言思绪一顿，甚至来不及听清楚顾戚说的是什么，只隐约听到他的名字。可他手上动作没停，右手食指微屈，最后轻轻一勾。

顾戚话音落下，路言手上的魔方也"咔嗒"一声，复原。

所有人被顾戚这句"把魔方给路言"，弄得有些愣怔，尤其是屋内的林季和朱瑞他们。可当他们下意识地一回头，看到路言手上那个红是红，蓝是蓝，统一得跟重新刷了层漆似的，再也不复原先五彩斑斓模样的魔方，所有人都沉默了。

沉默，是现在的密室逃脱。

里面的人忽然没了声响，杨旭之他们忍不住拍了拍门，问："怎么了？发生什么了？怎么突然不说话了？老郑？老林？"

"我的天！我就说哪里不对，外面宣传牌上不是写着什么回魂夜吗？"

"北北！你们不是见鬼了吧！"

林季僵硬且机械地回了一句："嗯……"

杨旭之问："真见鬼了？"

林季应声："嗯。"

真见鬼了，林季紧贴在门上，说："之之，我们这屋里……也有个漏洞啊！"

门外的杨旭之没听清，"啊"了一声后，不太放心地重新拍了拍门，可林季他们根本没空理会，全部注意力都在路言，以及他手上那个魔方上。

路言把魔方放在桌上，淡声说了一句："945215，开门。"

林季愣了好一会儿，才反应过来路言说的是密码，忙弯下腰去。转到最后一个数字的时候，他差点手滑，等稳住手，最后一环骨碌着停在那个"5"上，锁应声而开，清脆又利落。

屋内所有人整齐划一地转过头，用见鬼似的眼神看着路言。

"言……言哥，这魔方你什么时候拼好的？"林季甚至都忘了锁已经开了这回事，径直地朝着路言走去。

这才过了几分钟，怎么就给拼完了？这诡异的感觉，又该死的熟悉。一瞬间，林季脑海里闪过很多画面，2.3秒，ASPDC，现在又是拼好的魔方……

林季说："哥，这个，总不能是看戚哥的吧？"

当初那"2.3"，可以用看戚哥的圆过去，ASPDC说听过，也说得过去，但这魔方根本就不是短时间里就能学会，还学到这种程度。林季总觉得哪儿都透着奇怪，可路言回答得很坦然："以前玩过。

"记住公式，多练练，谁都会。"

路言找到魔方的时候就想过这种情况，虽然对他来说，自己把魔方复原不是什么好法子，可一开始，他也没把话说死，没说自己不会。

林季他们觉得这答案好像哪里都是漏洞，可还没来得及往深了想，路言已经直截了当地说："锁开了，先出去吧。"显然不想再继续这个话题。

门外还不太清楚里头发生了什么的另一拨人，正打算把魔方公式写下来，从门缝塞进去，门倏地开了，两拨人在狭窄幽暗的密室门口亲切"会晤"。

杨旭之他们被吓了一跳，登时就把林季的话还了回去："我的天！这才几分钟？你们是人吗？速度这么快？"

林季嗓门更大地说："因为我们屋里也有个漏洞！"

朱瑞其实什么也没看到，但并不妨碍他脑补，他说："你们根本想象不到，言哥玩魔方玩得有多溜！那手速，简直一闪而过！就呼吸之间的事，魔方就复原了！"

路言："……"

朱瑞越说越夸张，旁边还加了个林季，一时之间，所有人仿佛都忘记了路言是传闻中"只会写学号"的智商，甚至一致认为，言哥这双手，虽然不会考试，但是在密室里玩个魔方，在绝地里扛个枪，那能在话下？

杨旭之却忽然扭头看着顾戚："戚哥，你刚刚为什么会让老林他们把魔方给言哥啊？你知道言哥会玩魔方？"

杨旭之问的，恰好也是路言想知道的，因为他没跟顾戚提起过这个，于是也抬眸看过去。

顾戚见路言也微仰着脸看他，周围光线昏暗，像极了那天晚上的走廊。

"嗯，"顾戚轻笑道，"玩得比我好。"

所有人睁大眼睛："啊?!"

路言一脸疑惑。

林季他们还想继续追问，可没等来解释，门口本就不算亮的灯光，不知道什么时候变了，从惨白变成惨绿。

比灯光更惨的，是林季他们的脸。因为广播里传来了凄厉尖锐的婴儿哭声，就好像在刻意地提醒他们，别忘了这密室的主题是什么。原本正站成一团的人，瞬间四散，尖叫着朝唯一的出口跑去。

等进入第二扇门，广播才戛然而止。眼前是一条极长的走道，不宽，两侧都挂着白色的纱布，顶端的凉风不断往下吹，打在纱布上，偶尔还有挂钩扯动的撕拉声，像极了夜半无人的医院。

所有人咽了一口口水，可路言连礼貌性的害怕都没有，一直在想顾戚刚刚说的那句话。那时候耳边太吵，路言来不及问，现在靠在门上，总算开了口："你刚刚那句话，什么意思？"

"哪句？"顾戚偏过头，"知道你会玩魔方，还是玩得比我好？"

路言顿了下，说："那就两句。"

顾戚这次回得很快："交流会的时候，见你玩过。"

路言抬起头。

"图书馆那个专项报告会议，"顾戚想了想，说，"你们那时候，应该是三期吧。"

路言原本还有些不知所云，可顾戚点出时间后，他一下子想了起来。专项报告会议那天，他要找一份资料，所以提前一小时去了图书馆，找完资料，离报告会议开始还有二十分钟，他就在四楼自习室等。

当时，一个小孩刚好坐在他对面那张桌子上，手里正在拼魔方，从三阶拼到四阶，最后停在了五阶，怎么都玩不过去。见他要哭，路言就顺手帮他拼了，还教了他一些技巧。

路言皱了皱眉，说："你也在图书馆？"

顾戚点头说："报告刚结束，从会议室出来。"

路言忍不住问了一句："那小孩你认识？"

顾戚笑了下，说："不认识，碰巧看见了。"

路言想想也是，有了答案他就没再说话，可顾戚这时问道："什么时候学的？"

路言知道顾戚问的是魔方，道："上初中后，没多久就学会了。"

顾戚问："因为好玩？"

玩魔方是因为什么？好像也不为什么，纯粹是为了集中注意力，也让心静一点。而且真要论趣味，魔方其实算不上多好玩，因为往往很多时候，玩熟练了，这东西就不用过脑子了。

路言看了顾戚一眼，说："你学魔方，是因为好玩？"

这么想想，顾戚这人，也真有可能是因为觉得好玩才上手的。

顾戚正要开口，可那一边林季他们已经哭号着，冲他们这个方向跑来，也就是在这时，路言听到顾戚轻笑了一声："不是觉得好玩，是觉得好看。"

第 28 章

躲好了

从密室出来的时候，林季他们衣服都湿了大半，被冷气一吹，寒意贴着肌肤直往里头钻，可愣是没一个人敢脱。不仅没脱，还恨不得从别人身上扒下一两件给自己穿上，好增加一点安全感。

"北北，把你手上的东西放下。"朱瑞和林季两人脚步还有些虚，看着老板递给尚清北的那张团体体验券，话都差点说不利索，"打死我，我都不会再来了。"

"我真傻，真的，单知道这是什么猛鬼版，会有鬼跟着，却不知竟然还会跟到屋里来。"

守最后一扇门的工作人员是个女生，全程就听着他们的尖叫声，最后明显都已经把喉咙快喊成破锣了，本来就忍笑忍到肚子疼，现在又听朱瑞这么一念叨，立刻低下头去，生怕自己当着他们的面笑出声来。

"玩得很好啊，速度也很快，"老板说着，看了路言和顾戚一眼，"尤其是这两位同学，第一关就破得很漂亮。"

他从监控里看得很清楚，会玩魔方的人不是没有，只是两扇门都用魔方解开，手法还都这么漂亮的很少，两人几乎就是前后脚转出来的。

就冲这个，他都想再多送两个鬼给他们。

从顶楼下来，烤鱼店门口的队伍基本已经散完了，再加上饭点一过，很快就空了一个包厢出来。

在上头待了一个多小时，耳边是此起彼伏的尖叫声，四周又是不断往下吹的凉气，直到现在，路言头脑还有些发涨，没什么胃口。而在密室里一直说着"想吐"，虚弱得简直吃不下饭的朱瑞和林季，不仅吃下了，还吃了满满的两大碗饭。

顾戚要了一壶热椰奶，又点了一份清淡一点的炒饭，路言这才吃了点。

一行人回到学校，已经是下午。

"时间还早，要不去操场打个球？"郑意提议。

"我觉得可以，打累了晚上好睡点，免得一闭上眼就是密室的场景。"

把所有事情安排好，结果出师未捷，一群人刚进校门，刚转了个弯，连操场的影子都没见着，迎面先撞上了周易。周易手里还拿着好几套卷子，光看那被黄纸包住，又被订住的密封线，就能猜到是月考卷。

哪怕知道成绩没那么快出来，林季他们也不想面对它，正想跑，周易却已经看见了他们，立刻喊了一声："从哪儿回来的？"

所有人立刻躲在顾戚和路言后面，顾戚往后扫了一眼，然后转回身，看着周易说："出去吃了个饭。"

周易随意地点了点头，也不知道在想什么，好一会儿，才开口问了第二句话："一起去的？"

刚回答的是顾戚，可说这话的时候，周易看着路言，路言沉默了会儿，说："嗯。"

"出去玩玩也好。"周易笑了声，愿意和班里人一起出去玩，是好事，总比一个人待着好。紧接着，周易的视线扫到后面那一群，提高了音量："别以为我不知道你们在想什么，这两天各科老师没布置什么作业，高兴坏了，是吧？还拦着课代表，不让他们去问。"

朱瑞闻言，眼睛都睁大了几分，立刻小声地说："我们中间出了一个叛徒！"竟然连拦着课代表，不让他们去问作业这种事，都被传到了老周的耳朵里！简直就是人心诡谲！

"你们还真以为是我们忘了？是看你们前几天复习得还算用功，让你们缓一缓。"

老周温暖地说着："自己也都上点心，别总想着玩。"

那边周易还在说话，林季却拉着杨旭之往后退了一步，他小心地控制着距离，保证声音不会被最前头的两人听到："老杨，你有没有觉得老周对言哥的态度，有些奇怪啊？"

杨旭之问："怎么说？"

林季说："具体的我说不上来，就是感觉……挺特别的，就月考那天，言哥那个考场的监考老师就是老周。我问过了，言哥从进入考场到离开考场，都没和老周发生过一点冲突。"

杨旭之说："言哥对所有老师都挺礼貌的。"

林季说："我不是说这个。"他当然知道路言不是传闻中的那种刺头。

杨旭之疑惑了。

"我是说，言哥弃考，老周也没劝，事后言哥还消失了一整天，你觉得以老周的性子，就这么不管不顾，可能吗？这事要是换了我们，不得被拉着聊一下午的天啊？"

杨旭之说："言哥以前……"

"是，言哥以前在十四中的时候，是弃考过，"林季打断他，"可老周是不可能因为这个就不管他的，原则性问题上，老周从来不会犯错。"

林季小心翼翼地往路言那个方向又看了一眼，说话声音更低："而且我还听说，言哥走出考场的时候，老周还摸了摸他的头，看起来一点都不像生气的样子。"

杨旭之不知道其中还有这么一回事，两人对视半天，也说不出个所以然来，而那边周易已经念叨完，摆了摆手，说："行了，都早点回寝室去，还有明天就别出门了，好好睡一觉，下周学习任务重。"

"知道了，老师。"众人拖着音调回了一句。

"对了，还有一件事，"周易忽然想到了什么，喊了声郑意，"运动会时间定了，就在下下周，接下来体育课注意一下，要是有科任老师要抢，守住了啊，让同学们多熟悉熟悉项目。"

说完，周易拿着试卷，朝教学楼的方向走去，就在众人松口气的时候，已经走出去的人忽地顿住了脚步。在所有人的注视中，周易慢慢地转过身来，他的视线好像在路言身上定了下，最终却是看着顾戚，慢声道："顾戚，你来一下。"

　　路言洗完澡出来，手机上多了一个未接来电，回拨过去，电话那头很轻地喊了一声："言言。"

　　路言轻声应下："妈，怎么了？"

　　徐娴说："没事，爸爸妈妈提前回来了，见你没在家，就打个电话问问。"

　　听了徐娴的话，路言才想起，这周末留校的事忘了跟徐娴说，他抬手擦了擦头发，说："妈，忘了说了，这周末留校了，抱歉。"

　　"跟妈说什么对不起呢，"徐娴声音越发温柔，"那明天回来吗？回来的话，妈去接你？"

　　路言想了想，说："明天晚上有晚自习，来回太麻烦了。"

　　徐娴说："这样啊，也好，那下个星期早点回来，妈给你炖些吃的。"

　　路言"嗯"了一声："你和爸也刚回来，好好休息一下。明天没事的话，多睡一会儿。"

　　徐娴笑了下，说："好。"

　　路言接着电话，湿着的头发忽然淌了几滴水下来，直直地落进眼睛里，他下意识地闭上眼睛，脚下没踩稳，腰便撞在了桌角上。

　　电话那头的徐娴听到一声轰响，连忙喊道："怎么了？是不是摔了？"

　　路言也顾不上疼，怕徐娴担心，咬了咬牙，回道："没事，椅子倒了。"

　　忍着疼，路言把桌子摆正，一边让电话那头的徐娴别多想，一边弯腰捡刚刚不小心掉在地上的东西。他抬眸的瞬间，却发现不远处散了一地的糖果和小零食。

　　如果不是那糖纸太显眼，路言还以为自己看错了。他皱了皱眉，等走近一看，才发现这些糖果和小零食是从一个黑袋子里掉出来的。

　　糖果和小零食他不认识，可那个黑袋子他认识，是顾戚的。早上他来了一趟，说里面装的是十四中校服。

　　路言把袋子里的十四中校服拿了出来，地上已经散了许多糖果，可校服兜里还鼓出一小团。一伸手，又摸出了几粒糖果。

　　他半垂着眸子，看着静静躺在掌心的那堆糖果，不知怎的，忽然笑了下，轻声说了句："幼稚。"

　　等到一切弄完，已经将近十一点。路言把月考卷拿了出来，刚放在桌子上，门却突然被敲响了。

这个时间来敲门的，除了顾戚，路言猜不出第二个，开了门，如他所想，果然是顾戚，路言却怔了下。他觉得现在的顾戚有点不对劲。

他还来不及问什么，宿管阿姨的声音紧接着在楼梯上响起。

"熄灯时间都过了一个多小时了，怎么都还亮着灯？"

"我知道你们都用功，也知道马上就要高三了，但身体是革命的本钱，总要先保证作息，才有更充沛的精力，不能每次都我来喊。"

"好的好的，阿姨我们马上关！"

"熄灯，熄灯！"

很快，走廊里就混进了各种声音，尤其是椅子不小心拖动的摩擦声，刺耳得很，路言被这动静一打岔，一下子忘了刚他要跟顾戚说什么，顾戚却抬手，"啪"的一声，关了灯。

四周陷入一片黑暗，只有透过帘缝传来的一点点稀薄的光，路言甚至看不太清顾戚现在的神情，可总觉得，这人心情应该算不上好。

"熄灯了，你不先回去吗？"怕宿管阿姨等下要查寝，找不到顾戚又麻烦，于是路言开口道。

顾戚没有回答，路言以为他没听清，又道："阿姨可能要查寝。"

顾戚打断他："所以躲好了，别说话。"

第 29 章
为什么害怕考试

顾戚靠得近了，路言才发现他一身凉意，似乎还有一点烟气，不像是从寝室刚出来，倒像是刚从外面回来一样。路言不知道是不是自己闻错了，印象里他不记得顾戚抽过烟，没忍住，最终开了口："你从哪里回来？"

顾戚有些好气又有些好笑，现在这种时候，这人问的竟然是这个："身上还有味道？"

路言知道自己猜对了，问："你抽烟了？"

顾戚侧身，靠在墙上，和路言并肩站着，说："就一根。平常很少抽。"

路言还在思考，顾戚这句"平常很少抽"的"很少"是个什么概念，耳边就听到拉链的划拉声，紧接着顾戚穿进门的那件校服，就被扔到了不远处的椅子上。

"现在呢？"顾戚声音很轻，"有没有好点？"

其实本就没沾上多少，校服一脱，基本已经闻不到了，可路言丝毫没有理会顾戚的"求生欲"，冷酷道："没有，离我远点。"

顾戚轻笑了一声，他知道路言对气味敏感，所以抽了一根后，在外面散了半个小时才敢上来，谁知道这样还能闻出来。顾戚下巴微抬，示意了一下浴室的方向："那我进去洗一下？"

路言没理会他，直接问："为什么突然抽烟？"

寝室里几乎没什么光线，路言看不太清顾戚的神情，他听到顾戚说："卷子做烦了。"

瞎扯一样的回答，如果放在以前，路言都不用想，都知道顾戚又在诓他，可偏偏说这话的人，现在语气挺认真，让人一时都有些分不出真假。隔了小半会儿，路言还是信了，问："竞赛卷？"

顾戚答："月考卷。"

路言："……"

顾戚那句话的可信度就在这瞬间，直线降到了底。就月考卷那程度，做烦了，大可不必。

路言走过去，把桌上的台灯打开。周五最后一门考试结束的时候，周易就让他去了一趟办公室，把所有卷子给了他。这两天时间都零零散散，路言想算着时间系统性地做完，所以都还没动。现在听顾戚这么说，路言把卷子都拿了出来，放在桌上，他先挑了数学和理综，从头到尾扫了一遍，问："哪张？"

他是真想知道，能让顾戚说出"做烦了"这种鬼话的，是哪张卷子。

顾戚仍旧倚在门上。台灯被开了护眼模式，光线暖黄，打在路言的眉眼上，晕得格外柔软，路言就在这时抬起头来，看着他，问："哪张卷子？"

顾戚慢慢地走过来，伸手盖在那些试卷上，路言不明所以。

顾戚问："为什么害怕考试？"

路言手上的动作彻底顿住，僵在原地。好半晌，他才微哑着声音开口："周老师跟你说了什么？"

顾戚感受到路言浑身有些紧绷，轻叹了一口气，说："没有。"

路言不知道，顾戚刚刚那句"卷子做烦了"，其实没骗他，是真的做烦了。连他自己都没数清，做张卷子的时间里停了几次笔。

下午周易叫住他，进了办公室第一句话就是："路言的事，你知道多少？"

其实从老周叫住他那时候起，顾戚心里就有了底，挑拣着，把他在国外见过路言的事情告诉了老周。

他很清楚，能在那种水平的商赛中游刃有余的人，不可能应付不来这种考试，所以当他重新见到路言的时候，很好奇，这样一个人怎么会在中考中失利，考到十四中去？

他丝毫不怀疑路言的水平，所以听到路言脱口报出题目的答案，看到那些思路清晰的竞赛卷，顾戚丝毫不诧异。

原先，他以为路言只是不想学，用尚清北的话来说，就是心思不在学习上。可从开学到现在，他没有从路言身上感受到所谓的"不想学"的气息，恰恰与之相反，他很认真，哪怕偶尔晚自习会趴着补觉，可没有一堂课是混过去的。但路言不想说，他就不问。

周易沉默了很久，然后从抽屉里拿出了路言月考的答题卷。空白一片，只有左侧那一栏基本信息写好了。"路言"两个字，印痕深到几乎要把卷子划破，是他的笔迹，却不像他的字。

弃考，过了半个多学期才去报到，高中去了十四中，抽屉里都是写好的卷子，考场上费了力气才写出来的名字……所有事情连起来，都指向一个方向，顾戚神情很淡，却带着一身超出年龄的压迫感，说："他害怕考试？"

周易没说是，却也没说不是，只是没再提路言的事，就好像把剩下的都交给顾戚自己去想，点到为止。

"不补考了，自己算着时间做完，对着答案自己改完估分，拿不定分数的再说。"周易说完这句话，把月考卷给了顾戚，就摆了摆手，让顾戚出去了。

顾戚却没回寝室，他拿着卷子，找了个空教室，坐在那里，把卷子一题一题从头到尾做完了，然后下楼抽了一根烟，在操场上吹了半小时的风，到路言门口敲了门。

他不知道路言为什么害怕考试，他想试着离路言近一点，他想帮路言，也想让自己静一点，可是似乎不行。他坐在空教室里，把所有卷子一题一题写完了，还是不行。

那也是顾戚第一次知道，原来心落不了地的时候，写卷子是一件能把所有耐心消磨殆尽的事，而路言害怕考试，和他比起来，要难熬得多。

"把头发擦干，别感冒了。"顾戚拿过路言放在桌角的毛巾，递过去，路言没接。

头发其实已经干得差不多了，只剩发尾还湿着，时不时掉下一两滴，晕在肩膀上，路言这才接过毛巾，往后退了一步，刚好撞在腰间的淤青上，他闷哼了一声。

明显吃痛的神情，顾戚皱了皱眉，把灯开了，问："撞到了？"

"没有，"路言站稳身体，"把灯关了，阿姨会上来。"

也不知是好是坏，刚刚绷着的气氛，被这么一岔，散了很多。

路言之前撞到腰的时候，脚踝也被椅子的角划了一道小伤口，擦着布料有点疼，他就挽了一道上去，现在灯一开，顾戚很快就看见那道红痕，说："怎么这么容易受伤？"

"药箱呢，还在柜子里？"顾戚熟门熟路地问，路言却顿了下，放着糖和零食的袋子还在里头，这么想着，路言自己弯身把药箱拿了出来。可弯身的瞬间，身上的淤痕被顾戚看了个正着。

"身上的伤，哪来的？"顾戚的声音不疾不徐地响起。

路言说："撞的。"

顾戚问："早上在密室里撞的？"

路言说："刚撞的，在寝室。"

顾戚半信半疑地问："撞哪儿了？"顾戚心中不信，能撞成那样？

路言把药箱放在桌子上，说："这里，桌角，行不行？"

"行。"顾戚忍笑，把药箱打开，拿出一瓶红花油，"躺着，那位置你不好擦。"

路言没动，顾戚轻轻地晃了晃手上的红花油，说："开过封的，去年运动会，林季摔了腿也帮着擦的。淤青不比皮外伤，不揉开了，难好。"

路言被念得没了脾气，走了过去，淤青不揉开了，可能真得留上一星期。疼不疼倒无所谓，只是怕下星期回家，要是被他妈看见了，保不齐要多想，还要担心。

红花油的气味重，一倒出来，很快便在整个寝室散开，顾戚动作很小心，刚说要把淤青揉开的是他，现在按棉花似的也是他，路言几乎是咬着牙说道："顾戚，你是没吃晚饭吗？"

顾戚没忍住，轻笑道："按重了，怕你疼。"

"你这样，我就不……"路言张了张嘴，最后还是把"我就不疼了"几个字说完，别过头去。

红花油的气味飘了好一阵，等路言觉得差不多了的时候，顾戚刚巧停下手。他慢慢地起身，盖上药箱的瞬间，他听到顾戚的声音，很轻，也很缓："为什么害怕考试？"

第30章

不怕了

"警报！阿姨上来了，阿姨上来了，快快快！先把灯关掉！"

本来安静下来的走廊再度传来响动，路言这才从顾戚的话中回过神来，冷静地抬眸，看着顾戚说："关灯。"

顾戚起身，先把桌边的小台灯打开，才走到门边去关了灯。

原先顾戚坐在床边的时候，顶头被上铺遮挡了一片光线，只有路言陷在阴影里，现在灯一关，只亮着一盏夜灯，两人都看不太清对方的神情。

"手上还有药油，我去洗一下。"顾戚说完，也不等路言回答，便朝着浴室走去。门一关，他下意识地去摸口袋，摸了个空，这才想起来校服被扔在椅子上，烟在里面。

顾戚忽然想起那天在十四中的事。那天，十四中的人把丁力他们拉出去没多久，他出门接了个电话，回来的路上，刚好撞上在巷尾的丁力，顶着一脸青紫，嘴里还不干不净的。

之前当着路言的面，外面人也不少，他其实没下多重的手，也没多问。现在又赶上了，也不知道该说是他运气好，还是丁力运气不好，碰巧他也想知道，那天尚清北他们走后，又发生了什么。

这么想着，他就走了过去。

丁力刚在顾戚手上吃了亏，转头又看见顾戚站在身后，显然把刚刚骂人的话听了个正着，腿一软，整个人挨着墙，才勉强支撑住，不让自己倒下来。

刚在饭馆里的时候，还有小弟看着，梗着脖子也得把话说得硬气点，现在只剩下他一个，又刚挨了一顿，眼见着要挨第二顿，丁力立刻把所有脸皮扔了。

"顾戚，戚，戚哥，不，不，戚神，戚神！"丁力绞尽脑汁地回想论坛上那些人都是怎么称呼顾戚的，一股脑地全说了一遍，只差喊一声爸爸了，"我错了，您就当我嘴贱，把我当个屁放了，行不行？我发誓，以后见到你和路……言哥，我都绕道走，也决计不会再去找十四中和一中的麻烦！"

顾戚在离丁力几步远的位置停了下来，没动手。不是被说动了，只是丁力现在浑身上下本就一身灰，身后那墙油污又厚得没法看，顾戚怕动手的时候沾上了，他同学可能都不让他近身，于是直接开了口："说说，那天都发生了什么。"

丁力说："戚神……你想听什么？"

顾戚没说话，只冷冷地看了他一眼，丁力立刻事无巨细地说了。

"然后，他说了一句'考试我不在行，打架我在行，你说，巧不巧？'之后，就直接动手了，"丁力继续回忆，"不是，不是，没用手，捡了一根曲棍，那巷子……"

顾戚出声打断道："他说了一句什么？"

丁力被吓了一跳，从开始到现在，这还是顾戚第一次打断他的话，丁力怕了，立刻回了一句："说什么'考试我不在行，打架我在行，你说，巧不巧？'。"

丁力对这句话印象很深，因为路言从头到尾就没说过几句话，基本上能动手的就直接动手了，但这句话，他记得很牢，原因有两个。

一是因为这话他对尚清北说过，路言原原本本地还给了他；二是，路言在说这话的时候，脸色很沉，当时他甚至都有些不敢看他。

见顾戚久久地没说话，敛着眸，看着有些瘆人，丁力压着嗓子喊了一声："戚神？"

"行了。"顾戚眼神有些暗，说完这句话，转身就往回走，丁力也瞬间跑没了影……

顾戚冲掉手上的药油，隔着门，偏头往外看了一眼，当时他就留意了，所以这句"考试我不在行"的确不是一句玩笑话。

路言听到浴室水声响起的一瞬间，才有种松了一口气的感觉，可等他走到桌边，把滑到椅子底下的试卷捡起来的时候，那种无力感在顷刻间席卷全身。

他不是不想说，而是不知道怎么说，他现在连自己想要什么都不知道。

顾戚很久才出来，路言已经上了床，台灯仍旧开着，像是给顾戚专门留的。他走过去，桌上的卷子已经被收了起来，桌面很干净。

路言看起来已经睡了，可顾戚还是轻声说了一句："身上有伤，晚上下来的时候，注意点。"

"顾戚，你高中为什么会突然回国？"不知过了多久，路言忽地开了口，声音很轻，像是睡梦中无意识的呓语，可顾戚知道他醒着。

"不算突然，总要回来的。家里长辈年纪大了，念了很久。"顾戚慢声道，"所以家里一直有这个打算，工作重心也在慢慢地转移到国内。"

路言睁开眼睛，窗外的光透过帘子，印在天花板上，一道一道，没什么规律，他漫无目的地数了数，问："那你初中呢？"

顾戚想起路言过了大半个学期才去报到的事，又听到"初中"两个字，隐约有种预感。以他的成绩，不可能只是上个十四中。

无数种猜想闪过，顾戚声音却丝毫未显，又轻又淡地说："跟现在没什么区别，上课，刷题，考试。"

顾戚顿了下，状似无意地开了口："你呢？"

路言沉默了一会儿，轻笑道："上课，刷题，考试。"原来都一样。

顾戚问："高一的时候，你过了一段时间才去十四中报到？"

路言问："林南说的？"

"嗯，"顾戚也没遮掩，"也是因为考试？"

"算是吧，"路言道，"病了一段时间。"

顾戚动作顿了一下，慢慢地坐起身来，尽管已经费了点力气压住动作，可床板不稳，还是被带出了一点吱呀声。

"不是什么大病，"路言忽然笑了一下，转了个身，面对着墙壁，"只是家里不放心，在家多待了一段时间。"

顾戚沉默很久，问："什么病？"

走廊起了一阵风，打在门上，有点吵，在这样的吵闹中，顾戚听到了一句："害怕考场，算病吗？"

其实连路言自己都不知道，自己究竟怕的是考试，还是别的什么。他现在想起提前招生考试那天，除了广播里机械的女声、几乎空白的卷子、瓢泼的雨，以及那句"等考完试，他们就回来了"，其实没剩下多少了。

提前招生考试，对镇安的一批尖子生来说，比中考更为关键，这关乎他们能不能进入最优秀的学校、最优秀的班级。只要通过，就能成为提前批次提早两个月进入学校的竞赛班。每年到了这种大型考试，奇奇怪怪的习俗就特别多。

那天徐娴和路明起了个大早，送他进了考场之后，就开车往状元山上去了。状元山，顾名思义，名字取得好，香火就没断过。

本来临考前几天，几家家长就商量着要一起去求个签的，可徐娴和路明那时候没空，想着今天给补上。

路言知道，徐娴和路明是觉得抱歉。要上初中的那段时间，家里的公司刚好出了事，两人忙得焦头烂额，又不想让他跟着担心，于是把他安排进了一所寄宿制学校，学校实力很强，却也是出了名的严格，半个月才放一回假，两天一小考，三天一大考，压力很大。

为了集中管理，考试那天的午饭学校安排在食堂，那天，徐娴和路明是打算从状元山回来之后，陪路言吃晚饭的，谁都没想到，会发生意外。

路言知道山上出了事故，而且徐娴和路明失联的时候，已经是下午最后一门考试了。

学校怕他们自己保管不好证件，所以每场考试结束之后，就交由带队老师保管，路言就这样在休息室门口，听到了老师的对话。

"人还没找到吗？"

"没呢，都在找，本来是要压消息的，后来爆出失联的人里面有路言他爸妈，才压不住了。"

"刚路言舅舅给我打了电话，让我们都先别说，等会儿考试结束，他会来接他的。"

"唉，这都叫什么事啊！"

…………

等老师他们发现路言，已经晚了，所有人都彻底地慌了神，外头的雨越下越大……

"路言，没事，你别多想。"

"就一点小事故，很快就找到了。"

老师们也没遇到过这种情况，现在外头下了大雨，一路上车来车往的，他们怕路言再跑出去，出什么岔子，也有些慌不择路，说："你先考试，考完试，他们就回来了。"

"对，你先考试，考完爸爸妈妈就回来了。"

…………

路言都快忘了自己是怎么进的考场，只知道，当考试须知响起的时候，他耳边只有那句"考完试，他们就回来了"。

他这么想着，可慢慢地，笔开始拿不稳，所有声音被外面的雨声覆盖，它们无限放大，闪起旧电视机雪花片的刺啦声，放眼望过去，整个考场，全是陌生沉默的脸。

路言就这样，手开始抖，干呕，呛得他满脸通红，最后他放下笔，冲出了考场。

所有带队老师被吓得魂不附体，立刻追了出去。在他们的印象里，路言向来是最乖巧讨喜的那种学生，那是他们第一次看见这样的路言。

第二天下午，徐娴和路明被找到了，只受了一点轻伤，可在事发地外站了整整一天的路言，在知道人没事的消息后，倒了，高烧了一个星期。

路言一直不知道，自己抗拒的究竟是什么？只是当他回想起以前那些事、那些人的时候，除了上课、刷题、写作业、考试，别的好像什么都没有了，同学、老师，他们的脸越来越模糊。

他还记得当他在医院醒来的时候，徐娴哭着对他说："妈妈什么也不求，不求你门门考第一，不求你学习多用功，只要你好好的。"

好好的，他不知道这个"好好的"，是什么个好法，他只是突然觉得，好像什么都挺无趣的：学习无趣，考试无趣，人也……无趣。

路言一句一句地说完，说得很慢，丝毫没注意到，下铺的顾戚已经起了身，等到他听到身后传来声响，才一下子转过身来。

"你找死吗？"路言坐起身来，咬牙说道，想着自己刚刚走神，差点没把顾戚推下去，就有些后怕，顾戚却没回答。

路言心还在跳，大声地说："说话。"

在满屋寂静中，他听到了顾戚的声音，顾戚说："不怕了。"

卷四

运动会

就像主席台横幅上写着的那句

万能通用的"友谊第一，比赛第二"一样。

比赛有赢就有输，可青春没有。

第31章

学习？学个屁！

周一晚自习，月考成绩一出，尚清北以一分领先，最终拿下了三月限定款，荣登状元宝座，第二名就在隔壁。

当成绩出来的时候，九班的同学都横着走出了班级门。尤其是在知道隔壁的榜眼听到和状元只有一分之差，觉得可以据理力争一下，于是拿着数学卷就冲到办公室去，想要老师再给他加两分的过程分，但由于言辞过于激烈，被老师反抓住计算错误的一小步，倒扣了三分之后。

尚清北也是人生第一次摸到榜首，本来觉得没什么，只是一场月考而已，顾戚还不在，可往那比以往任何一次都要热切的氛围里一坐，忽地也有种赢了一仗的感觉。

"北北，争气。"

"看看这步骤，精简干练又不失严谨，老周看了都想再多给你两分。"

"八班说了，让我们在运动会上见高低。"

"见就见，谁怕他！但现在，来来来，都传阅一下我们北北的卷子。"

"太优秀了，太优秀了。"

卷子跟圣旨似的一个传一个，最后传到了顾戚和路言这里，所有人都扭头看着最后排两位大佬，就连尚清北也不自觉地回过头去。

连他自己都不知道为什么，考试的时候没紧张，老师宣布成绩的时候没紧张，可现在竟然这么紧张。

顾戚本来靠坐在椅子上，等前面把试卷递过来，顾戚翻着最后几道大题，把尚清北的步骤过了一遍，点头说"写得不错"，随即把试卷递给了路言："看看？"

路言："……"

路言本来不想接，可一抬头，发现尚清北的嘴抿成一条直线在看他，路言："……"

这么多天下来，路言也发现了，尚清北紧张的时候就会把嘴巴抿成一条线。

路言没辙，低下头，也学着顾戚的样子翻了翻，看着看着，他很快发现，顾戚那句"写得不错"可能真不是敷衍的话。

这次月考物理最后一题的题型其实和上次差不多，可和上次相比，尚清北的解题步骤明显精练了很多，在考场上能节省不少时间。

看也看过了，路言放下卷子，谁知包括尚清北在内的一群人，还在盯着他，而且是目不转睛地盯着他，就好像一定要等他给出一个像样的评价一样。

路言："……"

路言把卷子重新放回顾戚桌上，没什么感情地说了一句："很好。"掌声瞬间雷动。

路言："……"

"北北，听到了没？戚哥说你不错，言哥说你很好！"朱瑞立刻喊道，"优秀！"

戚神和言哥的双重认证，这是什么？就是最高认证！一个什么都看得懂，一个什么都看不懂，但是意见竟然能在一个人身上得到统一！

尚清北难得有些害羞，挠了挠下巴，说："其实很多方法也是戚神教我的。"

陈蹊和孙雨濛一人叼着一杯酸奶，纵观全场。上次是演讲稿，这次是物理卷子，可上次不成器的孩子，今天成器了，还得到了夸奖，可喜可贺。

月考落幕，再加上运动会临近，这下不只高二年级，整个学校的氛围都轻松了很多。

卷子复盘一结束，趁着路言和顾戚不在，不知谁起个头，说了一句："我们班这次平均分还行，但是没算戚哥和言哥的成绩。"

朱瑞喷了一声，说："戚神就不说了，言哥有点悬。"

"你管那叫有点悬？"张健在卷子上拍了两下，"虽然这次统计没算言哥的人头，但不可能次次都不算。"

林季说："我的天，听你这么一说，还怪青春疼痛励志的，言哥不会就是为了班里平均分才弃考的吧？"

"华生，你发现了盲点。"

尚清北却忧心忡忡地说："还是考了比较好。"

孙雨濛也跟着说了一嘴："你们哪次见过老周拿平均分说事？要真是这个原因，言哥起码要在办公室里喝一天的茶。"

周易一贯很佛系，只有偶尔哪次平均分拿了个第一，顺嘴夸一夸，他知道成绩总有起伏，所以大部分时间都很少强调整体成绩，更不会给学生灌输什么"拖班级后腿"的观念。

但老周自己本身就是个数据库，成绩落实到学生个人头上时，那数据分析能力不是盖的。

"就开学考那次，我年级排名下滑了三十多名，老周就说找我简单地聊一聊，结果聊了一个半小时，你们能信吗？"朱瑞至今还心有余悸，"他甚至拿出了我上个学期开学考的成绩，问我这两个假期有什么不同。"

"所以就更奇怪了，不是吗？"陈蹊拿着笔在试卷上画了几画，"也没见老周找言哥简单地聊一聊啊。"

杨旭之说："可能聊了，我们不知道。"

朱瑞又想起密室逃脱那天的事，说："不是我吹，真的，我觉得言哥绝对就是不想学，你们是没看到，那天在密室里言哥破魔方那速度。那玩意的公式反正我是记不住，还多，我回去也试了试，还是物理小粒子可爱一点。"

有人附和道："对，后来也是，虽然跟戚神他们会合之后，我们几个基本就在划水，线索也差不多都是戚神解的，但言哥就时不时地给点惊喜。"

陈蹊和孙雨濛越发后悔那天没有跟出去。

朱瑞总结陈词："所以我觉得言哥不是聪不聪明的问题，他真的是那种，很少见的那种……牛人。"

所有人："……"

尚清北立刻想起他纠结了很久，也是顾戚曾问过他的一个问题，他斟酌片刻，道："阿瑞，你也觉得言哥就是……不想学？"

尚清北说这话的时候神情格外严肃，连带着他位置前后不少人，都被带得莫名紧张，朱瑞三两步跑了过来，问："言哥是不是跟你说了什么？"

尚清北蒙了下："没有啊。"

"那你怎么突然问这个？"

"你刚刚不是说，言哥就是不想学吗？我就问问，"尚清北顿了下，既然讨论到这个，就再多问一句，"阿瑞，你不学习的时候，都会想做什么？"

说完，尚清北又觉得不大贴切，换了句话："就是除了学习，有什么特别吸引你的东西吗？"

"那海了去了，"朱瑞几乎是脱口而出，"吃鸡它不香吗？手机它不好玩吗？"

朱瑞说："说句实话，只要一开始学习，其他东西都特别吸引我。"

尚清北皱了皱眉，说："可言哥好像也不常玩游戏。"

"你说的是言哥？"

"嗯。"

"那肯定要换个思路啊，"朱瑞自言自语地做了个假设，"如果我是言哥，转学来了一中……"

朱瑞觉得自己这个思路不太对，换了一个。"如果我是言哥，有这样帅的脸，有这样牛的父母，还有钱……天哪！"朱瑞觉得这个思路对了，一拍脑门，"那还学习？学个屁！"

周围只愣了一下，短暂的沉默过后，轰地炸开一片。

"哈哈哈，哈哈哈，对啊！学习！学个屁！"

"危险发言，老曾听了想扣分，哈哈哈！"

八班的人刚巧下了化学实验课，经过九班门口的时候，就听到这样一阵经久不息的笑声，以及此起彼伏的"学个屁"。平常乐乐就过去了，可在月考刚放出成绩这个关键阶段，八班众人愣是在这句"学个屁"中，感受到了恶意，势要在运动会上讨回面子。

周二下午最后一节班会，老周正式下发了运动会的通知。

"下周四、周五的运动会，一共两天的时间，项目还是去年那些，希望没参加过的同学都可以报名尝试一下，"老周慢悠悠地抿了一口茶，看着下面没什么动静的一群小崽子，说道，"名次不重要，也不要有什么心理负担，重在参与。"

"不行啊，老师，八班等着跟我们一决高下呢，"朱瑞感慨道，"去年比分咬太死了，我现在想想那个接力赛腿都软。"

每年运动会，最后一个项目都是 4×100 米接力赛，是板上钉钉的事，也是整个运动会除了开幕、闭幕以外，最热闹的项目，没有之一。去年九班也是靠接力赛的第一名，双倍得分，才把八班压了过去，打了一个翻身仗。

"戚哥去年最后一棒真的绝了，终点处几个体育老师闲着掐了掐秒表，说比体育生的分数可能也就只差了一点。"

"老周也就现在这么佛，去年 4×100 米接力赛的时候汗就没停过，手里的矿泉水瓶都给捏变形了，戚哥一冲过终点，瓶盖就压飞了，乐天不是还被滋了一脸的水吗？哈哈哈。"

"戚哥，今年你还跑吧？最后一棒。"朱瑞坐在位置上，朝着顾戚挥了挥手。顾戚应下："我都行。"

郑意正在按照项目表找人，闻言："那 4×100 米接力赛，还是去年一样的阵容？"

林季立刻号了一声："放过孩子吧。"

如果在一中有什么噩梦的话，林季觉得也没什么能比得上去年的运动会了。班里所有人笑出了声，就连周易都没忍住，手一颤，杯子里的水溅了满讲台。

"一样的阵容？指的是谁？是我吗？不是我吧？"林季生无可恋，在班级里扫了一圈后，视线突然定在路言身上，扯着嗓子喊了一句，"言哥救我！"

路言抬起头，一脸茫然。

"去年本来定的是朱瑞，决赛热身的时候，脚扭到了，郑意找不到人，临时拉上了林季。"顾戚帮着解释道。

"我来说，我来说，"朱瑞笑得眼泪直飙，"戚神你说的太没有戏剧效果了。"

朱瑞接过话头："因为是临场上阵，班里人怕季季怯场，想着一定要给足排面，于是立刻去借个英语老师的小蜜蜂给季季应援，基本上除了戚哥，当天整个操场，排面最大的就是季季了。

"然后……哈哈哈，对不起，我先笑一下，"朱瑞擦了擦眼泪，"季季把棒子交接完之后，立刻跪在操场上亲吻了一下跑道，成为那届运动会最经典的一张赛场照。"

路言不知道说什么，只是看了林季一眼，他真没看出来，林季原来这么……热血。

林季接收到路言的视线，立刻捂脸。

"没亲吻跑道，"顾戚也忍不住笑了下，"赛前没热开身，拉到了筋，跑完就站不住了。"

路言："……"

林季简直都听不下去了，更可恨的是，校报还把他当成运动会期刊的宣传人物之一了。

他，一个在队里跑第二棒，被其他赛道落出足足五六米距离的拖后腿选手，就因为一张看起来很像是那么一回事的照片，愣是博得了最大版的排面，被形容得活脱脱一个身残志坚，完成赛道梦的追梦少年。

最可恨的是，腿还拉到了筋，以至于闭幕式结束后，从操场到教室这段路都是班里男生接力把他背回去的。

更可恨的是，其他班都看到了，平日一起打篮球的一群狗东西，还过来拍他屁股，一边拍，还一边说："这是哪家的林妹妹呀？背不动了尽管说，哥哥也来帮忙。"林季气到吐血。

朱瑞笑着喊了一声林妹妹，然后说道："你是不是应该让朱哥哥我救你，为什么是喊言哥？"

"人不能两次掉进同一条河流。"更何况还是朱瑞这种泥石流，林季现在除了路言，觉得谁都不靠谱，"你要是有言哥跑得快，那也成。别忘了上次体育课上那3000米，言哥可是和戚哥同时跑到的。"

"不说这个我都忘了，"郑意拿着笔在本子上点了两下，"3000米还有个名额，言哥，你要是想跑的话，我给你啊。"

"别了吧，我们班已经落魄到要送言哥去3000米这种惨无人道的比赛了吗？"

"太热了，太热了，吃不消。"

"别了，言哥去跑个4×100米接力赛还可以，3000米我全程喊加油喊下来，嗓子怕是要劈，我吃不消。"

郑意："……"

郑意摔笔，心想，去年送我去3000米的时候，你们可不是这么说的。

周易就在讲台上，随他们闹，偶尔抬抬手控个场，但脸上的笑意就没退过。

路言抬头，刚好和周易撞上视线，周易朝他笑着点了点头。

耳边很吵，闹到后来，路言甚至已经分不清是谁在说话，又说了什么，可听着那些声音，忽地也笑了一下。

"要不要跑个接力赛试试，"顾戚的声音清晰地传来，"100米，10秒左右就结束。"

路言不置可否，问了一句："朱瑞不跑？"

被点到的朱瑞立刻举手说："言哥，你千万不要考虑我，我的水平比季季有余，比你和戚哥还有老郑他们，那是相当不足。"

"怎么还带拉踩的？"林季愤然起身。

"言哥，上！其他几个班肯定还是那一副牌，人选不会换的，今年我们打他们一个措手不及！"

"去年戚哥跑最后一棒，整个操场的目光基本就都在我们班，今年要是再加个言哥……顶配啊，我的天！"

说完，所有人都看着路言，在路言点头的瞬间，班里就跟已经拿到第一似的，号了半天，还立刻催着郑意把言哥的名字写下来，催得太急，郑意差点直接在那报名表上写上"言哥"两个字。

第 32 章

接力赛

第二天下午，刚好几个班都有一节体育课。

各班运动会项目人选七七八八地都定完了，这两个星期的体育课自然拿来训练，名单往体育老师那边一报，很快，上跑道的上跑道，上沙坑的上沙坑。

操场各个区块都站着训练的运动员，几个班的"闲杂人等"非常默契地让出了场地。

没一会儿，器材室门口那一片地上便站了一批人。

其他几个班跑接力赛的人选，看到九班体育老师拿着接力棒，先把郑意、杨旭之喊出来的时候，心里隐隐地有了猜测，果然，下一个喊出了顾戚。

所有人叹了一口气，没说话，好想逃，可是逃不掉。为什么国际部不争点气，再在这个关键的时刻，把顾戚拉去什么 ABCDE 的比赛，做个替补？

"没事，我们去年也就差了一点点，我起跑慢了，也有责任，今年我起跑跑快点，应该可以。"八班第一棒选手给他们打了打气。

"说得对，毕竟我们和九班就一点点差距，加油！"说着，一群人乐呵呵地去拿接力棒，没注意到九班体育老师迟没喊出第四个人的名字。

体育老师看了一会儿，才在郑意有点飘的字迹中，看清楚了最后两个字，"哟"了一声，说："路言是吧，挺好。"

其他几个班："……"

所有人站在原地，一阵长久的沉默，长久的沉默后，人群中不知从哪里先传来了一声"天哪"！

为什么九班的接力赛队伍里，会有路言？当初连国旗下表彰都不想参与的人，为什么会想到要参加接力赛？煞神对这些东西，不是一直都敬谢不敏的吗？

八班第一棒选手沉默良久，半晌，说了一句："其实我去年已经尽力了，今年，怕是不行。"

八班所有人："……"你刚刚可不是这么说的！

"我的天，路言也参加接力赛吗？那今年未免也太刺激了点。"

"不知道为什么，我就很想笑，哈哈哈，你还记得去年接力赛跑完，老王他们骂骂咧咧地骂了一路吗？因为除了参与比赛的几个班，整个操场的女生差不多都在看顾戚，还有过来凑热闹的国际部，我都快被吵耳鸣了，今年再多个路言……不敢想。"

"实不相瞒，去年我也在看戚神，脑子是有在给老王他们加油的，但这眼睛，它可能有自己的想法。"

"实不相瞒，我也是。"

"哈哈哈，哈哈哈。"

一众接力赛选手："……"

几个理科班女生本身不算多，大家也都熟，一看见孙雨濛和陈蹊她们过来，忙挤出几个位置，示意她们坐下，说："哎，雨濛，4×100米接力赛你们班是没人了吗？怎么突然拉上路言了啊？"

"我记得去年是林季吧，亲吻跑道都上校报了。"

"什么叫没人才拉上言哥啊？"孙雨濛扫了跑道一眼，说，"言哥本来就是我们班的人啊！"

几个女生闻言，顿了下，理是这么个理，可……"是你们拉他的，还是他自愿的？"

陈蹊想了想，认真地道："一半一半吧。"他们先起的哄是真的，言哥点头也是真的。

"路言会愿意参加运动会？"几人音量都拔高了几分，但话语中只是惊讶，没什么恶意，怕孙雨濛和陈蹊她们误会，补充解释道，"没别的意思哈，就是觉得可能，嗯……"

孙雨濛笑着接过她们的话，说："觉得以言哥的性子，看起来不太会参加这种集体活动？"

几人点了点头，说："路言看着不像是很合群的样子，好像也挺不爱这种场合的，我记得连课间操都不经常出吧？"

"没有，只是看起来，"孙雨濛和陈蹊对视一眼，笑了，"言哥性子很好的，跟班里人玩得也好。"

聊到这里的时候，刚好器材室门口传来一阵动静，一直没出现的路言和顾戚从操场百米跑道起点走了过来，九班一群男生立刻围了过去。

坐在看台上的其他班女生你看看我，我看看你，信了，看起来，应该是真的玩得挺好。

"我去器材室核对一下器材，接力棒拿着，自己练一下交接。"体育老师交代完郑意，转头进了器材室。

"言哥你想跑第几棒啊？"林季转身，凭着记忆在操场上比画了一下去年接力赛的位置，说道，"好像都可以。"

"第二、三棒比较缓，但弯道多，第一、四棒弯道少，但刺激，"郑意想了想，"别人不好说，不过言哥的话，都行。"

"其实也都差不多，真的，"朱瑞真诚地说，"等真上了跑道，两边人这么一喊，哪道都刺激。"

林季深有感触地说："反正我这辈子大概不会再参加接力赛了，我都没反应过来，棒子就已经在我手上了。"

郑意想了想，说："要么跑第一棒？"

"第三棒。"顾戚一说话，其他人都看了过来。顾戚看着路言，解释说："第一棒要听发令枪，郑意有经验。"

路言对发令枪这类的声音有些敏感，在十四中运动会那天顾戚就发现了，大概是很少参与，所以有些不习惯。

路言没什么意见，说："你们习惯什么位置，可以先排。"

"那就听戚哥的，戚哥第四棒，言哥你第三，"郑意转头去问杨旭之，"那老杨你第二棒？"杨旭之比了个"OK"的手势。

五分钟后，路言站在跑道上，他看着前面不远处的顾戚，莫名觉得可能选择第一、第二棒更好。

"不用跑全程，就空个三四十米左右的位置，给个起跑速度，训练一下交接棒就行，"郑意一边算着距离往后退，一边朝着路言喊，"言哥，你那边是弯道，跑的时候小心点。"

路言回头看了郑意一眼，点头，示意自己知道了。

林季充当临时裁判，怕终点那边的顾戚听不见，还专门去器材室找了一面倒三角红旗。结果刚找到旗子出门，就被吓了一跳："看台那边什么时候多了这么多人？"

不就一个交接棒训练吗，这阵仗怎么整得跟正式比赛一样？

朱瑞见怪不怪地说："你也不看看百米冲刺点那边都站着谁。"

"一个戚哥，一个言哥，别说女生，就是男生，我也爱看。"

林季想想也是，也不管了，双手拢在嘴边，大声喊："准备了，准备了！"

跑道两边人群自动散开，林季的声音跟着响起："预备——跑！"

路言从杨旭之手里接过交接棒的瞬间，立刻往前跑了出去，看台上好些人都下意识地抓着围栏，往前倾了倾身。

只有三四十米的距离，都没回过神来，交接棒已经递了出去。路言也不知道顾戚到底算个什么体质，好像一直都不怎么怕冷，体温也偏高，交接棒擦着手心递过去，似乎还有点烫。

　　顾戚是最后一棒，接了棒之后，只起步跑了几米，便停了下来，隔着跑道，和路言对视了一眼。

　　"言哥这速度加上戚哥，我觉得我们班稳了！"

　　"不够看啊！我还想看！"

　　"你当是什么文艺演出呢？还不够看！"

　　只是一个交接棒训练，台上却热闹得跟看了一场正式比赛似的，路言偏过头去，背对着人群朝着器材室门口走。

　　下午的日头不毒，但气温有些高，再加上要跑步，不太方便，几人都脱了外套，里面就穿着一件短袖夏季校服。

　　路言本身就白，被鲜红的跑道一衬，越发白净，顾戚慢悠悠地跟过去。

　　"往里站点，"顾戚走过来，把人往里一推，"还有太阳，也不怕晒。"

　　"刚刚我没接好，位置拿太高了，"路言看着顾戚手上的接力棒，又道，"比赛的时候会注意。"

　　杨旭之刚走过来，就听到路言的话，立刻举手证明他言哥的清白。刚刚那棒的确是没接好，拿得太高了，以至于交接的时候要擦着手递过去，在赛场上很可能就要掉棒了。

　　"不是言哥你的问题，是我的问题，我那一棒没接对位置，给你留的地不多。"杨旭之说道。

　　"行了，"顾戚笑了下，"就一个练习，抢什么？"

　　"就是，就算是正式比赛也没什么，"林季说道，"又没掉棒，又没摔倒的，都不算事。"

　　林季话刚说完，台上的女生们就发话了："什么掉棒、摔倒，别乌鸦嘴啊，季季。"

　　"好了，还有十几分钟下课，我们抓紧时间再练几遍。"郑意笑完，重新拿过顾戚手上的接力棒，第一个跑回原位，扯开嗓子喊了一句，"戚哥言哥老杨，上跑道！"

　　有了之前的经验，几人接棒的时候都握得比较低，尤其是路言，顾戚都觉得好笑，擦着路言的肩膀折回来还交接棒的时候，还问了一句："是不是握得太低了点？"

说着，他还照着接力棒中间的分界线比画了一下："还专门留了这么一大段给我，怕我拿不住吗？"

路言穿外套的手一顿，问："不行？"

"行。"顾戚笑了下，答道。

"哥，接着。"路言听到这话一偏身，迎面就扔来一瓶水，他下意识地抬手，接了个正着。林季和朱瑞他们不知道从哪里拎了一个白色的大塑料袋过来，里头全是矿泉水，有二十来瓶。

"你们这是买了一箱啊？"郑意凑近看了看。

林季嘿嘿一笑道："老周请客。"

郑意一脸疑惑。

"老周下午不是没课吗？应该是在教学楼那边听到操场的动静了，"林季往教学楼的方向一指，"我和阿瑞刚往超市那边走，就被老周喊住了，问我们去干吗，我们说去买水，老周大手一挥就把教师卡扔下来，说花他的，犒劳一下操场上的运动健儿，以及运动健儿的支持者们。"

朱瑞伸出右手，五指并拢，对着郑意他们毕恭毕敬地点了点："你们，运动健儿。"

"我们，"朱瑞拍了拍自己的胸口，"支持者们。"

这神情动作太逗，周围笑开一圈，路言也笑了下。

水大概是从冰箱里刚拿出来的，还冒着凉气，贴在手上，湿漉漉的一片。来回跑了好几趟，路言也有点渴，还没来得及拧开瓶盖，手上就一空。

"刚跑完步，别喝冰的。"顾戚从袋子里换了瓶常温的递回去。

体育课结束后，又上了节自习课。在操场上跑了几趟，虽然没出汗，但还是不太舒服，路言随便吃了几口，回寝室洗了个澡，才回教室上晚自习。

距离晚自习开始还有二十多分钟，天色还没暗，教室里人正多的时候。路言一进门就看见一群人围在朱瑞那边，不知道在讨论什么，头埋得很低，声音也很轻，正要走过去，陈蹊轻飘飘地说了一句："喏，言哥来了，不信的话，你可以问问。"

陈蹊的话一出，一群人就跟收到了什么指令似的，路言最受不住这一排排的视线，淡声说："有事就说。"

朱瑞扒着窗户往外看了一眼，陈蹊提醒说："早走了，别看了。"

朱瑞起身走到路言面前，沉默良久，做贼似的开了口："言哥，我们刚在走廊外面，遇上几个高一的学妹。"

朱瑞也不拐弯抹角了，说："让我来问问，有没有追你的机会。"

"老朱，你这也太直白了吧。"徐乐天扶额道。

朱瑞龇了龇牙，说："那几个学妹就是这么说的，原话。"

路言："……"

在朱瑞刚开口的时候，看这神情，路言基本也知道他要说什么了。刚想回，可嘴还没张开，有个人却替他回了。

"没有。"顾戚的声音从前门传来，不似一贯的语气，还有些淡然。

所有人循着声音，回过头去，朱瑞："……"

"戚哥，我知道你没心思谈恋爱，我没问你，"朱瑞一本正经道，"我替学妹问的，问的言哥。"

顾戚走过来，围在前排的一群人自动让了条道出来。

"我说的也是。"顾戚已经回到位置上，往椅子上一靠，"没有。"

第 33 章

路老师

"戚哥的意思是，现在我们的第一要务就是学习，要把心思放在学习上，不要放在什么谈恋爱上。"陈蹊出声打破沉默，语气里的笑意几乎要漫出来，"下次学妹再来问的时候，其实可以委婉地让她们回了，也免得她们心里记挂着这件事。"

"戚哥，"陈蹊举了举手，"我理解得对吗？你是不是这个意思？"

顾戚笑了下。陈蹊再接再厉地问："言哥，如果再有学妹来问，是不是也可以委婉地回了？"

路言："嗯。"

孙雨濛拍了拍手，说："看，这不是解决了吗？戚哥的意思就是言哥的意思，一样。"

朱瑞蒙蒙地说："是，是这个意思吗？"

周围一群人俨然已经被孙雨濛和陈蹊的逻辑说服，只剩朱瑞还在挣扎："可言哥连那学妹长什么样都没见过。"

"瑞瑞你什么意思？"徐乐天一副痛心疾首的模样，"你的意思是言哥只会肤浅地看外表，是吗？"

朱瑞把着桌子说："我当然不是这个意思！就是万一，万一呢，万一这种事，谁说得准。"

"没有万一，"陈蹊安抚性地拍了拍朱瑞的肩膀，"言哥在戚神身边坐了那么久，外表这种东西，还能不免疫？"

朱瑞乍一听觉得醍醐灌顶，可再一琢磨："……"虽然戚神和言哥硬生生地拔高了一中所有人的审美标准是事实，可是……

"蹊姐，你这参考标准选得不对啊！"朱瑞微微一僵，以示尊敬，"戚哥可是男生，男生跟女生能一样吗？"

"蹊姐，他放屁！"一直没说话的林季立刻开口举报，"体育课上老郑他们训练交接棒的时候，看台上人很多，我就问了一句，怎么突然多了这么多人，然后老朱就说，也不看看站在百米冲刺点那边的都是谁，一个戚哥，一个言哥，别说女生，就是男生，我也爱看。"

"我亲耳听到的，"林季说完，唰地指向朱瑞，"所以他爱看！"

紧接着，班里就一呼百应，到处都是"我也爱看"的声响，喊得最起劲的恰恰还都是男生。

朱瑞："……"

路言："……"

"看我今天不打死你！"朱瑞瞬间就把学妹的事抛在了脑后，追着林季跑了出去。

班里看热闹不嫌事大，拉开窗户观战的同时，还有通风报信的，时不时地就要喊几声"阿瑞你往五班那个方向追"，看起来一点都不怕把曾宏引来。

路言坐在位置上看他们闹，顾戚突然合上书，偏头看着他，问了句："以前遇到这种事的时候，都怎么说的？"

路言想了想，说："没遇到。"

"没遇到？"三个字被顾戚念得慢悠悠的。

"嗯。"他在十四中总共也没待多长时间，男生都不太接触，更别说女生了，再小一点，就更没这种心思了。

顾戚问："没想过？"

路言看到一半的题目看不下去了，问："你很闲吗？"

"卷子不够你做的话，我可以赞助一点。"

顾戚没答，只轻轻地笑了下。

为了筹备运动会，学校翻新了一下主席台，特意免了这几天的课间操，各个班级也刚好可以趁这个时间，商量运动会的相关事宜。

"我们今年打算搞什么？"朱瑞问孙雨濛，"走方阵需要准备什么吗？"

孙雨濛摇了摇头，说："班主任没说。"

"班长，趁现在还有时间，能不能把去年的气球给我们补上啊？"朱瑞啧了一声，"就我们没有，我想想都气。"

下面附和声一片，路言顺嘴问了句："什么气球？"

"去年老曾想给高三打气，就订了一批气球，让他们把目标院校写在气球上，说讨个彩头，祝高升。"顾戚解释道。

"写在气球上，然后把气球放了？"路言记得以前十四中好像也想弄这种东西，后来被否了，说污染环境。

"没往天上放，"顾戚往上一指，"就放教室里。"

"其实就是想让宣传部的人拍些照，"林季解释道，"因为高三不参加运动会，就让他们意思意思，体验一下氛围。"

"学校那边可能买得多，高三分完还剩下不少，不想浪费，就往下分。可本来也不是计划里的东西，老曾也没数，就让各班班主任按人头去领，结果到我们班老周去的时候，就只剩下几个了，还是最丑的那种。"

林季说完，关于去年的记忆瞬间涌来，班里开始闹腾。

"本来我也不觉得有什么，就几个气球嘛，可是别的班都有，我就很羡慕了。"

"主要是我们都已经想好要写什么了，结果临了说没有气球了。"

"对啊，我怕'霍格沃茨①'这几个字写得不好看，还特意拿水笔练了半天。"

路言："……"就知道对这群人最好不要抱有什么正经的期待。

孙雨濛一锤定音："行，气球这个我记下了，等下跟老周说完就去下单。"

"记得买大一点，"朱瑞强调，"去年老曾还是太小气，那气球都看不见字，我们的排面得搞起来。"

"最好再买几个喇叭，言哥他们跑接力赛的时候，可以用得上。"

"那方阵呢？你们有什么建议？"陈蹊开口道。

朱瑞看了路言一眼，突然双眼放光，立刻举手。

路言有种不好的预感，果然，下一秒，朱瑞就高声道："言哥和戚哥不是会

---

① 霍格沃茨，"哈利·波特"系列作品中的主要场景霍格沃茨魔法学校。

魔方吗？就那种，两个人，一人一张桌子，谁先复原就往桌子上'啪'一扔的那种，要是不行，就拧它七个八个的，反正总共方阵表演也才一两分钟，时间肯定够了。"

路言无话可说，低下头看题，可几秒钟后，耳边还很安静，没人有异议，就好像真的在思考这事的可行性。这诡异的沉默让路言抬起头来。

"总觉得，好像还挺酷?!"

"魔方……好像这么多年，方阵还没表演过吧？"

"没有，况且还是魔方 battle（较量）。"

"好像，也可行?!"

魔方 battle，亏他们想得出来，路言冷冷地看了随他们闹的顾戚一眼，顾戚忍笑，总算开口，朝着朱瑞说了一声："行了，都正经点。"

朱瑞仿佛受到了冒犯："哥，你觉得哪里不正经？你是觉得魔方不正经，还是 battle 不正经？"

林季友情提示："醒醒，哥是觉得提这个意见的你不正经。"

"戚哥，你就不想看一下言哥玩魔方吗？你就不想一较高下吗?!"朱瑞还在撺掇，"你就不想 PK 一下，看谁技术更高一筹吗？"

其他人闻言，也发出了同样的疑惑。尤其是在朱瑞和尚清北他们不断的潜移默化下，知道了言哥应该是个玩魔方的高手，却不知道和戚哥比起来，哪个更厉害点？

"不用比，魔方我玩不过他。"顾戚慢悠悠地回了一句。

"戚哥，你私底下跟言哥比过了？"作为密室当事人之一的林季忙问了一句。

虽然上次顾戚也说了这么一句，不过当时氛围太紧张，大家都没太认真，只当是玩笑话，现在听顾戚又说了一遍，才细想起来。

顾戚没点头，也没摇头，只笑了下："路老师带我玩的。"

这下，就连路言都忍不住偏头去看他，不知道什么时候成了顾戚老师的路言："……"

九班所有人都惊呆了。

朱瑞第一个跑过来，讨好地说："路老师，也带带我！我不想学魔法了，我要学魔方！"

"路老师，加我一个！"

"还有我。"

尚清北在后面看了看路言，又看了看顾戚，最终拍了拍朱瑞的肩膀："阿瑞，言哥和戚哥的意思，就是学魔方已经晚了，你还是学魔法吧。"

所有人哄笑起来，尤其是这种话还是从尚清北嘴里，用如此一本正经的语气说出来，路言都低头笑了一下。

等人散开，路言想起刚刚顾戚的话，忍不住问了一句："我什么时候带你玩魔方了？"

他就没见顾戚玩过魔方，就连密室那次两人也在不同的房间。

路言以为顾戚会说一句"骗他们的"，或者索性说没有，谁知道顾戚却真的应了声："交流会的时候。"

路言疑惑更甚。

顾戚说："以前不玩，见你玩了，才去学的。"

一星期后，周四。

孙雨濛和陈蹊拉上几个班委，特意起了个大早，花了一个多小时把所有气球打满气，绑在每个人的桌角，多的就随手放上天花板。

九班众人一进教室，看到的就是这样一幅场景，各色各款的气球，挤满了整个教室。

孙雨濛把气球的事告诉周易后，去年手慢了一点，导致抢了个寂寞的周易立刻允了，他怕有什么安全隐患，还自己添了点钱，要孙雨濛买有质量保障的。所以这批气球和曾宏买的那批比起来，格外厚实，看着就不是一个档次的。

朱瑞伸手捏了捏，说："哇，这触感，这重量，下血本了啊！"

可再一看，下面人发现了不对劲。

"不对啊，班长，说好的霍格沃茨呢，这上面怎么写着清华啊？"

"还有顶上飘着的那些，都是什么？"

"人生能有几回搏、直上青云九霄、劈波斩浪、扬帆起航……好土啊，班长，我们当中是不是混入了什么叛徒？"

"别说了，"孙雨濛打了一早上的气，手都差点没抬起来，"去年其他几个班这么玩，宣传部就没拍到什么有用的照片，老曾早有经验了，今年老周去报备完，回来就要了商家的联系方式，结果你们看到了，不用你们写，清华直接给你印好了。"

操场上运动员进行曲循环放了五六遍，各班才排队走下楼。尽管朱瑞他们据理力争，最后魔方 battle 的点子还是被否了，改成了最基本的朗诵，最后再由凭借"智勇双全"，被一中最高领导天团一致认可的尚清北，送上由一中定海神针、未来状元预备役顾戚亲手写的一副贺联。

要内涵有内涵，要正能量有正能量，要彩头有彩头。

消息一出，九班人心之险恶，居心之叵测，遭到了其他几个班的一致唾弃，可当进场正式开始的时候，他们才知道，原来真正险恶的还在后面。

一中高三不参加运动会，但开幕式要留档记录，要全员参与。依着顺序，本来是高一，再高二，最后高三，可今年新增了一个高考动员仪式，高三就被安排在最中间的场地，连带着顺序也换了，变成了高一、高三，最后才是高二，而高二九班，又刚好是高二年级的最后一个班，也就是全校最后一个进场的班级。

依照惯例，最后一个进场的班级，本该是所有学生的"眼中钉"，谁见了都要喊一句"走什么，跑起来"的程度，可当台上广播员念出"现在朝我们迎面走来的，是高二九班方阵"的一瞬间，高一、高三的队伍显然振奋了一下，不少人甚至踮起了脚。

夹在高一、高三队伍中间的高二的其他几个班级，耳边登时热闹起来。

"怎么走这么快啊！我都没看清！"

"方阵表演也不够看啊！"

高二所有人："……"你们那是想看方阵表演吗？我都不好意思点破你们！

第 34 章

第一

台上运动员代表正在宣誓，早上太阳不算烈，但站久了，台下的人晒得也有些蔫。

"今年运动员代表是八班班长啊。"朱瑞眯着眼，往台上扫了一眼，确认完人选后，便兴致缺缺地低下头来，往右手边的徐乐天身上一靠。

因为操场后半部分场地已经开始着手布置道具，所以留给各班的位置都比较小，前后贴得紧。九班不少人已经开始站不住了，就学着朱瑞的样子，一个两个开始往旁边靠。

林季打了个哈欠，说："不行了，为什么八班的稿子这么长？宣誓不就是友谊第一，比赛第二吗？这是写了一篇演讲稿啊！"

"站这里这么久，都听了些什么？"杨旭之语气有些无奈，耸了耸肩，示意林季从自己肩膀上下去，"是老曾在搞事情，去年弄气球，今年说要种树，八班班长刚就在讲这个。"

"种树？"林季差点以为自己听错了，"种什么树？"

台上，八班班长刚好字正腔圆念到尾声："这是青春的树，友谊的树。"

八班："……"

九班："……"

"还青春的树，友谊的树。"

"老王说我们和九班是兄弟班，要种在同一块地上！"

"友谊？我在一中读了两年书，我怎么都不知道，我们和八班还有友谊这种东西？"

两个班瞬间闹开来。

"老曾真是想一出是一出！"关乎班级面子问题，朱瑞立刻生龙活虎，表面上说着这树就算种了，我也不会去浇一滴水，可一扭头，就朝着身后喊："这树去哪里领？谁去领？是老周吗？不行啊，老周动作太慢了，要是跟去年抢气球一样，去晚了，剩下些歪瓜裂枣怎么办？"

九班人一听，本来都晒蔫了的，瞬间挺直了腰杆子。

"气球没有就算了，反正也就在班级里飘飘，这树不行啊，要是比八班矮一截瘦一圈干瘪瘪的，那多难看！"

"我不允许这种事在我们班发生，必须抢先下手，挑个碗口那么粗的。"

"对！一定要早点去！选棵长得跟戚哥、言哥差不多的那种，"朱瑞拍着手，"再不济，也要挑棵长得跟我差不多的。"

站在队伍最后面的路言听着朱瑞那句"再不济"，一时之间，都有些不清楚，朱瑞究竟是在夸他自己，还是骂他自己。

前排还在就如何找一棵"植物界的顾戚或路言"讨论不休，路言已经有些困了。他体温天生低一些，早上这太阳晒着，不算热，反倒晒得人有点懒，一困又不能动，路言有点烦。

他正低着头，想着还有多久结束，眼前便忽然多了一个东西，是一个异形钻石魔方，不大，一只手就可以拿住的那种，可看着质感还挺好。

路言不知道顾戚手上怎么就突然多了个魔方，抬眸问道："哪儿来的？"

顾戚说："老周给的。"

路言想起顾戚刚刚的确跟周易说了几句："你跟他要的？"

"算是。"顾戚笑了下，看出了他有些无聊，怕再给晒烦起来，反正老周要去办公室，就让他顺手拿一趟。

"六班班主任课上没收的，随手玩了两下，本来想拼完了再还给学生，然后……"顾戚说着，在魔方上点了两下，"就这样了。"

"随手玩了两下？"路言看着那乱七八糟的魔方，完全不像是随手玩了两下。

顾戚被路言的表情弄得有些想笑，说："本来是，后来办公室老师不信邪，每个人都'随手玩了两下'。"包括来送魔方的老周。

后来六班班主任还把那学生喊了过来，想让他当场复原一下，让他们见识见识，结果那学生也不会。这魔方就这样，闲置在了办公室，成了一个摆设，老周一听顾戚说可以把魔方复原，立刻就拿过来了。

路言闲着无聊，接过魔方打发时间。他平常不怎么玩异形，却也不是没玩过，几下就上手。心一静下来，感觉耳边都安静了很多。

"刚朱瑞他们说种树，要拿来做什么？"路言一边低头拧魔方，一边问顾戚。

这么长时间耳濡目染下来，路言也差不多摸清了曾宏的脾气，做事老派，讲究得很，买个气球都要讨彩头，更别说大费周章地种树了。

顾戚一听，就知道这人刚刚应该是真晒困了，也没怎么听台上讲话，于是说："每个班种一棵，做个纪念。"

路言想想也是。

"言哥，你哪里来的魔方？戚哥也有吗？是 battle 吗?! 这就开始了?!"朱瑞他们不知道什么时候已经转过身来，看着那凭空生出来的魔方，忍不住喊了出来。

声音有些大，引得八班几个人也看了过来，顾戚把路言往他那边一带，两人便换了个位置，于是靠近八班一侧的人，就从路言换成顾戚了。

朱瑞他们反应过来，想起言哥不太喜欢被人盯着，也往后挪了几步，瞬间遮得严丝合缝，连路言的头发丝都不让别人看，跟围了一堵人墙似的。

硬生生地被挡了视线的八班："……"

就很气，不让看的话，刚刚喊什么喊，什么 battle？不让人看，能叫battle 吗？

可惜朱瑞他们发现魔方的时候，路言已经复原得差不多了，只剩最后几步，随手给了顾戚。顾戚接手了魔方，三两下复原，又扔给了跃跃欲试的林季他们。

"异形魔方我还没玩过，戚哥，我也能玩一下吗？"尚清北自密室那次之后，回家特地搜了很多魔方的资料，只不过接触的实物不多，见到这个钻石魔方有些好奇，于是抬头看着路言和顾戚，顾戚自然点头。

"哥，你这魔方哪里来的啊？"林季随口问了一句，这么个魔方也没地方装，可走方阵的时候，他戚哥的确是两手空空的。

顾戚说："老周给的。"

林季问："老周也玩这个？"

顾戚应了声，没说得很细，看了路言一眼，随后偏过视线，看着尚清北说："玩可以，记得拼好了再还给老周。"

此话一出，尚清北有些不敢动了，更别说朱瑞他们。

他们肯定拼不回来，可又实在手痒。可这都不是问题，因为他们有言哥！

尚清北承载着所有人的期望，拿着魔方晃了晃，又看着路言，问了一声："言哥？我们可以玩吗？"

"……"路言叹了一口气，最终点头。

"言哥牛！"

"爱你！"

"守护世上最好的言哥！"

路言："……"

上午几场比赛一过，分数一统计，除了四班、五班稍微落后一点，其他各个班分数都咬得很紧，所以等到下午最后一场接力赛初赛的时候，所有人都铆足了劲，早就候在看台那边。再加上顾戚和路言的双重效应，一个接力赛初赛，刺激感甚至可以肩比决赛。

高二年级加上文科班，一共十来个班级，初赛分两组进行，按时间取前六名，参加第二天的决赛。

"班长这手气，也不知道该说好还是不好，没和八班抽到一组。"林季说道。

尚清北说："都是按最终耗时取成绩，其实在不在一组，没差别的。"

林季说："话不能这么说，要是初赛就分到一组，肯定更刺激。"

九班人早就料到了操场上人不会少，因此位置占得最快，一群人早早地把着护栏，看着跑道。

"完了完了，我喇叭忘记拿了！"朱瑞一脸慌张，说着就要跑，被陈蹊拉着领子拽了回来："喇叭个屁！等会儿再把言哥他们吓到，给我好好待着。"

朱瑞说："不行啊，我紧张！"

"蓄蓄力，等会儿喊大声点。"孙雨濛安慰道。

朱瑞还是静不下来，也不只朱瑞，九班所有人心都飘着，跟紧张不安那种"飘"法不同，甚至连他们自己都不是很清楚，这种激动到近乎亢奋的情绪，究竟来自哪里。

虽然去年这个时候，也是眼下这幅光景，可明显又有哪里不同。

"水呢，准备好了没？"

"好了。"

"终点处那边有人等着吗？"

"有，季季和北北等会儿就过去等。"

"掐时间的呢？"

"我在！"

"别说了！戚哥他们那边在打气呢！看来差不多了！"

众人顺着朱瑞的话望过去，终点处的老师已经挥了挥黄旗，示意已经准备好。郑意拿着接力棒，先伸出右手，放在了空中："来，打个气！"

此时，林季的声音穿过大半个跑道，朝着路言他们喊："戚哥，言哥，老杨，老郑！加油！别怕！"

杨旭之朝看台挥了挥手，顺势放下，压在郑意手上："加油。"

顾戚也放了上去，嘴角微扬，看着路言。

路言心说有些幼稚，可最后也几不可见地笑了下，把手放了上去。

四人手交叠着，往下重重一压，九班的尖叫声同时响起。

在所有人的尖叫和加油声中，所有参赛选手都上了跑道。

"预备——"枪响，所有预热好的气氛，在这声枪响中，登顶。

跑快点，再跑快点，在满看台的掌声和尖叫声中，当顾戚拿着代表他们高二九班的交接棒，第一个冲过终点时，朱瑞他们几乎都要哭出声来。

"哇哇哇！给言哥戚哥跪了！老杨和老郑也真的牛！"

"言哥追上第三道又超过第三道的时候，我都没敢呼吸啊！"

"足足拉开十几米啊！十几米啊！4×100米接力赛我们拉开了其他几个班十几米啊！这是什么概念？"

看着站在终点处的那几个人，朱瑞他们总算知道了那种情绪究竟来源于谁。来源于顾戚，来源于路言，可又不单单来源于他们，更准确些，是来源于整个九班。而顾戚和路言的存在，就是他们的强心剂，他们可以毫无保留地信任路言，就好像……可以毫无保留地信任顾戚一样。

接力赛结束，还有一件事要做。所有人走到操场右后侧的小花园，把那棵树种了起来。

这次老周选得格外好，虽然还只是树苗，枝叶不多，可绿莹莹的，看着分外讨喜。

"戚哥！快！把你和言哥的红带子绑在最上面！"

"对！把我们班这棵树给镇住！"

"哈哈哈，镇住，你们这是拿戚哥和言哥当符纸使啊！"

"太显眼了吧？会不会被学弟学妹一把全薅了？"

"好想法，是我，我也想去薅！"

"那就绑他六七根，一定要绑在最上面！"

最后，写着路言和顾戚名字的红绸，还是绑在了最上端的位置。

天光已经有些发暗，余晖半洒。不知从哪边吹过一阵风，绕过周身，打在那些红绸、枝叶上，簌簌作响。

孙雨濛把高二九班的牌子端端正正地挂了上去，树不算高，她却挂得格外小心。她盯着看了好一阵，终是忍不住，说了一句："真好看。"

"是啊，真好看。"陈蹊和她相视一笑。

向来闹腾得没边的一群人，此刻却都没多说话，只安安静静地看着那棵写满他们名字的树。

什么青春的树，友谊的树，多土啊，可老曾也没骗他们，是很好看。

天光微暗，路言偏头想去看看那景，刚抬眸，顾戚也恰好看了过来。

"起风了，"顾戚轻笑着说了一句，"回去吧。"

第 35 章

后颈红了

当晚，这些树苗的照片就被选作运动会素材之一，传到了校公众号上，全景、特写都有。

虽然是运动会，可晚自习没有取消，各班都心照不宣，也知道老师不会管，门一关，窗一关，整个高一、高二年级教学楼，就成了大型电影放映厅。

九班原先还不知道公众号的事，直到八班有人过来借 U 盘，说了一声，朱瑞他们才拿出了手机，然后看到了那些"青春之树"的照片。

这次的素材非常足，文章浏览量很多，文章下留言的第一句，也是点赞最多的一句，写着：第一眼就看到高二九班那棵树了，小编偏心得太过了，哈哈哈，后面还跟了一个狗头。

朱瑞他们原先还在想，就这样密密麻麻的一丛，还能第一眼就看到他们班的了？不都长得一样吗？连他们自己都不敢说能一眼认出来，直到下一秒……

被设置了滚动播放的照片，已经完成一轮循环，从头开始，回到了第一张。

所有人："……"

"这照片，嗯……"朱瑞摸了摸下巴，嘴巴张了又合，合了又张，最终憋出来一句，"拍得还挺好。"

是真挺好。认别的班的树，要看班牌，认他们班的树，原来连班牌都不用看。

别说他们了，就是拿给"与世无争"的高三看，也能一下子知道这树是哪班的，因为那是一张特写，系着顾戚和路言红绸带的树枝的特写。

不知道是为了视觉效果，还是别的什么，旁边误入镜头的几条绸带还特意做了虚化处理，把正中央那两条写着路言和顾戚名字的绸带衬得越发显眼，再加上两人有些相似却又不尽相同的字迹，同样凌厉又漂亮，吸睛非常。

"戚哥字写得飒是公认的，我都没注意，原来言哥字也这么酷。"朱瑞惊叹了一声。

"言哥的字一直写得很好，"尚清北想了想，"上次语文老师还特意问了言哥，问他有没有练过字。"

朱瑞憨憨地心碎道："所以字如其人什么的，都是真的。"

"现在想想，言哥成绩差一点，也没什么，要是那长相，那家世，再加个顶天的脑子，那我们还要不要活了？"徐乐天啧了一声。

郑意总觉得徐乐天这话给他一种诡异的既视感："你确定，你这说的不是戚哥？"

所有人："……"

对啊，这长相，这家世，再加个顶天的脑子……说的不就是戚哥吗?! 他们不都已经在戚哥这座不动山下压了两年了吗？

运动会各项目，凡是能一次性结束的，基本都在第一天结束了。留到第二天的，绝大多数都是决赛，还是分值最高，不到最后谁都可能反超的那种，激烈程度可想而知。

一大早，主席台喇叭都没响，各班场地就已经满员了，全弯腰在那边写通讯稿，十几分钟就摞了厚厚一沓。

第二天气温比昨天还要高，路言刚走过来，坐下没多久，头上忽然多了个帽子，他下意识地抬起头来，顾戚在他身边坐下，说："后颈那边都晒红了。

"昨天晒的？"

昨天洗澡的时候，路言感觉到后颈那边有点疼，可那时没太在意。

孙雨濛离得近，闻言立刻从包里掏出一瓶防晒喷雾，说："言哥，趁现在太阳还不算大，先喷点，别真给晒伤了。"

正趴着写通讯稿的朱瑞他们也连忙站了起来。这还得了，言哥等会儿可是要跑接力赛的，还能给晒蔫了？

"要不要去拿几把伞过来啊？"

"我去吧，我跑得快。"

"多拿几把，不够的话去寝室拿。"

路言额角跳了下，这边位置不好占，也不想让他们来回跑，于是开口道："不用。"

朱瑞他们拿不定主意，言哥都发话了，也不好"大逆不道"，可今天温度比昨天高不少，别给晒中暑了，于是转过视线去看顾戚。

顾戚说："伞不方便，挡别人视线，先等等。"说着，伸手接过孙雨濛手上的防晒喷雾。

顾戚没用过这东西，问孙雨濛："怎么用？"

"就喷啊，"孙雨濛比画了两下，"最好露在外面的皮肤都喷一点，言哥好像不太耐晒。"

路言说："我自己来吧。"

顾戚没把防晒喷雾给他，只说："位置对不准，再喷到头发和校服上。"

防晒喷雾带了点气味，不重，沾在皮肤上的瞬间，有点凉气。路言还有些不习惯，顾戚语气倒很自然，把防晒喷雾还给孙雨濛后，说："已经有些红了，再晒一天，可能会晒伤。"

孙雨濛接过喷雾，也没多想，问了一句："戚哥，还好用吗？"

顾戚笑了下，说："好用。"

等到其他比赛全部结束，便只剩下早上最后一项 4×100 米接力赛。

昨天比分咬得很紧的几个班级，经过今天早上的赛程，已经有了一点分差，最后只能押在这场接力赛上。因为够刺激，这下不只是学生，就连不少老师也开始聚在看台那边了。

周易今天穿了一身灰色的运动服，端着他那标志性的杯子一过来，九班就嚷开了。

"老师，知道你要来，特意留了个位置给你！"朱瑞和林季往两边散开，硬生生地给周易挤了个位置出来，反正怎么看都不像是特意留的。

周易也不嫌位置窄，一坐下，就看向在检录处那边检录的路言他们，问："怎么样了？"

"只要正常发挥，就能稳拿第一，"朱瑞也不怕别人听见似的，"昨天按时间取前六名，我们班排第一！"

周易灌了一口茶，说："好好好，让他们好好跑，跑完了等会儿一起去食堂吃饭，刷我的卡。"

朱瑞两眼放光道："老师，我们呢？我们呢？"

"等会儿喊加油喊得响亮点，都有，"周易乐呵呵地拿出教师卡，晃了一下，"充满了。"

一中的校园卡充值没有上限，教师卡也是，所以周易这句"充满了"，其实就是敞开了随便吃的意思。

这消息一出，九班登时坐不住了，林季和朱瑞第一个反应过来，朝着检录处就开喊："戚哥，言哥，老郑，老杨！跑快点啊！老周说跑了第一我们今天可以刷爆他的卡！"

"哥！我们的午饭就包在你们身上了！"

几人声音足够响亮，其他班一听，立刻跟着起身。输人还不输阵呢，九班要这么搞，那就算是空头支票，今天也得先开了，于是八班也紧接着喊道："老林，老王也说了，跑了第一，我们不仅可以刷爆他的卡，还能免掉一天的数学作业！"

冠亚军热门选手就是八班、九班，其他班对拿第一本来就没抱什么期望，既然结果是必然的，那条件还不是随便开？于是很快，看台上就响起各种声音。

"班长，班主任也说了，我们要是跑了第一，不仅可以刷爆他的卡，还能把老曾的卡给刷了！"

"方狗！我们班要是跑了第一，宋老师说下星期语文课都不上了，全改成体育课，就让我们放开了玩！"

前几个还有可行性，后面就越来越离谱，检录处所有参赛选手："……"

路言要上跑道的时候，郑意才发现好像有点奇怪，他盯着又看了一会儿，才开口："言哥，你是不是戴错了号码布？"

"042……这个好像是戚哥的吧。"

可能是因为按班级检录，昨天又还是这批人，所以没检录出来。恰好老师已经挥旗，示意各班上跑道。

"没事，言哥，我只是随口问一句，"郑意一边说，一边往他的位置跑，"接力赛不戴号码布都不影响，你好好跑。"

路言倒是想弄清楚这号码布是怎么一回事，但根本没有什么多余的反应时间，所有人一上跑道，刚一站稳，枪声便立刻响起。

看台上的声音响到几乎要掀翻主席台，甚至直接碾轧了广播员的话筒，女广播员只念了两句，便不再浪费力气，直接关了话筒。

一旁的男播音还以为她要干什么，就见她起身冲到主席台边缘，也开始高声喊："啊啊啊，啊啊！"

男播音员："……"

接力棒交接，冲刺，过终点……

今年周易虽然换上了自己的保温杯，可最终还是没能幸免，在路言超过八班第三棒的瞬间，杯子直接从手中滑落，直直地掉在台阶上。

决赛的仪式感在今天达到顶峰，终点处甚至拉上了一指宽的冲刺线。最终撞断它的，是顾戚。

尖叫声不止，掌声也没有停过，看台上所有人把掌声和尖叫给到最后，直到最后一个班级冲过终点，才慢慢地歇下来。

周易打头，喊了一声"九班等会儿餐厅集合"之后，紧接着，八班班主任也喊了一声，再然后，各班班主任都开了口。

逐渐地，从九班餐厅集合，变成了高二年级餐厅集合，尖叫又起。

所有人都很清楚，这是他们在一中的第二个运动会，却也会是最后一个运动会，就像主席台横幅上写着的那句万能通用的"友谊第一，比赛第二"一样。

比赛有赢就有输，可青春没有。

第 36 章

两人三足

食堂前所未有地热闹，放眼望去，全是高二年级的学生和老师，甚至还有不少闲着没事过来凑热闹的校领导。

食堂负责人一看这么大阵仗，又怕位置不够，紧赶着铺了几张平时不常用的大圆桌出来。

还有一些消息比较落后的高一学生，还不清楚刚刚接力赛发生了什么，捏着饭卡往门口一站就看见曾宏他们，连踏都不敢踏进来，扭头就上了二楼。

"我都快被八班他们笑死了，知道刷的老王的卡，阿姨问他要打什么，说打最贵的，阿姨问他打多少，说打满，哈哈哈，哈哈哈，我看阿姨都快把菜勺扣他头上了。"朱瑞端着碗汤走来，"不过林狗他们刚对着我放狠话了，说接力赛就算了，下午的两人三足一定会赢回来，让我们等着。"

路言一直以为比赛已经结束了，听到朱瑞口中的"下午""两人三足"，皱了皱眉，问："运动会还有项目？"

他记得接力赛结束的时候，裁判组都已经把计分表贴在公告栏上了。排名尘埃落定，九班虽然只领先了两分，可总分位列第一。

顾戚解释道："下午教师运动会。"

路言疑惑更甚："我们也要参与？"

顾戚把手里拧开了一半瓶盖的矿泉水递过去，说："没有强制要求，但每年都会安排一个学生项目，算附加分，会有一个二次排名。"

"可能之前没说过，所以言哥你不知道，二次排名赢了，虽然没有表彰旗，但也有奖状，可以加在班级德育评比里的那种，而且项目分值还不低呢，"林季补充道，"其实也是老曾的主意，他管这叫彩蛋。"

杨旭之无情地揭穿道："其实就是怕教师运动会的时候，没学生加油，激不起老师的兴趣。"

"比不上正式的比赛，但作为保留节目，每年人也不少，而且是全员参与的那种，"陈蹊怕自己解释得不够详尽，换了句话，"因为这个比赛是不分年级的，高一、高二各班一个，去年是两人三足，可能老师觉得效果比较好，看的人比较多，所以今年就没改。"

路言之前没听他们提起过这个话题，问道："所以今年是谁？"

陈蹊问："言哥，你说我们班吗？"

路言点头。

林季第一个举手，紧接着，朱瑞也放下筷子举手。

路言说："那去年呢？"

林季和朱瑞还是一脸可怜。

路言说："去年也是？"

林季点头说："我至今都不知道，为什么当时会选上我。"

朱瑞说："我也是，我是被参与的，班长只过来通知了我结果。"

孙雨濛本来在分饮料，闻言，把塑料袋往桌上一放，睨了林季和朱瑞一眼，冷冷地说："为什么会选上你们？你们最好仔细地想想。"

林季和朱瑞一听，这才知道里面竟然还有猫腻，齐声道："我们怎么了？"

孙雨濛说："去年运动会前，曾主任是不是就这个附加项目，征集了意见？"

朱瑞愣了一下，瞬间反应过来，捶了捶桌子，说："我还正想说呢，当时老曾征集了这么多彩蛋项目，怎么偏偏就选了这个？"

孙雨濛把一张湿巾啪地贴到朱瑞脑门上，说："你还好意思说，你想想你去年都写了些什么？"

"我当时都没看，直接就拿给班主任了。"孙雨濛说到这个就来气。去年运动会事情本来就多，又因为是高一，没什么经验，几个班委忙着选班服，设计方阵节目，根本就没太关注这些事。

结果，她一大意，也没看意见征集表，折了两下，顺手就交给周易了，再结果……"胸口碎大石，伸手下油锅，你们听听，这是人提出来的意见吗？"

意见征集表在办公室转了一圈，老师打趣说九班怎么净提些一次性项目，孙雨濛刚开始还没听懂。后来才知道什么叫一次性项目，大石碎完了，人也差不多了。

"班长，我们当时就随便一填，都是林季的主意！"朱瑞哪知道里面的水这么深，"班长你信我，胸口碎大石是朱瑞写的，当时我还提醒他用铅笔，事后可以擦！"

"我以为你会看的，没想到向来心细如发的你，那时候会直接交上去？"

周围笑开一片，路言就坐在那里听他们闹，也不嫌吵。

"下午回寝室，还是去操场？"顾戚抬头，往窗外看了一眼，看样子下午应该还有点晒。

路言对回寝室还是去操场，都没什么意见，顺势问了一句："你呢？"

顾戚开玩笑说："去操场。"

路言筷子一顿，说："我回寝室。"

顾戚轻笑道："回去睡一下也好，下午晒。"

"刚好人也都在，我说一下啊，号码布统一收齐，放在体委那里，一定要检查一遍，确保收齐，然后体委再统一交给九班郑意，"裁判组组长，也就是九班体育老师，朝着他们这边喊了一声，"郑意，收齐以后放到器材室抽屉里。"

郑意应下，说到号码布，他忽然想起早上的事："戚哥，你今天早上是不是和言哥戴错号码布了？"

靠得近的几人听到这话，同时偏头来看。

接力赛一结束，基本所有人就集中到食堂来了，也没来得及摘号码布，所以现在都还戴着。

林季往后一仰，一看路言背后那数字，0427，还真是。本来他们也不会专门去记号码布，之所以把路言和顾戚的记下了，是因为太巧了。

顾戚刚好是0427，路言是0136，一个"7"，一个"6"。以前他们就经常喊顾戚"7神"，后来发现路言的"路"，也可以取个谐音"6"，这个号码布尾数一出，喊"76"的人就更多了。

顾戚慢悠悠地看了陈蹊一眼，陈蹊一脸无辜。

早上临上接力赛前，两人是从陈蹊那里要过号码布，因为号码布上只剩下一个别针，顾戚也没看，直接别在了后肩那边。

等帮路言戴的时候，才发现了问题，陈蹊一本正经地说："都一样，都一样，戚哥，你动作快，要班级检录了。"

顾戚最后还是没说什么，把号码布戴了上去。

"早上时间赶，可能戴错了。"顾戚解释道。

路言以为自己真的能在寝室待一个下午，可没想到还是被一个电话叫去了操场。

林季在电话里也没说清，语气又快又急，听得他耳朵都疼，直接回了一句"过来了"，就从寝室走了出来。等到了操场，看着一群人把顾戚围在中间，路言忽然有了不好的预感。

"言哥！"林季两眼放光，朝着他冲了过来，"言哥，救个命！"

直觉告诉路言，不会是什么好事。果然，下一秒，林季开口道："阿瑞胃有点难受，可能是刚吃了饭就吃棒冰，还一口气吃了好几根，估计参加不了那个两人三足了。"

路言一时不知道该说他什么好，问了一句："现在人呢？"

"我寝室呢，人没什么大事，"林季也顾不上跟路言分析病情，"就是那两人三足的比赛，可能要你和戚哥顶一顶？"

路言看着不远处的顾戚，视线一顿，又回到林季身上："顾戚不是在你后面吗？"

林季一下子听懂了他言哥的意思，他言哥是说，只负伤了一个，你还好端端地站着，为什么还要把他找来。

"因为我和戚哥不合适啊！"林季高声回道。

路言："……"

林季："你看我和戚哥的身高，差了这么多，搭着走它不舒服啊！"

"你和戚哥就差不多，你们俩合适。"

一群人像是吃准了路言脾气似的，跟小鸡崽一样站在那边，睁圆了眼睛看着路言。

半个小时后，路言站在了跑道上。看着他同桌那一脸"我这一拳下去，你可能会死"的表情，顾戚轻笑了一声。

刚笑了一下，路言就抬起手，说："你最好别说话。"

顾戚没忍住，问："生气了？"

路言一偏头，看台上的九班众人又开始新一轮的加油和尖叫："没有。"

顾戚和路言要参加两人三足比赛的事，一举压过所有老师的热度，跟风似的在短短几分钟之内，传遍了整个一中。然后曾宏就看着操场的流量逐渐变大，还纳了闷，问："怎么突然过来这么多学生？"

周易看了看并肩站在跑道上的路言和顾戚，善意的谎言脱口而出："可能来看你跑步。"

曾宏表情还挺美，问："是吗？"

周易喝了口茶，说："是。"

跑道上的路言，此时正在平复心情，一个女生朝着他们走了过来，看校服应该是高一学生。她手上拿了条红绑带，在两人面前站定后，轻声开了口："学长，老师让我给你们绑上。"

女生靠近的瞬间，路言下意识地往后退了一步，他本就不太习惯别人近身，还是一个陌生人。

顾戚伸手不着痕迹地拦了一下，说："不用了，我们自己来就好。"

绑脚的红带子有些粗糙，虽然刚开始系在裤子外面，可去年林季他们走完全程的时候，也红了一圈，林季都这样，顾戚觉得路言更不用说。于是，两步走到看台边，看着孙雨濛："雨濛，之前买的一次性毛巾，还有没有多的？"

孙雨濛不知道顾戚要一次性毛巾做什么，可第一时间从物品包里拿了出来，说："有，要几个？"

顾戚说："一个。"

林季说："哥，比赛都还没开始呢，你拿毛巾干吗？也没流汗啊。"

顾戚没理会，又伸手，说："水。"

林季递过去。

顾戚拿着一条一次性毛巾和一瓶水，回到跑道上，拆了一次性毛巾的包装袋，用矿泉水打湿，又扯松了一点，递给路言，说："绑脚踝上。"

路言一时还没反应过来，说："拿这个绑？"

"不是，"顾戚轻声道，"绑里面，那绳子糙，容易磨破皮。"

路言本来想说不用，可看着已经沾水的毛巾，最终蹲下绑在了脚踝上。

"戚哥就是戚哥，去年朱瑞这个狗东西，我脚都快磨破皮了，他还一个劲地让我跑快点！"

"你们都长点心，学着点。"陈蹊语重心长地说。

"在跑道各就各位站好！"路言刚绑好，那边裁判就拿着喇叭喊了一句，"让工作人员给你们系，别自己系，她们知道手法，你们自己系的都不合格，去年好几个班，才走出去二十米就散了，还要回到起点重新系过再走，太浪费时间，都让工作人员来！"

女生闻言，小心翼翼地看了顾戚和路言一眼，蹲下系带子的手不自觉一抖。然后，知道手法的专业人士，给他们这群不专业的，不小心打了个死结。

路言："……"

顾戚："……"

"不，不，不好意思，学长真的不好意思！"女生连连道歉，一边致歉，一边还弯身要去把绳子解了，可绳子已经绑成死结了，也不是一两下就能解开的。

路言往后退了一小步，示意那个女生先起来。

顾戚低头，看了看脚上那条带子，问："会不会太紧？"

眼前这个女孩子，差不多从眼眶红到了脖子，路言怕她再哭出来，几不可见地叹了一口气："还好。"

顾戚问："勒着呢，疼不疼？"

路言说："不疼。"

那个女生就站在一边等着，听到顾戚说："没事，就这样吧。"

"那学长，我在终点那边等你们，这绳子可能不太好解。"女生话里话外还满是歉意，看起来恨不得再鞠上几个躬。

顾戚却摇了摇头，说："不用。"

"不用？不用解了？"女生疑惑地道。

顾戚说："我自己解。"

第 37 章

死结

那个女生拿着红带子，一脸紧张地上了跑道，又空着手一脸蒙地下了跑道。

场上绝大多数人的目光都集中在两位大佬这边，因此那女生连连弯腰道歉的事，就被看了个正着。

朱瑞捂着肚子，一边朝着看台蹒跚走过来，一边还开口发问："言哥他们那边怎么了？那个女生刚怎么一个劲地弯腰，好像在道歉啊？"

"不会是生气了吧？"一想到这，朱瑞心口莫名地冒了点凉气，转身就想走，"我看我还是回寝室躺着吧。"

"省省吧你，"林季拎着朱瑞的领子，把人按在位置上，"你看言哥和戚哥像是会对一个小姑娘生气的人吗？"

"应该不是因为这个，"陈蹊起身，朝着裁判台那个位置看了一眼，"算了，我去那边问问。"

几分钟后，陈蹊慢悠悠地走回来，跟刚出去时相比，脸上明显多了点表情。

尚清北他们齐齐地仰着脖子看向陈蹊，问："蹊姐，怎么说？"

"没事，"陈蹊摆了摆手，"那个女生绑带子的时候走神了，不小心打了个死结。"

"死结？"林季指着跑道上那两人，"你是说，戚哥和言哥脚上那带子是死结？"

"两个人被……锁了？"

朱瑞问："还锁死了？"

孙雨濛给陈蹊让了个座，一边还跟说着"锁了"的两人说："少上网冲浪。"连锁死了都知道。

"那现在呢？解开了吗？"尚清北一心想着绑着会不会不舒服，会不会影响等会儿的比赛。陈蹊坐在位置上："没呢，言哥说算了，就这样。"

尚清北还有些担心地说："本来言哥和戚哥也没怎么练习过，现在又打了死结，不知道会不会不适应。"

"言哥不好说，"陈蹊慢悠悠地回了一句，"不过戚哥，我看他应该挺适应。"

"不说了，等会儿加油喊响点啊！"

尚清北端坐，说："好。"

下午比早上要热上不少，看台上已经有人打起了伞，路言也没好到哪里去，本来就有些闷，现在又和顾戚被一条绳子绑着，走走不了，动一动又能碰着。

他一偏头，看到朱瑞就站在看台那边，说："朱瑞回来了。"

顾戚顺着路言的视线，也往那边扫了一眼，说："嗯。"

路言说："比赛还没开始。"

顾戚道："快了。"

路言说："他看起来好像没事了。"

顾戚慢条斯理地说："本来也就闹个肚子，应该没大碍，别担心。"

"……"路言想了想，又说了一句，"朱瑞和林季他们去年跑过，有经验。"言下之意，要换人的话，趁现在，还来得及。

顾戚都快忍不住笑了，说："所以我们练习一下？"

说着，顾戚装模作样地往裁判台那边看了几眼，说："应该还有一点时间。"

路言："……"算了，都别说话，他怕自己忍不住动手。

顾戚说："别人都在练习。"

放眼望去，凡是在跑道上的，都在做最后准备，唯独顾戚和路言并肩站着，只说话，不做事，看起来反倒有些奇怪。

路言低下头，盯着脚上那条带子，最终认命道："先迈哪条腿？"

顾戚说："绑着的？"

路言道："随你。"

顾戚笑了下，说："那就绑着的。"

等到各就各位，没有一点经验的路言才突然意识到，这东西，不仅仅是考虑到迈哪只脚就能好的。他站在左侧的位置，刚好就在发令台旁边，枪响的瞬间，顾戚抬手替他挡了点枪声，所以没有多刺耳。

"吓到了？"顾戚见路言没什么动作，问了一句。

路言摇头道："没。"

九班一行人都快没眼看了，别的班都快跑出去好几米远了，他们班的两位大佬还不紧不慢地说着话，看起来是一点都不着急。

虽然上场前，他们的确是说就当去玩，比赛别急，可这未免……也太不急了点。

"哥！你们在干吗呀？快快快！拿出接力赛的气势！"

"对啊！有什么话你们到终点再说啊，别人都开始走了！"

"不要懈怠，这是比赛啊！比赛！哥，你们清醒点！"

路言有意无意地往那边看了一眼，最"虚弱"的朱瑞喊得最响，他沉默了下，说："你确定，他胃疼？"

"等跑完了，问问。"

"是该走了，路小同学。"顾戚轻声地提醒道。

路言："……"

两人虽然起步慢了点，也少了点训练，可稍微适应了两下，很快就找到了门道。没多久，就追上了前面的班级，不仅追上了，还拉开了一大段距离。

最让人气短的是，那些嘴上喊着"一二一"或者"左右左"来把控节奏的选手，在两位大佬擦肩而过的瞬间，听到的都是这样的话。

"后颈那边怎么还那么红，防晒霜没用？"

"你可以自己喷一下试试。"

"晚上想吃什么？"

"随便。"

轻松闲适到根本不像是在比赛，反倒像是坐在看台上聊天，所有人："……"

请你们礼节性地拿出一点对比赛的基本尊重来，谢谢！

路言原以为这比赛他很可能走到一半，就会忍不住把绳子拆了，或者索性连一半都走不到，谁知道，最后却冲过终点线，还拿了个第一。

裁判记下名次后，两人又走了几步，才在离终点线几米远的跑道上，挑了个安静阴凉的地方坐下。

因为脚上还系着红绳，所以两人坐得很近，顾戚难得见路言流了点薄汗，就贴在额角处。

"渴不渴？"顾戚问了一句。

路言摇头。

"我渴了。"顾戚忽然说。

路言闻言，偏过头，说："那把绳子解了，去买水。"

顾戚说："突然又不渴了。"

路言："……"

跑道上还有几个班级在跑，可已经到终点的，基本上都把绳子解了，路言伸手正要解，顾戚却突然没头没尾地问了一句："绳子有没有磨到？"

路言顿了下，回道："没有。"

顾戚往后一撤力，说："那等下再解，没力气了，坐一下。"

林季他们看落后一大段的起势，本来没抱什么期待，只希望两位大佬安安稳稳地把一圈跑完，别半路撂挑子或打起来就好，却没想最后竟拿了个第一，于是尖叫着拥了过来。

可"戚哥言哥牛"的话都只喊了一半，顾戚就干脆利落地打断说："行了，外套拿过来。"

林季过来的时候，怕顾戚放位置上的校服丢了就顺手拿了过来，毕竟这是他戚哥的校服。论坛上都说了，别人的旧校服拿去后勤那边，顶破天能换盒粉笔，他戚哥的，可是能换个不锈钢脸盆的。

连随便签个名的姓名条子都有人想去薅，更别说校服了，得护死了。幸好言哥的校服在寝室，要是也在操场，也得跟戚哥的一起绑起来，护死了。

听到顾戚要外套，林季也没多问，一下子就把衣服扔了过去。顾戚接过，垫在身后的跑道上，拉着路言顺势躺下。

九班所有人："……"

顾戚笑了下，声音很轻也很低，说："累了，躺一下。"

路言躺在外套上，肩胛骨抵着塑胶跑道，身下大概硌了些小石粒，有些轻微的突起，却也不疼。跑道晒了一天，太阳一蒸，漫着一股很淡的塑胶味，耳边还响着各种声音，计时、说话、广播，可路言莫名觉得……很安静。

几分钟后，路言开口："没躺够就解了绳子回寝室躺。"

看看时间也差不多了，顾戚这才坐了起来。

这死结系得本身就紧，再加上跑了一路，严丝合缝到跟长在一起似的，路言试探性地拆了两下，纹丝不动。

林季他们怕这两人捆着捆着，再给捆出火气来，急得想把绳子给剪了，可顾戚从头到尾没冒出一点火星子，婉拒了剪刀，说不能破坏道具。

过了十几分钟，绳子解体，两位大佬终于恢复自由身。路言都不知道顾戚到底哪来的耐性，能对着这样一个死结，解十几分钟。

"看看脚腕那边有没有磨破？"解开绳子的瞬间，顾戚问了一句。

路言说："没有。"

顾戚这才跟着起身。

运动会所有项目结束，尘埃落定。九班的奖是孙雨濛和陈蹊领的，一个领奖旗，一个领奖状，从主席台上一下来，奖旗和奖状就从头传到了尾，最后林季和朱瑞一人一个，勾肩搭背地拿回了班。

推门的一瞬间，路言觉得班里好像有哪里不对。

徐乐天刚好跳了下，从天花板上扯下一个气球，朝着路言和顾戚喊道："哥！你们看！"

气球上"天道酬勤"几个字，已经被白纸遮住了。白纸贴得歪扭，连带着字都有些斜，可路言还是看得很清楚，上面用水笔写着"言哥第一"。

再抬头，那些原本写着什么励志名言的气球，最终回到了最初的"正轨"，"言哥第一""戚哥牛""九班冠军"，乱七八糟什么都有，字迹还都不相同。

被贴得斑斑驳驳的气球，飘在天花板上，其实没有多好看。有些甚至已经漏了气，"半死不活"地挂着，好像只要再稍微用点力，就能掉下来。可听着耳边那群人的声音，路言忽然觉得，这些气球或许会在他的记忆里慢悠悠地飘一辈子。

第 38 章

老曾请的

最后，在孙雨濛和陈蹊的指挥下，所以气球都被拿了下来。

徐乐天他们拿圆规的拿圆规，拿剪刀的拿剪刀，再不济的，校徽都给摘下来了，准备挨个给它扎破了，当作鞭炮听个响，可被孙雨濛她们拦了下来。

"这些气球单价就贵，扎什么扎，把气放了叠起来，说不定下次还能用。"孙雨濛动作挺小心的，跟陈蹊一起，给那些气球放了气铺平，再装到箱子里，尤其是其中几个写着"76"的。

"我哪知道还要二次利用的！"徐乐天往桌边一靠，说，"你如果早说要二次利用，我就用口水粘了。"

所有人都"咦"了一声，面露嫌弃地离他远了两步。

徐乐天跳脚道："我开玩笑的！"

这时，轻伤下了火线的朱瑞和林季勾肩搭背地走了进来，手上还拎着一袋子棒冰，林季往讲台上一放："都过来自己拿！都有！"

徐乐天上前扒拉开袋子一看："季哥请客，阔气啊！"

"不是我，也不是瑞瑞，"林季一挑眉，说，"你猜是谁请的？"

孙雨濛抬头道："班主任吧。"

林季故弄玄虚，伸出一根手指摇了摇，说："不对，再猜。"

下面很快猜了一轮，甚至已经猜到了坐在后座的两位大佬，都被林季和朱瑞一一否了。

陈蹊拿着一根棒冰，往林季脖子上一贴，说："别卖关子，快说。"

林季被冻得脖子一缩，说："老曾。"

"谁?!"

"老曾?"

"曾主任?"连尚清北都被惊得咳嗽了一下，手里的棒冰放也不是，吃也不是。

"凑巧在超市遇上的！结账的时候老曾就排我们前面，我和阿瑞站后面腿还有点软，就把棒冰放下让收银台先扫，找借口去买水，想等老曾走了再出来，然后出来的时候，收银员就说老曾已经结过账了。"林季解释道。

陈蹊叼着棒冰想起来一件事，说："今天中午吃饭的时候，老曾倒是跟老周提起过，说我们班这学期表现突出，先是那个见义勇为的锦旗，再是月考，然后运动会。看着他是挺高兴的。"

徐乐天点了点头，说："老曾一生气，什么事都干得出来，同理，一高兴，也什么事都干得出来。"请学生吃个棒冰什么的，完全不在话下。

锦旗、月考、运动会，除了月考，基本都和路言有关。九班人也都想到了这点，闻言，立刻朝着最后排的两人看过去。

林季兴冲冲地在袋子里翻了翻，说："言哥，戚哥，你们要吃什么，我给你们拿。"

路言本来想说不用了，可台上一群人已经自顾自地说开，还讨论得挺细致。

"言哥好像不是特别爱吃甜的。"

"不甜的也有。"

"酸奶味的？可乐味的？还是水蜜桃味的？"

"水蜜桃味的甜死了，好吗？"

"那菠萝味的？"

台上还在就"水蜜桃味的和菠萝味的哪个甜一点"的话题争论不休，顾戚看了路言一眼："酸奶味的？"

路言不置可否。

林季翻了一下，说："就一根酸奶味的。"

在有多余的情况下，满足一下戚哥不是大事，但如果只有一根，自然先尽着言哥，于是林季开口道："戚哥你要不吃别的口味的？"

顾戚说："一根就行了。"

林季以为顾戚不要吃，也没多想，说了一句"接好了"，随即扔了过来。

顾戚稳稳地接住了，撕开包装袋，抵着中间的位置，稍一用力，一根棒冰就被分成了两半，问路言："要哪个？"

路言愣了下，说："我不吃酸奶味的也可以。"

他就是不吃也可以，就一根，还分着吃，这是什么小学生行为？

顾戚却笑了下，说："不是我想吃酸奶味的，是让你少吃点。"

路言没说，顾戚最终把带着柄不会凉手的那一端递过去："现在还不是吃棒冰的天气，吃一半差不多了，吃多了再胃疼。"

前排一群人翘首看着这边，顾戚视线扫过去，那群人才低下头，消停下来。

路言最终接过棒冰，咬了一口。很凉，凉意甚至胜过了原本的味道，他都没怎么尝出酸奶味来，只是忽然觉得，好像已经很多年没吃过这东西了，还是和别人分着吃。

路言吃饭慢条斯理得很，吃这些东西却是没什么耐性，咬了几口后，撑着头往讲台上看。

朱瑞倒是没吃棒冰，正和徐乐天分薯片吃。路言又问了一句："你确定，他胃疼？"

顾戚说："问问。"

路言问："怎么问？"

顾戚说："去趟医务室。"

当时朱瑞闹肚子的时候，正好赶上两人三足比赛快开始，林季他们说要带人先去医务室，被朱瑞自己给否了，说比赛要紧，他躺一会儿就好，也不想动。

现在比赛结束，顾戚和路言这么一提，一群人想起的确还没带朱瑞去过医务室，怕有什么毛病，立刻架着人往医务室走。

朱瑞说："我觉得我好像好了。"

众人说："我们不要你觉得，要戚哥觉得。"

医务室今天值班的是个老医生，见到这么多学生还被吓了一跳，以为是谁摔折了腿，结果看这学生眼睛是眼睛，鼻子是鼻子的，问："什么问题？"

朱瑞生无可恋道："肚子疼。"在几小时前。

医生问："中午吃的什么？"

朱瑞答："食堂。"

怕医生误会食堂的菜品有问题，林季他们立刻补充道："我们都是吃的食堂，菜没问题。"

医生点了点头，说："还有呢？"

朱瑞老实回答："棒冰。"

朱瑞想了想，又道："三根。"

老医生用一种"现在小孩子都自己找罪受"的眼神，看了看朱瑞，又扶了把眼镜，低头一边写记录，一边说："叫什么？"

朱瑞皱着眉，半天没说话。

老医生又看了他一眼，语气严肃了点，问："叫什么？"

朱瑞沉默了半晌，说："旺旺碎冰冰。"

老医生语调提高了些，问道："我是问你叫什么，哪个班的？"

林季他们彻底绷不住了，一个接着一个地跑出来，还带上了门，跑出去好几米远后，才撑着膝盖，弯着腰笑出声来。

"旺旺碎冰冰，哈哈哈！"

"阿瑞有毒吧！"

"我不行了，不行了，这个我真的可以笑一年。"

路言靠在门口，虽然这"旺旺碎冰冰"是意外，可顾戚把人带到医务室来，应该是有意的，于是问了句："你故意的？"

顾戚说："嗯。"

林季走过来说："言哥，阿瑞吃坏也不是一次两次了，是该找人治治他。"

"戚哥特意挑的今天。"林季往里头指了指，路言不太明白。

"今天坐镇的这位是一位校领导的长辈，平常一般不坐班，只有在运动会这种比较容易出岔子的时候来一趟。他最见不得我们这种小年轻仗着身体好，可劲折腾自己，能被念叨半个小时。"

果然，林季话音刚落下，里头就传来了声响。

"你几岁了，还吃棒冰？"门外一群刚吃完棒冰的感觉受到了冒犯。

"还一口气吃了三根？

"觉得自己的胃是铁做的？

"好了？现在好了？刚开始疼起来的时候，怎么不过来？"

所有人："……"

二十几分钟后，朱瑞脚步虚浮地走了出来，视线在一群人身上扫过，最后目光定在路言和顾戚身上，哀怨，凄凉，好像在说"你们的良心不会痛吗"。

路言偏过头去，笑了。

"时间差不多了，走吧。"顾戚良心不怎么痛地回道。

朱瑞不知道在他受苦这段时间，外面都在讨论些什么，茫然地问："时间差不多了，是什么意思？"

顾戚说："到了饭点的意思。"

林季喊："戚哥，你要请客吗？"

"你们挑地方，"说着，顾戚走过来问路言，"有没有什么想吃的？"

路言说："随便。"

二十多个人最后闹哄哄地出了校门，学校附近的饭馆也没这么大的包厢，于是他们就打车往新悦商场那边去了，最后挑了半天，竟挑了那个烧烤摊，也就是路言第一次遇见顾戚的那个烧烤摊。

路言长相精致，再加上身上又是一中的校服，老板一下子就认了出来，连带着也认出了顾戚。

"原来你们是同学啊，早知道上次该给你们弄到一桌去。"老板笑呵呵地给他们点单。

身边人一头雾水，陈蹊问了一句："什么上次？"

林季三两下就解释清楚了。

"原来季季上次那张字条是这么回事啊！"

"就言哥抢手机那个？"

路言疑惑道："抢手机？"

林季连忙摆手，否认说："不是！言哥你不是，你没有，别听他们乱说！"

路言："……"

第 39 章

你翻一个试试

夏天一临近，烧烤摊上的人肉眼可见地多了起来。可能是场地大，老板拓宽了业务，除了烧烤，还增加了小炒。

顾戚怕路言吃不惯，点了些清炒的菜。朱瑞看着不远处的啤酒箱，又看了看路言面前的椰汁，突然问了一句："言哥，喝酒吗？"椰汁什么的，简直就是侮辱他言哥的名号！

路言没正面回答，只看了朱瑞一眼，问："你想喝？"

一股豪气顿时涌了上来，朱瑞大声道："可。"

路言说："你最好摸着你的胃，再说话。"

朱瑞："……"

路言平时很少说这些调侃的话，所有人愣了一下后，笑得不行。

"哈哈哈，阿瑞，言哥都发话了，你还想喝酒？"

"你快醒醒，下午刚从医务室出来的。"

"只听过吃一堑长一智，你现在还想喝一堑长一智？"

"未成年人不能喝酒，不知道？"顾戚轻飘飘地说了句，"哪天成年了，再想喝酒的事。"

"未成年人也不能抽烟。"路言"啪"的一声，又开了一罐椰汁，同时轻声地开口。

"我已经成年了，"顾戚轻笑着说了一句，"有些事，我能做，未成年小同学不行。"

路言："……"

吃到一半，看时间还早，朱瑞他们觉得就这样各回各家也太可惜了，难得一群人出来，一撺掇，扭头问路言："言哥，这附近有什么好玩的地方吗？"

路言一脸疑惑。

朱瑞给了点提示，语气中还难掩兴奋地说："比如，网吧之类的。"

就是他们平常很想去，又很少去的那种地方。他们不怎么熟，可论坛里都说这一片是言哥的场子，言哥应当不会陌生。

实际上真的非常陌生的路言："……"

路言随手往旁边指了指，问："密室，去吗？"

朱瑞："……"

"蹊姐，你有没有觉得言哥越来越像戚哥了，"朱瑞向身旁的陈蹊控诉，"就说话、做事，他刚刚竟然要送我去密室！"

陈蹊放下勺子，说："不只是言哥，瑞瑞，其实我也挺想送你进密室的，出不来的那种。"

朱瑞："……"

朱瑞他们本来以为，吃个烧烤顶多两个小时，谁知道聊着聊着，转眼就快九点了，原先定好的各种计划打了水漂。

一行人最后的活动，竟然只是沿着街乱逛、消食，最好笑的是，他们竟然还都挺满足，就好像只要是跟身边这群人一起，就算轧马路，都不会无聊。

闲逛了半个多小时，等到门禁时间，回学校的回学校，回家的回家。

顾戚看着路言问："是打电话让司机来接，还是自己回去？"

路言说："自己回去。"

顾戚说："我送你。"

路言看了看时间，说："你和林季他们一起回去，等下又赶不上门禁。"这种天气，"教研组"也用不上了。

顾戚玩笑着说了一句："可以翻墙。"

路言没说话，眼神里却写满"你翻一个试试"。

顾戚这才说道："不回学校，回家一趟。"

见路言将信将疑的表情，顾戚又道："那我回家给你打个电话？"

路言："……"

顾戚笑着拦了一辆车给他，路言还在想要不要降下车窗，让顾戚早点回去，结果司机跟赶着下班似的，只听了个地址，就立刻飙了出去，最后还是给顾戚发了个信息。

可能是开了两天运动会，人有点累，路言格外不想动弹，洗完澡便上了床。路言的身体有些疲乏，可时间还早，他困意不深，一抬眸，就看见静置在玻璃窗里的魔方。

他都快忘了，家里还有这种东西。

左右闲着无事，路言起身拿过。他躺在床上，有一搭没一搭地转着魔方，用着比平日慢好几倍的速度，打发时间。复原进程刚拉到一半，手机忽然振动了一下，他拿过一看，是顾戚。

"到家了，晚安，早点睡。"顾戚说。

路言没回复，拿过放在一旁的魔方，这次指尖速度拉满，没几秒，魔方就已经完全复原。可又没事情做，又不想做题，于是他重新拧乱了魔方。

徐娴敲门的时候，路言手一松，魔方脱手，直直地掉在锁骨上。

路言吃疼，闷哼了一声，很快地收拾好，起身开了门。

徐娴晃了晃手上的小砂锅，说："刚炖的营养汤，放碗里就凉了，得趁热喝，妈就给你端上来了。"

上次路言跟林南吃完烧烤，在街上吹了半个多小时的风，回家的时候，外套上的烟气基本都散干净了，徐娴根本就没发现。可这次一进门，徐娴就闻了个正着。

徐娴自然知道她儿子爱干净，一个人不可能跑到那种地方去，随口就问了句："刚吃完饭？"

路言点头说："运动会结束，在外面吃的。"

徐娴问："人很多吗？"

路言说："二十几个。"

徐娴高兴得差点话都说不出来。她之前一直在想，把路言安排进一中究竟是好是坏。可这段时间，看着路言话渐渐地多起来，好几次给他打电话，隐约还能听到其他孩子的声音，还有那件带回家的校服，这些变化都让徐娴觉得这个选择是对的。

别人家的家长，可能都希望孩子多用功些，多做些题，可她只想她儿子好好睡觉，好好吃饭，长得白白胖胖。

小砂锅盖子一掀，热气就蒸了上来。

路言怕徐娴拿着重，刚要接，就被徐娴制止了动作，说："别烫了手，妈给你放桌子上。"

路言看着那砂锅的尺寸，挺迷你，差不多一人份。可还是说："我吃过了，也吃不下，妈你也吃一点。"

徐娴摇头道："楼下还有，这份糖少，另外给你煮的。"

"晚上吃烧烤，应该吃得不多吧。"徐娴对于路言和同学聚餐这事，举双手赞成，但又知道儿子其实不怎么爱吃那些东西，怕他饿肚子，所以见人回来，厨房就开了火。

路言没说，其实他挺饱的，烧烤是没多吃，但顾戚点了很多清炒。

徐娴也有一段时间没见到路言了，索性下楼舀了一碗，陪着一起吃。

她了解路言的性子，很少主动地去要什么，或者主动地去说什么。从小就是这样，哪怕他再想要你陪陪他，也不会说，只是在你走的时候，眨着眼睛一直看着你。等你关了门，他便换个地方，趴在窗台上看，不哭也不闹。可只要抱着哄哄，只要三两句话，就能把他骗开口了。

现在也是，也不会主动地告诉她，什么要月考了，要开运动会了，可只要她一问，甚至不用整理什么措辞，就轻声地问两句，他也愿意说。

徐娴知道，路言是用这种方式，让作为父母的他们参与进他的生活，其实从来不是他们在照顾儿子，是儿子在照顾他们。

"对了，妈还不知道，上次和你一起去十四中的孩子叫什么呢。"徐娴突然开了口。

路言沉默了会儿，回道："顾戚。"

"顾戚？哪个戚？"徐娴说着，忽地放下碗，"休戚与共的那个戚？"

路言应道："嗯。"

"是他啊。"徐娴恢复了神情，继续喝汤。

路言却忍不住地开了口："妈，你认识？"

"不认识，"徐娴摇了摇头，"你爸应该认识他爸。"

"是了，听说他儿子是在一中读书的，成绩……咳，"徐娴想掩盖过去，"听说还过得去。"

路言："……"

虽然他知道，徐娴是不想在他面前提关于成绩的话题，可他也是第一次听别人说，顾戚成绩"还过得去"，他妈这要求……可能稍微有点高。

路言莫名想笑，说："嗯，是还过得去。"

徐娴见儿子眉眼弯弯，也跟着笑出了声，说："听刘婶说，上次回来得匆忙，都没进屋。

"下次也带人进屋坐坐，除了他，班里其他人也都可以。要是想吃烧烤什么的，挑个周末，妈让刘婶多买点东西，在庭院那边理个场子出来，让你们一起吃烧烤。吃完了，再让司机把同学们挨个送回家。"

路言给徐娴空了的碗里添了点汤，笑着说："知道了。"

运动会一结束，操场上各种横幅一撕，一中又恢复了往日的模样。只有跑道上还没褪干净的用白石灰粉画上的线和数字，能证明运动会才刚刚过去。

"怎么运动会就开两天呢，怎么着都得开一个星期吧？"林季上了一天的课，手里的茶叶蛋都不香了，尤其在经历了下午一节体育课被生物老师抢走改成做实验，用的还是"你们体育老师在教师运动会上输给了我，押了一节体育课"这样的理由后。

"老林不争气啊！"朱瑞愤然回头，跟林季对了对拳，说道。

"其实根本不是在教师运动会上输的，好像是周末打麻将输的，老林不好意思说！"

"可恶，竟然以学生的幸福为赌注！"

"我感觉我的脑子还在接力赛和两人三足的赛道上驰骋。"朱瑞啧声道。

"醒醒，"徐乐天拍了拍他，"这两个比赛，驰骋的都不是你。"

"这知识它不进脑子啊，"林季看着成堆的试卷，一把薅开自己的头发，"你们看看我这疯狂后退的发际线，看看我这脑门，在清朝怎么也得是个贝勒吧，我的头发……呜呜！"

林季正说到兴起，郑意突然捂住了他的嘴巴，还捂得死紧。林季感觉要窒息了，他疯狂地甩头挣开："老郑你干吗?！"

郑意叹了一口气，有些怜悯地伸手一指，示意林季往那边看。

林季一转头："……"

言哥在补觉，但皱着眉，很显然睡得并不安稳。而戚哥，正在用眼神警告着他，就好像在说：你可以再大声点，吵醒他试试。

卷五

尔海

$$+ \quad -$$
$$\times \quad \div$$

熹微晨光，落满眉头、眼睫，

这难能可见的天光，

大概也比不过眼前这些人。

第 40 章

期中考

运动会一过，各科老师上课第一句话就是"马上就是期中考了，大家都收收心"，在突然增多的作业量中，运动会的余韵退了个干净。

期中考临近，高三也进入了冲刺阶段，这几个周末，留校的人都不少。

徐娴怕路言吃不好，炖了点东西，又让刘婶做了几个清淡的菜，放在了学校后门的门卫室。

"知道了。"路言回了条消息，就往门卫室走去。

他们住的这栋宿舍楼，位置在校园最偏角，小路快到底的时候，路言就看到面前横着的这根水泥管。水泥管不长，不超过两米，还靠着墙，看着有些突兀，却一直留着，因为里面住了几只流浪猫。

流浪猫这事，路言还是听顾戚说的，从他的宿舍阳台往下看，正好能看见这根水泥管，那天随口问了一句，顾戚就说是几只猫的窝。

可路言没见过这边有猫的痕迹，连猫叫都没听过一声，只是凑巧见过几次宿管大爷端着水和猫粮往这边放。

不知道现在里头有没有猫，这么想着，路言已经走了过去，他微微俯身，看了一眼。管子里头空荡荡的，没有猫，倒是有一个废弃的坐垫。看样子，应该是个猫窝不假。

没看见猫，路言多少有些失望，正要直起身子，却忽然发现那个废弃坐垫后面好像蓄了不少水，水其实不深，只是刚好填在最底端那条小沟里。

路言走近一看，水泥管最左侧斜上角的位置，有个小洞，雨刚好从这边进来。

这雨从昨天早上开始下，到今天还没停，看样子，起码还要下上一天，这猫窝再积几天的水，可能就住不得了。

路言低头找了一圈，也没找到什么合适的东西。如果洞口是平的，还能找块石头压一压，可水泥管上端是弧形，根本压不住。他停了一会儿，最后把伞放了下去。

伞面遮了洞口，伞柄刚好卡在管口那边的墙缝里，只要别刮什么大风，应该能撑几天。

"衣服都湿了。"路言听到顾戚声音的瞬间，还怔了下，一偏头，顾戚就站在他旁边，撑着伞。

路言："……"

不知怎的，忽然有种被抓包的感觉，他顿了下，问："你什么时候来的？"

顾戚答得很快："刚刚。"

当时远远地看见他同桌站在那儿，还以为是东西丢了，结果没一会儿，路小同学就已经把伞放了下来。

顾戚扫了眼那个漏雨的洞口，问："猫在里面？"

路言说："没有。"

猫淋不到，人倒先淋湿了，顾戚只好说："宿管阿姨那边有备用伞，急的话先去那边拿，下次别自己淋雨。"

从这里到宿舍楼，满打满算也就几步路，要是顾戚没出现，他现在很可能都已经回到寝室了，路言心想。

路言看着顾戚来的方向，问："要出门？"

"去了趟超市，"顾戚晃了晃手上的水，"路上遇到老周，聊了下。"

路言点头，顾戚微一侧身，往那个洞口仔细地看了看，水泥管的断面还有些碎渣，于是道："应该是这几天刚开的口子，所以没注意。"

"之前没有？"路言也顺着顾戚的角度看过去。

顾戚点头道："嗯。"

"伞留在这儿？"顾戚问。

路言说："嗯，等雨停了再说。"

"行，先这样，"顾戚又道，"下次让宿管大爷补一下。"

路言有些诧异道："他还懂这个？"

"嗯，还不只。"

"他木工也很厉害，宿舍楼好几张坏了的木凳，都是他修的。"

顾戚说完，看着路言沾湿的发尾，说："先回寝室擦头发吧，别感冒了。"

路言没怎么淋到雨，可这雨接连下了几天，空气很潮，从门卫室回来，还是冲了个澡，等身上暖和了点，才坐在桌边吃饭。

他刚把饭盒盖上，门就响了。顾戚站在门口，手上还拿着一个档案袋。

路言不明所以地看着他。顾戚问："下午什么安排？"

路言言简意赅地答："写试卷。"

"刚好，"顾戚拿起那个档案袋，"隔壁附中的期中卷。"

路言想起在楼下的时候，顾戚说过，去超市的时候遇上了老周，聊了下，现在看着那个档案袋，心下了然，问道："老周给的？"

"嗯，刚印出来，周日晚自习会分下去，"顾戚往门框上一倚，说，"就先要了两份。"

路言侧过身，正打算让顾戚进来，顾戚却忽然开了口，说："不在这儿做。"

路言抬眸看他，顾戚很认真地说："去教室。"

一路上，两人都没怎么说话。就在路言觉得顾戚很可能也不会再开口的时候，那人却问了一句："下雨天会不舒服吗？"

声音很轻，甚至可以隐没在雨声里，可路言听得清楚，他忽然知道了顾戚为什么一定要去教室写试卷。

路言摇了摇头。

顾戚又道："老周说，你已经有一段时间没有去诊疗室了。"

如果顾戚没提醒，路言都快忘了这回事了。有两个多月了，他来一中之后就没再去过。

雨落在伞上，啪嗒作响，打在耳边有点吵，听到老周的名字，路言还有点意外地说："老周说的？"

顾戚没否认地答："嗯。"

路言有些不解周易为什么连这个都知道，顾戚看出了他的疑惑，直接说道："老周是你舅舅的同学。"

路言抬起头，他知道自己进一中有舅舅的打点，却不知道老周和他舅舅还有这一层关系。

顾戚问："你舅舅没跟你说？"

路言应声："嗯。"

顾戚说："没跟你说，但是跟老周说了一个下午。"

路言问："说什么？"

顾戚说："说你半道成了他的学生，让他多照顾点。"

是他舅舅能说出来的话，现在想想，舅舅和老周……性子也挺像的，能说上一下午，不奇怪。

"你知道老周最后跟你舅舅说了什么吗？"顾戚说这句话的时候，刚好合伞，走进教学楼。他站在那里，背后就是接天的雨幕。

"他说，你本来就该是他的学生。"

雨滴顺着伞骨落在地上，晕开一小圈波纹，路言觉得心口有一个地方也被雨打过似的，湿漉漉的一片。

你本来就该是他的学生。周易没跟他说过这句话，却在一开始的时候就告诉他，这里会是他新的开始。他也会在这里，找到新的目标。

路言别过头去，朝着楼上走去。

"走错了，"顾戚语气带笑，拉着人换了个方向，"走这边。"

路言一抬头，就看到那拉着"乾坤未定，你我皆是黑马"的红横幅，确认好顾戚选的方向，他皱了皱眉，问："去高三楼？"

顾戚应道："嗯。"

顾戚带着路言，径直地走到了五楼最里间的一间教室，开了灯，与其说是教室，倒更像是……考场。

里面的桌椅，都是按照考场标准陈列的，单桌单椅，整齐得很。门上还用糨糊粘着好几张写着考场号的粉纸，一层压着一层，隐约地漏出几个名字来。许久没人动过，边角都有些泛黄。像送走了一批又一批的学生，又迎来了新的人。

教室很空旷，没有书本、没有杂物，甚至没有多余的声音。

这里是考场，却因着顾戚的存在，不太像考场。

"挑个位置坐？"顾戚把伞立在讲台边，慢声地开口。

路言久久地没说话，最终坐到靠窗的一个位置上。

顾戚把试卷放在路言身后的桌上，起身走到讲台上，在黑板上写了几个字：考试项目、考试时间、试卷页数。

路言一直知道顾戚字写得好，没想到，板书也是一样好。

他看着顾戚一笔一画地写完，没说话。

顾戚半撑在讲台上，看着路言，问："想先考什么？"

路言顿了下，说："没听过什么考试，是可以自己选的。"这话一岔，原先因着"考场"的概念下意识地漫出的不适感忽地消了大半。

"别人那里不可以，"顾戚笑了下，"我这里可以。"

"你喜欢什么，就先考什么。"

路言随意地拿了套卷子出来，顾戚扫了一眼，在黑板上写上"数学"两个大字，走了下来。

"先把信息栏填了，名字、班级、学号，"顾戚轻声说，"再检查一遍，不要出错。"

路言抬起头，疑惑地说："你是监考老师吗？"

顾戚失笑。

这么说着，可路言还是认认真真地填上了信息。落笔的瞬间，他忽地想起上次月考那行没填好的信息栏。

两人一前一后地坐着，窗外雨声渐大，偶尔被风吹得砸在玻璃窗上，化成一道道细小的水柱淌下来，和提前招生考试那天差不多的天气，可好像又有哪里不同。

在风声雨声中，顾戚的声音仍旧清晰。

"慢慢来，不急。

"我陪你。"

第41章

保送

顾戚和路言的名声在学校摆着，很快，两人在高三楼写卷子的事情便被班里的人知道了。

"戚哥竟然背着我们，偷偷地给言哥补习？"朱瑞惊讶地道。

尚清北却非常高兴地说："太好了，言哥总算对学习产生兴趣了。"

林季拍了拍尚清北的肩膀，说："不至于，北北，不要盲目乐观。"一般人是不会对学习产生兴趣的，除了你。

虽然众人对他们言哥竟然会利用周末这种大好时光，花一下午的工夫写卷子这回事持高度怀疑的态度，可事实在那边摆着，跟他一起写卷子的还是"定海神针"，折中一下，也不是没这种可能。

周末两天时间，除了睡觉，路言基本上都跟顾戚在一起。没做别的，就做卷子，附中的做完，又做了两张竞赛卷。

周二课间操时，周易把路言喊到办公室。

"卷子难度还行？"周易直接略过选择、填空，看路言最后几道大题，"和顾戚对过没有？"语气极其自然，好像路言只是他带了很多年的、所有学生中的一

196

个，也没有提考试的事。

路言摇了摇头，说："还没。"

"下次对一下也可以，"周易拿着红笔，照着路言的解题步骤一步步地往下看，"尤其是大题，顾戚写惯了竞赛题，经常写得高兴了，解题步骤就超纲。我说了几次他也不怎么听，你说说他。"

路言一时之间都不知道该回什么话。

"站着干吗？坐。"周易说着，把隔壁的椅子顺手拉了过来，示意路言坐下，还补充了一句，"昨天下雨，原本定好的国旗下讲话都取消了，今天得补上。等他们出操回来，起码还要半个小时，坐吧。"

像为了验证周易的话似的，这边话音刚落，那边曾宏的声音就透过广播传来。曾宏一开口，没十几分钟，还真下不来。

办公室里其他班主任的位置都空着，只有周易安安稳稳地坐在位置上，现在还多了一个路言。一两次撞上没什么人的办公室，还可能是凑巧，次数多了，路言自然也懂。

"路言。"周易已经改完卷子，放下笔，微转了个方向。他把椅子朝向路言后，才递过卷子，开口道："有没有想过走竞赛这条路？"

路言接过试卷，抬起头来。

周易也像想了很久，才把话说出口："走竞赛的话，可能稳妥一点，现在开始虽然稍微有点晚，但也不是不行。"

路言知道周易说的"稳妥"是什么意思，如果能在竞赛中拿到名次，高考的门槛也会跟着降。

"老师，顾戚是走竞赛吗？"路言沉默片刻，忽然问。

周易看着他说："你要跟他商量一下？"

路言摇头说："就是问一下。"

周易斟酌了一下，说："顾戚走竞赛，可能是学校的意思。"

路言从来没听顾戚提起过这个，保送、竞赛、提前录取……没到高三，好像这些词就有点远。不是没有紧迫感，只是他们下意识地不会去想。

"但是老师跟你说实话，"周易语气忽地缓下去，带着一种莫名让人安定的力量，"比起竞赛，我更想你安安稳稳地过完剩下的一年多的时间。"

"竞赛不一定就是捷径。"起码对现在的路言来说，不一定。

人生不是只有高考一场考试，以后还会有很多，可他们这个年纪，只有一次。他不希望路言回头想起来的时候，只有数不清的卷子和题目……就像路言以前那样。

竞赛是稳妥一点，可压力其实不比高考小，要去适应新的老师、同学，这些并不一定就适合路言。但作为班主任，作为路言的老师，两条路的方向，他得给他指出来。

"竞赛有利有弊，选择权最终在你自己，"周易笑了下，"无论是现在选不选竞赛这条路，还是以后的志愿填报、职业选择，老师和家长的意见都只是参考，最重要的是你想做什么，你的目标是什么。"

想做什么？目标？周易在开学那天跟他说了同样的话。那时候自己在想什么？好像什么都没想，没有想做的，没有目标。可现在，同样的问题，却有很多东西在心头一一闪过，很杂，有点乱，但不再是空荡荡的一片了。

周易语气温和地说："不急，这种事一下子肯定做不了决定，你可以回去好好地想一想。"

路言正要点头，门突然被敲了一下。课间操还没结束，广播还放着曾宏的声音，这个时候，应该不会有人过来才是，可路言隐约地猜到了来人是谁。

周易有些意外，清了清嗓子，说："进来。"

门应声而开，顾戚笑了下，说："老师把我同桌借走了？"

周易问："课间操结束了？"

顾戚回答得很坦然："没，没去。"

周易："……"

"你眼里还有没有我这个班主任？"周易嘴上这么说着，可路言能感觉到，在看到来人是顾戚的一瞬间，老周整个人都放松了不少，和之前在自己面前那个沉稳的班主任不太一样。

"这不是交检讨来了吗？"说着，顾戚把卷子放在了周易桌上，动作异常熟练。

顾戚一来，话题被打断，周易也没再继续，又随便聊了一会儿，课间操一结束，两人回了教室。

竞赛的事，好像就这么过去了，直到周四下午，顾戚被曾宏叫走整整一节自习课的时间。

"我从超市那边走回来，看到老曾、老周、年级组长还有几个在典礼上才能看到的校领导站在三号楼走廊那边，不是又在琢磨什么新政策吧？"朱瑞脸上明明白白地写着"有大事发生"。

"上次这几个人站一起，我们晚自习就延长了半个小时。"

"老曾？"陈蹊转过身，"老曾不是和戚哥在一起吗？"

林季几乎是从后门冲了进来，说话还带着喘："我的天！戚哥牛啊！"

所有人放下手头的东西，看着他。

"怎么了，怎么了？"

"别喝水了！快说！"

"急死了！"

"你们知道老曾找戚哥是因为什么事情吗？"林季撑着桌子说。

朱瑞隐约有了预感，问："不会我刚刚看到的那个领导天团，就是为戚哥的事来的吧……"

林季郑重地点头说："戚哥可能要陪着我们参加高考。"

所有人："什么?!"

路言笔尖一顿。

"戚哥不保送了？"

"戚哥那个竞赛成绩，还不能保送？"

"不是不能保送，"林季说道，"是戚哥自己想高考。"

朱瑞手都有点抖，说："戚哥……戚神牛！"

"你听谁说的？"

林季刚想回一句"这还用谁说"，结果就发现问这句话的是路言，立刻回道："戚哥自己说的。"

路言问："什么时候说的？"

林季说："刚刚。"

路言问："现在人呢？"

林季说："还在老曾他们那边。"

两人这一问一答，班里顿时冷静下来。

那天跟周易聊完之后，路言就一直觉得，顾戚在那个时间出现在那里不是凑巧。事情有哪里不对，可他想了很久，也找不到什么切入点，最后也就放过去了，可现在，他觉得他可能找到了。

"季季，戚哥还在老曾那边，那你又是怎么知道这事的？"孙雨濛问道。

"听几个高三学长说的，今天好像在谈保送的事，就叫来商量了一下，不知道为什么，把戚哥也喊过去了，然后戚哥突然说了一句他不一定会选保送，年级组长就让其他几个人先回去，留下了戚哥，还叫来了老周他们。

"其中一个学长我认识，路上遇到了，知道我和戚哥一寝室，就问了我一下。"

"这，这么兴师动众？"朱瑞现在想起那阵容，还有点腿软。

"也就戚哥有这本事，出动我们学校最高领导天团了。"徐乐天想了想，好像说得不严谨，还有"见义勇为"好清北，更准确地来说……应该还有见义勇为的言哥。

"说实话，戚哥无论选哪条路，都差不多，以他的水平，能靠竞赛保送的学校，你还怕他考不上？而且自己考的话，可选择的专业范围也广一点。"

"话是这么说不假，可高三压力多大啊，如果是我，我恨不得现在就给保送了，戚哥这不单单是魄力的问题啊！"

"这就是我们和戚哥的差别。"

…………

消息很快就传开了，这下不只是九班，整个高二年级都有些骚动起来。

"打住打住，老曾来了！"八班体委刚从楼下上来，顺手拍了拍九班的门，做个提醒，九班立刻安静下来。

当曾宏出现在他们的视线中，身边还站着顾戚的时候，九班所有人："……"

为什么，老曾笑成……这样？是戚哥不够叛逆，还是"不保送"这个想法太前卫？！

"行了，你自己考虑好就好，"曾宏的声音从走廊传来，顺势拍了拍顾戚的肩膀，"有什么事都可以找老师商量，压力也别太大，顺其自然就好。"

九班："……"

"这是劝回来了？"郑意一头雾水地说。

"我已经很久没见老曾笑成这样了，笑得我浑身发毛。"林季打了个寒战。

"压力别太大？"朱瑞睁大眼睛，"压力？我没听错吧，压力这东西，戚哥有吗？"

曾宏目送顾戚进了班级，在门口站了好一会儿，在转身的瞬间，再度折回来，对着九班众人说了一句："都好好学，收收心啊。"

所有人："……"

曾宏一走，九班人还在震惊中久久地没缓过来，倒是八班的几个男生先冲了出来："戚神，给跪了，老师那边说，你不保送是为了参加高考，然后给学校拿个状元？！"

而九班人齐齐地看着窗外，状元？什么状元？谁要拿状元？！

第 42 章

拿状元

"状元"两个字一出,一切都有了解释。

为什么会出动最高领导天团?为什么老周和年级组长都赶了过去?为什么老曾会笑成那样?

因为他们一中,已经蝉联了两届榜眼,上一届的状元被附中拿走,上上届的是新才高中的。最可惜的是两次镇安一中第一名的学生成绩和状元的都只差了一分。跟命中注定似的,一中学生的成绩明明联考时都要出类拔萃一点,可到了高考,就总差那么细枝末节的一分。

这届结果尚不知,可估摸着也悬——直到顾戚出现,太稳了。哪怕是经验再丰富的老教师,都很少见过这么稳的学生。

顾戚的稳体现在各方各面,成绩只是他最直观的表现之一。

"不出意外,这次第一还会在一中",这是顾戚进一中之后,各高中的老师在每次联考之后,私底下最常挂在嘴边的话。不说镇安的一众高中,就连其他周边地区省重点高中的学生,都知道顾戚"状元预备役"的名号。

可在顾戚的竞赛成绩出来之后,了解情况的一批人,包括一中的一群领导,心里基本上都有底了。这样的成绩,保送是板上钉钉的事。

所以在顾戚说出那句不一定选择保送的时候,接到曾宏的电话的领导,能来的就全来了。他们在一中建校这么多年里,还是第一次听说一个学生不想被保送的。尤其是顾戚这种情况,不用参加高考,直接保送,保送的还是国内最高学府。

顾戚参加高考,对学校来说,是绝对的好事。保送虽然会给学校带来名誉,但一个"状元"头衔,给学校带来的效益,是远胜于一个保送生的。

可他们从来没想过要顾戚去参加高考,不是觉得冒险,而是明明伸手就能拿到的东西,实在没必要把路走长,谁知道顾戚会不按常理出牌!

整场"谈判"下来,作为顾戚班主任的周易,却没说过一句话。

曾宏他们身处高位,从大局角度出发,为了打个翻身仗,对顾戚这个决定他们是打心眼里支持的,而且不管出于什么原因,也着实佩服顾戚那种远超出他年龄的冷静。

他们也很清楚,这样的孩子必成大器,可出于私心,稳妥点,总不是坏事。

曾宏敛了敛表情，咳了一声，拍了拍周易的肩膀："老周，你自己的学生，你说说？"

周易看向顾戚，半晌，开了口："顾戚，你出来一下。"

周易带着顾戚上了天台，因着前段时间一直在下雨，坑洼不平的天台上还积了不少水。

顾戚跟在周易身后，顺手扶了把被风吹歪的校旗。

"那天我和路言说的事，你是不是听到了？"周易直接开口。

顾戚答："如果老师说的是竞赛那个事的话，是。"

周易就知道他听到了。

"所以你觉得，比起竞赛，他应该安安稳稳地参加高考？"周易语气很平静。

顾戚却笑了下，说："这点老师应该比我更清楚。"

周易的确很清楚，还是那句话，不出意外的话，以路言的水平，竞赛是没问题的……可偏偏，路言是发生过"意外"的。

如果要走竞赛的话，留给那孩子缓冲的时间就不多了，结果怎样，他也没法预测。可能是好的，也可能得不偿失。

"上周末听说你带着他去高三那边写卷子，他状态怎么样？"周易问道。

顾戚说得很笼统："慢慢来。"

周易吹了小半会儿的风，回归正题，道："其实保送和高考也不冲突，保送生去体验高考的也不少。"

顾戚搭着护栏，往上一靠，不知道在想些什么，久久地没说话，直到周易偏头来看他。

"老师，我以前在国外的时候，很喜欢那种快人一步的感觉。"

别人学 A 的，他已经学 C 了。别人初阶的时候，他已经高阶了。别人还在纠结下节课怎么预习的时候，他可能都快学完一轮了。

他以为他可以从里面找到乐趣，可慢慢地，他发现没有。学习还是按部就班，还是无趣。

他妈妈宋蔓一直说他是一个"没有目标"的人，顾戚对此不以为然，所以他参加各种比赛，拿名次，拿荣誉。可当宋蔓问他，为什么要参加比赛的时候，顾戚脑海里蹦出的第一个念头，竟然是因为需要有人去拿这个名次。

老师需要他，学校需要他，而不是他自己需要。

他的确知道自己要什么，比如第一名，比如金牌。可这种"知道"，对他来说，只是在那个环境下特定的、阶段性的、可有可无的东西。

什么是可有可无？就是没有，他也不见得有多可惜。

直到进了九班，遇上九班那群人，直到遇上路言。那是顾戚第一次这么透彻、这么清楚地认识到，他究竟想要什么。

他不需要去"体验高考"，不需要退路。他想和所有人一起，站在同一起点，完完整整地过完整个高三。

刷题、上课、考试，最后一起走进考场。

周易听着顾戚一句一句地说完，心一点一点地落了地。

因为他知道，顾戚这不是心血来潮，不是意气用事，他很清楚自己在做什么，也有绝对的把握。哪怕那天，他没有在门口听到他和路言的谈话，也不会影响今天的结果。

周易一开始见到路言的时候，就觉得他和顾戚很像，两人都是同样地锋芒毕露。可现在，他才发觉，两人是真的像，各种意义上的。

周易露出了整个下午以来第一个笑容，说："也不知道哪里来的胆子，敢跟曾主任他们夸下状元的海口，这下要是不拿个状元，我看你怎么收场。"

顾戚恢复了散漫的样子，说："还真说不定。"

周易一脸疑惑。

顾戚笑了下，说："可能就输给他了。"

周易自然知道这个他是谁，问："这么不自信？"

顾戚眉梢微扬，道："不是不自信，是信他。"可能，顾戚信他要胜过信自己。

顾戚一回到教室，刚坐下，路言就开了口："为什么不选择保送？"

顾戚往椅子上轻轻一靠，说："要给学校拿状元。"

路言从头到尾就没把话听进去，问："你觉得我会信？"

顾戚轻笑了一声，没再说话。

尚清北却忽然从前门跑了进来，大喊了一声："戚神！"

尚清北说话向来温暾，很少见他有这么"按捺不住"的时候。九班人都被吓了一跳，就连路言都有些惊讶，抬起头，看见尚清北后面还跟着陈蹊等人。

"我，我听见了！"尚清北有些语无伦次，"也不是故意偷听的，就是刚去办公室门口，刚好听到班主任和其他老师在说话。然后他们在说你的事，门没关好，然后……"

"打住打住！"朱瑞听不下去了，"北北，小逻辑，你的逻辑呢？"

"什么听见、偷听的，我怎么一个字都听不懂啊？"

"蹊姐，你给翻译一下？"林季说道。

陈蹊摇了摇头，说："我们去的时候，北北刚好往回跑，跑得还有点急，我以为出了什么状况，就跟过来了。"所以她们也不知道发生了什么。

尚清北吸了一口气，顺着过道，跑到最后一排，最后在顾戚和路言身边站定，说："班主任跟其他老师说，戚哥不保送，是想陪着我们一起高考。"

十几分钟前，林季也说过这句话，说戚哥可能要陪我们高考，可那时候，大家当结果来听，所以他们都在猜为什么：是保送出问题了，还是戚哥出问题了？

可现在，尚清北说想陪着我们高考。陪我们高考，想陪我们高考，只多了一个字，当时的结果，就变成现在的原因了。

不是保送出问题了，也不是戚哥出问题了，只是想陪着他们一起高考，仅此而已。

"戚哥，你是认真的吗？"在满室静寂中，郑意第一个开了口。这话，好像比流传着的"为了拿状元"听来更离谱，可莫名地，九班人都信了，包括路言。

他不知道这种感觉从何而来，可偏头跟顾戚对上视线的瞬间，路言就知道，尚清北说的是真的。

在所有人的注视下，顾戚笑了下，说："努努力，给我们班拿个状元回来。"

戚哥认了这话，戚哥是真的会陪着他们过完高三。什么拿状元？就算拿状元，也不是为了学校，是为了他们九班。这些念头在所有人心头盘旋，落下。

"既然都说到这份上了，我也就说实话了，"朱瑞仰着头，看着天花板，"戚哥，其实我们一直默认你是保送的，之前还想着等到高三下学期的时候，你录取通知书到了，该用什么法子骗你继续来上课，给我们班镇场子。

"还有高考那几天，一定要安排你站在门口，就那种人形立牌一样，我们按学号排队抱过去，沾沾考运。"

林季说："戚哥，我也自首，朱瑞他们还撺掇着要我去偷你的校服。"

所有人都笑了出来，笑完了，又莫名地有点鼻酸。

其他班的人，或许只觉得顾戚是九班永远的第一，压了所有人一头，总有不服的。可他们不知道，对九班人来说，顾戚是主心骨一样的存在。顾戚从来不是他们所谓的"竞争者"，而是目标。

他们不想搬进高三楼，不是抗拒高三的疲累，而是抗拒那种各自奔跑的感觉。

尤其是他们这种省重点的高中，直接保送、竞赛保送、出国……等到真正临近高考的那几天，高三的班里很多都空了大半。

说不羡慕是假的，但不嫉妒，因为无论以哪种方式走过高三，都是辛苦得来的，他们也为这些人高兴。只是这种高兴，总是附加着很多遗憾。而现在，戚哥说会陪着他们高考。

"我虽然没有像戚哥一样直接保送，但竞赛成绩也还过得去……"孙雨濛眨了眨眼睛，"可作为九班的班长，你们学到哪天结束，我也学到哪天结束，你们什么时候进考场，我也什么时候进考场。"

同样可能走竞赛渠道的陈蹊也悠悠地说了一句："一辈子也就一次高考，不参加也太可惜了吧。"

尚清北立刻跟上，说："我也是！"

"别了吧，你们都这么努力，别等会儿三甲都在我们班，那我们班要上校史的。"

"我们怎么就不能上校史了?!"

"戚哥努努力，拿个状元，我们也努努力，争取把我们这届毕业墙的光荣榜，变成我们班的集体照！"

…………

很快，教室里便响起翻动书本、试卷的声音。

路言很少见到这样的九班，好像有什么东西，在今天脱去了浅覆着的不安和焦躁，露出最开始的模样。

"怎么了?"顾戚轻声开口。

"没什么。"路言没多说，只远远地看着高三那幢教学楼，他只是觉得，好像高三、高考，也没这么可怕了。

顾戚看着路言写了一半的卷子，说："不用急。"

路言回过头。

顾戚在他的试卷上点了一下，说："我们还有很多时间，可以慢慢来。我陪你。"

这是顾戚第二次说这话，慢慢来，不要急，可路言也是今天才知道，这句我陪你，或许比他想象的要更长久。

期中考试，路言还是没参加，可也没回寝室，而是去了高三的楼，在顾戚原先带他去的那间自习室里，听着原先那让他握不住笔的考试广播，做了两天题。

说不费劲是假的，之前那些湿漉漉的记忆太深刻，耳边仍旧会响起嘈杂的声音，可这也是路言第一次发现，原来从这间自习室的窗户望出去，是可以看到九班的。

可能是凑巧，也可能是顾戚特意选的方位。这么坐着，竟让他有一种隔着一栋楼，和他们坐在一起考试的感觉。

如果提前招生考试那天，抬头看到的不是一张张陌生的脸，而是这群人，会不会不一样？这个念头一闪而过，可在生出这个念头的瞬间，路言的心底就有了答案——会。

第43章
—◦—
慢慢来

可能是被顾戚陪他们参加高考这件事刺激到了，这次期中考试，九班成绩格外突出，年级前十，光九班就占了三个，平均分也位列第一。

可年级第一，却挨了几顿批。

"我还是头一次见戚哥被老周他们几个人连起来批。"林季刚打探消息回来，说道。

徐乐天不解地问："戚哥那成绩都超标这么多了，还挨骂啊？"

有人回："戚哥跟我们标准不一样，是按状元标准来的，当然要更加严格。"

"那也不能批得太过吧，"朱瑞说着，看见路言在看顾戚的试卷，求认可似的，顺嘴说了一句，"言哥你说对吧？"

路言没留心朱瑞他们刚在讨论什么，只看着顾戚的卷子。最后那几分，就扣在那超纲的公式上，班主任他们骂骂也是对的。

恰好朱瑞又在这时开了口，于是路言不怎么走心地回了句："嗯。"

"你看你看，言哥都说'嗯'了，"朱瑞啧了一声，"怪心疼我戚哥的。"

"心疼什么？"顾戚从后门走进来。

朱瑞被突然出现的顾戚吓了一跳，刚说过的话全抛在脑后了，只抓住零星几个词："言哥心疼你！"

林季："……"

徐乐天："……"

路言："……"

"是吗？"顾戚说这话的时候，就看着路言，在他身边坐下的时候，身子还微侧着，朝着路言那边，"心疼我？"

路言有点想把试卷盖他脸上。

路言看了朱瑞一眼，朱瑞尿到不能再尿地在后面加了三个字："的分数。"

顾戚一抬手，给了一个"知道了"的信号，朱瑞立刻拔腿跑了。

"老周是不是跟你说过，如果在考场上写到这些超纲公式，不能直接用？"路言把声音控制在只有他和顾戚两人听得见的范围内。

"所以这两分扣得不冤。"路言拿起笔，在顾戚的试卷上随手圈了一下。

顾戚把卷子收起来，一把拢进桌膛："老周都念了一个课间操的时间了，头疼。"

路言只觉得老周念得还不够。

"考差了，是不是该给点鼓励？"顾戚手撑在桌面上说。

前排听到这里，总算忍不住了，毫无灵魂地转过头来，说："戚哥，你这句'考差了'，是认真的吗？"

戚哥真的是……为了骗言哥，连"考差了"这种天打雷劈的话都说得出来。

前排拿着他的数学答题纸，指着那鲜红的"108"这个分数，说："戚哥，你清醒点，这才叫考差了。你那148，在我跟前，根本不能看。"

"戚哥，我翻译一下，老黄这句话，其实是在骂你，说你在他跟前就是个弟弟。"

"委婉点，别那么直白。"

路言："……"

顾戚："……"

所有人都没想到，有一天他们班会出现一个话题，是所有人都有话语权，唯独顾戚没有的，叫作"考差是一种什么样的体验"。

顾戚作为唯一没有发言权的听众，听得却很耐心。

当听到孙雨濛说上次考差了，在寝室抱着陈蹊哭了半个小时的时候，顾戚失笑。

班里还在讨论"考差"的话题，挺热闹，林季却难得地安静。郑意刚开始还没察觉，后来半天没听见林季的声音，一抬头，发现他正看着路言出神。

"看言哥干吗？"郑意用手肘撞了他一下。

林季说："刚刚言哥在看戚哥的卷子，很认真地看的，你注意到了吗？"

郑意听他又提起这茬，说："你要是把观察言哥的精力放在学习上，下一个保送的就是你。"

"要是真的什么都不懂的人，看卷子不就跟看天书一样吗？更何况还是戚哥的卷子。"林季越想越奇怪，"我得问问戚哥。"

郑意心一跳，说："问什么？"

林季心一横，说："问言哥的事。"

郑意说："那你为什么不直接去问言哥？"

林季说："我不敢啊！"

郑意无语，说："那问戚哥你就敢了？你又能肯定戚哥知道？"

林季说："我觉得他知道。"

郑意这下真放下了卷子，转身看着他问："为什么？"

林季说："男人的直觉。"

郑意："……"下一秒，教室里就传来了林季的惨叫。

晚上熄灯铃响起，所有人都上了床，只有顾戚还在忙，临睡前国际部刚送来一份资料，麻烦他帮着校对一下。

顾戚开着夜灯，调到最暗的模式。

林季翻来覆去地睡不着，想着下午跟郑意的对话，慢慢地爬起来，对着郑意的被子就来了一拳，问："老郑，睡了没？"

郑意踹了他一脚，说："睡了，你也快睡。"

林季说："我还没问言哥的事呢。"

郑意就没把这话当真，随口说了句："那明天再问。"

两人虽然压着声音，可顾戚还是听到了动静，抬头，看了林季一眼，问："有灯睡不着？"

"没，戚哥你调亮点，大白天我俩都睡得着，别把眼睛看坏了。"郑意回道。

林季闻言，只好躺回去，郑意放下心来。可这边他的头刚沾到枕头，那头的林季却忽然开了口："戚哥。"

顾戚浅浅地应了一声："嗯。"

"言哥……他是不是不太想考试啊？"林季最终问出了口。

郑意就看着顾戚停下笔。

快入夏的时节，夜半偶尔会闷热起来，身上黏腻的感觉不好受，所以林季他们睡觉前都会给寝室的窗户开条缝，好透透气。今天的窗缝可能开得有点大，吹得窗帘一摆一摆的，还有点冷。

"为什么这么说？"顾戚的声音跟这快入夏的风似的，轻飘飘的。

林季说："直觉。"

顾戚笑了下。

"你看，言哥上课也会听，上交的作业虽然空白居多，可语文老师让我们抄写之类的，他也都会抄，还有……"林季坐起身来，想说的太多，奇怪的地方也太多，总结后只能归为一句话，"主要是我觉得，言哥那性子，不像不愿意学习的人。"

顾戚有意无意地往林季那边扫了一眼，问："路言什么性子？"

这一下给林季问蒙了，半天才找回自己的声音："啊？什么？"

"你不是说他那性子，不像不愿意学习的人吗？"顾戚在资料里找出了一处错误，顺手圈了起来，"所以你觉得他是个什么性子？"

杨旭之和郑意也不知道什么时候坐了起来，林季想了想，说："仗义。"

顾戚回："嗯。"

林季说："对身边人都挺好的。"

顾戚回："嗯。"

林季说："看着不好说话，其实好说话得很。"

顾戚回："嗯。"

"还很有礼貌，我就没见他跟老师顶过嘴，就算见到老曾，也会喊声老师，私底下也是。"林季又道，"还有还有，我几乎没听言哥讲过什么脏话，就是那种我们平时闹着玩的'脏话'，好像也没怎么说过。感觉言哥就是那种家教挺严的人。"

"还有爱心，我听宿管大爷说，我们楼后面给流浪猫遮雨的那伞，好像就是言哥的，他说是五楼住自习室那个新生，那应该就是言哥了吧？"

"知道的还挺多，"顾戚慢声地开口，"还有什么，继续说。"

杨旭之咳了一下，林季丝毫没察觉，越说越上头："老师们都挺喜欢言哥的，就是成绩不好，其他……"

这下郑意也忍不住了，说："让你说言哥'不是不愿意学习的人'的依据，你在这说什么狗腿宣言！"

林季："……"

"什么狗腿宣言，"林季拍案而起，"我说的是假话吗？你敢说言哥对班里的人不好？"

郑意："……"心想林季的话，还真不是狗腿宣言。

顾戚把手上的资料往桌上一放，往椅子上一靠，平静地看着他。

话题陡然已歪，林季索性继续往下说："可是戚哥，言哥对你，跟对我们就不太一样。

"好像没那么好说话。

"有时候还挺凶，戚哥你觉得呢？"

顾戚点了点头，说："嗯。"

"是吧？"林季立刻接嘴，"你也这么觉得吧。"

顾戚继续扫视他的卷子，说："我应的是第一句。"

林季一脸疑惑。

"就言哥对戚哥不一样那句。"杨旭之友情提示道。

林季："……"

顾戚从来没觉得路言不好说话，相反，还好说话得很，看着总是没多少情绪，其实根本藏不住什么表情，哪怕嘴上不说，眼睛也会说。

林季最终回归正题，问："言哥是不是以前出过什么事啊？"

顾戚动作一顿，停下笔。这还是他第一次发现，林季还有这么心细的时候，正要问，林季又道："我很早之前就想问了，言哥是不是曾经考过什么惊世骇俗的成绩？"

顾戚："……"

"像言哥这种除了关上成绩这一扇窗，打开了千八百扇门的天之骄子，极有可能因为一些小挫折就一蹶不振的，更何况在做天之小骄子的时候，身心都是很脆弱的。"

郑意："……"

杨旭之："……"

顾戚有时候真不知道林季脑回路是怎么长的。他把资料一收，笔帽一盖，起身的同时，还在椅背上拍了拍，明明白白地告诉林季"我睡了，位置给你，你随意"。

可林季越想越觉得事实就是如此，连带着这段时间戚哥总偷偷地带着言哥补习的事也有了解释。

"言哥不会连高考都不去吧，交白卷？"林季忽然有些忧心起来。

郑意和杨旭之闻言也顿了下，刚想说还有一年时间，可以慢慢来，林季又开了口："今天戚哥物理用了超纲的公式，丢了两分，老周他们骂完，回来又被言哥说了。"

杨旭之疑惑道："嗯？"

郑意疑惑道："啊？"

这个话题是怎么如此九曲十八弯的？怎么又拐到戚哥了？

"要是戚哥高考交白卷，先不说老周，怕是会直接折在言哥手上，连校门都走不出，"在郑意和杨旭之满头雾水中，林季幽幽地道，"可是如果交白卷的人是言哥，也打不下手啊！"

杨旭之："……"

郑意："……"

顾戚失笑，说："行了，睡吧。"

林季惊坐起，说："戚哥，你竟然还睡得着！你没有心！言哥他……"

"他不会。"顾戚打断他的话。

三人同时朝顾戚看过去，林季问："不会什么？"

"不会不参加高考，所以，放心。"

夜风过窗而入，顾戚声音很轻，却带着安定人心的力量。

"哦，那就好。"林季最终道。

第 44 章

你才体虚

自那天后，接连好几天，林季都会给路言送一些试卷集锦、习题本，姓名那一栏还都写着顾戚。今天送来的是一张高一数学联考的卷子，看着那卷子，路言总算开了口："你让他送的？"

顾戚扫了卷子一眼，笑了，说："没有。"

"这是你的卷子。"路言指着密封线内那显眼的"顾戚"两个字。

顾戚也好奇地说："他从哪里找出来的？"

路言把试卷还给他，说："你的卷子，你问我。"

顾戚翻了两下，看到试卷背面泛黄凝固的双面胶，说："老许以前懒得讲，就会把试卷贴黑板上。"

老许，也就是九班的数学老师。

"卷子后来放林季那边了？"路言顺着话，接着问。

顾戚摇头："贴出去的卷子，一般回不到我手上。"至于到了谁手上，他还真不清楚。

路言："……"

时隔一年，再看到自己的卷子，顾戚也有些新鲜，把卷子浏览了一遍，问路言："这套是四校联考卷，之前做过没？"

"嗯。"路言点头，把卷子翻了翻。和当时相比，现在的顾戚，可能还真算得上收敛，因为高一卷上竞赛痕迹更明显，而且个人风格独特。

"老师是不是不用看名字，都能猜到卷子是谁的？"路言问道，这密封线可能就是个摆设。

顾戚笑了下，默认。

路言索性把试卷集锦、习题本全还给顾戚，递过最后一本，才想起来刚才心思都放在那张联考卷上，忘了问正事，于是道："林季为什么要给我这些？"

顾戚手指放在桌面上，有一下没一下地点着，没回话，思考着怎么说好。

"他闲。"顾戚最终说。

立夏一过，很快又是小满，蝉鸣声还没起，可学校的黄栀子已经开了。高考转眼临近，就连校门口也挂起了"小心鸣笛"的标志牌。

一两个月前，晨会的时候，校领导们见缝插针地也要念几句"长风破浪会有时，直挂云帆济沧海"，可越接近考试，说得反倒少了，生怕高三生压力太大。

尤其是最后这十几天，各种为高三的学生让道的政策加持，高一、高二年级的氛围都被带得紧张起来，再加上期末考试的日期一下来，整个学校都安静了不少。

连周易都有所察觉，在各科老师的虎视眈眈下，硬匀了一节体育课给他们。

当体育老师穿着一身黑色运动服，挂着口哨，站在九班后门的时候，班里人还有些愣神。

林季率先开了口："老师，你今天没生病吗？"

体育老师拿着点名册，在他头上敲了一下，说："我好得很。"

紧接着体育老师大手一挥，说："都下楼。"

"啊？"尚清北举了举手，"老师，这节课是有什么任务吗？"

"不是吧，一千米都跑完了，这天气体测是要死人的。"本来兴冲冲的众人瞬间萌生退意。

"老师，别吧。"

"我突然觉得数学卷子还挺可爱的。"

"出息。"体育老师笑了下，说："没任务，去出出汗，整天在教室里坐着，也不怕骨头都坐软了。"

尚清北一听没任务，立刻放下心来，问："老师，那我能留在教室做卷子吗？"

"不行，五分钟后全到操场集合，"体育老师给了郑意一个眼神，"教室里一个都不能留。"

然后，尚清北就被一群人架了下来。

太阳晒得塑胶跑道一股味道，热浪从下蒸上来，熏得整个人都蔫了大半，体育老师一摆手，说："别在太阳下晒着，到主席台上去，那里晒不到。"

嘴里说着喊着"站不住了"的一群人，瞬间跑了个没影。等到了主席台，他们才发现音控室门口放着一个大纸箱，箱子里有各种饮料。

"老师你心也太大了吧，这么多饮料就放在这边，也不怕我们顺手拿一瓶啊？"林季朝器材室那边喊。

郑意也问了一句："老师，要不要给你抬到办公室去？"

"不用，"体育老师从台下走上来，"就是给你们的，每人一瓶，自己拿。"

"这么豪横？"

"所以，老师你让我们下来，是请我们喝饮料的？"

"感动得我想下去测个一千米。"

"不是我买的，是你们周老师，要谢的话，谢他去，"体育老师开口道，"他怕你们一天到晚地坐在教室里，再给憋坏了，所以'请'你们下来动动。"

体育老师看着眼前这群学生，笑说："高三这场硬仗都还没开始打，把自己绷这么紧干什么？身体才是革命的本钱。

"尤其是清北这样的啊，上次一千米那成绩，我就不说了，郑意他们说让我睁一只眼闭一只眼地给你及格，我是两只眼都闭上了，才给你及格的，没有下次了啊！"

尚清北捧着一瓶可乐，有些不好意思地说："谢谢老师。"

班里一阵哄笑。

郑意和林季他们一起在器材室里拿了好几个仰卧起坐的垫子过来，铺在地上，很快，躺的躺，坐的坐，整个主席台上，看过去绿油油的一片。

很多垫子都有些年头，多少有点味道，顾戚知道路言爱干净，挑了个干净的，可也没让他躺。

顾戚拍了拍垫子，说："别站那儿晒，过来坐。"

路言往顾戚选的那地方扫了一眼，阳光被主席台顶头的檐架挡住，可也漏了不少进来。

等他坐下，才发现顾戚选的这地方正对着一侧的小风口，风从操场后边的小树林那边吹过来，和那种带着闷气的夏风不同。因为这风没经过跑道这种蒸着热浪的地方，所以很凉快。

顾戚又一偏身，把那些细碎的漏下的光全挡住了。

"你进来点，"路言看着落在顾戚肩膀上的那一圈光斑，顿了下，抬眸，"你来晒太阳的？"

顾戚听着路小同学隐晦的关心，还挺受用的，说着："不热。"

路言鬼使神差地伸手，在顾戚左肩上碰了下，问："你这叫不热？"顾戚的肩头晒得都烫手了。

路言往里坐了几分，空了个位置出来，顾戚倒无所谓晒不晒，但同桌发话了，便坐了过去。

"手怎么还是这么凉？"顾戚看着路言，一二月里手凉就算了，这都入夏了，也不见添些温度。

"气血不足，体虚，知道吗？"顾戚说。

路言拧开手上的矿泉水瓶，喝了一口水，说："你才体虚。"

顾戚笑了，接过路言手上的矿泉水，在掌心稍下一点的位置，轻点了一下，说："劳宫穴。"

随即，手向虎口位置一滑，说："合谷穴。"

"内关穴。"手又指向了手腕的位置。

"手冷的时候，按几下，会好一点。"

路言说："你没事去学了按摩？"

"没，"顾戚不紧不慢地说，"书上看的。"

路言问："你没事看这个？"

"随便看看，总有用得上的时候，"顾戚说得还挺认真，"穴位记住了没？没记住就再记一遍。"

路言："……"

"都坐起来啊，你们周老师让你们下楼运动来的，不是睡觉来的，"体育老师上来，看着躺了一地的一群崽子，乐了，"还上主席台睡觉来了。"

"别被你们周老师看到了，快起来。"见他们还趴着，体育老师直接吹了一声哨子。

哨声尖锐，穿透整个主席台上空的空气。

"老师，要聋了。"

"我的耳朵！"

"啊！耳鸣！"

"行了，都醒醒神，实在困就下去打个篮球。"体育老师看着这一地绿油油的垫子，感慨了一句，"高一时候的劲头都去哪里了？逃了晚自习跑下来打篮球，被曾主任当场抓获的人里有林季吧？"

黑历史忽然被翻出来，林季第一个坐了起来，说："老师，这就不用特地拿出来说了吧？"

"再说也不只抓了我啊，在座的除了言哥，一个都跑不掉，"林季指着顾戚，拉人下水，"戚哥不是也在吗？"

听到顾戚逃了晚自习去打篮球的时候，路言还有些诧异，可转念一想，不久前连墙都翻出去过，逃晚自习打个篮球，好像也不算什么。

"言哥你别听林季瞎说，"朱瑞开口道，"那天要不是戚哥在，第二天我们都得通报。"

朱瑞把事情的来龙去脉说了一遍："那时候我们刚进学校没多久，刚好碰上什么'周周清'政策，一个月考了三次试，三次考试的规模还都不小。最后月考的时候，整个年级的人几乎都考瘪了。"

那时候他们还没经历过老曾的毒打，林季拿着篮球，和郑意肩一勾，背一搭，直接就下了楼。

原本只是想玩个两局就上楼，谁知道，一人起了头，后边就跟了不少人。除了九班，别的班也坐不住了。操场许久没这么热闹过了，高年级的还以为高一搞了个什么夜间篮球赛，于是走廊上又站了一群看热闹的。

一传十，十传百，没多久，由于声势过大，一群人被曾宏当场抓获。

"戚哥没打球，只是刚好站在操场边上，就被老曾当成'同伙'一并抓住了。"朱瑞有些想笑，"不过好在戚哥前一天刚替学校拿了个什么竞赛的金牌，第二天要开表彰大会，老曾觉得左手金牌、右手检讨的不太好，就算了，说下不为例。"

"什么刚好站在操场边上，"陈蹊回了一句，"那天我们一起从实验楼回来的，在路上看到老曾往操场那边去了，戚哥才拐了个弯，到操场去'赎'你们的，让我去找老周，否则你们以为老周怎么会来得那么快。"

"我就说！"朱瑞恍然大悟，"我还纳闷了，戚哥什么时候到操场来的，我怎么都没看到？"

"给戚哥跪下！"

"就感天动地！"

一群人乐呵呵地说了一阵，不知道从哪个角落忽然传来一句："都一年了啊。"

体育老师见他们来了精神，从一旁的楼梯走了下去。

"我听他们说，高三再上几天的课，就停课自习了。"尚清北往高三教学楼那边看过去。

孙雨濛说："现在上课其实也跟自习差不多，老师最多讲讲卷子，该复习的应该也都复习完了。"

"所以我们下学期就要搬到那幢去了？"朱瑞偏头去看孙雨濛。

孙雨濛点头说："可能没几天就要搬了。"

"啊？"

"什么意思？"

陈蹊说："现在还不确定，我也是听其他班说的，今年暑假应该就只有二十多天，七月底就会开学了。"

"不是吧，就最热的时候？"

"高三楼有空调，还是中央空调，热不到你。"

"可是夏天不是这么过的啊，应该有空调、电视、手机、西瓜、冰激凌，就是不应该有一堆试卷。"

路言坐在那边，听着他们说话，偶尔抿一两口水，回几句，手中的瓶子一点一点地变空，心也跟着静下来。路言原先并不怎么喜欢夏天，闷、热，蝉鸣也吵，心情也易躁。可现在他觉得，夏天似乎也挺好，哪怕是坐在教室里写卷子。

第 45 章

民宿

高考前两天，高三的班会课。临下课前，周易说要布置考场，因此周四当天只安排了上午的课程，下午学生就可以自行离校。

话都没说完，下面就立刻躁动起来，高考对高三来说，是最关键的一战。可对尚还有一段日子的高一、高二年级来说，那就意味着有整整三天的假期。

"哥，你这三天有什么打算啊？"趁路言去办公室的几分钟，林季先凑了过来。

顾戚看着他明显一脸有事说的样子，说："季哥有什么指教？"

林季被这一声"季哥"喊得有些飘，说："哥，学习这东西，讲究的是劳逸结合，可持续发展，你说是不是？"

顾戚继续听。

"可你看看你现在，每个周末都带着言哥写卷子。天天学习，谁会开心？清北除外。

"可你看言哥他像那种爱学习的人吗？"

顾戚头都没抬，问："所以呢？"

"哥，一起去民宿啊，"林季正式表明来意，"我们班不是有一群八月生日的吗？去年本来就说要等这个暑假，租个那种大民宿，就二三十人的那种，都商量好久了，谁知道这次又没暑假了，明年一毕业，人更难凑。这不就商量着准备趁高考放假的那几天，去聚一聚。

"还没跟言哥说，把这个邀请的机会留给你。"

顾戚淡淡地看了林季一眼。

林季说："行吧，主要是怕人这么多，又要在外面住几天，言哥不习惯，就还没问。"

顾戚问："都谁要去？"

林季说："不知道，就先问你和言哥。

"最开始是想放在期末考试后的，但刚好也是高考后的旅游季，估计那时民宿什么的早订出去了，而且期末考试后没多少时间，就要搬进高三楼了。就当高三前玩一把，然后给高二画个圆满句号，怎么样？"

林季还想继续动之以情，顾戚已经让他打住，出去玩几天也好。

"知道了，我问问。"

顾戚把这件事跟路言说的时候，已经是下午了，路言的第一反应跟顾戚差不多，问："为什么放在高考这几天？"

"本来定在暑假，学校提前一个月开学，所以改了时间。"顾戚用了三两句话解释完。

顾戚看着路言问："已经有其他安排了？"

周围包括林季在内的一圈人，听到顾戚这话，心中警铃都一响。虽然一开始他们对言哥答应这件事也没抱什么希望，毕竟是临时决定的，还要住几天，可预感到言哥真不能去，还是有些失望。

这已经算人数最多、最齐，又不用管学校规章制度的一次出行了。再有下次，很可能就在高考之后……说不定高考之后都不一定有了。

"言哥如果不去，我觉得戚哥也悬，"林季掐了郑意一把，"老郑，快，想想办法。"

"戚哥这么说了？"郑意从作业堆里抬起头来，"说言哥不去，他也不去？"

"没，"林季摇头，"可我中午听到戚哥跟他妈打电话了，好像过几天家里有个聚餐什么的，让戚哥回家一趟。

"戚哥就说再说，没有应，也没说不去，所以我觉得如果言哥不去的话，戚哥很可能也就不去了。"

郑意放下笔，林季这次所言应该不假，戚哥他妈特意给戚哥打了个电话，那应该不是一般的饭局。

"要是言哥和戚哥都不去……那也太无趣了吧？"林季手撑在下巴上，对筹划了大半年的计划突然失去了兴趣。

他抬眼扫视了一圈，在戚哥开口跟言哥说这事的时候，班里就慢慢地安静了下来，想来大家的想法应该都差不多。

"要不我们也做个什么策划书出来，怎么花哨怎么来，把言哥可能感兴趣的东西全部放上去。"林季说做就做，拿过郑意桌上的笔，直接撕了一张纸，刚潦草地写了个标题，又转头去看郑意："言哥感兴趣的东西……"

林季思绪一卡，问："老郑，以你对言哥的了解，你觉得言哥会对什么感兴趣？"

真要动笔了，林季才发觉，言哥看起来好像对什么都不感兴趣，就连十个学渣九个爱的游戏，也不见得多喜欢。

"以我对言哥浅薄的了解……"郑意看了路言一眼，"言哥比较感兴趣的，可能只有戚哥了吧。"

林季："……"

"言哥也还没说不去呢，"郑意下巴轻抬，对着路言他们扬了一下，"先听听看言哥怎么说。"

路言没直接回答顾戚的问题，想了想："哪边的民宿？"

顾戚说："尔海那边，不算远。"

路言问："海边？"

"嗯。"顾戚问了一句，"去过了？"

路言摇头道："没。"

尔海作为镇安标志性的景点之一，每年都能拉动不少旅游经济。路言在镇安待了这么多年，却没去过，多少有些说不过去，顾戚却好像一点都不诧异，说："去看看也好，风景还可以，离九江山也近，海看腻了还能看看山。"

"你去过了？"路言想起顾戚回国好像也才两年。

顾戚说："去过九江山，开车经过尔海。"

"都有谁要去？"路言轻声道。

顾戚示意路言抬头："现在往这边看的，基本就是要去的。"

路言一抬头："……"所以基本上就是整个班级了。

路言问："你也去？"

路言觉得自己可能问了句废话，顾戚都来问他了，怎么可能不去？

顾戚却笑了下，说："看你。"

路言愣了下，问："所以你有别的安排？"

"倒也可以没有。"顾戚语气闲适地说。

顾戚就是有本事让人接不了话，路言都习惯了，最终应下："嗯。"

顾戚侧过身，问："去？"

路言应声："嗯。"

"戚哥？"林季刚隐约听见了路言那声"嗯"，但隔了点距离，也不敢确定，就试探性地喊了一声。

等看到顾戚点头，林季立刻朝着朱瑞他们握了握拳。

"言哥答应了！"朱瑞一时没控制好声音，喊得有点响，恰好这时徐乐天他们从超市回来，一进门，就听到朱瑞那句"答应了"，语气激动不说，手还舞着。

徐乐天生怕自己错过了什么，立刻喊道："什么答应了？谁答应了？答应什么了？"

所有人："……"

晚上回到寝室之后，路言给徐娴打了个电话。

"那肯定是班级里的事重要，你只管去，这边也就你爸的几个朋友一起吃个饭，没别的事。"徐娴道。

路言之所以没一开始就答应，就是因为徐娴中午那通电话，说可能有个饭局，但当时只匆匆说了几句，没说和谁，也没说具体时间，现在才知道做东的是顾戚的爸爸。

"可能是知道你们两个是同班同学，所以顾戚妈妈提了你一句，说这次顾戚也去，你要有空的话，可以一起吃个饭。倒也没别的什么人，就你舅舅他们，还有其他一些叔叔伯伯，你也都认识，不是什么正式的聚餐，所以你爸就让我问问。"

路言疑惑道："顾戚说他会去？"

"你爸是这么说的。"徐娴回道。

徐娴问："所以言言你要去？"

路言回答得极其干脆："不去。"

徐娴被儿子这声简洁到了一定程度的"不去"逗笑，说："妈也这么觉得，跟同学看看海，爬爬山，多有朝气，跟你爸他们一起吃饭有什么意思。"

说到这里，她突然"唉"了一声，问："那你们去尔海那边，顾戚不去吗？"

"言言等等，你爸那边有事。"徐娴说着，没挂断，只把电话离了耳边，路言隐约地听见"让他们好好玩""约好了""下次吧"几句话。

十几秒后，徐娴再度接起电话。

路言语气还有些无奈地说："妈，我听到了。"

徐娴问："所以你们两个早约好了？"

"不是我们两个，"路言说，"全班三十多个人。"

徐娴笑了，说："行，那你们好好玩。"

第 46 章

狼人杀

民宿的位置就在尔海旁，路言刚开始还以为他们只单租了一两层，等到了地方才知道是独栋。

"我的天，这一栋都是我们的吗？"朱瑞拉着一个小行李箱，站在门口不敢进，"我怎么觉得图片上不是这样的？"

"我也觉得，我们当时看的那一套比这个小，也没有外面那个庭院。"

有人说着就掏出了手机，对比了好几下后，确信了，还真不是他们原先那个。

"因为戚哥换了一间，"陈蹊给出了答案，"你们前两天不是说想要在庭院那边弄烧烤吃吗？原来那套没庭院、没设备，戚哥就补了个差价，换了一套。"

"啊?!"为了吃个烧烤，换了栋别墅这种事，真不是一般人干得出来的。

"哥，其实我们不吃也可以的。"

林季嘴上这么说，可下一秒，就已经掏出手机，发了个极其装相的朋友圈。

"唉，原先选的那栋民宿小了点，想烧烤也施展不开，戚哥就给我们换了栋别墅，还是独栋，拦都拦不住，好烦哟。"

没多久，朋友圈的评论区就有了一排赞和评论。

九班人：基本操作，请勿喊厉害。

别班：羡慕。

尚清北倒是问了一句："补了个差价？哥，你补了多少啊？"

"没多少。"顾戚径直地推开别墅的门，"好好玩就是了。"

一群人立刻欢呼着跑进去，路言却站在门口，手里还拿着手机。

"怎么了？"见他在看手机，顾戚又问了一句，"等人？"

路言说："嗯，家里的司机。"

顾戚问："什么东西落下了？"

路言摇头，别墅门外刚好传来汽车鸣笛声，看着那从车上搬下来的大袋小袋，也不用问什么了。司机看见路言，立刻从车上走下来，说："太太说民宿区附近找吃的麻烦，就随便准备了一点，让大家好好吃，好好玩。"

路言弯腰正要提，顾戚就从他手中接了过去，说："东西太多，就我们几个也提不进去，先进去喊人。"

司机附和道："对对，车上还有呢。"

林季他们一头雾水地出来就看到那满地吃的，说："戚哥，这也是你准备的？"

顾戚摇头，他们这才注意到有一个穿着西装的男人跟言哥不知道说了什么，走了出去。

"那人是言哥的谁啊？"郑意问了一句。

顾戚说："司机。"

郑意问："东西也是他送来的？"

顾戚说："嗯。"

司机来的这一趟，路言事先也不知道，只是早上出门的时候，在班群里看到了"吃烧烤"这几个字，徐娴又刚好在问，于是答了一下。然后徐娴就记住了，让人买了点东西送过来，也让这群孩子省点事。

几分钟后，林季又更新了第二条朋友圈。

"唉，原先为了烧烤列的那些食材清单都没用了，言哥都准备好了，吃的、喝的，什么都有。还都是高档的食材，一个橘子都要二十多块，可惜少了自己买菜的乐趣，好烦哟。"

配图就是那食物满到要溢出来的冰箱，和被零食占满的长餐桌。和上一条比起来，这次的赞和评论的数量简直就是有过之而无不及。

九班人留言：虽然还是基本操作，这次却可以夸厉害了。

其他班：……

吃的事一解决，很快就轮到第二个问题，住。这别墅虽然是独栋，面积也不小，可总归是民宿，还是专门接待团体游客的民宿。除了几间双人房，其他都是跟寝室一样的上下铺。

一群人一商量，把仅有的几间双人房给了女生。

顾戚问路言："靠窗睡，会不会冷？"

路言忍不住提醒道："现在是六月天。"

顾戚说："入夜风大，后边又靠着山，晚上气温只低不高。"

"外套带了没？"顾戚又道。

没什么外出经验的路小同学，问："外套？"

顾戚说："早上很晒。"

顾戚像一早就知道了一样，说："我带了两件，在灰色袋子里。"

"你还带了药箱？"路言看着那熟悉的红十字标志，跟学校的没什么差别，就小了一号。

"都是一些常用药，"顾戚看了路言一眼，"只是备用。"

"红花油只剩这么多了？"路言看着那几乎见底的红花油，随口问了一句。

顾戚说："上次你就用了大半。"

路言："……"

陈蹊的声音透过门板传来，问："戚哥，言哥，你们在里面吗？"

"在，在，在！"林季立刻开了门。

"怎么了？"杨旭之问道。

"我和雨濛，还有桐桐她们，晚上想一起睡，看个电影什么的，所以多了一间双人间出来。"

"空着也浪费，就想问问你们有没有人想住的，别都挤在这边了。"陈蹊说道。

林季说："我们晚上也要一起打游戏，一起住方便点。"

"要不戚哥和言哥去吧，"林季说道，"难得出来一趟，我们可能会睡得晚，怕吵到你们。再说，言哥在学校里也是一个人睡一个房间，人多可能还睡不习惯。"

陈蹊她们比了个"OK"的手势。

因为晚上要烧烤，众人打算留点肚子，午饭就简单地吃了点。路言从楼上下来，就看见他们正在玩"杀人游戏"。

陈蹊坐在主座上，嘴上说着"天黑请闭眼"，而顾戚坐在一旁的沙发上，手上还有支笔，不知道在写什么，他走过去，才发现顾戚在玩数独填空。

"不去玩牌？"路言开口道。

顾戚放下笔，说："他们不带我。"

本来是该委屈的事，可被顾戚说起来，倒跟天经地义似的，那边一群人立刻七嘴八舌地说开了。

"言哥，你别听戚哥乱说，不是我们不带他，是他带不动我们。"

"戚哥玩这种游戏，分析得太快，我们没什么游戏体验，不好玩。"

…………

一局"杀人游戏"结束，飞行棋局、大富翁局、斗地主局立刻开了。因着这民宿的定位本就是给团体的，游戏设备很多，人很快就四散开来。没多久，留在客厅沙发这边的只有路言、顾戚和陈蹊他们了。

尚清北正在理牌，忽然开了口："言哥，你要来吗？"

路言一脸疑惑。

尚清北扬了扬手上的"杀人游戏"的牌："这个。"

陈蹊此时也应了声："对啊，都没跟言哥你玩过呢，要来一局吗？戚哥也来。"

等人一凑，刚好九个，然后才发现了问题。

"我的天，这阵容……高智商的厮杀局啊！"看着围着桌子坐的一圈人，朱瑞真情实感地说了一句。

戚哥、北北、班长、蹊姐这几个都不用说，他们几个是整个年级成绩排名前列的人。言哥在密室里表现出来的反应速度和观察力，就连北北都感慨过。再加上杨旭之等人，都是老手，逻辑推理能力也不是盖的，只要没有戚哥这种"特殊数据"，他们基本都能苟且到最后。

"这不是'狼人杀'可惜了，'杀人游戏'的身份牌还是太少！我等下去箱子里找找有没有'狼人杀'，身份牌多一点，"朱瑞立刻起身，"这把你们先玩着，我去叫人！"

难得凑这一桌人，绝对不能他一个人看热闹！

陈蹊也猜着这一局或许能玩上一段时间，于是先发了牌。

等所有人确认完手中的身份牌，陈蹊作为"主持人"，开口道："天黑请闭眼。"

所有玩家闭上眼睛。

陈蹊说："杀手请睁眼。"

路言睁眼，一抬眸，然后，看到了顾戚。

路言："……"

八张牌，两张杀手牌，这都能抽中他和顾戚。

如果不是路言自己亲手抽的牌，甚至可以很合理地怀疑这牌是不是顾戚做了手脚。

路言原本以为，这局面已经够"凑巧"了，谁知道，这只是开始。

几分钟后，路言："……"

朱瑞把"高智商的厮杀局"的消息一传播，四散在别墅各个角落的玩家，全部放下手头的东西，走了过来。等所有人重新聚在客厅，就看到陈蹊等人从椅子上站了起来，陈蹊手中还拿着牌。

"哎，蹊姐，我走的时候，你不是都已经发牌了吗？"

"重新发牌了？这是特地等我们吗？"

陈蹊却说了一句："已经结束了。"

朱瑞睁大眼睛，问："结束了？"

"这才几分钟？"

"掷骰子定输赢，都没这么快吧？"

"难道这就是'高智商的厮杀局'的速度吗？这么恐怖的吗？"

说好的明争暗斗、腥风血雨的"高智商的厮杀局"呢？

"我从头到尾，就讲了三句话，你们敢信？"孙雨濛幽幽地说了一句。

林季说："就虚无。"

徐乐天说："不是跟上次一样，让戚哥抽到警察牌了吧？"

之前有一次玩的时候，顾戚就抽到了警察牌，听了没多久，就认出了两个杀手，杀得格外干脆利落。

孙雨濛说："没，戚哥是杀手牌。"

其他人更无语："……"

"不是吧，戚哥玩杀手牌，怎么说都不会这么快就结束吧？"

"所以你们第几轮把戚哥票选出来的？"

孙雨濛诚实道："第一局。"

朱瑞说："就盲毒呗?!"

"虽然我能理解你们盲毒的出发点，但你们能不能考虑一下观众的游戏观感体验？"

盲毒、盲杀这种方式，在这种游戏里并不少见，尤其是在面对一些经验丰富、高水准玩家的时候。分不清是敌是友，又怕自己被杀，就不管三七二十一，一律当成敌方，先下手给毒了。可这满局的高智商玩家竟然也用这种招数！

徐乐天说："那还有一张杀手牌呢？"

众人齐齐地看向路言。

所有人："……"

两张杀手牌，一张给了言哥，一张给了戚哥，两人前后脚死了？

朱瑞说："也是盲杀?!"

"不是吧，盲杀戚哥就算了，你们竟然还盲杀言哥?!"

"用心险恶，令人发指！"

"戚哥，你和言哥这运气不行啊！"谁能料到就盲毒和盲杀的两个大佬，刚好是两个杀手。

顾戚却扫了孙雨濛他们一眼，什么盲毒、盲杀，明明是一开始就露馅了。

"说出来怕你们不信，这次我还真不是盲投。"孙雨濛回道，"我有理有据。"

林季说："实不相瞒，我也是。"

杨旭之和郑意低头在笑。

只有尚清北还有些疑惑不解的样子，说："我不明白，我觉得刚刚戚哥和言哥的发言没有问题啊！"不仅没有问题，逻辑还很缜密，很有说服力。

尚清北抽到的是平民牌，他到现在都不知道，为什么班长他们一下子就锁定了戚哥，把他投了出去，紧接着又投了言哥。

尚清北刚开始也以为是盲毒、盲杀，因为看孙雨濛他们的神情，就好像不管戚哥和言哥说什么，都会被投出去。可等到陈蹊说游戏结束的时候，他才发觉大家竟然都投对了！

"到底怎么回事啊？"尚清北又问了一句。

"发言没问题，只是我们被'主持人'卖了。"顾戚声音很淡。

路言："……"或许一开始，他就不该玩这个什么游戏。

"被'主持人'卖了？"

"什么意思？"

孙雨濛他们彻底地绷不住了，笑出了声。

陈"主持人"直接自首道："我的错，怪我怪我！"

当他和顾戚睁开眼，对上视线，亮出身份牌的瞬间，陈蹊，也就是这局游戏的"主持人"，没忍住笑了一声，最后为了缓解自己的"笑意"，还强行轻咳了一声。

然后，路言就看到孙雨濛嘴角也扬了起来，一副"OK，了解了"的神情出现在她脸上。

紧接着，林季他们也了然似的点了点头。

"言哥，要不我们再开一局？"陈蹊一本正经道，"这次我保证不笑。"

然后就在第二局，路言和顾戚一起抽到了警察牌，这次陈蹊忍住了，可周围一群没忍住。

当笑声此起彼伏地开始的时候，路言："……"

第 47 章
○
一起玩

两局游戏开始得很随意，结束得更虚无，与想象中该有的厮杀感比起来，就跟闹着玩似的。用朱瑞原先的话说，就是"要是杀人游戏也有什么职业赛，现在的弹幕肯定都是：有内鬼，停止交易"。

游戏都已经结束了，路言还看着自己手上那张警察牌。

"哥，你要再开一局吗？"尚清北扭头看着路言，发现他言哥的视线还定在那张警察牌上，于是问道。

连续两把杀人游戏，连续抽到两个相同的身份牌，连续两次都没挺到最后，连续两次被前后脚地投死，这不比游戏本身好玩？林季催促道："搞快点，搞快点！"

路言手指稍一用力，差点没把那张警察牌捏皱。

林季疯狂地说道："言哥你放心，哪能三次都抽到一样的，是吧……"

尚清北却说了一句："照概率来算，还是有可能的。"

"戚哥和言哥最好不要用概率来算。"陈蹊道。

尚清北问："为什么？"

陈蹊说："不太准。"

尚清北刨根问底地问："那用什么来算？"

朱瑞斜靠在沙发上，说："都是命啊！"

路言："……"

"还要玩吗？"顾戚偏头看着路言问。

路言本身对游戏并没有多感兴趣，可现在对"概率"这个词产生了极大的怀疑。

顾戚看着路言的表情，笑了，他拿过路言手中那张警察牌，重新放了一张，说："收好你的身份牌，执行官。"

"执行官？"林季第一次听到这名词，"我的天，还金边的，这是什么身份牌？"

尚清北拿过盒子下压着的那张游戏规则图纸，看了一圈，说："执行官，我找找……哦，就是'主持人'。"他抬起头来说，"这副游戏牌，'主持人'也是有身份牌的，叫执行官，就一张，算纪念卡。

"所以这局言哥当'主持人'。"尚清北道。

其他人一下子回过神来，对啊，一局游戏里，只要有相同的身份牌，就有相同身份的概率，可怎么都不会有两个"执行官"，无论一局是八个人，还是八十个，执行官就只有一个。

陈蹊立刻把位置让了出来，说："执行官，您坐这儿。"

"既然言哥做执行官了，肯定能控住场，那我们就玩局大的？"陈蹊一边往孙雨濛那边挤，一边问，"我刚看过了，不加执行官，一共五十二张牌，所有人都上，牌也够。"

"再扔掉几张杀手和警察，牌面就齐了，"陈蹊看着路言，"言哥，你觉得怎么样？"

路言没什么意见，点头。

陈蹊又看着顾戚说："戚哥，你呢？"

顾戚说："听执行官的。"

路执行官："……"

"那就没问题了，快，都找地方坐。"

"你们自己抽牌还是我发牌？"前两局的时候，这藤椅是陈蹊在坐，因为个子不高，人又窝在上面，所以不怎么显眼，可现在换了路言，配上"执行官"这个独一份的身份卡，还真有种让人不敢直视的距离感。

"言哥，还是你发牌吧，人太多了，别等会儿少了牌。"尚清北回道。

路言"嗯"了一声。

顾戚从路言手上接过身份卡一看，杀手牌。

"戚哥是第一张啊，"朱瑞嘿嘿地笑了两声，"执行官，你不会偏心，发个好牌给戚哥吧？"

路言随口回了一句："什么是好牌？"

朱瑞说："警察吧，好听，好听就是好牌。"

路执行官发完最后一张牌，正直且冷酷地说："哪方赢了，哪方才是好牌。"

林季立刻越过几个人头问顾戚："戚哥，你会赢吗？"

顾戚轻笑道："会。"

很快，一条"戚哥说他会赢，所以戚哥手上是好牌，所以路执行官给戚哥发了好牌"的逻辑链就出来了。

路言："……"

"天黑请闭眼。"路言直接开了口。

因为在前任执行官陈蹊手上吃过亏，吸取过教训，所以路执行官恪守职业道德，每个字都念得毫无波澜，别说笑了，连表情都没几个。

可下一秒，"杀手请睁眼"还没来得及说出口，有人先坏了规矩。

顾戚睁开了眼睛。

"天黑请闭眼。"路执行官又提醒了一句。

顾戚在下面把自己的身份牌递了过去，一脸"我不是没闭眼，只是提前睁眼"的神情。

路言："……"

"怎么了？为什么言哥一直不说话？"闭了半天眼睛的朱瑞突然开了口。

"言哥不说话，我害怕。"

路言："……"

林季又问："戚哥呢？"

"可能是忘了流程，"顾戚笑了下，"执行官，该说杀手请睁眼了。"

路言："……"

游戏结束的时候，已经过去半个小时。

斗智斗勇了这么长时间，所有人都有些累，往后一仰，就躺了一地，路言忍不住提醒了一句："地上脏。"

说着就要起身，把位置让出来，顾戚却说："都已经躺下了，随他们。"

"对，言哥，不用管我们，我们已经脏了。"

"躺在地上，三秒之内起来是不脏的，哦，已经过了三秒了。"

路言哭笑不得道："地板凉，想躺的话，回房间躺一下，时间还早。"

顾戚朝二楼的方位看了一眼，问："要回房间吗？"

"中午换衣服的时候睡过了，"路言看着他，"门没锁，你可以去睡一下。"

"不困。"顾戚视线一扫，"你们呢，要不要睡一下？"

林季说："你和言哥都不睡，我们睡什么？"

"既然都不睡，就先把庭院里的东西处理了，"顾戚起身，"烧烤架、炭火、桌子，都提前准备，庭院的灯不太亮，等天暗下来再准备会来不及。"

"好嘞！"

"收到！"

所有人往院子里走，顾戚转身看着路言，问："要不要上楼换件衣服？在那个灰色袋子里。"

路言问："你要换？"

顾戚摇头道："那是给你的。"

顾戚说："等下烧烤，这衣服肯定要脏。"

路言点头，转身往楼上走，顾戚又道："对了，带件外套下来，晚上院子里风大。"

等路言换好衣服下楼的时候，林季他们都已经在庭院里了。

这衣服码数有些大，穿在路言身上显得有些宽松，徐乐天一抬头看到路言，说："言哥，你衣服又弄脏了？"他记得中午的时候言哥就因为沾了果汁换了一件。

路言随口应了一声。

"怎么拿了这件？"顾戚问。

路言问："你要用？"

顾戚摇头道："以为你会挑白色的。"平时看他也是穿白色的多。

路言说："黑色的耐脏。"

顾戚笑了下，说："脏就脏了，就一件衣服。"

林季一边穿牛肉，一边看着路言，说："言哥身上那件衣服戚哥好像也有一件？"

杨旭之瞄了一眼，说："不都长一样吗？"

林季说："你在寝室都不注意的吗？那是戚哥常穿的牌子。"

"是戚哥常穿的牌子，又不只是戚哥常穿的牌子，"杨旭之接过林季手上穿好的牛肉，"是有钱人常穿的牌子。"

林季："……"

天色暗下来的时候，海风带着一股海腥味飘过来，幸好离别墅还有一段距离，所以腥气也不重，被炭火烟气一压，就盖了过去。

一群人到现在才开始考虑一个非常严肃的问题，烧烤谁烤？

"谁提要烧烤的？"孙雨濛出来主持大局道。

朱瑞和林季举了手。

"放磁盘上的我倒是会，但这用炭火的我没弄过啊，"朱瑞无从下手，"火候什么的怎么掌握啊？"

"爸爸们别看我啊，我更不会，"林季扭头看着那满桌子的食材，伸手一撸袖子，"算了，就这么烤呗，反正戚哥带药了，顶多拉个肚子。"

一群人连忙给他按住了。

"你冷静点。"

"万事好商量。"

"这些东西可都是言哥送过来的。"

朱瑞立刻喊尚清北："北北，你查到了没？"

尚清北把手机举起，高声回道："在学了，在学了。"

杨旭之认识到了事情的严重性，说："等北北学完了，菜都凉了。"

顾戚从后门那边的小路走过来，闻到了炭火气，一偏头，看着半红不红的炭火和空着的烧烤架，问："怎么还没开始？"

尚清北立刻道："在学了，快了。"

"在学了？"顾戚有些想笑地问。

"哥，我们不会。"林季直言道，说着，他看了路言一眼，"如果这些是随便的食材，我们就随便地烤了，主要是，这些食材……不太随便。"

路言看着桌子上那些东西，什么叫不太随便？

"就是贵。"郑意直言道。

今天送来的食材，就连鸡蛋都是包了一层一层又一层的，糟蹋这些东西，他们良心不安。

路言什么话也没说，上前拿过林季手里穿好的签子，直接撂在炭架上，说："现在会了？"

所有人愣住了，反应过来，说："会了。"

路同学的意思，就是随便烤，爱怎么烤怎么烤。

顾戚站在路言身后，差点没忍住笑，说："我来吧。"

路言疑惑地回头。

顾戚慢慢地走过来，说："在国外的时候弄过。"

"言哥你放心，戚哥那药箱很齐全，胃药也有。"林季立刻说道。

路言："……"

"用不上药，也饿不到你。"顾戚说着，还轻别了下头，提醒路言，"离炭火远点。"

230

第48章

挽一下？

顾戚上手没多久，身上那件薄款卫衣外套的袖子就顺着动作从挽起的位置滑了下来，刚好卡在手腕上方一点的位置。

"过十几秒翻个面，别烤过头了。"顾戚把手上的烧烤直接递给林季。

林季问："哥，你去干吗？"

顾戚晃了晃袖子，说："洗个手。"

顾戚走过来的时候，路言正在帮陈蹊她们调蓝牙音响。孙雨濛一抬头，看着朝他们走过来的顾戚说："言哥，戚哥过来了。"

路言偏头看了一眼，陈蹊和孙雨濛已经拎着蓝牙音响跑了。

"还没调好。"路言无奈地喊了一声。

"没事，也差不多了，言哥你先忙，戚哥找你应该有事。"陈蹊回道。

顾戚没太看清陈蹊她们的动作，于是问路言："跑走的两个，手里拎着什么？"

路言说："音响。"

顾戚有些想笑，说："准备拎到哪里去？"

路言也想问，拎着这么重的东西，到底准备跑到哪里去，可看人已经走远，就没发问，于是看着顾戚，问："怎么了？"

顾戚说："洗个手。"

顺着顾戚的动作，路言低头一看，卫衣外套的袖子不知道什么时候滑了下来，见他不方便，路言顺手把水阀拧开。一拧开，水柱瞬间喷涌而出，水花四溅。

路言："……"

"站远点，"顾戚笑了，"这水阀开口比较大，用久了，控制水阀的开关也老化了，所以调节不了大小。"

路言面无表情地往后退了一步。

顾戚这才俯身，刚伸手，水还没碰到手，袖口就湿了大片，没辙，只好转身看着路言，说："挽一下？"

路言低头看了看自己的手心，手不脏，但指尖沾了点灰，说："我刚也在弄音响。"

"音响有段时间没用了，有点灰。"

"没事，"顾戚手轻轻一伸，"架子上还烤着东西，随便挽一下就好。"

顾戚都这么说了，路言也不再说什么。

路言的动作很小心，可能是怕弄脏顾戚的袖子，所以后几指虚拢着，指尖抵着自己的掌心。顾戚一直觉得，路言每次专心做什么事的时候，总能让旁人也跟着不自觉地静下来。

就像现在，从他那个角度看过去，路言眼睫半垂，眨得很慢，就好像连眨眼也该变成一件很仔细的事。

顾戚失笑道："不用那么小心。"

路言连头都没抬，说："等衣服脏了你就不会这么说了。"

顾戚说："也脏得差不多了。"

在烧烤架那边站着，炭火一熏，人都能弄得灰头土脸，别说衣服了。

这卫衣设计得很好，有个暗扣，路言怕衣服再往下滑，想把翻着的袖扣给扣上，可不知道是衣服的原因，还是没扣过这种袖扣的原因，试了两次都没扣上。

路言皱了皱眉，说："怎么这么难扣？"

那边已经有人开始喊"戚哥快救救烤串"了，路言手上一用力，这才扣上。

"右边袖子呢？不扣上？"顾戚轻笑道。

路言扫了一眼，冷酷地道："没掉。

"那边喊你了。"

顾戚这才"嗯"了一声，洗了手走过去。

路言隐约地听到了一点音乐，往陈蹊她们那边看了一眼，刚好陈蹊抬起头，说："言哥，音响 OK 了。"

路言点了点头。那边已经开始商量歌单，没路言什么事，他回头看着顾戚，问："我去帮忙？"

顾戚想想也好，这地方光线暗，还蚊子多，于是说："离烧烤架远点。"

两人一起走过来，朱瑞连忙让了个位置出来。

顾戚上手没多久，兜里的手机却忽然响了，手上正脏，只好转身看着路言，说："有电话打过来了，帮我拿个手机。"

"手机呢？"路言的确听到了铃声。

顾戚微一侧身，路言这才看见顾戚的卫衣口袋里亮着的屏幕。

"谁的电话？"顾戚问道。

路言看着屏幕上"妈"这个字，没回，直接翻过手机屏幕，给顾戚看一眼。

顾戚说："接起来。"

路言对顾戚的指示感到很疑惑。

铃声又响了几下，路言只好伸手滑过屏幕，按下接听键。就在这时，朱瑞却突然冲了过来，嘴里还说着："戚哥，你快去看看，着了，着了！"

除此之外，还掺杂着几声尖叫。

"戚哥！炭火开始蹦迪了！"

"肉，肉，肉！"

顾戚也没料到这种情况，只好说："你先接一下电话，直接挂了也行，我去看看，很快就回来。"

顾戚怕人围着，等下烧烤架再倒了烫到他们，匆忙地说了这一句，就走了过去，剩下拿着手机的路言："……"

看着那"正在通话中"的字眼，路言觉得还是先挂断，等那边处理好了，让顾戚再回过去更好。

这么想着，手都快点到那个结束通话的红色按钮上了，最终却没按下去，觉得拒接似乎不太礼貌。

就在这时，隔着一层屏幕，电话那头的声音响起来了。

"顾戚？什么着了？你们玩火了？"

路言："……"

十几分钟后，顾戚才收拾好烧烤摊走了过来，路言忙把手机还过去，顾戚接过电话，讲了没几分钟，路言就看到他从转角走出来问："好了？"

顾戚答："嗯。"

路言说："这么快？"

顾戚打开通话记录看了一眼，说："十七分钟了。"

路言："……"其中大概有十五分钟是他在和顾戚的妈妈硬聊。

"被我妈闹到了？"顾戚收起手机。路言摇头："没，阿姨很好。"

"那是对你，"顾戚笑了下，"对我就不是了。"

路言想起刚接到电话的时候，说："阿姨平时都连名带姓地喊你吗？"

顾戚顺手拿过一瓶水，喝了一口，应道："嗯。"

路言问："在家也是？"

顾戚说："嗯，说我名字取得太板正，叫别的不顺口。"

路言问："那你的名字谁取的？"

顾戚说："你宋阿姨。"

路言："……"

"言哥，戚哥，快过来坐，差不多了，再不吃，天都要黑了！"

庭院那边已经开始喊了，路言朝着那边看了一眼，对顾戚说："走吧。"

顾戚点头，几秒后，脚步顿了一下，说："差点有件事忘了。"

路言跟着停住，顾戚笑了下，说："刚才电话给得太快，我妈有句话没来得及说，让我转达一下。"

路言用眼神提问"什么话"。

顾戚答："问你喜欢吃什么，欢迎来家里玩。"

第 49 章

"最后的晚餐"

庭院摆了条长桌，陈蹊她们为了拍照，还特意给民宿老板打了个电话，问储存室里那个藏蓝色的厚桌布能不能用，并且再三保证不会弄脏。民宿老板人也好，让他们放开了玩，别拘谨，说这桌布耐脏。

几个女生铺完桌布，又去厨房的橱柜里拿出瓷盘、高脚杯，等该布置的、该放的，全安排妥当之后……

"我的天，我，我都有点不敢往上坐了，是不是太有格调了一点？"

"拿高脚杯装可乐，也太亵渎高脚杯了吧？还有这白瓷盘，别人家放牛排，我们拿来放烤串？"

"别弄脏了啊，这桌布要还给老板的。"陈蹊提醒道，一群人闻言，更不敢下手了。

"戚哥，怎么样？"陈蹊一摆手，"从你们那边看过来，背后就是亮着灯的别墅，是不是很有感觉？"

"拍照了没？"顾戚悠悠地问了一句。

陈蹊摇头，接着不知道从哪里突然拿了一个摄像机出来。

"现在整个庭院里，配站在那桌子旁的，就只有言哥和戚哥了。"他们几个的大 T 恤衫、沙滩裤、人字拖，不配。

"这桌子没人围着是挺好看的，我们要围过去，就不太好看了，"朱瑞嘴巴不停地说，"跟世界名画似的。"

"什么名画？"孙雨濛问。

朱瑞说："最后的晚餐。"

庭院短暂地安静了一下，还是顾戚的轻笑声打破了沉默。

"挺贴切。"顾戚悠悠地说了一句。

"别说得这么瘆人啊，怎么突然就往悬疑的方向发展了，我们拍的不是青春励志偶像剧吗？"朱瑞高声地回道。

"醒醒，青春励志偶像剧，你顶天了也就占了个励志。"陈蹊笑着放下摄像头。

"这不还有戚哥和言哥吗？"

路言："……"

最后，一群人还是窝在离长桌几步远的折叠圆桌上吃起了烧烤，桌上很快摆满了钢签。与那张整洁到不行的长桌相比，这张桌子称得上狼藉，却没人觉得不合适。

等解决完一桌子烧烤，又里里外外地清理完，已经将近八点。因为人多，分头行动，每人做一点，倒也不累，只是身上多少都带着点炭火气。

路言先上楼洗了个澡，然后是顾戚。路言下楼的时候，看着那趴了一地的人，开口提醒了一句："浴室全空着呢。"

这群烧烤刚开始的时候就嚷着受不了，吃完立刻洗澡的人，都瘫着不动了。

"言哥，我们先消消食。"

"趴着消食？"路言无情地揭穿道。

林季嘿嘿地笑了一下。

"现在空着不洗，等之后就要排队。"路言给自己倒了一杯水。

孙雨濛刚好从厨房出来，说："言哥，别管他们，他们就是想等着待会儿一起洗呢。"

"班长，你这话说得好变态啊！"朱瑞反驳道，"什么叫等着待会儿一起洗？"

孙雨濛说："你们刚刚不是说等下一起洗吗？"

朱瑞挥了挥手，说："言哥，你别听班长乱说，不是等着待会儿一起洗，是打算一起玩游戏来着。你看，这边还有体感游戏机，可以'赛车'，我们打算玩爽了，再上楼洗澡。"

"否则一个一个地去洗，洗完了再下楼，再跟没洗的混一起，不跟没洗一样吗？"

路言发现自己竟无法反驳，说了一句"别玩太久"之后，就随他们去了。"随他们去"的后果，就是等到一群人要洗澡的时候，才发现了问题。

二楼浴室里，除了沐浴露、洗发露这些最基本的洗漱用品，牙刷、毛巾在内的这种个人用品，一样都没有。

朱瑞随便套了一件 T 恤衫，在楼梯上号："这种东西，是需要自备的吗？"

陈蹊气得天灵盖疼，说："我都提醒过了，牙刷、毛巾要自备的，这里不是酒店，不是按房间出租，是独栋的，老板把控不好人数，所以要自带！注意事项我不都发在班级公告里了吗？你们都没看！"

一群人差点给跪下。要是一个晚上，或许忍忍还能过去，可接下来还要住两天，没有牙刷、毛巾怎么行？

路言搜了下地图，又看了看时间，说："附近有个超市，我去看看，需要什么，列张单子给我。"

陈蹊皱了皱眉，现在的时间说晚不晚，但说早也不早了，随口讲出了顾虑："也不知道超市开着没？"

顾戚从楼上走下来，说："打电话问问老板。"

"对啊！"陈蹊立刻拿出手机，说道，"我都忘了。"

几分钟后，陈蹊晃了晃手机，说："老板说应该开着，这边的超市老板也是年轻人，不出意外的话，一般会开到凌晨。"

"出意外的话——"陈蹊拖着声音，扫了楼梯上那群人一眼，"你们就脏着吧。"

楼梯上一群人委屈地叫着。

"我们先去看看，你们把要买的东西整理好，列单子发给我。"顾戚说着，从沙发背上拿过外套，给路言穿上，两人一起走了出去。

超市离得不远，不出意外地门还开着。他们要买的东西数量不少，可种类不多，就毛巾、牙刷之类的。快结账的时候，两人的手机同时振动了下。

顾戚正推着车，没手，路言便看了下。

"言哥、戚哥，我和濛濛检查了一下，洗发露也不多了，你们要不顺便也买一瓶回来吧？"

路言回复了个"好"，对顾戚说："你先去结账，我去拿洗发露。"

等路言再出来，就看到顾戚站在结算台那边，跟老板说着话，好像还往手心里拢了个什么东西，隔着外套的袖子，他没看清。

路言走过来，直接问："手里拿的什么？"

顾戚说："没什么。"

几秒钟的时间，他已经把结算台看了一遍，没什么好藏的东西，除了老板身后那透明玻璃的烟酒柜，酒又不可能。

"买烟了?"路言把手上东西放在结算台上,声音挺轻。

顾戚投降,倒是老板笑了,说:"小同学挺严格啊!"

路言:"……"

等两人回了别墅,林季他们差点没跪下喊爸爸。

路言出去接了个电话,进门的时候,没看见顾戚,二楼房间的灯也是关着的。

"顾戚呢?"路言看着沙发上的林季,问了一句。

林季仰着脖子看了一圈,说:"从你们回来之后,我好像就没怎么看见他啊,没跟你在一起吗,言哥?"

路言淡淡地应了一声,想着可能是有事,就没多问。可二十多分钟过去,还不见顾戚回来,路言就打了个电话,接电话的却是林季。

"哥,戚哥手机没带,在楼下呢。"

路言皱了皱眉,起身下楼,在庭院找了一圈,最后才看见那开着一条缝的大门。

入夜的尔海很暗,只有远处哨塔的灯还闪着,顾戚就站在那里。

路言走过去。

无人的街边,灯光也不亮。隔了好几米就立了一个的观景灯,不知在这立了多少年,光线早就暗了下去,只有零星的一点碎光,落在两人身上。

"怎么没穿外套?"顾戚的声音很快散在这夜风里。

路言没回答,往侧边走了一步,刚要靠上护栏,就被顾戚止住动作,提醒说:"围栏上都是灰,等下再弄脏衣服。"

路言问:"大半夜跑出来干吗?"

顾戚沉默片刻,说:"想些事,所以来吹吹风。"

顾戚没再说话,路言也没问。只有微凉的晚风贴着脊骨游走在周身,安静,也安定。

第 50 章

两个黑影

也许是两人出来的时候,门没关好,山风、海风对着一吹,把别墅的木门刮得闷响,隔着一条路,都能听见吱呀声。

怕他在外头站久了要感冒，顾戚正要开口，木门却突然一点一点地开了。

木门本就是特意按照老式风格建的，闭合之间的挤压摩擦声，是那种老巷弄堂深处才会有的声响，再加上在这种没什么人走动的深山岸边，音效显得格外瘆人。

木门只开了一条缝，里头哆哆嗦嗦地探出一个脑袋。

路言和顾戚循声看过去，半晌，那边喊了一句："是……戚哥和言哥吗？"声音很响，却没什么气力，听着好像还在发抖。

"麻烦能应个声吗？"声音抖得更厉害了。

路言和顾戚没应声，直接走了过去，还不等两人上楼梯，门"啪"的一声重新关上。

路言："……"

顾戚："……"

顾戚走上去，在门口站定，喊着："林季。"

林季的声音隔着木门传来："戚哥？是戚哥吗？"

顾戚说："开门。"

"戚哥，你刚刚怎么不应声啊？"林季一把打开门，确认门口站的是顾戚之后，声音还有些虚脱似的乏力。

路言这才看见，不只林季，门后还站了一群人。

"要出去？"路言问道。

"没，"陈蹊长舒了一口气，"正打算出去找你和戚哥呢。"

陈蹊看了林季一眼，说："都是林季。"

林季大声喊冤道："主要是下午吃烧烤的时候，朱瑞一直在说最后的晚餐、无人生还什么的，本来就怪恐怖的，然后戚哥先不见了，言哥给你打了个电话之后也不见了，恐怖片不都这么演吗？"

"刚给我打电话？"顾戚忽然开口，"打不通，然后就出来找我了？"

路言转身往里头走，说："下次再一句话不说，手机也不带就跑出来，就不用回来了。"

顾戚低头笑开，慢悠悠地跟在他身后，说："记住了，下次先报备。"

两人进了屋子，孙雨濛立刻朝着他们喊："戚哥，言哥，要不要吃面包啊？刚烤的。"

陈蹊也道："不想吃面包喝点奶茶也行，我们自己用红茶和牛奶煮的，糖块在这边，自己加，言哥要是不喜欢太甜的，就少加点。"

"对，顺便可以商量一下明天的行程。"其他人附和道。

路言不饿，平常也没吃夜宵的习惯，但看着那特意给他和顾戚空出来的位置，还是应了声，去厨房洗了个手之后，坐了下来。

"那木门是不是没关好，我刚在后院还听到吱呀吱呀的声音。"朱瑞叼着面包说。

"那门也该修了，"林季心有余悸，"戚哥你不知道当时我们有多害怕。"

路言不明所以地问："怕什么？"

"怕你和言哥是人，"林季幽幽地道，"也怕你们不是人。"

路言："……"

"真的，那路灯太暗了，又隔了一条马路，远远地看过去，就只有两个黑影，我们看半天了，都没敢认，是人是鬼根本分不清。"

路言："……"

解决完夜宵，又商量好明天的事宜之后，众人上了楼。

顾戚坐在桌边，透过窗户往外看。林季说得没错，外面的视野很暗，隔着一条马路，对面的景象就更难看清了，所以他们都没把他和路言认出来。可路言认出来了，在他走过那条马路的时候，很清楚地知道那是谁。

顾戚笑了笑，从抽屉里抽出一沓东西，说："新出的卷子，要不要做两张再睡？"

路言走过来，问："哪儿来的？"

顾戚说："顺手带的。"

两人一人一把椅子，并排坐在桌子前。

路言看着手上这张卷子，除了题目，没有标题，没有基本信息栏，连分值安排都没有。与其说是卷子，更像自己整理的习题集。

路言扫了几眼，问："都是竞赛题？"

顾戚说："嗯。"

几道数学大题写完后，路言揉了揉指节，顾戚也已经放下笔。

两人解题速度没差多少，答案也基本一样，可其中一道的解题思路和方法大相径庭，甚至连一开始的辅助线都添得不同。

路言倾身，想看看顾戚的解题思路。

"这边两个外接圆相交在 M、N、O 三点……把它分成四个平面，都投影在 OXY 这个平面中……"顾戚图画得有些乱，怕路言看得累，丁是拿着笔，圈点着把自己的解题步骤讲给路言听。

顾戚一边讲，一边写，最后讲题的声音没了，只剩下笔尖滑过纸面的轻微动静。

路言不解，转头看到不讲解题思路，还在笑的顾戚，伸手撂笔，说道："看你的题！"

第 51 章

外面好冷

半个小时后，组队打完游戏，准备去楼下再搜点口粮的林季等人，刚走出拐角，都还没摸到楼梯的扶边，就看到了在房门口站着的某人。

"那是戚哥吧？"走在最后的林季最先反应过来。

郑意回头看了几秒，说："应该是。"

"戚哥不是早睡了吗？"朱瑞挠头，"我一个小时前给戚哥发短信，问他要不要来一把游戏，顺便带我们上上分，他就说要睡了。

"然后还问我问过言哥了没，我说还没问，正打算问，戚哥就说不用问了，他也睡了，还让我别吵着他。

"我还想问呢，言哥平时都睡得这么早吗？还有戚哥？"前者看起来不像会早睡早起的人，后者看起来就更不像了。

"连生物钟都这么像吗？"朱瑞又道。

"生物钟个屁，真要睡了，那现在站在门口的是谁？"徐乐天说了一句。

此时，早就说要睡了的顾戚，正单腿微屈，倚墙站着。他手里拿着一张纸，身上还穿着一件黑色的薄外套，看起来装备还挺齐全，完全不像他们宽裤加大拖鞋，一副宅在家的样子。

隔了一个走廊的距离，林季他们看不太清，索性脚下一拐，朝着走廊这端走来。

"哥，你大半夜的不睡觉，站门口干吗？"

几人一走近，才发现顾戚手上拿的是一张卷子，另一只垂着的右手上，还很闲适地转着笔。

朱瑞他们没看清试卷内容，但通过背面那写满的一页猜了个大概："戚哥，你一个小时前不就跟我说要睡了吗，结果竟然背着我们在这里写卷子！"这就"卷"起来了！

顾戚拿着笔往后点了点，说："小点声。"

朱瑞立刻做了个封嘴的口型："言哥睡啦？"

顾戚悠悠地回了一句，说："还没。"

言哥没睡，戚哥却在门口站着。

"所以……"朱瑞压着声音，"戚哥你被赶出来了？"

顾戚微偏过头，往门上瞅了一眼，心想：赶出来了……说得倒也挺准。

"嗯。"顾戚应得很坦然。

林季登时觉得有哪里不对，这绝对不是被赶出来了，就算是被赶出来了，也肯定是他戚哥做了什么。

朱瑞大咧咧地说："戚哥，不会是你写卷子，打扰到言哥睡觉了吧？"

徐乐天心想肯定是，也说道："那戚哥你来我们那边吧，站着多费劲，刚好我们要去林季他们房间玩，估计还要个把小时，房间空着，你可以好好地写。要是言哥已经睡了，你就在我们那边睡！"

"这样你打扰不到言哥睡觉，言哥也打扰不到你写卷子。"

顾戚写下最后一题的答案，合上笔，说："他没打扰到我写卷子。"

是他打扰到路言了，所以连人带试卷被赶了出来，附带一句"你自己说要把这张卷子写完的，那就写完再说"。

站在门口的时候，顾戚还想笑得不行，敲了敲门，说："没给笔。"

门应声而开，路小同学拿了根笔出来，又把门关上。正想着还能用什么诸如"没给草稿纸""没给圆规""没给橡皮"之类的理由骗人开门，门又自己开了。

这次迎面飞来一件外套，大概是路言怕他冷，还挑了件厚的。外套把视线遮了个全，顾戚也没看清路言的表情，自己倒是笑得挺高兴的。

徐乐天问："那戚哥你刚在干吗？"

顾戚看着自己手上的卷子，沉默了半晌，笑着说："写检讨。"

朱瑞一脸疑惑。

说着，顾戚把"检讨"打开，从头到尾地检查了一遍。

杨旭之看着他，说："戚哥，你这是在……检查试卷吗？"

顾戚淡声地应道："嗯。"

其他人眼睛登时就睁大了，一个个都探头过来看，脑海中感叹号三连，这是什么卷子？这么难写的吗？难写到戚哥都开始检查了！

顾戚不检查试卷是整个一中都知道的事，只要最后一道题、最后一个字写完，哪怕剩下还有一个多小时，他也不会检查，用整个一中所有老师反复强调的话来说，就是："不检查这方法只适用于顾戚！你们不一样！你们要抓紧剩下的一切时间来检查！来推敲！"

"顾戚不一样，他过一题，就是一题，他能在落笔的时候，保持绝对的专注，你们可以吗？你们不可以，也不要学人家不检查！"

所有人都知道顾戚做完卷子不检查，现在戚哥竟然说他在检查？

"戚哥，这卷子很难吗？你都开始检查了？"徐乐天看了好几眼试卷，光那些公式都够他喝一壶了，所以他立刻放弃。

顾戚把所有题目过了一遍，合上。大概没什么比这张卷子更难写的了，写不好，今晚可能没的睡啊！

等林季他们的声音在楼下响起，顾戚才敲了敲门，说："言言，我写好了。"门里面没有一点动静。

顾戚轻笑了一声，又叩了叩门，说："路老师，交卷。"屋里仍旧一片安静。

"这次没骗你，真写好了。

"不信的话，我从下面的门缝塞进去，你先检查一下。"

路言刚想开口，下面的门缝还真多了一角白纸出来。

路言："……"

看着那抹白色，路言觉得有点奇怪，底边不太规则，不像试卷，倒像撕了一个角下来，上面隐约还有一行字。

路言总算弯身，捡起一看，连上最后那个句号，只有五个字："外面好冷。"

路言："……"

第二天的行程只有一项，看日出，时间很早，顾戚只睡了三个多小时就醒了。

他看了眼时间，四点零五分，离定好的闹钟还有不到半小时，于是按掉闹钟，极其小心地下了床。

路言还在睡，侧着身，右手贴在脸侧，指尖微蜷。被子在身上安安稳稳地盖了一晚上，可能是被窝里温度高了一点，脸被蒸得微红，顾戚轻声地说了一句"早"。

本来行程上是没有"看日出"这一项的，赶巧的是，之前因为住宿的事，陈蹊加了老板的微信。聊天中老板知道了陈蹊会摄影，就麻烦她帮着拍几张别墅的照片，好把首页上那些宣传图更新一下。

收到照片的老板满意得不行，立刻更新了民宿首页的图库，闲聊中又问起今天的行程，老板立刻就说了一句："去看日出啊。"

尔海日出景观很出名，尤其是这个季节，只是这边天气变化大，就跟有自己一套独立的气候体系似的，连天气预报也说不准。看日出得碰运气。

老板却说这几天天气好，能看日出，为了感谢陈蹊的照片，还特地问了一些从小就生活在这边的老渔民。

几个女生一听，噔噔地跑下楼，就跟已经看到日出似的，满脸兴奋。把事情一说，男生们想都没想，立刻应了，狂妄道："不就是少睡一会儿吗，放心吧，交给我们，一定不会搞砸。"

然后，第二天……"不就是少睡一会儿"的一群人，全体肉眼可见地萎靡，围坐在客厅的沙发上。

"四点多的尔海长什么样，我不是很清楚，但四点多的林季，长这样，你们都看清楚了。"林季眼睛都快眯成一条缝了。

看着那围着坐了一圈的人，顾戚还有些诧异地问："起这么早？"

"起这么早？"朱瑞假笑两声，"戚哥，我们压根就不是起太早，是睡太晚。"

顾戚本来想问昨晚几点睡的，想了想，还是改了口："今早几点睡的？"

所有人齐齐地回头看他，眼神呆滞。顾戚眉梢一挑，道："没睡？"

林季他们这才把头扭回去。

"最后一把结束的时候，已经三点了，我们想着四点半也要起，那还不如直接玩到四点半，这样总比睡下再起床要好受一点。"

徐乐天靠在沙发上，说："刚开始没看时间，玩几把就到三点了，可掐着时间等四点半到的这段时间，就感觉特别漫长，怎么玩都玩不到，睡觉时间又不够。"

"趴一下，半个小时之后我喊你们。"顾戚说道。

"戚哥，你就是我爸爸。"徐乐天第一个撑不住了，倒了下去。

郑意歪着脖子看了顾戚一眼，问："戚哥，言哥还没起吗？"

"嗯。"顾戚往厨房走，"也睡得晚，让他再睡一会儿。"

"你抓紧时间补个觉，我去厨房看看。"

厨房理得很干净，顾戚从冰箱的冷冻层里拿了几袋奶黄包和虾仁鲜肉包出来，还有几袋小馄饨。透过玻璃门，看着客厅那东倒西歪的一群，顾戚笑了下，也没喊人，直接自己动手。

第52章

日出

路言醒来的时候，还有些恍惚。他其实并没有特别认床，在一个完全陌生的环境里，总归有些不适应，可昨晚睡得还算踏实。可能因为他写题写累了，也可能因为陌生的环境里还有个熟悉的人在。

透过窗帘的缝隙往外看，天色还很沉，只有庭院里的竖灯亮着一点光。

路言本来怕吵着顾戚，醒了之后，也一直没什么动作，直到借着那一点微弱的光线，看清旁边那张空着的床，他才坐起身来。

眨了眨有些干涩的眼睛，拿过床头柜上的手机一看，四点二十三分，离定好的起床时间还有七分钟。

他还记得昨晚睡觉前，顾戚说他已经定好了闹钟，说着还顺手拿过手机，把他的闹钟界面取消，说会叫他。现在，四点半都没到，顾戚的床却是空的，人不在，手机也不在。

路言洗漱完推开门，才发现整个别墅亮堂得很，隐约还能听见楼下传来的陈蹊等人的笑声。

都起了？路言这么想着，径直地往楼下走，可刚走出没几步，迎面就撞上了……林季？

路言有些不确定，因为那人正扒着墙边，脚步朝着走廊的方向，眼睛却一直盯着楼梯。

"看路。"路言道。

林季差点被这两个字吓得灵魂出窍，猛地一转头，说："言，言哥，你醒啦？"林季庆幸自己刚扒着墙走，现在还有个地方可以靠一下。

戚哥不是说言哥还在睡，他四点半再上去叫他吗？怎么现在就醒了？

路言抬眼，看了一下林季的脖子，想起他刚刚走路的姿势，随口问了句："脖子怎么了？"

林季一时没懂，问道："什么……脖子？"

路言问："不是扭到了？"

林季没多想，说："没有啊。"

路言问："那为什么那样走路？"

林季刚那样，是觉着时间也差不多了，戚哥可能要上来。

"昨晚没睡好，落枕了。"林季随口编了一句，正色道，"言哥，你醒了刚好，那个药箱是不是在你们房间啊？"

路言顿了下，说："嗯。"

他随即看着林季的脖子，说："里头没有膏药，只有红花油，揉的时候自己小心点。"

林季刚开始还有点蒙，等想起"落枕"一说，立刻拖着音调"啊"了一声，说："我这是小事，按两下就好，主要不是给我用，是给戚哥用的。"

"戚哥可能是感冒了，今天起来他有点头疼。"

感冒了？路言下意识地皱了皱眉，问："他人呢？"

"在楼下弄早餐。"林季实话实说。

路言不知道顾戚怎么想的，感冒了不好好地躺着，下楼弄什么早餐，心里这么想，却还是折回房间把药箱找了出来。

药箱里倒是一应俱全，路言检查了一下日期，又看了看注意事项，挑了几包拿在手心。

正要出门，走廊已经传来走动的声音，看着只穿了一件薄卫衣的顾戚，路言皱眉道："你不知道现在外面的温度吗？"

顾戚一时摸不准发生了什么，没回话。

"感冒了不知道多穿一点？"

"说话。"

顾戚说："感冒？林季说的？"

路言答："嗯。"

顾戚难得也有点发怔，他就随口提了个头疼，怎么到这儿就变成感冒了？

跟个病人好像也没什么好计较的，路言语气轻了点，问："发烧吗？"

很少见这个模样的路小同学，顾戚竟一下子有些好奇，顺着话往下说："不知道。"

说完，又怕路小同学太担心，说："应该没有。"

"药箱里没有体温计，"路言刚刚已经找过一遍了，"这附近也没有药店。"

"即使有药店，也不会这么早开门，"顾戚笑了下，"现在才四点多。"

不说还好，一说更来火，路言生气地说："你也知道才四点多。

"一个感冒的人，只睡了三小时，四点多起床下楼去弄早餐，你挺厉害啊！"

顾戚立刻服软道："感冒了，就别骂了呗。"

路言心里头蹿着的小火星，长吱了一声，熄灭。

"民宿里有吗？"

"有什么？"顾戚想了想，问，"体温计？"

"没有的话，"顾戚忽地说，"用手随便测一下就好。"

于是，真就随便测了下。路言草草地用手测了下额头的温度，收回手，说："温度可能有点高。"

顾戚笑了，别等会儿没发烧都给测出发烧来，说："我体温天生高一点。

"不过没发烧，我一发烧，扁桃体准发炎，喉咙也会疼。"

路言问："那现在呢？"

顾戚说："没有。"

路言又说："可林季说你头疼。"

头疼倒是真的，顾戚一时没反驳。

路言冷冰冰地道："吃药。"

楼下庭院里已经闹腾起来，顾戚偏头看了一眼，认输。

顾戚抬头说道："没感冒，也没发烧。

"头疼大概是起得太早了，没睡够，回来补个觉就好了。"

路言没说信，也没说不信，只是在吃完饭后，看着人喝了一包感冒药才放他出了门。

等一群人走到海边坐下的时候，天色已经有发亮的迹象了。

哨塔的灯还亮着，遥遥望去，像一根冒着星子的火柴棒。

孙雨濛在那边鼓捣了一阵，然后喊了一句："戚哥，接着。"

说着，扔了一条毯子过来。

林季他们这才知道，他们刚大袋小袋地拎过来的原来是小薄毯。

"班长，你们带了多少条啊？"这毯子怎么跟拿不完似的？

"十几条吧，还是戚哥说的。"

"这边风大，太冷了，你们也拿过来披一披。不要小看这海风。回去差不多就要备考了，别感冒了。"

"哇！为什么要在这时候说考试的事？拒绝！"

…………

顾戚随他们闹，接过毯子，往路言身上一披，说："干净的，小薄毯都是新洗过的。"

毯子很软，并不小，盖住两个人都绰绰有余。路言沉默了一下，把毯子往右边一扯，自己只盖了一半。

顾戚藏不住笑意，坐到了路言身边。

"看过日出吗？"顾戚开口问道。

路言顿了下，说："没有。"

路言还不知道顾戚为什么要问这个，紧接着，视线一转，顾戚拉着他躺在了沙滩上。身上是毯子，身下是沙子。路言忽然就想起了那天和顾戚一起躺过的跑道。

"日出还要等等，但可以先看看日出前的天空。"

紧接着，路言就听到这一句，下意识地抬眸。他其实见过很多次四五点的天空，和那些记不清的天空一起的，还有无数的试卷、题目，以及没有暗过的夜灯。从没有哪一次像现在这样。

"哇，戚哥和言哥躺下了！我也躺，我也躺！"

"我们这算不算承包了整片海滩啊！"

"天啊！这个点星星怎么还这么亮啊！"

"严格地来说，只要太阳没出来，其他恒星、行星自己的光或反射的光……"

"北北，别这样，我只想听'星星不睡我不睡'这样的理由，不想听科普。"

"……"

"突然觉得好幸福啊，明年这个时候，我们也能来吗？"有人轻声地说。

"想来就来喽，下次不能再让戚哥和言哥破费了，我们得请回来。"

"明年在海边搭帐篷吧，就看星星。"

"看！太阳出来了！"陈蹊突然喊了一声，所有人都坐了起来。

几个女孩子已经开始尖叫，林季他们也不管毯子了，起身朝着海的方向跑过去。

陈蹊举着摄像机，看着朝阳一点一点地升起来，笼得青山、江河都烧出了天幕的颜色。

日升月落，本是再寻常不过的现象，照过了千秋照万世，日日不曾歇。可他们竟然都不知道，日出原来是这么好看的景色。

"太漂亮了吧！"

"绝了！真的绝了！"

一小时前还颓废到不行的一群人，现在已经沿着岸边跑了好几圈，嘴里还尖叫着。

"戚哥，言哥，你们就说好不好看！"

"就说值不值！"

路言没回答，过了半晌，笑着应了一声："嗯。"

顾戚偏头看过去。

熹微晨光，落满眉头、眼睫，这难能可见的天光，大概也比不过眼前这些人。

顾戚低头，轻笑了一下。

直到路言听到这声低笑，探过视线来，顾戚说："好看。"

卷六

盛夏

什么能给你们答案？

时间，你身边的人，你写的每一个题目，

经历的每一场考试，上的每一堂课，你自己。

第 53 章

秘密武器

以前路言一直以为入夜的时候，天都会暗得格外慢。他没有特别留意，可好几次一张卷子都快写到最后了，一起身，外头还没黑透，尤其是这个时节。

可天亮不是，天亮似乎就是一瞬间的事。

林季他们跑累了，一个接着一个地往回走，你追我赶地闹了好一阵，现在身上都不怎么好看。几个穿长裤的，裤腿边已经全是泥水，还有丢了拖鞋的，可没人在意，大咧咧地往地下一躺，嘴上开始哼起《海阔天空》。

整片海滩，好像也跟着升起的太阳一起醒过来。

"你这唱的都是什么？"

"《海阔天空》啊，听不出来吗？'原谅我这一生不羁放纵爱自由……'"

"可别爱自由了，这调都从尔海跑到大西洋去了。"

"你们能不能学学戚哥和言哥，好好坐那边看日出，不好吗？"孙雨濛忍不住说了一句。

众人闻言，下意识地一转头，就看见路言在笑。很浅，却是实实在在的笑，眉眼都带着笑意。

朱瑞感慨了一声："尔海日出真是名不虚传，言哥都喜欢！"

"可能也不是喜欢这尔海的日出。"陈蹊说。

起码不只是喜欢这尔海的日出。

"什么叫可能也不是喜欢这尔海的日出啊？"尚清北疑惑地问道。

陈蹊拿起摄影机，对着顾戚和路言的方向拍了一张，说："可能是喜欢陪他看日出的这群人。"

尚清北不懂。

陈蹊顿了下，慢悠悠地开口："如果今天我是一个人来看日出，没有濛濛，没有你们，我肯定也不至于这么高兴，说不定连看日出的念头都不会有。

"看日出什么的，其实看看也就过了。今天能在尔海看，明天去学校后山，其实也可以看，景色比这里也不见得会差多少。

"谁陪你看的，为什么看的，才是最重要的。"

快门的声音闪过，陈蹊的几句话让所有人安静了下来。

尚清北突然拎着毯子，朝着那边走过去，然后在顾戚他们身后坐下，紧接着就是林季、郑意和杨旭之。再然后，五颜六色的薄毯，就铺满了沙滩的这一小块地方。

孙雨濛盘腿坐在毯子上，感受着微凉的风，说："我怎么觉得今年的夏天来得特别快？"

尚清北说："明年的夏天，来得可能会更快。"

他们已经高二了，还有一年。

过完这个夏天，等到下一个夏天，哪怕还能到这尔海来看次日出，哪怕还能有这种好运气，撞上个好天气，可能身边也凑不齐这群人了。

尚清北坐的位置离路言只有几步的距离，很近，他说的话虽然轻，可路言听得很清楚。

还有一年，也只剩下一年了。

路言很少去想这些东西，以前上学的时候，他对时间其实没什么概念。哪怕放了寒暑假，在他眼中，也只是换了一个地方学习而已，没差。

可现在，好像有什么地方不一样了。

他们是会分开的，就和所有人一样。高考，毕业，天南海北。

路言不想去假设没有提前招生考试那件事，他会不会安安稳稳地参加考试，安安稳稳地进入一中，因为他很清楚，如果不是顾戚，不是九班，他大概率还会跟以前一样。

路言垂下眸子，直到现在，他好像才开始弄懂一些事。而这些事都在告诉他，两年前那场提前招生考试，其实不是他遇到的最大的意外。

顾戚才是，九班才是。

"好了，我们不说这个了。"孙雨濛浅浅地吸了一口气，再开口的时候，语调已经轻快了很多，"北北，你小时候夏天都是怎么过的？"

"我小时候？"尚清北有些愣神，"怎么突然说这个啊？"

孙雨濛说："就有些好奇，感觉只要上了初中，就没什么属于自己的夏天了。"

尚清北说："我初中就基本都在补习。"

"人间真实。"其他人附和道。

孙雨濛问："小学呢？"

尚清北说："上少年班啊！"

尚清北只说了这一句，所有人都转过头来，看得他一头雾水，问："怎，怎么了？"

"我的北，你都没有童年的吗？"朱瑞爱抚地摸了摸他的头。

尚清北慢悠悠地摇头道："不会啊，少年班很好玩啊！"

也是到现在，听孙雨濛提起这个，朱瑞他们才发觉，他们这群人做了整整两年的同学，原本以为所有话题都老生常谈了，可小时候是什么样的，好像真没怎么说起过。

他们似乎总在说以后，总在说未来，都忘了他们还有过去。

"我以前就没参加过什么少年班，我妈倒是给我报了什么小提琴班、钢琴班，没几节课我就吃不消了，一出门就哭，后来我妈看我朽木不可雕，也就算了。"林季往后一仰，手撑在沙地上，"实际上，我不去上课的时候，我妈更高兴，因为她也嫌出门热，没好意思说。"

"我也是。我们那边只要开了什么乐器课，我妈就会给我报。刚开始几天教室是满的，没两天就空了大半，到最后基本就没什么人了。"

徐乐天说："我小时候倒没去什么补习班，一放寒假就往我姥姥家跑。对了！你们吃过井水里浸过的西瓜吗？那味道绝了，现在冰箱都比不了。

"还有我姥姥家门前有一片小池塘，我们就专挑下雨天的时候，踩着雨鞋去那边捉小蝌蚪，看谁捉得多，捉完再给放掉，最后评个蝌蚪王出来！"

"蝌蚪王？"张健笑得肚子痛，"真亏你们想得出来。"

杨旭之说："那我小时候还真没什么特别的事，就在空调房里看动画片，吃冰棍。"

"言哥，你呢，你呢？"徐乐天见路言和顾戚都没说话，立刻畅想，"是不是都是瑞典滑雪、夏威夷冲浪什么的？"

路言也不知道该做什么表情，只好说了一句："没有。"滑雪、冲浪什么的，是真没有，国外倒是经常去。

徐乐天问："那一般都做什么啊？"

路言想了想，说："夏令营。"

"啊？你也要参加夏令营啊？哥，这个不就是少年班吗？最无聊了。"徐乐天非常失望，他原本以为以言哥的家庭条件，肯定全世界到处飞，到处玩，谁知道也这么接地气。

路言笑了下，说："嗯，是挺无聊的。"

顾戚问："什么夏令营？"

路言沉默了下，随口报了几个。

所有人："……"

大意了，夏威夷冲浪的确是没有，但夏威夷夏令营什么的，也不是人能干的事。他们竟然还天真地以为言哥口中的夏令营跟他们参加过的夏令营是一回事！

"那戚哥，你呢？"朱瑞道。

顾戚笑了下，说："你们想听什么？"

徐乐天一听顾戚这语气，简直就是明晃晃地在说"我做的事不少，你们要听哪桩"，登时来了精神。

半个小时后，所有人："……"

摩托艇？冲浪？射击俱乐部？为什么名声在外的煞神小时候的各种夏令营，乖得不行，而他们一中的"定海神针"、状元预备役成员，却好像一件事都没落下？

等天彻底地放亮，一群人才起身回了别墅，进门冲干净身上的泥沙的一瞬间，就跟断电似的，一沾枕头就睡着了。

路言其实并不困，可那边顾戚已经躺在床上了。他正在想要不要下楼坐一会儿，顾戚问了一句："不困？"

路言不置可否。

顾戚起身，走到窗边把帘子拉上，只留下一小条缝，说："不困也躺着放松放松。

"只睡了几个小时，又吹了风，别感冒了。"

路言只好躺下。

他闭着眼睛，也想听顾戚的，躺着放松下，很多念头却不听话地一股脑地冒出来。有读书时候的，有年纪更小一点的，还有这两天的，很杂，偶尔还错了位。

"要不要说说话？"顾戚的声音像一缕风，一下子拐过来，将那些念头轻飘飘地吹散了。

路言下意识地应了一声，问："说什么？"

"以前读书的时候，有没有什么特别想做的，却没做的事？"

想做却没做的事……路言思考了下，答道："没有。"

路言没有骗顾戚，是真的没有。他好像天生就缺少 种"冲劲"，就像诊疗室那个医生不下一次地跟他说过，要知道自己想要什么。

周易也跟他说过，要找到自己的目标，所以考试、比赛、拿奖，他都在做。可好像……也算不上什么目标，因为所有人都在做，他只是做得稍微好一点，仅此而已。

好像跟其他人也没什么不同。

唯一不同的，就是他很少从这些所谓的"成绩"里，找到满足感，越长大越是这样。

"有意思的事呢？"顾戚似乎对路言的答案一点都不惊讶，直接地开口。

路言这次没回答，因为答案几乎一样。没什么特别想做却没做的事，也没什么有意思的事。

顾戚从仰躺着变成侧卧，看着路言，问："那现在呢？"

路言一下子睁开眼睛。当他再度闭上眼睛的时候，脑海里所有错位的记忆，全都清空了，只留下顾戚说的那几句话。

"以前没有的，就留在现在，留给以后。

"你可以慢慢地想，我们有足够的时间，慢慢地试。

"不急。

"我陪你。"

最后一天的行程，被林季他们一条一条地删去。那张满页的计划单上，最后只留了两项，总结起来就是两个"补"字——补作业，补觉。

本来林季他们打算心一横，牙一咬，都罢写，老师要罚罚一群，要骂骂"一筐"，可架不住他们里头还藏了几个在来之前，就已经把作业熬通宵写完的"学习的小走狗"。

于是，一群人在离尔海只有几分钟路程的豪华海景别墅里，没游尔海，倒在学海里畅游了一天。

他们再回到学校的时候，觉是补足了，肉体是醒着的，灵魂却在学海里游抽筋了。他们看起来跟霜打的茄子没什么两样，缓了两三天才缓过来。

高三年级的学生一走，高三楼彻底地空了，连灯都没有再亮起来过。

学校只是少了一个年级的人，却好像突然安静了很多。

期末考只剩下一个星期的时候，周二那天的晚自习，周易坐班，他把路言单独喊了出来。

路言以为还是去办公室，可最后周易带着他去了操场。

主席台两侧的夜间照明灯已经亮了，据说照明灯是设好时间的，到点了会自己亮，也会自己熄灭。曾宏有时候气急了，还经常拿这个跟他们掰扯，说他们还不如主席台的照明灯省心，起码那东西每天到点了还亮一下。但是直到现在，也没人能说清楚这个"到点了"是几点。

操场上除了周易和路言，还有几个眼熟的老师在跑步。他们见到周易的时候，还感到有些奇怪。

"老周，你也是该跑动跑动了。"一个跟老周差不多年纪的老师跑过来，顺手拍了拍周易的肚子。

周易手上还端着他的保温杯，说："不跑，带孩子来走走。"

"你学生？"光线不算亮，那老师没认出路言。

周易："嗯。"

"行，那你忙。"

等人跑远，周易乐呵呵地说了一句："要不要也跟着跑一圈？"

路言摇了摇头，说："老师，顾戚还在办公室？"

晚自习前，顾戚被周易喊去了办公室，现在周易都把他叫到操场来了，他也不见顾戚回来。

"嗯，在帮我整理一份竞赛的资料，"周易解释道，"他做顺手了，可能比我还要熟悉。

"等他从办公室出来，应该会找到操场上来。"

"找到操场上来"，听起来就好像料定了顾戚会来找他一样，路言还怔了一下。

"期末考试有什么打算？"周易喝了一口水，话说得格外自然，就好像无论路言回答什么，他都不会觉得奇怪。

在来之前，路言大概就猜到老周的用意了，所以听到这话，心里没一点意外。

周易没给路言太多的思考时间，很快就又开了口："这段时间，还有去高三那边的考场吗？"

老周说的是"考场"，而不是"自习室"，路言清晰地知道里面的差别："这个假期没去，之前都有。"

周易问："坐在里头，卷子能写下来吗？"

路言沉默片刻，说："嗯。"

说话间，两人已经走了大半个操场，刚好走到可以看见高三楼的方位。这栋楼原本是最早点灯，最晚熄灯的，如今却漆黑一片。

路言抬头看着那间独属于他自己的"考场"。

他不知道老周跟顾戚说了什么，但他很清楚顾戚为什么会带他去那里写卷子。

后来几次月考，老周没有安排他的位置，可每次都会捎一份试卷给他，不送到别的地方，就送到那间"考场"。

他没说自己在那儿，老周也没提前问他，却没有一次错开过。

周易问："坐里面考了几场'试'了？"

这次，路言回答得很快："三次。"

周易笑了，说："都数着呢？"

"嗯，"路言慢下脚步，看着周易，"因为老师跑了十二趟。"总嚷着"一圈都跑不动"的人，在月考那几天，却端着他的保温杯，楼上楼下来来回回地跑，路言都记着。

这下，不说话的人变成周易了。

不是记得考了几次月考，也不是记得写了几张卷子，而是记得他跑了十二趟。

"你这孩子。"周易笑着摇了摇头，"记得坐在里面考了三场试，那还记得那考场长什么样吗？"

路言第一次摸不清老周的意思。

老周笑意更深了，说："就那样，是不是？和一般的教室没什么差别，只不过少几张桌子，少几个人。"

路言点头。

"啪"的一声，周易盖上保温杯的盖子，停下脚步，转过身来，说："这就对了。考场其实也就那样，不是吗？"

路言彻底地怔住，老周的声音已然再度响起："所以期末考试有什么打算？"

再抬头时，路言的声音很轻，眼睛却很亮，他说："会参加。"

他比任何人都更想知道，自己到底可不可以。广播响起的时候，还会不会拿不住笔？耳边还会不会嘈杂声一片？可就像老周说的，也就那样，不是吗？

"好。"周易拍了拍路言的肩膀，语气忽地松了下来，"不过不用急，这次考试你照常考，流程都一样，只是不用跟他们一起。"

一个星期后，一中高二年级的期末考试正式结束。

当曾宏拿到路言的试卷的时候，走出了禁止抽烟的办公室，在屋外开始烟雾缭绕。

他听周易说过路言成绩很好，只是出了点意外。具体什么意外，周易没有说。只是校领导那边跟他通了通气，让他放权限给周易。

放权限，就是路言考不考试、怎么考试，随周易安排，他们这边不用管太多。

曾宏刚开始并不想对路言搞特权，可后来见这孩子挺乖，往那边一站，端正挺拔，还文气，跟那些乱七八糟的事看起来一点都不沾边，也就随他去了。

曾宏还记得，那时校长说："路言说不定是棵好苗子，周易心里有数，我们支持就好。"

曾宏那时候信了一半——主要是信那句"周易心里有数"。

但这是对他们一中和周易的信任，对路言真说不上，曾宏还曾经担心路言这好苗子万一不适合一中，这好苗子会不会折在他们一中，顺便再把其他人给一块撅折了。

可谁知……现在他看着手上的试卷，手都有点抖。

周易说的成绩很好，竟然是这么个好法？周易说的心里有数，竟然是这么个有数?!

好苗子？这哪里是什么苗子？这根本就是一棵已经长出墙的，翠绿遮天的大树。

曾宏掐灭最后一根烟，给周易打了个电话。

接通的瞬间，周易听到曾宏说："下次联考如果路言还是这成绩，别的学校会不会觉得我们花三年偷偷地培养了一个秘密武器，在高三的时候才放出来？"

周易："……"

第54章

别给言哥看见了

出成绩当天，九班班群就炸了。

今年新高三开学时间提前了二十多天。为了挤出最基本的假期，在考后的第二天，成绩还没公布的时候，直接开始放暑假。因此当他们收到各自的排名和分数的时候，已经在家了。

朱瑞发言："我的天，我听说我们班这次平均分第一呀，而且不只是总分，是遍地开花，尤其是理综，好像创了历史新高。"

徐乐天说："这么牛的吗，你听谁说的？"

朱瑞答："八班班主任说的。"

徐乐天问："八班班主任跟你说这个？"

朱瑞答："也不算八班班主任说的，八班平均分一出来的时候，老王他们就觉得第一名稳了，因为和期中考试的成绩相比，整体平均分都有拔高一点。可八班班主任一直没提平均分排名的事，于是老王他们就问了一句。

"然后他们班主任就说，他们班这次平均分排第二，我们班第一。八班当时就闹开了，问我们班考得有多好。

"你们还记得吗？以前八班比我们平均分就算是少零点几分，八班班主任也要啰唆半天，但老王他们说，这次他们班主任不仅没啰唆，还说他们已经考得很好了，进入高三以后，排名什么的都不重要，要和自己比，不要和其他人比。

"你知道当时老王他们有多震惊吗？"朱瑞自己都笑了，"高三不看排名谁信啊，高三教学楼的楼下那'提高一分，干掉千人'的字幅都没撤呢，而且就八班班主任那性子，恨不得天天给他们打鸡血，这突然就放平心态了，怎么想怎么奇怪。

"所以老王来问我，说我们班这次考得是有多好，感觉把他们班主任都搞自闭了。"

林季说："我也听说了，其实真不只老王他们，我朋友圈都是别的班的消息，我截两张图你们看看。"

"七班林长安说：九班这个大别墅肯定开了光。"

"一班张洛阳说：转发这个大别墅，你也可以拿第一！"

"三班沈天瑞说：我现在严重地怀疑九班那些什么烧烤照、日出图、沙滩图都是骗我们的，都是虚晃一枪。其实他们就是租了个大别墅，开了个补习班，在里头埋头学了三天，太可怕了。"

郑意都不知道说什么好了，说："别墅开光，亏他们想得出来。"

林季说："主要是我们班高考那几天都在外面玩，太张扬，所有人都知道了。本来也有几个班说要出去玩一趟的，可班委一商量，觉得心会玩散掉，就给否了，结果谁知道我们班这次考得这么好。"

朱瑞首先撇清关系，说："我这次考得一般，只能说没给我们班拖后腿，多出来的那几分肯定不是我的。"

徐乐天说："我就正常水平吧，多好也没有，可能还要稍微差一点，戚哥应该是正常发挥，以他的水平，再拔也拔不到哪里去了，压根就没什么上升空间。"

林季问："班长、蹊姐和北北呢？"

孙雨濛说："正常发挥吧。"

陈蹊说："+1。"

尚清北说："我比平时高了几分，对拉高咱们班平均分的作用也有限。"

朱瑞说："我们班考得这么好，怎么老周短信里什么都没说啊？只说了一些假期注意事项，别去水边之类的。"

"@林季，我这边也都是其他班刷的消息了，还有人开玩笑地来问我别墅订的哪里的。"

朱瑞说着，也发了几张截图，因为一时手快，也没注意，满屏的调侃中混了一张不太和谐的论坛匿名截图在里头。匿名截图的内容如下：

"'老子要上天'说：九班这次平均分第一，我敢打赌没有算上路言的分数，因为他这次好像还是弃考。如果路言真去参加考试的话，九班平均分一准垫底。

"这叫什么？叫虚假繁荣，就跟微博上什么人均每月工资五六千元的报道差不多，实际上月收入两三千元的人一抓一把，所以其他班根本不需要气馁。

"这么想想，路言其实还挺机智的，只要不考，就不算人头，也不算在平均分里，那也永远不会有拖后腿这一说法。我要是九班人，我也不希望路言去参加考试，这说不定就是个策略！不过总不可能高考都不参加，所以迟早有露馅的那一天，我们高考见真章。"

下面紧跟着的，就是朱瑞的回复。

九班人之所以认得回复的那个是朱瑞，是因为朱瑞就没用匿名，直接真身上阵。

"朱瑞说：楼上的有本事报真名啊，我还就这么说了，且不论言哥考没考，言哥就是真考了个20分，也没有拖后腿这一说。言哥给我们班拿的奖还少吗?!别在这阴阳怪气的，还什么虚假繁荣，我们班就没虚假过，一直繁荣得很。也别说什么'我要是九班人'了，你代表不了我们九班人，哪儿凉快哪儿待着去！

"你非要高考见真章，那也行，那就见，我名字就在这儿写着了，你把匿名撤了，我们明年这个时候再翻出来看看，是你虚，还是我们虚。"

"'老子想上天'说：我不能代表你们班的人，也没想代表，不过你就能代表你们九班所有人了？"

"朱瑞说：我能！"

朱瑞这边正切换到论坛，准备跟进后续，那边私人消息已经爆了。

最新一条闪过的就是"老朱，虽然你的话说得很好，我也认了你很能，但是现在，你立刻撤回！"

朱瑞还在想徐乐天这一串标点符号是在干什么，打开一看："……"心凉了一半。

朱瑞哆哆嗦嗦地长按，撤回。当那句"已超过两分钟，不能撤回"显示的时候，暂时还没凉的另一半心，也瞬间凉透了。

群里已经有人敲字了，说："快撤回，别给言哥看见了。"

路言："……"心想，不用了，他已经看见了。

其实那人话说得也没有很重，和以前听过的一些话相比，甚至已经算克制了，可朱瑞回的那一段，路言是没想到的。

他把手机放在了枕边。

在别人看来，再简单不过的"考个试"，他隔了两年才做到。

两年。

好像过去很久了，又好像是不久前的事。

路言是在和周易谈完的第二天，给徐娴打的电话。当他和徐娴说会参加这次期末考试的时候，电话那头的徐娴就哽咽了。

他很久都没听见妈妈哭了，前一次，还是他住院的时候。

那天大概是考虑了很久，怕打扰到他，又实在想来看看，妈妈斟酌了半天，还是放下了手头的工作，和刘婶一起炖了好些东西，在晚自习结束的时候，送了过来。

那次没叫司机，是他爸开的车，连西装都没换下。

时间不多，他们其实也没说上什么话，可徐娴的眼眶都是红的。

现在，听着楼下徐娴给路明打电话说考试的事，又看着班群里的那些消息，想着这段时间发生的种种。关于九班，关于家，关于以前、现在，关于顾戚，路言忽然笑了一下。

他喜欢现在的一切，可能比他想象中的，还要喜欢。

"言言，你们周老师发了个短信给妈妈，说这次统分的时候，系统那边出了点问题，把你的成绩也算上了，所以平均分很漂亮。"

"不过毕竟是单独考的，所以排名单独发给你，就不算进去一起排名了，等下次，行吗？"徐娴在门口轻声地说道。

路言并不在乎这个，应着："嗯。"

路言这次的成绩，本来是不计入系统的，因为周易从一开始就没想让路言跟其他人比，这是路言自己一个人的考试。

周易那时候跟他说"考试照常参加，流程也一样，只是这次不和他们一起"，他原先还不明白，后来才知道这个"不和他们一起"是什么意思——他在楼下单独的一个考场，监考老师只有周易，他可以随时喊停、交卷，甚至是弃考，而其他人什么都不会知道。

所以在其他人眼中，他仍旧没参加这次的考试。

路言还记得最后一门考试结束铃响起的瞬间，周易走过来跟他说的那句话："下次考试什么打算？"

周易说这句话的时候，语气和神情都跟那天晚上在操场上问他"期末考试什么打算"的时候如出一辙，可这次，路言没有犹豫地说："会参加。"

周易笑着把卷子收好，接着问："跟他们一起？"

路言看着他说："嗯。"

周易说："好。"

假期总共就半个月的时间，两个星期一晃而过。

空调都没吹几下，转眼就要开学了。还是在最热的时候，用林季他们的话说，这就是学校缺乏对假期最基本的尊重。

基于这种"尊重全无"的状况，在忙碌之际，新高三学子还为一中的招生事业添上了浓墨重彩的一笔。

在别的学校的表白墙上都是什么青春纪念册的时候，一中就一招生简章。

今天是"考一中，让你交同样的学费，上更多的学"，明天就是"镇安一中，性价比排名中的头把交椅"。这些标语差点让一中大火。

总共也就十几天假期，走的时候宿舍楼是什么样，回来的时候也是什么样，除了床单被褥之类的换了换，其余都没怎么动，路言更是两手空空地就回来上学了。

开学前一天，周易让路言来学校补个资料，徐娴想着也方便，就提前把寝室整理了，所以其他人提前一个多小时、大包小包地到学校的时候，路言连本书都没拿。

学校把前门开了，方便家长车辆进出，但车辆一多，路也有些堵。路言直接走小路，和顾戚迎面撞上的时候，林季和郑意他们就跟在顾戚身后。

林季看到路言，用力地挥了挥手："言哥！刚给你发消息的时候，不是说还在车上吗？戚哥正打算去校门口接你呢。"

宿舍楼下的人渐渐地多起来，顾戚又没人不认识，年级第一、各种学生组织的代表、传到各班家长群里的一中喜报上最常见的名字。一些学生家长都眼熟得很，林季这一喊，好多人投过视线来。

夏天早上的太阳打在身上不算热，却很晒，顾戚侧了一步，把后面若有若无的视线一挡，路言面前落下一小片阴影。

"怎么了？"路言问。

"小半个月没见，怕生分了，"顾戚笑了下，"来打个招呼。"

第55章

高三

蝉鸣最盛的时候，学校里反倒安静了下来。

立在校园北角的高三楼，这么多年下来，粉刷修葺了好多遍，可似乎永远不会彻底地闲下来，楼下那荣誉墙都还没换新，里头便换了一批人。

林季他们原先一直觉得，只是换个教室而已，老周还是那个老周，身边也还是那群人，没差。

用每届高三生都要调侃一下的话来说，就是"酒还是旧酒，只不过换了个新瓶，弄点新鲜感和仪式感。在课间补觉后迷迷糊糊地起来的时候，抬头扫一眼，不至于还当自己是高二生"。

可当他们一进教室，看到黑板右上角那用红色颜料印得方方正正的，就跟嵌在里头似的"高考倒计时"这几个字和旁边配套挂好的日历时，高三的真实感，就这么结结实实地砸下来了。

孙雨濛走到那消息栏边，看着日历页面上那"金榜题名"四个字。

"这日历是上一届留下来的吧？"尚清北开口道。

孙雨濛点头说："应该是，就到六月七号这天了。"

日历停在了六月七号这天，就再也没人往后撕了。

为什么停在这一天，大家也都清楚。

"都围在这里干吗？"周易从门口走过来，手臂下还夹着一本两指厚的笔记簿，"回去，都回自己座位上去。"

"老师，就按原先的位置坐吗？"陈蹊问了一句。

周易走上讲台，问："你们想换？"

下面齐齐摇头。

"那就坐好。"周易说道。

路言从桌子上慢慢地起身，顾戚看着他还有些发红的眼尾，轻声地说了一句："困的话，再趴一下。"

路言抬眸，往讲台上看了一眼，问："班主任什么时候来的？"

顾戚说："刚来。"

浅睡了一会儿，路言声音还有点软，问："你没睡？"

顾戚笑了下，说："睡了，刚醒。"

比起九班的其他人来，顾戚和路言对高三教学楼不算陌生，楼下的"考场"已经去过不知道多少趟，把在里头写过的卷子摞起来，也有几本书那么厚了。

而这些教室，流水线一样的装潢、布置，大同小异。即便是黑板上"高考倒计时"那几个字，都跟同一个人写的似的，就像那个"时"字，总比其他几个字都要大一圈。

谈不上多熟悉，起码不会陌生。

他们来得很早，甚至教室里还没什么人，所以路言睡得没什么负担。顾戚倒没睡，就坐在路言身旁的位置上看书。

教室里很安静，电扇也只开了他们头顶的一盏，开了最低挡，吱呀吱呀的，转得格外悠闲。

顾戚就这么一会儿看看书，一会儿看看路言，忽然就想起了那时候在宿舍楼后面，那躲在水泥管里的小猫，也是这样趴着。

身体贴着阴凉的管面，下巴却抵在坐垫上，软成一张小猫饼。

"好了，大家把头都抬一下。"周易的声音把顾戚的思绪拉回来。

"首先，老师要祝贺你们进入高三了。"

这话一落下，讲台下就传来了统一得跟经过排练似的嘘声。

周易也没恼，任他们嘘完，才抬手压了压，说："我知道我这么说，你们会觉得老师是在说反话，是在'幸灾乐祸'。

"我理解，我也是高考生过来的，知道高三意味着什么。

"但也正因为我是高考生过来的，也带了这么多届高三生，所以说'祝贺你们'。"

下面慢慢地没了声音。

平时，周易其实很少会跟他们说这些，倒是"出游注意安全""回家路上小心来往车辆"之类的，经常挂在嘴边。真要语重心长地说些什么，基本上都是把人往办公室里带，关起门来唠叨。

看着讲台上好像突然把所有心思沉下来的周易，他们才突然意识到，一起走进高三的，其实不只有他们，还有老师。

"现在你们可能还不理解，我为什么这么说，我也不用你们现在就去理解，我不能给你们答案。

"什么能给你们答案？时间，你身边的人，你写的每一个题目，经历的每一场考试，上的每一堂课，你自己。"

所有人都已经抬起头，认认真真地听着周易讲话。

"雨濛，去把你们刚看过的那本日历拿过来。"周易说道。

孙雨濛指了指那个消息栏，问："这个吗？"

周易点头。

孙雨濛拿下那已经撕去一半的日历，周易接过，放在了他那本摊开的工作簿上。

"高三重要吗？重要。

"高考重要吗？也重要。

"但这不是我今天想要告诉你们的事。"

周易顿了一下，视线在整个教室里扫了一圈，"老师今天真正想说的，是很高兴看到你们每个人这么久以来的改变和努力。"

周易把视线轻轻地定在了路言的身上，说："辛苦了。"

路言一怔。

"这个日历，到七号就没再往下撕了，"周易拿着那本日历翻了两下，"可没往下撕，不代表日子没在往下过。

"高考不是结束，高三也不仅仅只是这些撕掉的一张张纸，只有你们自己去过，去经历，才能知道这本被撕掉一半的日历有多重。

"好了，我就说到这儿，都自习吧。"

直到周易走出教室，九班的人还没从周易那番话里醒过神来。

本来已经弱下去的蝉声，就在这时候地闹了起来，好像就在提醒他们：已经步入高三了。

平日闹腾的教室，今天却格外安静。那种安静跟沉闷不同，不知是谁先从书包里翻出了习题册，几秒后，整个教室都传来写题、翻书的声音，偶尔还有几声吸鼻子的声音。

路言偏头往窗外看了一眼，日头落在那不知道长了多少年的榕树上，投下斑斑驳驳的影，煞是好看。

"这树长了多少年了？"路言好奇，问了一句。

"应该有几十年了，据说是一中第一届出状元的时候种下的。"顾戚回道。

路言还是第一次听说，问："第一届状元？"

顾戚应道："嗯。"

前排听到两人的话，也往窗外看了一眼。

"我上次听器材室的老伯说，当年建这栋高三楼的时候，本来的规划是要把

264

这树铲了的，后来校领导说绝对不行，说这是校树，教学楼得给它让步，最后施工队只好改了图纸，把那游泳池填了。

"这树还有姓的，好像姓许，因为第一届状元就姓许。每年到高考前夕，高三生都要过来跟'许老师'打声招呼的。"

"那照这么说，要是明年戚哥给我们学校拿了个状元，我们班那棵树是不是也会拥有自己的姓了？不仅拥有了姓，还会任它长大？"前排另一个人说道。

"就小花园那棵？"

"对啊！"

"状元的树啊，肯定就任它长大，长不下了说不定还得把其他班的铲了！"

"把其他班的铲了，哈哈哈，哈哈哈，我们旁边不就是八班吗？那把兄弟班的铲了，这不好吧，哈哈哈，哈哈哈！"

"是不太好，哈哈哈！"

路言看着前排两个嘴上说着不太好，却笑得格外大声的两人："……"

"顾戚。"路言微微地垂了垂眸，忽地轻喊了一声顾戚的名字。

顾戚放下笔，问："嗯？"

路言说："不考状元……也没什么。"

万众期待不是坏事，可说的人太多了，也不是什么好事。

路言没有不相信顾戚，只是……不想他过得太累。他是从那种环境里走过来的，他很清楚这是种什么感觉。

路言说得随意，可那好久没落下的笔和半天没解完的题，泄露了他的心思，看得顾戚心口都烫了下。

"担心我？"顾戚轻声道。

路言没说话。

"如果真是这样，考个状元，树就任它长，"顾戚顿了下，看着路言，"想看看我们那树长大之后什么样吗？"

学校批发来的树苗，最普通的品种，最普通的品相，长大之后什么样，其实能有什么差别，可因为冠上了他们的名义，好像就哪里都不一样了。

顾戚轻笑着又说："不想看吗？"

路言沉默了好一会儿，在试卷上写下答案后，才随声说了一句："想。"

"你想看，那我得尽量。"顾戚笑着说。

还有后半句顾戚没说出来。

如果真照这样来，这树姓什么，是姓顾，还是姓路，还没个定数……不过无论姓哪个，总归都是他们的。

周易这招"怀柔式动员"见效很快，整整一个上午，整个班级的人都在埋头写卷子，课间都没歇下来过。

这种状态持续到了中午吃饭的时候，九班的所有人都跟打了鸡血一样，直到几个班在食堂碰头，打饭的时候一聊，才知道今天每个班班主任都来了这么一招。看样子是学校有指令，然后统一安排的。

"我们班，就老黄，不是我吹，我真的还是第一次知道什么叫铁汉柔情，后来去了一趟办公室拿卷子，才知道那是照着稿子念的，那稿子还是向毕业班的老师借的。"

"你们班也是吗？我们班也是啊！"

"天啊，怪不得今天下课铃响的时候，走廊上一个走动的人都没有。"

"还走动呢，我上个厕所都觉得可耻，感觉自己拉出去两分，被你们狠狠地甩在身后。"

"不瞒你们说，为了补上这两分，我还特地带了一本英语随身记进去。"

所有人："……"

"这就是老师们的功力吗？我们怎么打得过！"朱瑞拿着筷子夹菜吃，"我竟然还一早上写了两套半的卷子。"

"所以那本日历是临场发挥？"林季啧啧称奇，"那看来比起黄老师，我们班老周的文学底蕴还是要高一些的，起码不用提前准备稿子。"

尚清北端着餐盘，忽然说了句："我觉得班主任说的那些话，不是为了完成任务。"

所有人顿了一下，然后笑开。

路言看着在他身边坐下的尚清北，轻声说了一句："吃饭。"

尚清北低头说："哦。"

路言也笑了。高三第一天，上面有指令不假，说任务也算，但他们心里很清楚，周易的话都是心里话。

也不只是他们，整个高三年级的人，心里都很清楚。

所以虽然现在嘴上说着什么"被骗了""演得好"，可回到班级后，下课铃响，走廊上依旧没什么人走动。

第一天，高三年级组的组长觉得动员会是有成效的。

第二天，年级组长对成效很满意。

第三天，年级组长说这是他带过的最自觉的一届。

第四天，年级组长觉得差不多了，可以歇歇了。

第五天，就连曾宏都说了一句，这高三教学楼是不是太安静了点？

刚放完长假回来，这提前开学的二十多天，本来就是为了让新高三的学生沉下心来，进入高三状态的。因此没有安排周末，两个星期才放个一天半，可在长达一星期的鸡血状态后，年级组长怕所有孩子还没到终点呢，先给磨熄火了，立刻给所有班主任开了个小会。

会议的主题就是"如何让学生在紧张的学习生活中，学会主动、适当，主动不行就被动放松"。

于是第二个星期，下课铃一响，高三教学楼就能听见各班班主任在前门、后门喊话的声音。

"都把笔放下，动一动啊！"

"看看窗外，或者趴一下，别写题了！"

…………

慢慢地，整栋高三楼生气勃发起来。各班画了自己的板报，讲台下多了各种实验器材，消息栏的泡沫板上插着的大头钉，也从一两个，变成一排了。教室从陌生到满是他们的痕迹，只花了一个月的时间。他们也用这一个月的时间，习惯了高三生的身份。

立秋一过，转眼就是处暑。

盛夏时节已经过去，可闷热丝毫不减。就在林季他们商量着要找个什么法子凉快凉快的时候，开学考试的消息就这么突然又随便地杀了出来。

这下不只是林季他们，整个高三年级都觉得，凉透了。

第 56 章

五校联考

"我就说有些话不能乱说，"林季下巴抵在桌面上，毫无灵魂地撞了好几下，直到下巴都磕红了，才继续道，"考试这事，还得赖朱瑞。"

朱瑞无端地被波及，伸出手指了指自己的鼻子，问："我？我干什么了？"

"你，你干什么了，前两天你自己说了什么，好好想想。"林季道。

朱瑞想得很用力。

"都来学校一个多月了,怎么还不组织场考试来验收验收成果?我已经控制不住我自己的成绩了。"林季皮笑肉不笑,"你就说,这话是不是你说的?"

前排集体震惊,题也不写了,立刻转过身来。

"老朱,你飘了!这么天打雷劈的话竟然也说得出来?"

"你这嘴开过光吧。"

朱瑞拍桌而起,说:"不是!你们听我狡辩!"

"搞什么,言哥睡觉呢!"徐乐天一巴掌拍在朱瑞的后脑勺上,说。

朱瑞往后一看,路言刚好起身,看起来真像被自己刚那一拍吵到了。比起什么考试,肯定还是眼下要紧,朱瑞立刻开口:"言哥,我是不是吵到你了?"

路言摇了摇头,说:"没有。"就算没有朱瑞那一下,差不多也要醒了。

昨晚他做了套理综卷,物理部分的最后一道大题的解题思路有些乱,整理完后又找了两道类似的做了做,也没注意时间。过了最困的点之后,路言就怎么也睡不着了,四点多才睡下,所以自习课上了一半就趴下了。

睡了二十多分钟,路言觉得头疼都缓解了很多。看着前排那群人,回忆起睡梦中隐约地听见了什么考试。

路言开口问了一句:"什么考试?"

"好像说再过一个多星期就要开学考试了。"朱瑞还觉得是自己把路言吵醒的,所以路言只一开口,立刻成为"言哥的小走狗",出声解释道。

杨旭之说:"也是听别的班说的,应该是真的,但老师还没通知。"

一中开学考试也是惯例,路言没觉得奇怪,轻声应了声,一偏头,看到顾戚的位置是空的。

"哥,戚哥不在,被老周叫走了。"林季说。

"他怕你醒来找他,所以让我等你醒来告诉你一声。"

路言:"……"

林季正打算再说,周易就带着顾戚从走廊那边走了过来。

两人进了教室也没说话,两人两个方向,一个直奔讲台,一个直奔自己的座位。

"老师,下节课不是自习课吗?要上物理啊?"徐乐天看着周易说道。

"该上什么课就上什么课,不上物理,"周易这次什么都没带,语速也有点快,"等下我要开会,占用一下你们课间的时间,通知一点事。"

"这题我会!"朱瑞举手挥了挥,抢着问,"老师,是考试的事吧?"

周易还有些诧异地问："都知道了？"

讲台下一阵有气无力的拖长音："知——道——了。"

周易说："那刚好，我也不多说了，时间在下下周的周四、周五两天，这次五校联考比较重要，也是一次……"

周易的话被轰起的声音打断。

"五校联考？不是开学考试吗？"

"怎么是联考啊？不都只有在期中、期末这种大考时，才联考的吗？"

"哪五校啊？"

一人一句，听得周易头疼，耳朵也跟着响。他拍了拍讲台，下面才勉强地安静下来。

这下周易也清楚了，这群小崽子就只知道要考试这一回事，传话的人大概也只听了一点消息。

朱瑞问："老师，五校不是我想的那五校吧？"

周易说："新才高中、一中隔壁的附中、江宁二高、南一高，加上我们镇安一中。"

讲台下鸦雀无声，周易想了想，又补了一句："大家有问题吗？"

所有人："……"

还有问题吗？问题大了去了！这不就五所排名前列的省重点高中吗？

就连顾戚都被周易这句"大家有问题吗"逗笑了。

路言看着顾戚问："怎么了？"

路言自然知道这五所学校是个什么分量，但看朱瑞他们的反应，好像又不只这样。

"五校联考，这应该算第一次。"顾戚解释道。

路言疑惑，他记得上半年的期中考试好像就是联考的。

路言问："期中考试那次不算？"

顾戚说："那次是联考，但那次的省重点高中只有我们学校、附中和新才高中参加了，其他几所是市重点高中。"

"而且上次的成绩是不允许公布的，因为是大考，各个学校可以拉出自己学生的成绩，联考排名只公布前百分之二十，其他人就只有校内排名，没有联考排名。"

路言说："所以这次……"

顾戚笑了下，答："嗯，私下联考，不走官方，所以成绩、排名全公布。"

"老周，走了，开会！"隔壁班主任扒着窗户喊了一声。

周易本来想给他们定定心，可那边又在等，只好匆匆地说了一句"好好准备"，转身就走了出去。

林季瘫在了椅子上，说："我完了。"

周围同学的动作如出一辙，全部瘫在椅子上，整整齐齐的，路言看得笑出来。

林季看见路言笑了，别过头来，问："哥，你知道五所省重点高中联考什么概念吗？"

林季现在很想找人分享一下自己遭受的打击，可其他人都经历过这种联考的风浪，唯二的例外，一个戚哥，另一个就是言哥。

前者是因为他根本没经历过什么风浪，自己就是别人的风浪，后者则是压根就没往风浪里来过。眼下能听他说的，似乎只有一个选择——路言。

路言刚听顾戚说过一遍，可看林季的样子，又实在认真得好笑，于是顺着他的话说："什么概念？"

"就是以各校将近百分百的一本录取率来算，基本上相当于最后几名的成绩，就划定了录取分数线。"

"有句话，言哥不知道你听过没有，"林季语气沧桑地说，"如果一个人学习刻苦，就可以提高分数，如果一群人学习刻苦，就可以提高分数线。五校联考的人，就是这群人。"

路言失笑，似乎……还挺贴切。

"不说这些远的，就说些近的，"朱瑞转过身来说，"最关键的是排名啊，排名！

"言哥你不知道，高一期末考试的时候，搞过一次三校联考，最后那成绩发到家长手机上，不仅有成绩，还有班排名、年级排名，最后就是在三校中的排名。那数字拉开有多恐怖你们知道吗？我就是在那时候体会到什么叫'提高一分，干掉千人'的，真的一点都不虚。

"那条短信我妈到现在都还没删。"

"最恐怖的是，这几所学校里，很可能还藏着今年高考命题组的成员，"徐乐天皮笑肉不笑地说，"我猜老周他们慌慌张张地去开会，可能就是为了这个。"

陈蹊好像忽然想到了什么，说："怪不得我昨天去办公室的时候，听到老师说这次考试是一次很好的摸底测验。"

"还摸底呢？"林季长叹一口气，"这叫什么摸底，我的底根本不用摸。这就叫下马威，叫迎头一炮。"

顾戚表情倒是敛了敛，轻声问路言："有没有什么想说的？"

路言疑惑。

顾戚问："这次考试。"

路言顿了下，懂了顾戚的意思。

"简单也是考，难也是考，没区别。"路言回道，对他来说，问题永远不出在"考试题的难易程度"上。

五校联考这事砸得所有人晕头转向的，好不容易添了点人气的走廊，再度安静下来。

晚自习前半个小时，教室里便坐满了人。

路言还没进门，就看到尚清北被林季他们团团地围在后黑板那边，声音从没关上的门里，隐约地漏了一点出来。

"下次吧，我觉得这次不太好。"

"而且现在准备也来不及。"

"对，打击太大了，我觉得不合适。"

"可以等下次月考，就我们自己考试的时候再说。"

路言没在意，可进门的一瞬间，看到正对面突然睁大眼睛的徐乐天，以及在他身边疯狂咳嗽的朱瑞，不用想也知道，这话题大概率和他有关。

路言没开口问，坐在位置上等。果然，没多久，一群人就拥着尚清北走了过来。

"言哥，这个给你。"尚清北递过手上的东西。

路言低头一看，是一沓资料，标题写着"基本要点整理"几个字，被订书钉整整齐齐地订成一沓。

"暑假的时候就一直在整理，班长、蹊姐也都帮忙了，班里人手一份。

"各科都有，都是比较基础的、好懂的。"

下午的时候，路言的确看到陈蹊和孙雨濛搬了一小箱子资料回来，就放在讲台下，看起来应该就是这个了。

路言简单地扫了几眼，是基本要点不假，虽然没什么拓展内容，可整理得很细致，也能看出来是花了心思的。

路言说："谢谢。"

"不客气，不客气。"尚清北连连摆手，紧接着求助似的往后看了林季一眼。

林季右手掩在尚清北身后，对他比了个加油的手势。尚清北这才吸了一口气，说："言哥，就这本东西，你如果背卜来的话，其实考，考试应该可以去试一试的。"

271

路言这才懂了他们的来意，有些哭笑不得，可看着手上这沓资料，心口发烫。

他最终点了点头，应了声："嗯。"

"这次不去没关系，下次……嗯？"林季眨了眨眼睛。

言哥刚刚说的是"嗯"？

"言哥，你刚刚那声'嗯'是什么意思？"尚清北忍不住地确认一遍，"是会参加接下来的考试的意思吗？"

路言点头说："嗯。"

"那，那我那边还有一些辅助资料，我给你拿过来。"尚清北有些语无伦次，脚下却跑得很快。

林季他们消化了这个事实后，转念又觉得尚清北刚刚那句"就这本东西，你如果背下来的话"说重了，这沓东西其实也不薄。

他们生怕路言背着背着，再给背恼起来，又想弃考，忙找补道："其实背不下来也没关系，多看几遍，基本上就能理解大意了，然后再尝试着解题就好。"

"对，尤其是物理、数学这些题，要是不会写，就多默写些公式上去，有时候也是会给分的。"

到这个时候，路言其实并没有想刻意地隐瞒他们什么，可包括周易在内的所有老师，都心照不宣地没提起这个话题，也没提起上次的考试。路言知道他们在担心什么，在这场考试结束之前，谁都说不好会发生什么，所以都没说。

等到顾戚回来的时候，林季他们已经各自回到了自己的位置，看着路言桌面上新放的那一沓纸，问："谁给的？"

路言说："清北他们整理的资料。"

顾戚扫了一圈，似乎每个人桌上都有一本。

路言解释了一句："人手一份。"

顾戚视线停在自己空荡一片的桌子上，一挑眉，人手一份，他可能不算在这"人手"里。

路言原先以为顾戚已经拿了，见他这神情，还顿了下："问问清北？"

"不用，"顾戚坐下，顺势拿过路言桌角的那沓纸，翻了翻，"整理得挺细。"

路言说："嗯。"

顾戚一边翻资料，一边问："刚一群人围在这边说什么？"

"问我参不参加考试。"路言道。

顾戚抬起头来。

"我说参加。

"别的……还没说。"

顾戚笑了下，说："不用说，会知道的。"

路言参加这次考试的事，给整个高三年级的冲击力，甚至比五校联考的消息还要大。论坛里还为此专门开了一个帖子，在硬挤出来的一天半假期里，成功地建起了高楼。

基本中心就围绕着"据说，路言要参加这次考试，也不知道九班平均分会不会滑铁卢式地下跌"这个话题展开。

九班人气得够呛，关了帖子之后，立刻熬了个通宵"啃"错题本。

说实话，他们并不在乎平均分是不是第一。如果路言这次仍旧没参加考试，就是拿了个平均分倒数第一，他们顶多也就反省一阵，过两天就忘了。毕竟很少有人能保证每次都正常发挥，甚至超常发挥。

可这次不一样，这是言哥进一中，进九班以来的第一次考试。他们必须把场子给撑住了！最起码不能从正数第一变成倒数第一！

路言并不知道发生了什么。这周末因为家里的长辈来了，他没有留校，所以当顾戚给他发来照片的时候，路言还有些不解。

照片是在教学楼外面拍的。照片上的那个教室路言很熟悉，不算自己去的，光和顾戚去过的次数，都数不太清了，就是高三教学楼五楼的那间"考场"。其他楼层都暗着，只有五楼，也只有那间亮着灯，从照片那个角度看过去，甚至有种奇怪的违和感。

路言觉得顾戚不会无缘无故地发一张照片给他，可看了一会儿，还是没懂，最后发了个问号过去。

就在那个"？"发出去的一瞬间，路言隐约地抓到了点什么东西。

他问："他们在教室？"

顾戚的消息回得很快，说："嗯。说丢掉的分，他们得帮你拿回来。"

路言虽然猜到了，可猜想得到证实的时候，他还是怔了好一会儿。

从小到大，他参加过无数次考试、比赛，可很少有"得失心"。但这次不同。

一分钟后，沉默的对话框才有了动静。

顾戚打开一看，有两条新消息。

"丢不掉。

"上次平均分是第一，这次还会是。"

第 57 章

联考成绩

九班的人不知道放假当天他们在教学楼"聚众自习"的事，不仅被顾戚发给了路言，还被去办公室拿资料的曾宏看了个正着。

在这个五校联考的关键时刻，每所学校明面上都"只是摸一摸学生的底子，高三第一次考试，友好地交流一下，点到为止"，暗地里都铆足了劲，势必要打响这高三考试的第一炮，争个头彩。

之所以这么重视，除了考试难度和高考不相上下，成绩有参考价值，还有一个很重要的原因。这三四年来，凡是在联考中拔得头筹的学校，那年的高考成绩也是头筹，有两次还刚好出了状元。联考的学校排名和高考的就跟绑定了似的。

第一年大家觉得是凑巧，第二年就有人开起玩笑了，第三年又是这样。这下不仅是各校的老师，就连各校的领导心里都开始打鼓。甚至在几所参加联考的省重点高中里，还传出了什么"小高考"的传闻。

明面上大家都没说什么，可凡是在高考这种环境中过来的，心里基本上都有底。高考说是全社会的一场考试也不夸张，当天很多事情都得给高考让道。

有的考生的妈妈专门穿上旗袍接送考生，说这叫"旗开得胜"。说多有用，不见得。往小了说，叫图彩头，往大了说，"运"这个东西，也和很多东西相辅相成。

所以当曾宏看到九班在硬挤出来的假期，还保持这种状态时，他当场就拍了照，还在高三教学楼做了一场巡回演讲会。

有比较，就有伤害。

于是，其他八个班听到曾宏添油加醋地把林季他们学到十一点回寝室硬生生地扯成深夜一点回寝室。曾宏说得夸张了，甚至忘了还有门禁这一限制条件。整个高三年级被激发出了前所未有的学习热情。

你学到一点，我就学到两点。你学到两点，我就通宵。

可这种学习热情并没有持续太久，因为在过度疲劳之后，学生出现了体虚的情况。在各班老师发现学生上课注意力开始不集中之后，立刻喊了停，到点了就把人往寝室赶。

曾宏还跟宿管科打了招呼，让他们最近辛苦一下，熄灯之后多去走动走动。

一时之间，宿舍楼里学生偷摸地学习就跟打游击战似的。走廊上时常回荡着学生的"阿姨求求你让我学吧，我想上清华"，和宿管阿姨的"上什么清华，先上床"的声音。你来我往，反复拉扯，战况胶着。

尚清北在三天里被收了两个小台灯之后，整个人都失去了神采。

"小台灯只是放在阿姨那边，等过了这阵就回来了，别耷拉着脸了，我的北。"林季摸了摸尚清北的脸蛋。

"哎哟，我的小可怜，"朱瑞笑得没心没肺，"算了，哥哥帮你去向阿姨要回来。"

尚清北眼睛亮了一下。

林季伸出食指，轻轻摇了两下，说："北北，你朱哥哥跟你开玩笑的，他要不回来，你别信渣男的话。"

前排很快就闹成了一团。

路言刚在写题，现在才听到尚清北被没收了两个小台灯的事，问了一句："寝室不能用台灯了？"

"就这段时间，"顾戚回道，"怕我们学晚了，调整不好状态，在考场上睡过去。"

可能是路言对考试的事，在观感上存在一些自己的偏差，因此很难想象还有人能在考场上睡过去。

前排适时地传来一声："要不我们找两张报纸把顶头那两扇小窗户给贴了？这样阿姨就看不见光了。"

宿管阿姨之所以能精准地抓住熬夜的学生，主要就是依靠各宿舍木门上头那两扇小窗，台灯一开，从外头看就是锃亮一片。

"贴了被抓住就是三分。"林季提醒道。

而正和顾戚说话的路言，听到"小窗户"，笔停了下。

就在众人为怎么在阿姨眼皮子底下"顶风作案"，还不被发现的问题上绞尽脑汁的时候，后面突然传来一声："可以去我那里。"

众人刚开始以为是幻听，因为刚那句"可以去我那里"……听声音，好像是言哥说的？

所有人转过头去。路言和顾戚，一个低头看书，一个低头写卷子。

要不是他们确认了刚才的确是言哥的声音，看两人现在这样，真会觉得是最近学得投入，幻听都给学出来了。

"言哥，你说去你那里是什么意思啊？"林季第一个出声，打破沉默。

路言抬眸，语气自然地说："我那里没窗。"

林季他们猛地反应过来，言哥那个寝室，在放假那十几天里，因为楼上重新装修导致寝室门侧的墙壁出了点问题，两扇矮窗直接给封上了，所以言哥的门上没窗。

没窗，就代表透不出光了，也就代表着就算开灯学习，阿姨也发现不了！

这下连尚清北都睁大了眼睛。

林季又是第一个反应过来，因为满脑子都是晚上可以去路言寝室学习了，一时也忘了别的，直接说了一句："言哥，我们过去的话，会不会打扰到你们啊？"

朱瑞问："哪来的'们'？"

紧接着，路言身旁坐着的顾戚回答了这个问题："晚上回去的时候，去一楼那边搬几套桌椅上来，动静小点。"

路言低头，不是很想接这个"们"的话。

路言寝室原先就是做自习室用的，比一般寝室要稍大一些，他自己的东西也不多，因此七八张桌子往里头一摆，也没有显得特别拥挤。

林季他们怎么也没想到，有一天，他们会一群人挤在言哥的寝室，点着台灯学习。

为了配上言哥的档次，他们都是特地洗了澡，换了衣服才过来的，用林季的话说，就只差沐浴焚香了。

路言和顾戚两人则坐在床上看书，把位置留给了他们。

转移阵地后，这场和宿管阿姨的游击战，九班的他们最终获得了胜利。

时间转眼到了周四，五校联考正式开考。

刚发下联考通知的时候，各班班主任就都说过，这次考试规模不小，一切依照高考的流程来。那时林季他们并没有什么实感，直到周三下午，准考证分发的时候。

看着那跟以往不一样的，光摸着就厚上几层的证件，所有人才意识到，真不是闹着玩的。

平时，哪怕考试都闹腾的走廊，今日也安静了很多，连背书的声音都没怎么听到。

这次考试一共二十多个考场，加上一楼、二楼的自习室，数量够了，因此七班、八班、九班的教室没做考场。离开考还有一个半小时的时候，九班的人便陆陆续续地到了教室。

领完早读没多久，下面的人就有些坐不住了。

"我突然有点紧张，怎么回事？"林季坐在位置上，一会儿转转笔，一会儿翻翻书，就是静不下心来。

"我甚至都在害怕我会不会涂卡涂串行。

"涂串行就完了！"

"完不了，"杨旭之拍了拍他，"是用铅笔涂的，又不是水笔，串了不能擦吗？"

"老杨，你别说他，我都有些紧张。"郑意也叹了一口气，最终把手上的讲义放下，说道。

顾戚看了郑意一眼，随即把视线偏到路言身上。

"紧张吗？"顾戚开口。

路言摇了摇头。其实昨晚他也以为自己可能会睡不着，或者，不会睡得太好。

可当他再睁开眼睛，看到的不是以前那种伸手不见五指的黑，而是轻轻柔柔地打在窗台上的阳光的时候，才真正地意识到，真的已经过去了。无论是浮在表面的，还是藏在潜意识里的，都过去了。

"那抱一下？"顾戚轻声开口。

路言看着他："这个跟你问我紧不紧张，有什么关联？"

"因为我紧张，"顾戚悠悠道，"那话怎么说的？考前抱抱状元，沾点喜气。"

路言失笑。

然而这个喜气还没来得及沾，路言桌边就拥来不少人。

"言哥加油，就一次考试而已，五校不五校的，不重要！"

"考完就解放，言哥走，这次我们请客。"

"对，你放开了考，就是把 DNA 写成 NBA 都没关系。"

路言："……"

一中的开学考试往往都挑在周四、周五的时间，周末两天，学生休息，老师改卷、统分、出成绩，向来很有效率。这次却是例外。

周一，没出成绩；周二，还没出成绩。不仅如此，各科老师还都破天荒地没有讲试卷、没有分析题目，统一口径说等成绩下来再说。

老师不提，学生们就更不想提了。他们真的虽然想知道成绩，可也真的害怕知道成绩。直到周三课间操的时间，当"成绩出来了"的消息传出来的时候，所有人心里都咯噔一下。

九班一群人正坐在位置上一边做自己的事，一边等老周拿着成绩单进来宣判结果，忽地听到前门"砰"的一声巨响。

所有人被吓了一跳，还以为是成绩问题把老周惹急眼了。一看是林季，心落了点下去。

可紧接着，他们就听到一句"这次考试我们班前五占了俩，你们敢信吗?!"

林季几乎是用撞的力道推开了门，又在门开的瞬间，立刻开口，话音都没落下，下面聊天的、写作业的、看书的，全都放下了手头上的东西。

"真的?!"

林季满脸通红地说："真的! 千真万确，而且好像还是前两名，老曾一直在拍老周的肩膀，说太争气了，还让他一定要好好地奖励一下我们。"

"我们这仗打赢了! 真的打赢了! 我从来都没见老曾笑成那样过!"

九班的人正忙着听林季说话，一时之间，也没有注意到在林季走进来不久，跟着从前门跑过来的朱瑞。

"老曾都说要奖励了，肯定考得很好啊!"

"前两名! 意思就是戚哥之后还有一个! 是谁啊? 班长、蹊姐还是北北? 我的天，太厉害了! 总共九个班，第一名、第二名都在我们班，我都想好怎么吹牛了!"徐乐天用力地喊。

"林季!"朱瑞冲上讲台，一把扯住林季的肩膀，"你是不是没听完老曾他们接下来的话?"

"我听到了，老曾说让老周好好地奖励一下我们。"林季道。

"我说的是后面!"朱瑞刚刚跑得上气不接下气，跟林季说话的时候，还一只手抵在腰上，嘴巴张张合合的，兴奋得直打哆嗦。

林季根本没懂朱瑞的意思，讲台下的人更是一头雾水。

朱瑞深吸一口气，组织不好语言，可心里又实在着急，直接一掌重重地拍在讲台上。

他完全没控制力度，结果就是右上角的粉笔盒没吃住力，猛地被震起，然后直直地坠在地上，五彩的粉笔滚了满地，断的断，裂的裂。

粉尘扑了刚挤到前排的徐乐天他们一脸。

前排所有人："……"

"老朱! 你别跟我说，那个考第二的是你?!"

朱瑞手指继续哆嗦着，却用力戳了戳徐乐天的肩膀，说："把你刚刚的话，重复一遍。"

徐乐天说："考第二的是你……"

朱瑞说："不是，上一句。"

徐乐天想了一会儿，说："想好怎么吹牛了。"

朱瑞说："不，不是，再上面。"

徐乐天说："第一名、第二名都在我们班？"

朱瑞用力点头，说："快了，再上一句！再倒一句！"

"打什么哑谜呢？"徐乐天龇了龇牙，可还是顺着朱瑞的话往回倒，"第一名、第二名都在我们班，总共九个……"

"不是九个班！"朱瑞把他那在讲台上拍红的手摊开来，"是五所学校，新才高中、一中隔壁的附中、江宁二高、南一高，以及我们学校，五所。"

这下，就连一贯最淡定的陈蹊，都直接从位置上站了起来，难以置信地看着朱瑞。

"你是说，五校联考前五名，我们班占了两个？你确定是我们班占了两个，不是我们学校占了两个？"

朱瑞连连点头。

"还是第一名、第二名?!"

朱瑞头都点累了。

"搞错了吧！"

刚听到前五名他们班占了两个的时候，几乎所有人都下意识地以为是校内排名，因为哪怕这样，都已经很幸运了，根本就没人敢往联考排名上想。

如果是五校联考前五名他们班占了两个，就意味着前五名的剩下三个名额接下来分得很平均，一个学校一个，也必定会有一个学校落空，也就是说其中一所学校的第一名，都没能进入前五名？更难想象的是，他们班占了前两名。

在这种差距甚微的排名前列的省重点高中间，一个学校的一个班级拿下前两名，几乎是没可能的事。

"所以如果按照那么'小高考'的传言算，前三名我们班就，就占了俩？状元和榜眼？"

"前三名占了俩"这个事实冲击力巨大，所有人一时都在发蒙，直到陈蹊再度开口，问"一个是戚哥，还有一个是谁"，众人视线才再度向朱瑞射过去。

可这次，朱瑞却迟迟没有说话，欲言又止的，最后憋出一句："我不知道有没有听错。"

林季说："就是听错了，你今天也得先说出来！"

朱瑞正要咬牙开口，一抬头，刚好看到从后门走进来的一个人。他眼睛一睁，指节一绷，直接往后一指。众人循着他手指的方向看过去，那边只有一个人。

"言哥？你指言哥干吗？"

徐乐天没什么耐性地拍了拍讲台桌，可朱瑞还是直直地看着路言，尚清北第一个开了口："还有一个是言哥，对不对？"

所有人呼吸停滞，可这次回答他的不是朱瑞，也不是路言，而是隔着一道墙的八班。

"天啊！假的吧！路言！！！"

"路言?!"

声音穿墙过，透门而出，在整个走廊上回荡着。紧接着，对面的七班和六班也齐齐地爆发出拍桌子的声音。朱瑞现在很清楚了，他没有听错。

"是言哥啊！"朱瑞深吸一口气，终于大喊出声。

"是言哥！我们班！前三名占了俩！言哥和戚哥！！！"

第58章

言哥牛！

整栋高三楼没一处是安静的，跑动声、喊叫声，隐约还有门砸响的重响，为了压过他们，朱瑞喊得满脸通红，声嘶力竭，九班这才如梦初醒。

这是真的，五校联考前两名的确就在他们班，让老曾都笑着说争气的，的确是他们九班的人。

而这两个人，不仅仅给他们班争光了，还给整个一中赢下了这次"小高考"。

林季喊着"言哥牛"，第一个从讲台上冲了下来，紧接着就是嗓子还劈着的朱瑞。

尚清北、郑意、陈蹊一个接着一个，动作太快，甚至把前排的椅子都带倒了一片。

桌角的书哗啦啦地掉了一地，乱成一团，彻底分不清哪本是谁的，却没一个人在意。

"言哥！你听到了吗？成绩出来了！你和戚哥是这次联考前两名！"

"五所学校啊！省重点！前两名！这是什么概念，言哥你真的清楚吗？"

"我太兴奋了啊！啊！言哥你是真的牛！"

路言被围在中间，一时之间，竟不知道说什么才好。

他比他们早一步知道成绩，成绩刚出来的时候，周易就先跟他说了。

在回来的路上，路言也设想过成绩出来的时候，班里会是个什么情形。问他为什么突然考这么好，如果能考这么好，为什么以前会弃考，为什么这次突然又考试了……

这些路言都想过，唯独没有想过的，就是这样。没一个人问起，大家喊着"言哥"，满脸兴奋地朝他冲过来，这就是大家下意识的第一个反应。

哪怕惊讶，也和其他班的人不同。

这种惊讶不带一点质疑。

路言忽然懂了在这之前，在他还在想要不要告诉他们的时候，为什么顾戚和周易会说"不用，他们不会想太多，也难得看到他们这么努力的样子"。

"言哥！你听到了吗？是你和戚哥！"尚清北见路言没什么反应，忍不住喊了一声。

路言轻笑了一下，说："听到了。"

九班外面的走廊，短短几秒钟之内已经满是人，几个和林季他们玩得好的男生，扒着窗户就开始往里头喊。

"不是！你们班路言怎么回事啊?!"

"我整个傻了！听过隐藏实力的，怎么还有隐藏智力的?!"

"朱瑞你是不是一开始就知道了，所以才在论坛里说那些话，是不是？没看出来啊，你还挺有心机啊，哈哈哈。"

从外面看过来，他们只能看到一群人围在后面，里三层外三层的，也没发现被围在中间的就是路言，再加上平日插科打诨惯了，说话也无所顾忌，等朱瑞他们一转身，才从人缝间看到了路言。

窗外一群人："……"

"言，言哥，你也在啊。"刚喊得最大声的一个人，有些不自在地搔了搔头。

"去！"林季随手撕了张白纸，揉成一个纸团子扔过去，"叫什么哥，叫得这么热切，想干吗？"

朱瑞也附和道："怎么还叫上哥了，是你们的哥吗？"

"这不是牛吗？叫状元一声言哥，还不行啊，以后都叫言哥！"那人嬉笑了一下，"言哥，我七班的，叫严宏畅！严格的严，跟你那个言同音不同字，你看多巧，哈哈哈！"

"我的天，你这就自报家门了？能不能要点脸！既然这样，那……言哥，我六班的，李博超，叫我阿超就行。"

"我我我！"

"别'我我我'了，刚刚说的那个状元，怎么回事啊？"杨旭之立刻开口。

"对啊，阿瑞就说了前三名占了俩，还不知道戚哥和言哥谁第一，谁第二呢。"林季也才回过神来。

"所以你刚刚说……什么状元？"

严宏畅顿时来劲了，说："你们还不知道吗？言哥比戚哥高了一分！总分第一！状元爷啊！"

徐乐天手都有点抖了，靠在尚清北身上才勉强地站住身体，他抬头看着尚清北，说："北北，你不是一早就知道了吧，怎么这么淡定?！"

一个被宿管阿姨收走两个小台灯都能悲伤到失去神采的人，今天竟然站得住，肩膀还很有力！

这消息还不够爆炸？还是我言哥不够牛?！

"北北……"徐乐天话说到一半，才回想起刚发生过的事。

在朱瑞指着言哥的时候，所有人都在发蒙，好像还是清北第一个反应过来，问，还有一个就是言哥，对不对？

虽然是问句，可现在想想，那语气根本就跟陈述句没差别。

"不是吧！北北你真知道点什么呀?！"徐乐天声音有点大，引得周围一圈人都探过视线来。

尚清北说："啊？知道点什么？"

"就言哥的事啊！你都不意外吗？"

"是其他人的话，我会意外，但如果是言哥，我不意外。"尚清北实话实说。

从书城后巷那天开始，他就觉得言哥不是传言中的那样了。

尚清北相信自己的直觉，所以那时候他会跟戚哥说那些话，还觉得言哥只是心思不在学习上。

窗户外一群人听到尚清北这话，脸上的疑问几乎都快要实体化，什么叫"是其他人的话，我会意外，但如果是言哥，我不意外"？真的不是"是其他人的话，我不意外，但如果是言哥，我会意外"吗?！

要知道"路言整张试卷只会写学号"是镇安整个高中圈子都知道的事。

"太可怕了，真的太可怕了。"林季眼睛都呆滞了一下。

杨旭之不明所以地问："什么太可怕了？"

林季说："如果言哥没有转到我们班，而是转到了其他班，比如八班，那这次第一名不就和我们班失之交臂了?！"

林季这么一说，下面安静了一瞬后，立刻炸开。

"简直想都不敢想！"

"我们班能受得了这种委屈？"

窗外一群人就是林季口中"其他班"的，比如严宏畅。严同学立刻探进脑袋来，说："林季，你还是不是兄弟了，你假设的时候，第一个想到的竟然都是八班，就不能假设假设我们七班？我们七班受不了这种委屈。"

李博超说："我们六班也受不了。"

严宏畅说："比如你可以假设，如果言哥转到了我们班，那这次考试，第一名就在我们七班。"

李博超说："比如你也可以假设，如果言哥转到了我们班，那这次考试，第一名就是我们六班的。"

"没有如果，言哥只会是我们班的，也只会给我们班拿第一！"朱瑞看着路言，"言哥，你说是不是？"

朱瑞话音一落，窗户外的，窗户里的，所有人都看了过来。

路言没有犹豫地应声："嗯。"

朱瑞他们都没来得及跟李博超他们显摆，紧接着，路言便又开了口："是给我们班拿的。"

路言抬眸，笑了下，说："不是说要把丢掉的分，替我拿回来吗？"

"丢掉的分，替我拿回来""是给我们班拿的"……刚朱瑞那句话，谁都听得出来是一句应景的玩笑话。

朱瑞随口说，他们也乐呵呵地听，他们猜到了言哥会应下，可怎么也猜不到，接下来还有两句。所以他们这次这么努力，是为了九班，是为了言哥。同样，言哥这次这么逆天，也是为了九班，为了他们。

"别，言哥你别这样，我都要哭了，别这样。"徐乐天抬头看着天花板，还抹了抹眼角并不存在的眼泪。

"德行。"陈蹊轻推了徐乐天一把，众人这才再度笑开。

"可以了啊，都散了散了，我们要关起门高兴一下！"林季说着就要去关窗。

"别啊，也高兴给我们看看！"李博超动作很快，一下制止住了林季的手，"我们一起高兴高兴。"

"对，言哥，我能握一握状元的手吗？"李博超见缝插针道。

"你还想摸我们言哥的手?!"朱瑞猛地转身，"丁里迢迢地跑过来，就是为了摸我们言哥的手?!"

"请注意你的措辞，是握，"李博超说着，还拉过严宏畅的右手，双手握着，非常小心地上下轻晃了一下，权当演示用，"就这样，我会注意力道，很小心。"

"最好是握一握言哥握笔的右手。"

郑意都听笑了，说："要求还挺多，还握笔的右手。"

"图个彩头嘛！"李博超嘿嘿地笑了下，随即看着路言，"言哥，可以吗？"

"不可以。"一道声音从空着的前门方向传来。

不重，却有点凉。

林季还满脑子都是他言哥要被摸手的事，一时也没细想，只听到"不可以"三个字，就立刻回道："对，不可以，你想都不要想！"

朱瑞附和道："说得好，状元爷的手，是你说握就能握的？"

其他人回过神来，一转身，尚清北先喊了一声："戚哥。"

李博超他们一见顾戚来了，立刻就把握手的事放到了一边。

这五校联考的结果可不仅仅是一个路言拿了第一的问题，还有一个，就是顾戚拿了第二的问题。

两年间，这么多场考试下来，这还是头一遭，况且，只差了一分。

这要是放他们身上，得恼死过去。

"戚哥戚哥，我不得不采访一下你了，你这次和言哥只差了一分，没拿到第一，什么感觉？"

后面围成一圈的人，看见顾戚走过来，非常自然地让了一小条道出来。

顾戚慢慢地走来："很遗憾。"

李博超："……"

哥，你说很遗憾的时候，笑意能不能收一点？不知道的人，还以为是你以一分之差拿了个状元。

因为顾榜眼的强势介入，最后，直到李博超他们走的时候，都没能握到状元爷的手。

可一群人走得心理很是平衡，因为不只他们，就连林季、朱瑞他们这些"身边人"，也没握到状元的手，戚神这一碗水端得很平。

在路言听到顾戚和他只差一分的时候，本来还有些可惜，可知道顾戚这一分是怎么丢的之后，就不可惜了。不仅不可惜，甚至还有一种拳头硬了的感觉。

周易跟路言说完成绩后不久，语文老师便进了办公室，进门第一句话就是："顾戚和路言只差一分，这真够凑巧的。"

紧接着，她坐在位置上，说："老周，这我不能瞒你啊，我那一分要给出去了，可能今年就双黄蛋了。"

周易和路言同时抬头看过去，语文老师一边从小保温壶里倒了一点水泡上茶，一边开口道："去年联考的时候，上届高三语文整体分给高了一点，尤其是作文方面，所以今年我们几个学校一商量，得把控得严一点，压一点分数，作文最高分只能给 55 分。"

"五所学校总共就出了三篇满分的，路言的是一篇。"

"顾戚的作文卷我改的，给了个 54 分。"

周易猜出了大概，于是低头悠悠闲闲地翻排名，不紧不慢道："认出他的卷子了？"

语文老师端着茶杯抿了一口，说："就顾戚那个字，我带了他两年，还能认不出？"

"可关键是不仅我认出了，附中老师也认出了，她也给了个 54 分。"

周易知道今年语文作文是双人改卷，再取平均分，可听到附中老师认出了顾戚的卷子，总算露出了点惊讶的神情。

"怎么认出的？"

"问'定海神针'去。"

语文老师嘴上很嫌弃，脸上却在笑："高一和一中隔壁的附中、新才高中他们联考的时候，顾戚就这样。"

"作文要求不少于 800 字，就刚好写 800 字，当时附中老师给了个满分，这次又刚刚好卡 800，再加上那独一份的字，当场就认出来，给了个 54 分。"

"改完卷一出教室就跟我说了，说扣他一分，长个记性，让他记得下次高考多写两行。"

周易笑着摇了摇头，说："是该扣。"

语文老师说："下次再卡 800，给我改到了，上来就先扣 5 分。"

说着，语文老师还温温柔柔地拍了拍路言的手，说了一句："他不乖，别学他啊。"

路言想到这里，看着顾戚，说："语文答题卷拿出来。"

看着路小同学的表情，顾戚想笑，却忍住了，很听话地拿出卷子。

路言直接翻了个面，翻到作文那一页，看着刚刚好停在 800 字标注那边，一字不多，一字不少，最后一格也刚好落下一个句号的作文页。

路言额角青筋跳了一下，说："它让你不少于 800，你就刚好 800 字？多写两行，是笔没墨了，还是没格子了？"

路言手指点在那个右上角的"54"上，问："你知道你这一分扣在哪儿吗？"

"知道，"顾戚很坦然，"刚挨完骂回来的。"

顾戚认得这么快，路言倒不知道说什么好了，好半晌，说了一句："你就是自己讨的。"

顾戚总算忍不住，轻笑了一声，说："嗯，自己讨的。"

路言："……"

路言问："林季说，你是第一次拿第二？"

路言又扫了那个"54"一眼，然后才抬眸，看着顾戚说："多这一分，你就不是第二了，知道吗？"

没考同分，顾戚是有点可惜。拿了个第二，他却一点都不可惜。

"下次考试，再卡800字，你就……"路言话只说到一半。

顾戚问："我就什么？"

路言很凶地说："没什么。"

"我就看着办，"顾戚自动补上，"收到了，路老师，下次多写两行。"

路老师："……"

联考成绩一出，一中上到领导、老师，下到学生，全松了一口气，就连忙着抓"小台灯们"的宿管阿姨都高兴得不行，在一楼平常写通知的小黑板上写上了"金榜题名"四个字。

无他，这场"小高考"的战役，一中赢得相当漂亮，不仅一口气拿下了状元和榜眼，整体成绩还以一分之胜，超过附中，拿到了榜首。

而出成绩的当晚，第三节晚自习，九班所有人就被周易一个招呼喊到了操场。

"这两个星期都辛苦了，我知道很多人都熬夜学习了，还有的人台灯都给没收了两个。今晚都放松放松，接下来还有很长一场仗要打。"周易说着，指了指篮球架下的一个大纸箱，"奶茶，一人一杯，自己拿。"

周易话一说完，九班的尖叫声就在整个操场扩散开了，说："喝完了都收拾好，把瓶子扔进那箱子啊。"

"是是是！今天也是爱老周的一天！"

一人拿了一杯之后，往看台上一坐。

"由俭入奢易，由奢入俭难，不愧是真理。"林季在嘴里嚼着珍珠，"为了这次联考，我基本上就没睡饱过，恨不得一个晚自习掰成两个用，半小时不学就感觉心慌。

"就不说上两个星期备考的时候了，就说前两天成绩没下来的时候，写卷子写得那叫一个刻苦认真。我当时还以为自己已经进入沉浸式学习的境界了。谁知道，成绩下来才半天，我就已经放松了戒备。

"学习，学个屁，哈哈哈！"

"老实点，老周还在呢。"郑意拧了一下躺得七倒八歪的林季。

周易适时地看了林季一眼。

朱瑞说："老师，他喝醉了，说的胡话。"

林季一本正经地说："对，老师，我喝奶茶容易醉。"

众人笑了一阵，一会儿说说尚清北那两个小台灯的事，一会儿说说顾戚那800字作文的事。起风的时候，大家渐渐地安静了下来，耳侧是风过树梢，枝动叶响的声音，一群人也不走动了，也不闹了。初秋的风带了点凉意，可嘴里喝着温奶茶，温度刚刚好。

"言哥。"在一片风声中，陈蹊突然开了口。

路言说："嗯。"

"你以前不考试，也都是有原因的，是不是啊？"陈蹊喝了一口奶茶，语气就好像在说"今晚的风挺大"一样，很轻，很缓。

没有人停下动作，也没有人偏头过来看路言，就好像陈蹊刚才什么都没问一样。

周易和路言身边的顾戚，都没看向路言这边。

"嗯。"路言应了声。

他刚想继续往下说，陈蹊却在这时偏过头，看着他说："可现在都好了，对吧！"

路言被打断思路，顿了一下，随即才明白过来。他们不是想从他这边追问什么，而是单纯地想知道"现在是不是都好了"。

路言轻笑，说："嗯。"心想，都好了，也都……过去了。

"那言哥会和戚哥，跟我们一起参加高考喽？"

"我能赌一下吗？今年状元会是言哥还是戚哥呢？"

"你未免也太敢说了吧，一个状元之争，从全省给你降级到一个学校就够猖狂了，还直接把范围锁死在我们班？我赌言哥。"

"你这话就在我们自己班里说说啊，出去可千万别口出狂言！我也赌言哥。"

"尤其是这次联考我们学校考这么好，其他学校正铆着劲往上冲呢，这话一说，百分百要成为众矢之的了！为了给赌局增加趣味性，我赌戚哥！"

"别说其他学校了，就咱们学校的其他班那里就过不去啊！所以戚哥就是你为了给赌局增加趣味性的工具人？我不一样，是为了赌局人数平均点，我赌戚哥！"

几个女生笑得差点连奶茶都拿不稳了。

路言不太爱喝奶茶这种东西，这次是第一次喝了个干净，等回到寝室的时候，胃里还有点撑。

寝室里的桌子还摆着，七八张，都没撤，路言也没让他们撤，只把多余的椅子叠着，放到了阳台。

路言洗了个澡，出来看到顾戚坐在那边。

"喝太多了，过来做个题，消化消化。"顾戚笑着靠在椅子上。

路言本就觉得有点撑，被顾戚这么一说，心理作用一上来，越发觉得撑。这样子根本睡不了觉，索性也坐下来写卷子。一下子从十几个人，变到两个人，路言还觉得宿舍有些空荡荡的。

等他快做完一张数学卷的时候，一抬头，发现顾戚正看着他。

路言还来不及说话，顾戚先开了口，说："这题思路不太清晰。"

路言头一次见到还有顾戚思路不清晰的题，开口道："我看看。"

顾戚却把笔放下，压在那题目上，说："不用。"

路言很疑惑。

顾戚说："沾点状元爷的才气就好。"

路言："……"

第 59 章

回学校

周三出成绩当天，从课间操公布排名到晚自习老周拉着他们到操场，九班的人还陷在路言夺魁，顾戚紧跟其后，班级平均分第一，且与位居第二的八班，拉开历史最高分差的"里程碑事件"中没醒过神来。

直到第二天，周四上午第一堂语文课，他们才发现了问题。

这次联考的所有题目，都是找各个学校最有经验，甚至直接参与过高考命题的老教师出的，可参考性比以往任何一次都要强。

各科老师怕浪费，都没第一时间讲解卷子，而是等成绩出来后，专门抽了两节课做试卷讲解。

九班周三的时候还没怎么察觉，等到周四第一堂语文课，老师讲解作文的时候，拿了路言的卷子做范文，分析如何扣题，怎样精练地写开头才能拿高分，林季他们才回过神来。

语文老师刚一放权让他们小组讨论，下面立刻就讨论开了，讨论的对象不是题目，而是路言。

"老郑，你有没有觉得言哥拿第一这件事，老师们的态度都很奇怪？"林季想不通，皱了皱眉，还是开了口。

"有吗？"郑意正盯着自己作文卷上那"46"，"我觉得我这篇作文要什么有什么，和言哥的也差不多啊，写得还顺，就跟鲁迅先生附体似的，在考场撂下笔就觉得可以弃'医科大'从文了，怎么就给了个46分呢？"

"语文老师刚是不是说作文平均分也有45分？

"这么说，我就高平均分1分？"

林季一巴掌压在郑意的作文卷上。

"认清你自己。

"还跟言哥差不多？

"你这叫登月碰瓷。"

郑意想找回点面子，说："也就差了个9分。"

林季无情地拆穿道："别说什么也就，没听见老师刚说什么吗？言哥是满分档的，改卷的时候压了点分数，才给了个55分，所以严格算起来，言哥是60分。你们差了14分，相当于数学大题一整题的分数，懂吗？"

林季跟郑意从初中起就认识，基本上就是郑意动了动嘴，林季就知道他要放什么屁了，立刻抬手打断道："老师压的是满分档的分，不是平均分档的分，所以言哥被压了5分是真的压分，我们没有。"

林季拿起他的卷子，跟展示藏品似的，展示了一下他自己的"47"："这，就是我们的真实水平，不用怀疑。"

准备弃"医科大"从文的郑意，收回了试探的脚。

郑意装模作样地感慨了两句"怀才不遇"，这才看向林季说："对了，你刚说什么？"

"老师们……什么？好像述说到了言哥？"

林季说："我说老师们对言哥拿第一这件事，态度很奇怪。"

郑意想了想，说："不刚夸了言哥吗？"

"我的意思是，老师们好像一点都不奇怪。"林季说道。

郑意还未回答，前排先转过身来，说："我昨天就想说这个了！后来不知道被什么一岔，忘记了，你一提我又想起来了。

"今天语文老师还好，昨天下午那节数学课，老戴才厉害。"

林季疑惑地期待着下文。

"刚开始几张卷子不是老戴自己发的吗？后来才交给清北，"他顿了一下，然后接着说，"也不知道是第二张还是第三张，就是言哥的卷子。我刚好在他后面，你们知道老戴对言哥说什么了吗？"

林季和郑意凑近了点，还推了推他，说："快说。"

"老戴说，路言啊，这次做得没有上次好，不够细，跳了一两个步骤，这次不影响，但万一哪天答案没算对，分数就扣得比较多了。

"还说言哥解题风格往戚哥那边歪了点，这个不好，不能学。让言哥下次多写两步，保险点。"

林季开始怀疑自己的记忆力，说："言哥，数学我记得是满分吧。"

郑意说："嗯，150分，整个年级就他和戚哥。"

"我的天！150分了还没有上次好？老戴不是人！"林季手刚敲在桌子上，顿时睁大了眼睛，"等等！上次？"

"上次？什么上次？言哥不就考过这一次吗？哪来的上次？"林季问句四连。

前排的同学说："你们还记不记得上学期期末考试？

"就我们班平均分第一，然后八班班主任突然不唠叨了，还让老王他们进入高三之后不要和别人比，要和自己比那次。"

林季一想，很快就转过弯来，说："你是说，期末考试那次，言哥其实就考了？"

"对。

"昨天不是说了吗？言哥之前不考试是有原因的。我们不知道这件事，老周作为班主任了解情况，这也在情理之中，可其他班级的老师也见怪不怪的样子，就不对劲了。

"言哥不考试的原因……可能是不太好说的那种。以老周的性子，他是不可能跟其他班老师说的，所以……"

说着，他视线往路言那边转了一下。

林季说："所以你觉得言哥参加了上次的考试。我们学生不知道，但老师们都知道，也就是在那时候，他们了解了言哥的水平，所以这次成绩一出来，他们才一点都不意外？"

林季他们这个猜想，很快就传遍了教室。等从顾戚口中得到验证的时候，所有人竟有种"原来是这样""就知道是这样"的感觉。

然后……看向路言的目光更加炽热。

接下来两天，九班基本上就成了所有老师口中，尤其是曾宏口中的"别的班"，就连宿管阿姨都知道九班是那个出了个小状元的班级。

于是，路小状元顺利地替尚清北拿回了扣在宿管阿姨那里的小台灯，还一拿就是俩。

九班的人还没进入社会，就从这个"台灯事件"里，深刻地体会到一个事实：读书是真有用的。

什么月薪多少、圈子大小、职位高低，这些都是后话。后话先不说，就说他们现在，这么多"台灯人质"扣在宿管阿姨那里，唯独赎回了这俩。俩台灯还都是他们九班的，这就是状元的重要性。

当然也跟人有关。就好像九班也坚信，如果这次夺魁的不是言哥，而是戚哥，去向阿姨要小台灯的也是戚哥，那"台灯人质"可能还救不出来。

别问为什么，问就是戚哥一看就没言哥讨宿管阿姨喜欢。

成绩、排名一出，试卷分析、讲解一结束，连续被占用了几节的副课一回来，联考的氛围就淡了很多。

等到周末的时候，学生无论是考得好的，还是考得不怎么满意的，都过了劲，开始回到原先的复习节奏。

可就在周六那天，就在一中所有人都快把五校联考的事压箱底的时候，关于路言的一个帖子却突然横扫了镇安整个高中圈。

起因就是一张不知道从哪里传出来的五校联考的总分排名，原件明显是一张电子表格，只截取了前二十名的成绩。表格的标题还生怕别人看不见似的，被放大、标红、加粗。

主楼配了这么一句话："所以说有钱人可以为所欲为是真的，以前弃考，现在直接找人替考，也是牛。"

发帖时间刚好是在晚饭后没多久，又是周六，因此几分钟之内就爆了。

"路言？是我知道的那个路言吗？别吓我啊，这分数是人能考出来的？"

"我 ×！！！ 这图是恶意修的吧？有没有谁来鉴定一下？否则我为什么会看到路言的分数比顾戚还多一分？"

"不是修图，表哥在一中，这次他们五校联考的第一名的确是路言。"

"楼主这语气，明显就是知道点什么啊！替考?!胆子也太大了吧！"

"给还不知道这次考试规模的人科普一下，这次五校联考，不是镇安这边的几所市重点高中的联考，更不是和普通高中的联考。联考的学校是新才高中、一中隔壁的附中、江宁二高、南一高，以及镇安一中。然后你们再品品这个成绩和排名。"

"别说了，当年南一高自主出的那个期中试卷被我们学校拿过来做月考卷，那次考了我有史以来的最低分。"

"假的吧？没必要啊，这种替考有什么用？高考又不可能替考，就路言那长相，就算替考也找不到什么人啊，肯定会露馅的吧？"

"这你就不懂了，以路言那样的家庭，高考这条路走不通，还有别的路可以走啊，比如出国。要是出国的话，这些平时成绩就有用了，所谓的替考，也就有用了。再花点钱，搞个什么推荐信。这种事还真多了去了。"

…………

帖子转到一中的时候，已经将近八点了。

从开帖到现在，只过去一个多小时，可已经有十来页了，热度还一直居高不下。不说九班的人，就是其他八个班的人都差点没气出病来。

班级之间虽然每一次考试谁都不服谁，嘴上也是谁都不让谁，可扭头就能勾肩搭背地下楼打篮球。

他们很清楚，这次考试路言不仅仅是替九班拿了个第一名，更是替他们一中拿了个第一名，替他们这109届拿了个第一名，看过路言卷子的老师都说"挑不出毛病"，他们一中出的状元还能给外面的人骂了？

一中散群在短短的两分钟之内，上线了二百多个人。

来Timi发言："@你季爷，林季，这找事的帖子是从哪里发出来的？"

你季爷发言："我也不知道啊。"

张三发言："通知言哥了没？"

你季爷发言："没，这帖子我们都没往班群里搬，不想给言哥看见。"

来Timi发言："对，别给言哥看见。"

热心市民小吴发言："@你季爷，季季你让戚神也看看这帖子，这里头有问题，感觉不像是随意开帖的架势，尤其是中间有几页，有人说了替考不可能之后，本来安静了十几分钟的，突然又来了几个号说这些有的没的。这几个号讲话的逻辑都不自洽，好几次安静了，他们又顶上来。不是有人故意想搞言哥吧？"

康师傅新坛酸菜发言："林季你先去跟戚哥说一下，看看什么情况，我们先去论坛骂两句，憋不住了。"

很快，一中的学生就加入了战局。

"楼主是有什么臆想症吗？替考这种话都说得出来！这么大一个活人说换就换，你是当我们一中的学生傻，还是当我们监考老师瞎啊？"

"也是绝了，这种帖子都能建这么高的楼？替考这种一看就假到不行的东西，我连解释都懒得解释。说句难听的，你谁啊？在这儿装什么？还替我们一中的学生感到不值？不值个屁。"

"还有，别张口闭口就是路言那种家庭，路言那爸妈的，麻烦酸也酸得光明正大一点，别这么阴阳怪气，行吗？"

"顶楼上和楼上的楼上，我就说啊，替考这种东西，想想就漏洞百出，虽然像路言那种家境的人不多（我羡慕，是真酸，但酸得光明正大），但一中还有个顾戚啊！除了顾戚，我自己知道的，就有很多挺有名的企业家的孩子在一中，还有很多老师的孩子也在。要是路言替考，真不至于像楼主说的那样，什么为所欲为，其他人敢怒不敢言的，太夸张了。"

"还有说作弊的？我都听笑了，首先，这次考试全是新题，就是带着手机让你搜，都搜不到。

"第二，五校联考的语文作文最高分就只有 55 分，五所学校一共三篇，言哥是一篇，你来作弊给我看看？

"第三，算了，不第三了，直接看图，我们一中这么多老师、领导都发了朋友圈，提到了言哥的成绩，你觉得他们会特意弄这个，然后等着路言作弊被发现，然后被打脸？

"第四，也是最关键的一点，言哥不是突然考这么好的，是一直就这么好，以前只是没考。这点不信的话，可以跟十四中的小伙伴求证一下。"

就是这么一句话，同时炸出了一帮十四中的学生。

"是有人通知了十四中吗？"林季一秒钟刷新一下，下面就多上好几条留言。

顾戚没抬头地说："说什么了？"

林季随便挑了几句念了一下："大概是说言哥就是高考不考了，也不会作弊、替考什么的。"

顾戚淡淡地应了句："嗯。"

"还有说我们学校和十四中联动的。"

林季还在说，杨旭之在他手背上轻拍了一下，示意他看顾戚。

林季立刻噤声。

因为他明显能感觉到，戚哥现在气压很低。

紧接着没多久，林季就看到顾戚的手机响了，他拿着手机，去了阳台。

林季生怕顾戚等会儿真气着了，再把手机给摔了，于是也顾不上看论坛了，把椅子换了个方位，正对着阳台上的顾戚，准备好盯梢，直到手背又被拍了一下，才回过神来。

不过这次拍他的不是杨旭之，是郑意。力道之大，下手之狠，林季眼见着手背以一种可怕的速度红了起来。

"你……"林季话说到一半，就被郑意高声地打断："看论坛，快！"

"论坛"两个字，现在在林季耳朵里，简直就跟自动抓取的记忆词一样。几乎是郑意开口的同时，手指就先动上了。

一刷新，林季就看到了最新的一楼。

"7 说：丁力，下次发帖的时候，机灵点，别用实名认证的号，查起来太方便。"

这个"7"是谁，所有人心里都门清，哪怕最初有点蒙，几楼下来之后，心里也有数了。

"哈哈哈，哈哈哈，我死都猜不到这走向会是这样的，一说发帖人是丁力，都懂了，所以这帖子就是故意黑路言的。"

"丁力可能是觉得现实里打不过，所以披个马甲就过来放肆，结果这马甲才穿了一小时，都还没穿热乎呢，就被脱了，也太好笑了。"

"这楼真的是反转反转再反转，一中和十四中联动也绝了。"

…………

路言打开手机的时候，看到那十几个未接来电还顿了下，有顾戚的、林季的、陈蹊的，还有两个林南的。

周六这天刚好是路言舅舅的生日，徐娴就让路言回家聚一聚。聚会地点在一个山庄。下车的时候，他不小心把手机落在了车里，也没发现。直到结束，路言才拿到手机，结果一打开就是十来个未接电话。

路言刚解锁，还没来得及看别的，林南的消息就先弹了出来。

"哥，没事了，你放心！丁力和他那群小弟都不说话了，大概生怕被戚哥查出来。哈哈哈，我都没想到这个，戚哥是真的牛。"

路言先给这些人回了消息，解释了一下手机不在身边，然后才折回来，往上翻了翻。

他看到林南特意截取出来的那一楼，点开了顾戚的对话框。

路言问："你怎么查到的？"

顾戚说："没查。"

路言打出问号。

顾戚说："林南说的。

"丁力发这个帖的时候，刚好在网吧，十四中有人看见了。

"知道林南和你关系好，就先跟林南说了一声。"

中间的事，路言已经知道了，因为林南联系不上他，就联系了顾戚。

路言又把顾戚在论坛里发的话看了一遍，沉默片刻，问："你诓他的？"

什么实名认证，所以顾戚压根没查，一开始就确定了发帖的人是丁力。

只是如果照着实际情况说，说有人刚巧在网吧碰上了，这样的巧合没有信服力。这么凑巧的事，说出来别人信不信先不说，丁力只要不认，也没人能按着他的头承认，甚至他还会倒泼脏水。可顾戚给的这句话，基本就是"铁证如山"。

很显然，也奏效了。前一秒还在把污蔑的话说得有鼻子有眼的发帖人，在这句话后，突然就不敢说话了。

哪怕是后来反应过来，这么短的时间内顾戚应该查不到他的信息。可他沉默的这几分钟，就已经把马甲脱了。

顾戚说："他的智商，反应不过来的。"

路言笑了一下。他没去看那帖子，可也知道了很多人在帮他说话。

路言给林南发了条短信，也谢了谢十四中那群人，再点开的时候，顾戚那边刚好有一条新消息。

顾戚问："你那边结束了？"

路言答："嗯。"

"现在呢？"

"回家路上。"

"路上小心，晚上让司机开慢点。到家了说一声。"

"好。"

车里温度有些低，路言靠着休息了一会儿，在低头的时候，又有一条新消息。

"什么时候回来？"顾戚这条消息和上一条隔了半个小时，路言本来想回个"明天"，可"天"字都打完了，迟迟没有发出去。

正出神，手机连续振动了好几下，原本以为是顾戚，点开才发现是林季。

"言哥，你今晚回学校吗？如果不回的话，你要不联系一下戚哥？因为论坛的事，他看起来心情不太好。"

路言沉默了一会儿，最终把"明天"两个字删掉，对着司机说："林哥，掉个头。"

"掉头？"司机往后视镜里扫了一眼，"是要去哪里吗？"

路言给林季回了个消息，往后一靠，说："学校。"

第 60 章

———○———

愿望能实现吗？

车窗外街灯排着队闪过，冷白的光线隔几秒，便打在路言的眉梢、眼角，消失又出现，规律得有些机械。

司机抬头，看了看后视镜，路言正偏头看着窗外，也不知道在想些什么。

司机把温度调高了一些后，还是开了口："学校里是有什么急事吗？"

论坛的事已经结束，再过一小时，寝室也马上就要熄灯。急事，没有，可就是想回去，路言最终应了一声："嗯。"

司机问："是要拿什么东西吗？那我在门口等？"

路言说："不用。"

司机似乎也不意外，只是注意到路言低头在看时间，好像真的有什么急事。

他往下踩了点油门："是不是九点半的门禁？"

"嗯，"路言顿了下，问，"赶得上吗？"

司机也不好说能不能赶到，只说："赶一赶应该可以，如果不堵车的话。"

几分钟后，当司机右转方向进入市区主道，看着那见尾不见首的车流："……"

"堵车了？"路言开口问。

司机语塞。

总归也晚了，路言说："没事，慢慢开吧。"

好在要回学校这事也没跟顾戚说，怕的就是这种情况。

路言的确没把这事告诉顾戚，但他忘了，他回了林季一句。

此时，林季正看着不久前路言发给他的话。

"老杨，言哥今天去的那个什么山庄，你知道在哪儿吗？"林季开口问。

杨旭之说："镇北那边，是一座避暑山庄，挺有名的。"

林季问："远吗？"

杨旭之想了想，说："挺远的，开车四五十分钟吧，怎么了？"

林季看着路言给他回的最后一句消息，说的是"我过来了"。

斟酌再三，林季给路言回了消息。

"过来？言哥你是要回学校吗？"

"嗯。"

"你那边事情结束了？那要跟戚哥先说一声吗？"

下一秒，林季就看到了回复。

"不用，不一定回得来。"路言的回复冷酷又严谨。

林季慢慢地敲下一个"哦"。

在林季经历了两局落地成盒①，第三局又捡了个平底锅窝在二楼一动不动的时候，杨旭之和郑意总算觉出了点猫腻。

两人对视一眼，放下手机，偏过头来看着林季。

林季丝毫没有察觉，还在出神，直到手机上传来手雷的声音，才低头看了一眼。

"我被雷了！"等看清雷他的人是谁，林季："……"

"老杨，你雷我干吗？"

杨旭之说："问你自己。"

"走什么神啊，"郑意学着林季的样子，"还时不时地看看阳台。"

林季沉默片刻，说："言哥……"

刚说到一半，阳台的门突然被推开，林季下意识地绷直了腰。

杨旭之和郑意一头雾水。

林季放下手机，问："戚哥，你联系上言哥了没？"

顾戚说："嗯。"说着，就打开了衣柜。

林季就看着顾戚拿着睡衣进了浴室："……"

等顾戚从浴室出来的时候，寝室里已经空了，不见人，可手机放在桌上。

顾戚往外一看，才发现他们都在阳台上，他走过去，还没推开门，就听到一句："这个点校门都关了吧。"

"也挺晚了。"

顾戚动作一顿。

---

① 落地成盒，网络游戏俚语，指的是落地没超过几十秒就让人杀了，游戏里死去的人会变成一个小盒。

"我问问看……我手机呢？"

"在里面。"

"行，我去……"最后那个"拿"字都还没说出来，林季转身就看到顾戚，"戚哥。"

郑意还趴在阳台边沿往下看，只听到林季骂了声"我去"，骂的还是顾戚，于是踹了他一脚："好好说话。"

等他转过身来，差点也脱口而出一句"我去"。

"在等谁？"顾戚直接开口。

林季没说话，可顾戚已经知道了。当时顾戚问路言什么时候回来，路言那边没回答，隔了将近一分钟，才收到一条"看情况"。

他还以为是明天看情况，现在才知道，原来是这个"看情况"。

顾戚看了眼时间，九点三十二分，时间还好。他走到衣柜前，找了件短袖，一边往身上套，一边问："什么时候跟你说要回来的？"

林季说："半个多小时前。"

顾戚这才看过去，说："跟他说什么了？"

林季说："也没什么，就问他有没有联系你，说你被论坛那事弄得心情不太好。"

顾戚淡淡地应了一声。他刚从浴室出来，头发还湿着，新换的衣服很快被洇湿一片，他也没在意。

"哥，你去哪儿啊？"林季看着他问。

顾戚说："去接他。"

林季说："这么晚了，言哥也不一定回得来，哥，你要不就在寝室等？"

顾戚拿着手机，走出门，他知道路言的性子，说了会来，就一定会来。

校门已经关了，想进来，就只有一个地方。太晚了，他不放心。

尽管司机车开得不算慢，可到校门的时候，还是已经过了门禁点，还晚了将近一个小时。

十点多的学校，除了宿舍楼那边还隐约地亮着灯，几乎看不见别的什么光亮。车停下的瞬间，看着黑透的学校，司机心都凉了一半。

门卫让不让进这个问题，根本无须考虑，因为根本没有门卫，门卫室的灯都熄了。

"前门关了，后门那边呢？要不先开过去看看？"司机转过身去问路言。

路言说："不用，后门关得比前门早。"

司机这下没主意了，正等着路言说"回去吧"，然后他掉头往回开。

事实也跟他猜的差不多，可车头是掉了，路言没说回去，而是让他往左拐，开进了一条从没走过的路。

导航上"您已偏离目的地"的提示一直响着，司机都不知道目的地究竟在哪里，直到路言说："林哥，停在前面指示牌那边。"

司机差点都没刹住车，这光线惨淡、行人全无的，要不是路言开口，他一个大男人都不敢直接开进来。

司机再次确认说："是这个指示牌吗？"

路言应声："嗯。"

在过了十点的时候，路言就没打算走正门了，早到有早到的法子，晚到有晚到的法子。

路言拿好手机说："林哥辛苦了，早点回去吧。"说着，便径直地下了车。

司机不太放心，问："小言，你去哪儿啊？"

路言的声音带了点距离感，显得很轻："学校。"

司机借着微弱的光，才勉强看清不远处的那矮墙里头只露了一个建筑物的顶子，应该是一中操场的主席台。但墙外除了一排不知道什么品类的树和一个指示牌，连门都没有……这不是要翻墙进去吧？！

司机一下子解开安全带，直接跑下了车，连门都来不及关，可路言已经只剩下一个背影了。

他朝着那黑黢黢的一片，只种了一排不知道什么树的小林子跑过去，借着一点点微弱的光，眼见着路言踩在一个台面上，单手借力，一撑，一下子就越了过去，是那种少年人独有的干脆利落，身手漂亮得很。

司机："……"

司机差点没晕过去，半天没听到那边的动静，上前拍了拍墙，问："小言，你没事吧？"

这矮墙只有一人高，可厚实得很，手拍在上头一点都不清脆，闷重得不像话。

"小言？！"

"哎哟，小祖宗，说句话啊！是不是哪里摔到了？！"

这下，总算听到了路言的声音："没事。"

司机长舒一口气，问："那刚刚怎么一直不说话？"

路言抬眸看着眼前的顾戚，他该怎么跟司机说原因，难道说因为顾戚就站在这里？

当路言翻过矮墙，看到不远处一盏亮着的手机灯和一个人影的时候，他就认出了顾戚。路言也不知道，他是怎么认出顾戚的，就像尔海那次一样。

顾戚听到外面那人喊"小祖宗"的时候，还笑了下，替他擦了擦身上沾到的灰，问："外面是？"

路言答："司机。"

顾戚顿了下，说："我有电话的那个？"

路言答："嗯。"

顾戚点头说："你喊他什么？"

"姓林，林哥。"

顾戚笑了下，偏头朝着墙外开口道："林哥，我接到人了。

"辛苦了，早点回去吧。"

墙那边的司机被突然冒出来的男声吓了一跳，机械地问了句："同学，你是？"

顾戚说："言言的室友。"

司机连连道："好好好，那同学麻烦你了，早点带小言回去吧，很晚了。"

顾戚说："好。"

等到司机走远，两人回了寝室，路言才抬眸看着顾戚。刚两人离得近，他明显能感受到顾戚发尾还湿着，带着水汽。

"头发怎么是湿的？"路言问。

肩头的衣服也有点潮，显然就是洗了头还没吹干。

顾戚没说别的，只道："风吹吹就干了。"

"不是说看情况吗，怎么现在就回来了？"顾戚轻巧地转移话题。

路言在车上的时候，想过如果这人问起来，他该说什么，好像什么理由都可以，又好像什么都不合适。那时候就没想出什么说法来。

后来堵车了，过了门禁的时间，再过二十分钟，寝室都要熄灯了。时间一点点地往后推，就没想见到的时候该说什么了，因为说不定今晚不会碰面。

顾戚笑了下，问："听林季说我心情不好？"

路言没回答，只问："为什么不在寝室等？"

顾戚回得很快："太晚了，来接你。"

路言说："如果我没来呢？"

"不会，"顾戚轻笑道，"你说了会来，就一定会来。"

在今天之前，路言有时也会想自己究竟是怎么看待眼前这个人，是单纯的信赖，还是比信赖再深一点？似乎找不到什么更贴切、合适的词来形容。可他知道的是，在他的记忆里，让他有这种情绪的人，顾戚是第一个。

路言浅浅地吸了一口气，说："顾戚，今天是我舅舅的生日。"

顾戚应道："嗯，祝舅舅生日快乐。"

路言笑了一下，说："他留了一个生日愿望给我。"

他舅舅以前很少弄什么生日会，嫌麻烦，但今年是例外，路言知道是为什么。

因为过去的事都过去了，他往前走，追上了以前的自己，而舅舅是送他进一中的人，所以他特意留了一个生日愿望给他。

留给他求状元，可是他没许。

"现在给你了。"路言笑着说。

"你还有……"路言低头看了一眼时间，说，"五十一分钟。"

顾戚看着路言，问："什么愿望都可以？"

路言说："嗯。"

顾戚笑了下，转身走到书架边，把放在书架的第二层最里头的一个小罐子打开，小罐子里有个打火机。

"生日愿望，总要有点仪式感，没蜡烛，点个火也是要的。"顾戚说着，抬手关了灯。

"好了，点蜡烛。"顾戚把打火机放在路言的手心里。

路言笑了下。

"嗒"的一声，火燃起，说："许吧。"

顾戚没看着"蜡烛"，而是看着路言。他想许的愿望很多，希望他的同桌不再害怕考试，希望没有遗憾，希望未来可期。

"替我吹蜡烛吧，路小同学。"顾戚笑了下，说。

寝室窗帘没拉上，窗户也半开着，风吹过的时候，荧荧的火苗总会没什么节奏地晃一下。

火光映在两人的眼眸里，很亮。

"愿望能实现吗？"顾戚轻声地问。

在一片算得上糟糕的视野中，路言感受到顾戚的视线。四周黑漆漆的一片，明明是一种很难让人产生什么安全感的环境，却因为这火光和顾戚的存在，莫名地让人安心。

路言低头，把"蜡烛"轻轻地吹灭，说："能。"

第61章

情书

五校联考后的一个星期，八月末，还没开学，可和高三隔了两幢楼的高一教学楼已经热闹起来了，因为新高一开始军训。学校也正式开放。

依照一中暑期结束就是开学考试的惯例，一些在家里静不下心的高二生，也提前归校开始自习了。

冷清了许久的学校终于闹腾起来，让高三的教学楼都多了点人气。高三生偶尔上课上累了，还会在走廊的围栏边上，看看在操场上晒着太阳站军姿的新生。

绿油油的一片，看上去跟小葱田似的。

什么"多远眺，多看看绿色，对眼睛好"之类的话，高三生说起来冠冕堂皇的，实际上，就是看新生们在那儿晒太阳，把"葱叶子"都晒蔫了，再比较比较他们现在，虽然做题也能做蔫了，可总归头顶的电扇还在吹。有时候嘴馋起来，孙雨濛拿来润喉的金嗓子喉片都能当作零食，从第一排传到最后一排，每人分一粒，生活还是过得去的。

高三生想着自己的处境总比楼下的新生们好，新生们连话都不能说，衣服惨绿惨绿的，脸色比衣服更绿。这样一比，似乎上课就不是那么辛苦的事了。

"昨天我在食堂看见老曾了，他都晒黑了一圈。"朱瑞刚开了一包饼干，才吃了没两片，一包饼干基本上就已经被分了个干净。

陈蹊擦了擦手，还跟朱瑞说了一句："下次别买巧克力味的，太腻，买抹茶味。"

朱瑞说："抹茶太绿了。"

陈蹊说："多看看绿色，对眼睛好。"

陈蹊插科打诨完，才接起朱瑞刚那个话题，问："谁晒黑了？"

朱瑞说："老曾啊，脖子和身上都两个颜色了，学校领导还要求穿清一色的衬衫，我看着都闷。"

"我记得我们军训那年，老曾好像也是这身装备，一身衬衫，就不带换的，他们怎么都不嫌热？"

陈蹊笑了下，说："明年这个时候，老周怕是也要黑。"

没正式开学，就不用出操。这几天的课间操时间基本上就是拿来睡觉的，毕竟有将近二十分钟的休息时间。又刚好是两节主课上完，同学们补觉的补觉，补餐的补餐。陈蹊难得今天都没什么睡意，话题一起头，补觉的也醒了，整间教室很快就传来各种零食包装袋的撕拉声。

还间歇性地伴随着"你给我留点""下次买个大包的，这小包的糊弄谁呢""爱吃吃，不吃拉倒"的声音。

"言哥，十四中的高一新生也有军训的吗？"林季嘴角还沾着一点薯片屑，问。

以前林季他们不会主动地说起十四中的事，一来还不知道路言的成绩，二来路言是转校来的，转校的原因和什么有关，他们也不清楚，秉着小心行事的准则，能不问就不问。

可自从上次丁力那个帖子出来之后，一中和十四中关系突飞猛进，毕竟是实打实地为捍卫五校联考的状元爷的尊严，扛过键盘、打过仗的兄弟，革命情谊比海深。

正是因为一中和十四中的联动，高中的一首一尾都下了场，中间看热闹的几所学校才迅速地摸清状况，加入战局，甚至还翻出了丁力一直想删但就是删不掉、有关他单方面挨揍的老帖。

路言点头说："有。"

林季问："也是这个时候，还是刚放暑假的时候？

"我记得有几所学校是八月初，专挑最热那几天军训，很不人道。"

"应该也是这几天，"路言想了想，说，"我没参加过，不是很清楚。"

林季抬头道："哥，你也没军训啊？"

路言："也？"

"戚哥也没有啊。"林季说，"戚哥是参加提前招生考试进来的，本来学校是打算把参加提前招生考试的一群人直接弄个快班，后来好像领导说不行，才重新分班，把他们分到了各个班里。"

林季又指了指尚清北他们，说："北北他们也是，这群都是参加提前招生考试进来的。"

路言问："也都没军训？"

"我们有，"尚清北慢声地说，"就戚哥没有，那时他被国际部借走了。"

路言看着顾戚问："又是比赛？"

顾戚点头。

"我们当时可羡慕了，戚哥军训都不用来，就晚上班队活动的时候出现一下，还能随时走人。"朱瑞说道。

"不过也幸好戚哥没军训。"

"就这样神龙见首不见尾的，都有很多女生过来问消息、递情书的。"

林季补充道："但戚哥都拒绝了，一封情书都没收。"

路言看了顾戚一眼，没说话。

"军训"的话题，在上课铃打响的一瞬间就被九班人抛到了脑后，可谁都没想到，事情刚好这么凑巧。朱瑞早上刚说起"有学姐给当时上高一的顾戚递情书"的事，今天晚上，严格地说，是今天下午，连晚上都没到，历史便再度上演。

只不过这次不是学姐，是学妹，递情书的对象不是顾戚，而是路言。

晚自习前，当一个穿着一身迷彩服，扎着一个高马尾的学妹，拿着一封一看就很用心的，甚至信封外还用胶带缠了一圈的信出现在九班门口的时候，别说是九班的人，就连隔壁的八班的人和对面的六班、七班的人，都瞬间拉开窗户，敞开大门，借着通风的名义，在那儿看热闹。

一时间，整个五楼的走廊安静至极，连平日掐着这个点，争分夺秒地准备"提高一分，干掉千人"的单词达人们，都收起了英文小手册，围在了窗前。

各班人头攒动，盯着九班门前那块地和站在那块地上的人。

本来这种事，林季他们已经见怪不怪了，甚至能完全不惊动顾戚和路言，就处理得干脆利落了。可偏偏今天这女孩子在班级门口站了十几分钟，一句话都没说，他们也不好直接上去搭茬。

就在她拿着信转身，九班一群人以为她要放弃了，正松一口气的时候，迎面就撞上了顾戚。九班这下彻底地安静了，其他班的目光这下开始热切了。

顾戚低头，扫了那封信一眼，问："给路言的？"

女孩子肉眼可见地红了脸，点头说："嗯。"

要不是郑意就坐在林季身后，帮他撑了撑，林季差点没直接滑到地上，说："老郑，你听到了吗？那封情书是给言哥的！"

郑意应声："嗯。"

林季说："你看学妹她还特意穿了一身绿衣服。"

郑意说："你把眼睛睁开再说话，那是迷彩服。"

现在去高一楼晃一圈，全是这色，什么特意穿了一身绿衣服？

这边林季的大脑已经快停止思考，那边朱瑞他们也目瞪口呆。

"我竟然还在想当时戚哥神龙见首不见尾的，学姐是怎么找过来的？！现在这……学都没开，我们和高一新生连面都没怎么照上过，这情书就开始送起来了？"

朱瑞甚至都不知道她们是怎么成功地分辨出哪个是戚哥，哪个是言哥的。

"老曾为了不让高一影响我们，军训是拉到操场上吧，吃饭一个在一食堂，一个在二食堂吧，早上他们比我们早半个小时集合，晚上结训比我们下课也早半个小时吧，这都能看到言哥?!"朱瑞百思不得其解。

陈蹊拍了拍朱瑞的肩膀，说："戚哥和言哥那样的条件，很容易和一般人区分开来，上我们校刊看两眼就行，根本不用等到开学。

"我就问你，如果你是女孩子，有言哥、戚哥这样的论考试，考试考第一，论长相，长相挑不出一点瑕疵，论家世，家世又显赫的学长，你心动吗?"

朱瑞只想了一下，就说："动。"

别说是女生，就是男生，也动，天摇地动!

"那不就行了，"陈蹊说道，"再说这也不是什么丢脸的事，学妹胆子挺大，勇气可嘉。"

只不过情窦不小心开错了地方，还直接撞上了戚哥。

顾戚低头扫到那个信封上的"路言学长"四个字，带着女孩子特有的笔触，笔锋不锐利，却很端正，能看出是用笔勾勒了很多遍的。

那个女生大概也没料到没守到路言，却守到了顾戚，一下子拘谨起来，说："顾戚学长，我，我听说路言学长他……"

女生最终什么话都没说出来，还是顾戚先开了口，问："高一的?"

女生现在脑子一片混乱。

眼前这个是顾戚，戚神，她们一中的定海神针、状元的预备役队员。这么多届学生下来，直接称"状元预备役队员"的，好像有且仅有两个，都在109届，还都在九班。

她不自觉地想起论坛上曾经发过的一个开玩笑的帖子，说如果非要在路言和顾戚里头选一个，你怎么选。虽然这很明显是娱乐帖，可因为选择难度跟小时候思考过的"长大要上清华，还是上北大"一个等级，所以热度还挺高。

最后结果是五五开，到现在都没分出什么明显的胜负，而她现在站在其中一个人面前，手里还拿着给另一个人的情书。

女生应声："嗯。"

顾戚神色很淡，并没有说什么话，却给她一种难以言状的压迫感。

顾戚问："班里还有没有其他人在问这些事?"

女生问："什么事?"

女生顿了下，说："路学长的事吗?"

顾戚应声："嗯。"

女生诚实地点头，说："有。"不仅有问路言学长的，还有问你的，可这话她没敢说。

顾戚说："下次别人再问，你就说不收了。"

女生问："不收情书吗？"

顾戚笑了，说："嗯。"

女孩子被"定海神针"突然温和下来的语气和那一声笑弄得一愣，还没反应过来，已经点头，说："好的！"

顾戚语气恢复了原先的散漫，说："回去吧。"

女生立刻转身，不知道为什么，不仅没有一点告白失败的失落感，甚至还生出了奇怪的使命感，连情书掉地上了都没发觉，还是顾戚低头看了一眼，捡起来，然后叫住了她。

女生顿住脚步。

顾戚还回去的同时，还慢悠悠地说了一句："把话带到了。"

女生重重地一点头，说："收到！"

直到那个女孩子消失在走廊拐角，所有人才回过神来，心想：这，这也可以?!

第62章

重新做人椅

就在众人感叹戚神这一手"怀柔政策"使得好的时候，走廊拐角处慢慢地出现一个身影，借着昏黄的光线仔细一看，好不容易有些安静下来的走廊，顿时又闹腾起来。

路言一抬头，就看到了顾戚，正倚在护栏边看着他。不像是刚巧撞上，倒像专门在这里等着他似的。

路言正要开口，视线一转，便发现各班窗户、门都开着，尤其是最角落的六班，一排人伸着脖子往外探，画面有些诡异。

"怎么了？"路言看向顾戚。

顾戚笑了下，一句"没事"刚说出来，那边朱瑞已经同时开口，说："言哥，有高一的新生上来给你递情书呢，被戚哥挡下了。"

朱瑞知道路言对这些事都不怎么上心，以前和林季他们也帮着挡了不少次，于是没什么负担地就开了口，可路言动作一顿。

其他人离了点距离，没注意，顾戚看了个正着，问："怎么了？"

"那女孩子是不是穿着迷彩服，扎了个马尾，"路言顿了下，说，"手上还拿着一封信？"

路言话音一落下，所有人瞬间睁大眼睛，心中疑惑，这，这是什么发展？

顾戚问："在楼下碰上了？"

路言顿了下，才说道："嗯。"

这下连陈蹊都有些感慨，不知道该说这个学妹运气好，还是运气差。否则怎么会这么巧，前脚从戚哥这边走了，后脚又直接撞上了言哥？

路言补了一句："上来的时候遇上了。"

竟然还是个连续剧！精彩！太精彩了！这下众人的脖子伸得更长了，奈何现实给了他们迎头一击，就一个闪神的工夫，两位当事人已经消失在拐角。

所有人："……"

高三教学楼是两楼并排，理科一楼，另一楼的下面几层是文科班，楼上只有一些储放资料的办公室，类似校史室、档案室之类的。

两楼其他几层都不相通，只有六楼中间有一条长廊，连接两楼，但因着校史室等区域一般不开放，所以走廊那头的门也常年锁着，久而久之，这第六层的长廊基本上就让位给了理科楼。早起在这边读书、背单词的学生不少。阿姨也时常打扫，因此长廊很干净。

路言也来过一两次，只不过不太赶巧，来的时候不是风大就是日头晒，后来嫌麻烦，起早了也就在寝室里多写几道题再出来。

这临日落的时候上来，还是第一次。

学校后山泛着一片橙红，学校里头的灯一盏接一盏地亮起，和早上相比，反倒添了点颜色。

"遇上了，然后呢？跟你说什么了？"顾戚直接开口。

路言原先并没注意到那个女孩子，直到错身的瞬间，听到那个女孩子喊了一声"学长"，他才停下步子。无他，当时整个楼梯上，就只有两个人。路言出于礼貌停了一下，随即看到那个女孩子手里的东西，一个粉红色的信封。

他没多看，只一眼，就抬起了头，然后在那女生口中听到了顾戚的名字。

他以为这封信是给顾戚的，紧接着，女孩子开了口："顾戚学长说你不收情书。"

路言沉默了一下，说："顾戚？"

听到这里，他才看到那信封上硕大的"路言学长"四个字，于是点头，应了声："嗯。"

女生问："那路言学长，我能麻烦问一下，顾戚学长他收吗？"

路言疑惑道："啊？"

路言一直没说话，女生还以为是路言误解了自己对他告白失败，立马换了对象，立刻解释道："学长，我不是那个意思！是因为顾戚学长说你不收，让我把话带一下，也好让其他人别再来打扰你。所以我想着顺便问一下，顾戚学长他是不是也不收。"

路言说："嗯。"

那个女生只愣了一下，问："那我顺便把这话也带一下？"

"嗯。"

"好的好的！"

现在想想，路言都不知道说什么好。关于他的问题，回答的是顾戚，关于顾戚的问题，回答的又是他。顾戚听完，却忍不住笑了一声。

路言看着他问："笑什么？"

顾戚说："谢谢路小同学替我正了名。"

路言："……"

高一学妹告白直接撞上了学校两位状元预备役队员的消息，很快就在高一间传了一圈，然后传到高二，最后又传回高三。

九班的人一直担心再讨论下去，会不会传到老师那边，结果就是担心什么来什么。

正式开学后第二个星期，周二课间操的时候，孙雨濛就喊住了路言和顾戚："戚哥言哥，老曾让你们去他办公室一趟。"

一群本来正要出操的人听到孙雨濛的话，立刻停下了脚步。

"老曾找言哥和戚哥什么事啊？"朱瑞开口道。

"不是那什么情书的事吧？"

孙雨濛僵硬地一笑，说："说对了。"

"不先走老周那边的流程，直接走老曾那边？"林季说道。

九班的人有些担心地看了两人一眼，可戚神连表情都没变过，言哥更是表情自然。九班的人出于对着两人的盲目信任，心也落了下来。

路言和顾戚两人走到曾宏办公室门口的时候，门就开着。一盆半人高的散尾葵立在门边，岔出几条斜枝来，看起来被养得挺好，枝繁叶茂，关门都得拨一拨它的枝叶，才不会被门压到的那种。

路言来之前，林季他们还特意地提了一句，说曾宏的办公室里有一张"改过自新椅"，很好认，深红色的，一般都是"犯了事"的人才能被叫去坐一坐。坐完之后，第二天再上台念个检讨，也就是"原谅书"，这事就算过了。

时间一久，"改过自新椅""重新做人椅"的名字就传了出来。

"重新做人椅"威名在外，九班的人压根没心思出操，一结束，连小卖部都不去了，飞奔上楼。刚进门，就看到两位大佬悠闲地坐在那里。

"哥，这就回来了？"朱瑞轻声地开口。

顾戚笑了下，问："不然呢？"

朱瑞说："那'重新做人椅'，坐了吗？"

"没有，坐的软沙发，"因为要去交材料，刚从教导处那层楼回来的八班的目击者皮笑肉不笑地说，"不仅坐的软沙发，老曾还给泡了两杯好茶，不仅泡了两杯好茶，还把两位亲自送下了楼。"

所有人："……"心想，白操心了。

第 63 章

目标

"重新做人"的事就这么过去了，可不知道是不是曾宏和周易说了什么，下午班会课的时候，周易特意地抽了小半节课出来，说要让九班的每个人都写下自己的目标。

讲台下嘻嘻哈哈的，喊什么的都有。

"老师，太老土了吧！"

"我啥目标也没有啊，就高考，这算目标吗？"

嘴上没个正经的，可当周易真的把裁好的硬纸发下去，每个人都低头认真地在写。等笔放，各自看，竟都有点说不出话来。

"老徐你竟然想做老师？真的假的？你不是一直说要做头发最茂盛的 IT 型男

吗？怎么填的师范？"

徐乐天说："你根本就没关心过我！我一早就说过了，我的偶像是老周，我要跟随他的步伐，在物理的海洋里畅游！"

朱瑞说："你不是说游出两米就腿抽筋，要游回去了吗?!什么时候又开始游了？"

徐乐天说："我没说，我不仅要畅游，还要回一中发光发热。"

林季说："乐天你还是人吗?!老周把你当学生，你竟然想做他同事?!"

张健连忙摇头，道："那如果以后我的孩子也考进了一中，那不是得喊老徐老师？"

"不仅你儿子得喊我老师，你见到我，也得尊称一声徐老师，哈哈哈。"徐乐天眉飞色舞地说。

林季说："你们猜蹊姐的志愿写的什么？考古，牛，还是实践意向的，就是拿个小铲子，戴个大帽子，屏着呼吸铲小土的那种考古学家！"

杨旭之说："是蹊姐能干的事，不意外，她从高一起就看那些书了。"

…………

老周在高二的时候，不是没开过关于目标、梦想的班会，再早点，从高一踏进一中校门起，高考这个话题，就没有哪天不存在。

老师说，家长说，同学也说。老生常谈的话题，他们也以为是这样，也以为对彼此已经足够了解，可现在，看着纸上那端正墨黑的文字，看着那各不相同的院校、专业，他们才忽然意识到"天南海北，各自高飞"这句话的真正含义。

老周常说，和中考比起来，高考给你们的可能和选择都太多了。他们原来不太懂，到现在，才忽地知道答案。

他们生在镇安，长在镇安，中考过了一条录取线，便聚在了一起，一中自然是他们所有人最好的选择。

可高考不一样，尽管是成绩相差无几的两个人，很可能也会有完全不同的选择。

一南一北，一东一西，每个人都有各自最好的选择，但不会有"他们这群人最好的选择"这一说了。

周易还是端着个茶杯，站在讲台上，偶尔抿一口，笑着随他们闹。

等时间过去了十来分钟，周易看着时间差不多了，才说了一句："写好了，就贴在桌角或书上，越显眼的地方越好，学累了就看看，给自己打打气。"

哪怕是平日心大惯了的男生，这次也格外认真。把字条贴在桌角后，借了透明胶贴了好几层，确保浸不进水才停下。

一个传一个，手掌宽的胶带纸，很快就只剩中间那白色的小塑料环了。

一群人写完、粘完，才发现最后排两位"神仙"都没什么动静。

林季伸脖子过来窥，结果窥了个寂寞，两人纸上空白一片。

林季说："哥，你们怎么都没写啊？"

前排人转过身来凑热闹。

"戚哥和言哥的目标，应该就是状元吧。"

"什么叫目标啊？目标是得努力地够一够才能够得着的，说不定还够不着的。说实话，我觉得戚哥和言哥只要保持水准，基本没什么问题吧。"

看顾戚动了笔，有人立刻开口："快看看，戚哥写什么了。"

前排身负重任，歪着脖子看了一眼，瞬间笑开："戚哥，你是不是还在遗憾上次五校联考那一分啊？哈哈哈，所以直接写的是言哥的名字。"

"戚哥是想写状元吧？哈哈哈。"

"那言哥上次就是状元啊，没毛病。"

顾戚笑了下，他的目标不用贴桌角，也不用贴书上，就坐在他身边。

"你没听他们说什么叫目标吗？"一片喧闹中，路言的声音甚至显得有些安静，"要努力地够一够才能够得着的，叫目标。"

路言看着他说："我不用你够。"

周易给的那张纸，路言最终也没写什么。

没写，却不代表没有，只是不能在纸上写出来，仅此而已。

要好好考试，和眼前这群人，好好地过完高三。

"忘了，还有一件事顺便提一下，"周易低头，扫了眼工作簿，说，"今年市中学运动会在我们学校举行，今年市高中运动会也在我们学校举行，暂定……"

老周话都没说完，下面立刻传来几声欢呼。

"市高中运动会？就二三十所学校都参加的那种？"徐乐天放下笔，转过身问道。

朱瑞说："嗯。"

林季接了一嘴："我记得这比赛不都在市体育馆举行的吗？然后每个学校抽一支队伍和一批观众过去，顺便请电视台来录个像，直个播什么的，好像在手机上都可以直接看。

"去年那场我就看了，不过看的是录播。"

徐乐天问："你还看了这个？"

林季一指郑意，说："老郑看的，我陪他看。"

郑意解释道："去年我们学校跳高破了市纪录，群里在传，我就看看。"

郑意看向"消息来源"，问："不都在体育馆举行吗？"

朱瑞说："我也是听几个体育特长生说的，好像暑假就传出消息来了，说体育馆跑道要换，然后明年还有一个省级的体育赛事在我们这边举行，这段时间就都在翻新场地，所以现在用不了。

"剩下就数我们学校场地最大，也最合适了。"

老周拍了拍讲台桌，说："时间暂定在十月份，国庆节假期之后的周五举办开幕式，周日下午举办闭幕式。市高中运动会预计持续三天左右的时间。"

接下来就是几个基本信息。

这次一共三十一所学校，每个学校一个代表团，一中在运动会那几天，也会正式开放。

"怪不得这几天晚自习时间，都能看到一些高一、高二的学生在操场上排练方阵表演。"有人说。

最关键的是，据说为了填满开幕式的看台席，也方便管理，他们高三的人头也算在里面。

虽然他们对开幕式没什么兴趣，可这样能白赚来一个早上休息，他们总归是乐意的。然而下一秒，周易就用事实告诉他们，乐意得太早了。

"运动会那几天，学校里人来人往的，也吵，知道你们静不下心来，所以……"周易顿了下。

这灵魂的一顿，让那些正低头窃窃私语的人心头一紧，全都齐刷刷地抬头。

"老周刚刚是不是特意地提到了国庆节假期？"朱瑞反应迅速。

徐乐天想让朱瑞别乌鸦嘴了，可已经晚了。

周易说："周五、周六两天改自习，国庆节假期减一天半，补一下课程的进度。"

九班的人还来不及拍桌子，几乎是相同的时间，八班先传来一阵起哄声，想想都知道八班班主任说的是同一件事。

"老师，别这么狠吧，本来不就只有四天假期吗，还减一天半？"朱瑞一下子泄了气，趴在桌上。

"高三了，别想着多放假了。本来学校安排减两天的，现在减一天半，已经是替你们争取过的结果了。"周易笑了下，说。

"行了，也别拉着个脸了。这次情况特殊，就当磨一磨心性。"周易不疾不徐，

"老师陪着你们呢，都熬一熬。"

听到这个，虽然大家称不上高兴，但情绪多少也缓和了点。其实，大家都知道，没人想占用假期时间。他们是，老师们也是。这都是为了高考这一下子。

本来蔫掉的小苗都舒畅了点，周易却跟故意似的，慢悠悠地喝了一口茶，还补了一句："以后假期的天数只会一次比一次少，就当提前适应吧。"

这下，九班没拍桌子的同学，总算拍了起来。

"老师你这就不地道了啊！"

"这实话我听着怎么就这么难受呢?!"

周易笑开的时候，众人才反应过来，老周还真就是故意的。

这下，缩短假期的愤慨倒真变了个味，闹着闹着，又跟着笑起来。

"算了，四天减了一天半，还有两天半呢。"林季伸了个懒腰，说道。

"其实有两天半已经不错了。我严重地怀疑，就算没这运动会，假期也不可能是四天。我记得上届高三好像满打满算也就放了三天。"朱瑞开口道。

徐乐天举手说："老师，周五那天运动会开幕式，我们也要参加是吗?"

周易点头说："嗯。"

等周易走后，教室里才再度讨论起来。

"哥，你和戚哥那天最好记得戴个帽子什么的。"郑意特意地提醒了一声。

路言不解。

林季的手搭在郑意的肩膀上，将郑意往旁边轻轻一推，从郑意身后露出大半个脑袋，说："体育老师说了，这市高中运动会是直播的。"

所以呢?

"那直播的工作人员精着呢，也不知道是事先物色好的，还是现场找的，反正每次都会挑些特别上镜的人，然后给几个特写镜头。私底下每年还有评什么最佳镜头的，反正怎么热闹怎么来。我觉得他们今年真要拍，铁定是你们俩。"林季像煞有介事地说。

孙雨濛刚好过来发语文的默写卷，听了个正着，把路言的本子递过去的时候，还点了点头，说："这是真的，言哥你可能没关注过这个，所以不知道。

"效果挺好的，尤其是在体育馆那个大屏上一投，真的全场都能看见。"

听到这里，朱瑞突然拍了下手，说："对，我记得，不是前年就是去年，拍到了二中一个艺考的学姐，好像说是学舞蹈的，对着镜头笑了一下，比了个剪刀手，气氛一下子好起来了。"

"就是因为这样，所以每年都有这个'特写镜头'的环节，跟保留节目似的。"孙雨濛笑了下，说。

"都说特写镜头挑中哪个学校，哪个学校就有面了。今年怎么挑也都是我们了吧！"

"那言哥和戚哥还戴什么帽子，肯定不能戴啊，我们一中的门面为什么要戴帽子？"徐乐天立刻说道。

朱瑞一把捏住徐乐天的嘴，说："我就说学校主席台上那套多媒体设备和投屏是怎么回事，敢情是为了这个啊？"

孙雨濛说："运动会办在我们学校，设备总不能太寒碜，而且拨了点经费下来。主席台就装了，反正以后也用得上。"孙雨濛耸了耸肩，说，"在办公室里听老曾说的，校领导好像还挺高兴，说百日誓师大会刚好也用得上。设备好，可以弄个大气点的百日誓师大会。"

陈蹊走过来，说："他们哪是为了这套设备高兴啊，是预期我们这一届高考成绩还可以，所以提前壮壮声势。"

陈蹊偏头，看着"这一届的希望"，说："言哥，戚哥，你们说是吧？"

说完，陈蹊不等"109届的希望"给她回复，和孙雨濛嬉闹着跑开了。

晚上回寝室的时候，路言前脚刚在楼梯上和顾戚说了"早点睡"，二十几分钟后，顾戚就出现在了路言寝室的门口。

顾戚穿着一身黑T恤、黑裤，发尾还沾着一点水，拿着手上的卷子晃了晃。

两人一人一张卷子，题做得也算认真。

直到路言手机第五次振动的时候，顾戚总算放下笔，问："谁的信息？"

路言回了一条，才道："林南。"

顾戚问："说什么了？"

路言说："说运动会那天，他可能会跟队，问有没有空见个面。"

"林南是体育生？"这次运动会，跟队的一般都是替补队员。

路言答："不是，林南是跟队的摄影。"

"他还会这个？"顾戚倒是不知道。

"会一点，应该只是找个借口出校的。"路言其实也不知道林南是怎么跟老师要到的请假条，又是怎么跟的队，想了想，猜道，"班里有两个体育生，应该跟他们一起。"

路言说完，半晌没听到顾戚的回答，偏头一看，顾戚正看着他。

路言问："怎么了？"

顾戚声音不重地说："你和林南关系很好？"

路言疑惑。

顾戚说："很早就想问了，他是怎么骗你到那边去的？"

路言更加疑惑。

顾戚把桌上的纸笔推远了点，又把挡在两人中间的椅子往旁边一移。

"第一次见面的时候，在烧烤摊，"顾戚说道，"你不喜欢那种地方，但他要去，也就去了。"

路言想了想，林南和尚清北，其实性格挺像的，只是一个话多一点，一个话少一点。

他和这两人认识的契机也像。

一个摔在了路上，陪着去了一趟医院。一个被带进了巷子，陪着去了一趟派出所。

见路言真的认真在想，顾戚笑着打住，说："骗你的，我听林南说了。"

路言继续疑惑。

顾戚看着他。他再清楚不过了，路小同学最吃不住的，就是林南和尚清北那种磨人的性格。就像林南说的，看着性子冷，其实心软得要命。

第64章

市高中运动会

时间转眼就到国庆节假期了。

高一、高二的宿舍楼基本上都空了，高三这边的宿舍楼人却不少。

总共两天半的时间，说多不多，但对高三生来说，也不算少了。半数人回了家，还有半数人嫌来回麻烦，留在了学校。

很快，这留在学校里的半数人就吃到了苦头。

"我的天，这还让不让人活?! 我怀疑我晚上睡觉，梦里都在走方阵！"林季猛地从床上坐起来。

一群人只想着来回麻烦，却忘了市高中运动会毕竟是大活动，调试设备是基本流程，但调试设备声音大，不能打扰学生们的上课时间，于是，只能趁着假期调试。

所以当教学楼早上八点的上课铃声兢兢业业地响起，而操场上又瞬间传来运动会的进行曲的时候，沉寂的宿舍楼几分钟之内炸开了锅。

虽然已经入秋，可天气还没彻底转凉，带着夏天的余温，偶尔不对劲了，还有升到三十多摄氏度的时候。林季他们几次半夜闷出一身汗后，也不怕蚊子咬了，直接开着窗户睡。

少了窗户的隔挡，效果几乎就跟在耳边炸开差不多，就是睡着了雷打都不怎么动的林季，都有些挨不住。

林季长吐一口浊气，往顾戚那空荡荡的床铺扫了一眼。

"幸好戚哥没在这儿睡，否则保准得生气。"林季嘶哑着声音说，毕竟他们戚神有点起床气的事，在九班不是什么秘密。

操场上音乐响起的时候，路言正在阳台上。昨晚两人做了两套卷子，三点多才睡下，忘了给手机调静音，所以铃声一响，他就醒了。

他又怕吵着顾戚，撑着起来把手机调了静音，可这么一岔，彻底醒了神。

路言翻了翻手机，才注意到一个未接来电。昨晚十一点多林南给他打了个电话，他那时候可能在写卷子，没接到。

等了一会儿，确认顾戚还在睡，路言轻声地下了床，随手带上窗户，然后才去阳台给林南回了个电话。

"言哥，你现在在哪儿啊？那边什么声音？"林南问道。

路言说："寝室。"

从阳台这边，隐约能看到操场的一角，路言看着红色跑道上来回的那些人，回道："操场上在调试设备。"

林南一下子兴奋起来，问："运动会，是吗？"

路言答："嗯。"

林南嘻嘻地笑了一下，又随便地扯了几个话题，路言有一搭没一搭地聊着。

林南问："哥，你是不是在忙啊？"好几次都是隔了一会儿，才回的电话。

路言答："没。"

没在忙，只是不知道里头那人醒了没。

顾戚有点起床气，路言也是后来才发觉的。

有一次周六，也差不多这个时间，楼下正在喷消毒水，阿姨放了个广播，让他们把晒在外头的衣服都收一收。阿姨大概是嫌广播声音小，说完之后，一路从楼下喊上来，顾戚就被吵醒了。

路言那天恰好醒得早，从浴室出来就看到顾戚沉着脸靠在床头，右腿微蜷着，右手搭在膝盖上，也不知道在看什么，可浑身上下都散发着一种"生人勿近"的气息。

偏头看到路言时，他才跟醒过神来似的，舒了一口气，然后笑着下了床，就好像刚刚什么也没发生。

后来路言挑了个时间，问了问杨旭之，杨旭之没正面回应，反问路言，顾戚还有没有做别的。

路言摇头。

杨旭之深深地看了路言一眼，说："言哥，以后就让戚哥睡那边吧。"

然后路言才知道，顾戚是真有起床气的。

顾戚的起床气不重，平日不显，因为基本上都在别人吵醒他之前他便醒了，很少有"不想起"的时候。可哪天顾戚要是真累了，想睡的时候被人吵醒了……谁撞这枪口上，只能怪他自己倒霉。

用林季的话说，就是："动手是不动手的，只是那一眼扫过来，感觉跟被揍了一拳没什么区别。"而且顾戚那低气压能持续一早上。

路言不知道他打电话会不会吵醒顾戚。他倒不是怕顾戚生气，只是怕他睡不好。

"言哥？言哥你在吗？"林南半天没听到路言的声音，忍不住问了一句。

"嗯。"说着，路言下意识地往里头看了一眼，虽然除了紧闭的木门和墙，别的也没看见什么，想了想，还是说："先不说了，还有事。"

林南立刻道："好，那周五见！"

路言应了声，挂了电话。

房间里窗帘拉着，和外头比起来，光线暗了不少。

隔着大半片宿舍区，再加上房间的门、窗都关着，音乐声不算很响，但没有停下来过，比起吵，这样的声音更磨人，跟小钝刀割肉似的。

顾戚的床铺动了动，路言坐在位置上，听到声音之后，抬眸看过去。

顾戚已经抬起手，覆在自己眼上，还有些不耐烦地"啧"了一声。看样子，是真的有点被吵到了。

路言走过去，顾戚刚好放下手，两人视线一对。

"怎么从阳台回来了？"顾戚的声音惺忪，像是半睡半醒间说出的话。

路言不知道他究竟是醒的还是睡着的，回了话："去阳台接了个电话。"

顾戚问："谁的？"

路言说："林南。"

又是林南。

"说什么了？"顾戚声音清醒了点，"还跑到阳台上去？"

路言又好气又好笑，他跑到阳台上去是为了谁?!

顾戚拿过手机，问："几点了？"

路言回答他："八点。"

顾戚说："还早。"

路言"嗯"了一声，接着说："再睡一会儿。"

说着，他推了一下顾戚的手，没推动。

"顾戚。"因为怕吵着他，所以路言刻意地压低声音。

顾戚笑了下，说："嗯。"

路言说："好好睡。"

顾戚却像是挑着听的，自动过滤了这句，说："头疼。"

路言又道："所以让你躺下好好睡。"

这两天顾戚都睡得晚，难得放假，路言是真想让顾戚好好地睡一下，于是走过去，把顾戚枕边的手机拿远。

顾戚说："怎……"

路言直接打断道："你再说。"

顾戚笑了，说："不说了，睡觉。"

路言原本以为被顾戚这么一闹，他是不用睡了，可谁知，吵了很久的音乐忽地停了，几分钟过去也没见再起动静。

可能是一下子安静下来，也可能是本来就没睡饱，慢慢地，困意卷着一股疲累袭上来。

迷糊中，他感觉到有人把被风吹歪的窗帘放下，动作很轻，很小心。

当天下午，宿管科便跟学校提了意见，说还有很多学生留校，大多是高三的学生。他们平日课业压力大，好不容易有个假期，问调试设备的事，能不能尽量挪个时间。

学校领导大概也觉得不妥，第二天，调试设备就放在了下午，避开了早上的时间，学生这才没再叫苦。

假期一过，市高中运动会如期而至。

开幕式前一天，学校就把操场封了，从里到外地清理了一遍，用学生的话说，就是"连片叶子都不给你捡到"。

等到开幕式这天，九点钟开幕式才正式开始，可七点一刻，操场上便放起了耳熟能详的励志歌曲，比如，《我相信》《我的未来不是梦》等。几首励志歌曲轮着来。

周五早上没有教学的安排，各年级只留了各班的班主任，其余老师全在校门口接待市教育局领导和各校代表团，整个学校前所未有地热闹。

所有学生出宿舍楼一看，一晚上的时间，操场上横空出世了四五十条横幅。每个学校一条，一眼望去，全是"预祝镇安市第二十五届高中运动会圆满成功""传承体育精神，共享竞技成功"之类的规矩到不行的口号。

林季他们扒在五楼护栏上往外看，看得直拍手掌。

"这种三十一所学校争锋的现场，厮杀感这么强，横幅不都应该写'灭东方、秒蓝翔，镇安一中王中王'这种杀气逼人的口号吗？我们学校写的居然是'发展体育运动，增强人民体质'，格局这么大的吗？"

"不知道的还以为是奥运会呢。"

陈蹊斜了他一眼，说："你以为是给我们看的？"

"当然是给领导看的。"陈蹊补了一句。

朱瑞把横幅都看了一遍，说："我们算明面上的东道主了，别的学校就一条横幅，我们两条，赢了！"

没几分钟的时间，所有教学楼的走廊上，全是攒动的人头。

说话间，十几辆大巴车从校门口驶进来，车停下的瞬间，各个学校的代表团从车上走下来。

林季倒吸了一口气，说："说实话，如果是我，一抬头，看到这黑压压的一片，我心脏病都得犯。"

就在所有人都开始讨论几中校服最好看的时候，路言却在第三辆车那边看到了林南，颈间挂了个摄影机，看起来倒挺像那么回事。

林南在一群运动员间，个头本就显得有些矮，又拿着摄影机抬头四处拍，所以格外显眼。这下不仅是路言，就连顾戚都看见了，问："那是林南？"

路言答："嗯。"

路言说完，兜里的手机就振动了下。不用猜，都知道来电话的人是谁。

"言哥！我看见你了！五楼左侧这边，是不是？戚哥也在！！！"林南举着手机，喊着。

顾戚低头，将激动的林南看了个正着，说："这么远都能看见？"

路言看着林南手里的摄影机，说："可能摄影机被拿来当望远镜用了。"

两人正说话，突然整个五楼走廊上的人全偏过头来看他和顾戚。

路言："……"

路言这才发现，不只是五楼，校车旁的其他学校代表团、高二教学楼，凡是他能看见的，所有人都在往这边看。

大多数人都不知道发生了什么，一个接着一个地往这边看，全靠从众的本能。

一个人抬头不算什么，两个人抬头，也不算什么，一群人抬头，接着，就会有无数人跟着抬头。

路言低头一看，果然，林南和他们班里两个男生正齐齐地朝着这边挥手。即便隔着几层楼的距离，都能看到他们有些兴奋的脸。

"言哥！戚哥！这里这里！"一个高个子男生突然喊了一声。

所有人突然就看懂了这个热闹。

"那不是十四中的校服吗?!"

"是！我就说怎么这么眼熟呢！"

"他刚刚喊了言哥，还喊了戚哥?!"

"戚哥，你也认识啊？"林季立刻问道。

顾戚点头道："嗯，朋友。"

林季他们这下全来劲了，只要是言哥和戚哥的朋友，就是我们九班人的朋友。

林季和谁都自来熟，立刻踮着脚开始挥手回应，还喊了一声"朋友"。

这下，十四中的人手挥得更勤快了。

两方人马就这样，跟雨刷器似的挥手，遥遥相应。

而其他各大代表团，在他们喊出"言哥""戚哥"的那一瞬间，也猛地抬头。路言不考则已，一考就拿了个状元的事，镇安就没有哪所高中是不知道的，再加上跟泰山似的镇在一中的顾戚。

这两座大山谁都不想碰上，可又都想见见，于是从大巴车上下来的人很快也闹成一团。

"哎，路言和顾戚，哪儿呢？"

"哪儿呢，哪儿呢？我们班里的人还指着我拍照片呢！"

"五楼，五楼！"

此时，曾宏正好带着几个教育局的领导从那边走过来，一下就看到高三楼这边挥手的场面，几个领导都笑了一下，也跟着挥了挥手，说："学生挺有朝气啊，挺好，挺好。"

曾宏满头问号，可表面功夫做得很到位，说："玩性大。"

"听说这次和其他几所省重点高中联考，一中的成绩很突出啊！"

听他们提起这个，曾宏才笑得真情实感，一边领着人往操场走，一边开口道："还行，有两个学生……"

领导七七八八地一来，看台观众正式排队进场。

顾戚手上拿着一顶黑色的棒球帽，入座的时候，路言才看到。

路言想起这帽子是早上顾戚从衣柜里拿的，说等会儿太阳晒，拿帽子遮一遮，可或许是运气好，九班的这个位置，就在主席台旁。被天顶一遮，斜着落下一大片阴影来，他们刚好被阴影遮住。

开幕式还没正式开始，看台上大半人的目光都集中在高三九班这边。

无他，一中的高三与高一、高二似乎生活在两个世界。单独的教学楼、单独的晚自习时间、单独的课程安排，就连中午吃饭，也约定俗成地分开两个食堂。能同时见到路言和顾戚的时间，着实不算多。

哪怕是课间操时间，两位大佬也经常凑不齐，就是真凑齐了，也是最后一个入场，第一个离场，根本碰不着正面。

高二还好，高一本就刚进学校不久，正是有新鲜劲的时候，老师们上课又总把路言和顾戚的名字挂在嘴边，说"向你们顾戚学长和路言学长学学，要是哪天，能像他们两个这么稳了，就是不写作业都可以"。

其他学校的学生就更好奇了。

顾戚之所以被叫作一中的"定海神针"，绝不只是因为成绩，而是各个方面单独拎出来，都没什么人能挑剔的。在这方面，能跟他平起平坐的，大概就只有一个路言。只是那时候的路言，还不是现在的状元，而是"整张卷子只会写学号"的学渣。

众人眼神热切，路言和顾戚却该做什么做什么，丝毫没受到影响。

倒是坐在路言身边的林季感慨地说了一句："在言哥身边坐着，感觉自己都光彩照人了。"

朱瑞回头，猛地拍了一下林季的大腿，说："醒醒，只会衬得你脸大如'磐'，不是盘子的'盘'，是磐石的'磐'。"

林季："……"

等到领导全部入席，光领导讲话就过去了半小时。

各种专业镜头在操场中间来回转，好些人都是第一次看见这么专业的镜头，更别说此次拍摄还启动了航拍飞机。

但总归有些晒，等熬到那句"我宣布，镇安市第二十五届高中运动会正式开始"，台下掌声比以往任何一次都要热烈，好些动作快的学生已经起身，老师连忙控场。

"等领导退完席才能走，都坐好！别被拍到了！快！"

几人委委屈屈地坐下，就在领导席都走了一半的时候，人群中却突然爆发出一阵尖叫和掌声。

毫无由来，毫无征兆。

一众老师都被吓了一跳。

主席台旁的九班已经坐不住了。

"我就知道！我就知道！肯定会来的！戚哥、言哥看镜头啊！"

"我就说今年怎么没有呢！原来在这里等着呢！"

"啊啊啊，啊啊啊，给我们一中俩状元爷排面！！！"

其他人跟着一抬头，这才发现直播镜头定在了路言和顾戚身上，还实时地投在了屏幕上。

九班的其他人兴奋到满脸通红，可屏幕上的两位大佬连脸色都没变过。

顾戚了解了情况，只笑了一下，偏头跟路言说话。

与以往任何一次一闪而过的镜头不同，这次的镜头格外长，而且纹丝不动，甚至像是专门锁定在两人身上似的。

于是，所有人就这么看着顾戚笑了下，看着顾戚偏头去跟路言说话，看着顾戚指了指屏幕。

本就是一中的地盘，画面上两个人又是一中各种意义上的门面，掌声、尖叫声高到几乎要掀了主席台的天顶似的，声音嘹亮到连主席台上的领导席都跟着停下了脚步。

曾宏和校长扫到屏幕，说："是路言和顾戚。"

"就五校联考拿第一名、第二名的两个学生，是吧？"

"是，俩孩子在学生中人气比较高，"曾宏指了指投屏，"刚好拍到，所以兴奋了点。"

领导对顾戚和路言的事早有所耳闻，甚至还有几个认识路言和顾戚的父母，于是也乐呵呵地笑了下，没说什么，继续往台下走。

镜头随机又挑了几组人，可开局一场王炸后，后来几个镜头就少了点效果。所以当镜头再一次捕捉到路言和顾戚的时候，这下不只是场下的人了，就连路言都蒙了。

可这次，他们的"定海神针"没有再偏头跟小状元爷说话，也没指屏幕，而是随手拿过一顶黑色的帽子，盖在了路言头上，还轻轻地往下压了压，把他的脸挡了个严实。

一个很明显的信号，不给看。

这下，全场是真的炸了。

第 65 章

前方高能预警

周遭很吵，无论是看台，还是场内。

路言没有抬头，宽大的帽檐遮了视线，只能借着余光看到站起来的林季他们。

这帽子在衣柜里放了一段时间，带着很熟悉的气息，路言一时都没分出是像他的，还是像顾戚的。

等到镜头总算移开，路言伸手想摘帽子，却被顾戚制止，说："晒，先戴着。"

路言只顿了一下，就放下手，没摘。

九班位置占了便宜，晒不到太阳，可退场的时候就吃了亏，排在最后。

顾戚转身，朝着陈蹊和孙雨濛说了一句："我们先走了，雨濛你跟老周说一声。"

孙雨濛说："我正想跟你说这个事呢。"

这种大型的赛事本来就中规中矩得很，几个方阵走过去，新鲜劲一过，视觉立刻疲劳。就在所有人都快撑不住的时候，镜头里突然出现顾戚和路言的脸，那种视觉冲击力是有些受不住，直到现在，场上绝大多数视线都还集中在这边。

"行，哥，你们小心点，别往教学楼那边走了，人太多了。"

"往羽毛球馆那边走，那边是工作人员和老师的通道。"陈蹊头微偏，指了个方向。

如果是其他人，没有工作证百分百要被拦下，陈蹊却丝毫不担心路言和顾戚。

九班的人立刻起身，打算先在外侧让两个座位出来，让两人方便一点，顾戚却说了一句"不用"，带着路言，三两步下了台阶。

顾戚掐着时间走下来，刚好是一个班最后一个人走下台阶，另外一个班开始整理队伍退场的时候。

负责进退场的是两个高二的男生，刚开始借着余光看到有人从过道走过来，下意识地伸手想拦，可手才伸到一半，一转身，动作顿住。

"学，学长。"他拘谨地喊了一声，然后在"给一中俩'定海神针'放行"和"恪守职业道德，说不让就不让"中，果断选择了前者。

因为也不止他一个人这么选。

男生抬头，往后望了一眼，正要排队退场的高一的新生们，在看到这两人的瞬间，全站在了原地，完全没了刚刚那股"都别拦，让我先走"的气势，甚至有人比了个"学长先请"的手势，乖巧如小鹌鹑。

维持秩序的两人立刻让开。

可顾戚和路言只下了两个台阶，前面就不动了。

路言看了一眼他们身上校服的颜色，高一的。

人群中不知道是谁喊了一声"学长过来了"，前面正走着的一群人忽地顿住脚步，齐齐地回过头来。

路言和顾戚就这样停在了楼梯上。

前面队伍末位的男生一转头，正对上路言的视线，抓着栏杆的手立刻紧了紧。

顾戚和路言对他们这些高一新生来说，就是天花板，以两人的成绩和家庭条件，一眼看到老，以后说不定只能在电视和杂志上见见了。

平常偶尔在学校里碰上，他们也就远远地看一眼，因为高一教学楼和高三教学楼之间隔着两个操场的距离。

这一下子碰到两个，还是这么近的距离，他都感觉有点激动得站不住了。

而且两位"神仙"还高了他们一个台阶，眼眸一垂，那种骨子里的疏离感和睥睨感猛地砸下来，砸得他眼晕。

"学长好！"男生立刻喊了一声，被他一带，队伍末尾一圈的男生们立刻跟着喊。

一时间，就只有十几级台阶的缓冲台上，全都响着"学长好"的声音。

路言："……"

路言轻扫了一眼那个男生抓在扶梯护栏上的手，轻声开口："不走吗？"

"走走走！"人潮立刻推搡着往前走。

看着攘成一团的男生，路言无奈道："看路。"

顾戚把人护在身边后，也开了口："都小心点。"

一群人又顿时安静如小鸡崽。

两人从操场后面避开人群绕回班级，路言才收到林南的短信。

"哥，我去你们班看台那边找你，林季说你和戚哥先走了。"

他都不知道这么短的时间里，林南和林季是怎么熟起来的，都直接喊上人了。

"嗯，在班里了，等下你可以跟林季他们一起过来。"

林南回完，下一秒，立刻甩了个链接过来，只看到那标题，路言就把手机关了。

——今日开幕式最佳镜头，镇安一中 MVP，独秀，天秀。

路言都没点进去，顾戚的手机却紧接着响了起来。像是点开了什么视频，开头就是一段很嘈杂的人声，效果不是很好，就像在空旷的地方，隔了点距离，笼统收音的那种。

路言有种不太好的预感。他偏头看着顾戚，顾戚把手机屏幕打横："林季发了个链接。

"看看？"

路言："……"

他并不是很想看，也不太想让顾戚看，可顾戚已经点开了。

底端进度条显示视频有两分钟，播放量却出奇地高。

在一个环绕一周的长镜头后，突然闪过一长串"前方高能预警"的弹幕，紧接着，就跟早上开幕式的时候一样，随机镜头定在了他和顾戚的位置。

弹幕已经不太能看了。

"啊啊啊，拜状元，祝我金榜题名！"

"我要把这镜头截下来，打印，贴我床头，我妈问我，我可以很自豪地说，是为了沾沾状元的喜气。"

"给我大一中双男神排面!!!"

"同学们，把兄弟打在屏上！"

"开局、收尾，前后呼应，行，满分拍摄。"

路言："……"

路言深吸一口气，伸手按住顾戚手机的锁屏键。啪的一声，屏幕黑屏，所有声音和弹幕消失了，只剩下顾戚若有若无的笑声响在耳际。

下午比赛正式开始，林南面上还挂着一个通讯人员的名头，要全程跟组，所以中午只跟路言简单地碰了个头。直到下午赛事结束，林南才正式地摸到了高三九班。

林季见到林南，极其娴熟地勾了一下他的肩，问："他们俩呢？"

林南知道他问的是班里的两个体育生，道："体育老师带走了，说明天有比赛，今天不能在外面吃。"

"没事，让他们明天好好比，周日比赛结束再约。"林季道。

已经入秋，昼夜温差骤然拉大，晚上的风一吹，就跟早上温度差了一个季节似的。

林南跑了一天，晒了一天，一下子静下来，凉意格外明显，冷得他不自觉地打了个寒战。

因为这么一个寒战，林南身上多了件校服——一中校服。穿上一中校服的那一刻，林南甚至有点飘，说："哥，没想到有一天，我竟然能穿上一中校服。"他低头看着自己胸口那个一中标志，问："等会儿能帮我拍一张吗？我发个朋友圈，让我妈快乐一下。"

众人被他逗笑。

这个年纪，本就是属于谁都能聊，又什么都能聊的时候，林南从一中校服说到十四中运动会，又说到丁力，话题绕了一圈，最终回到今天开幕式那最佳镜头上。

林季放下筷子，微侧过身，看着路言和顾戚问："哥，你们知道其他人都怎么说的吗？"

路言不太想知道，可林季没给他回话的时间。

"他们说摄影师绝对是开场就锁定……锁定你们俩了，否则镜头根本不会这么准，还硬生生地定了一分多钟。他们都怀疑这根本不是什么定点镜头，而是给你们俩拍了个短片。"

路言："……"

吃完饭，一群人送林南上了车才往学校走。

晚自习快要开始了，可一群人吃得正撑，最后还上了一个铁板牛肉，弄得离得近的林季他们一身的铁板味。

"不行，这怎么写卷子啊？要不去操场上转一圈，先散散味？"林季开口道。

"同意。"

"我好撑，我怕等会儿看到卷子再吐出来。"

"戚哥，言哥，你们觉得呢？"一群人转头看着顾戚和路言。

"主要是马上要上课了，等会儿再被老曾逮住，戚哥和言哥在不在，是我们能不能虎口逃生的决定性因素。"

路言点了头，一群人这才浩浩荡荡地往操场走。

天色还没彻底地放暗，操场上隐约还能看到早上礼炮留下的彩带。

顾戚帮路言把外套的拉链拉上，说："起风了，拉链拉好。"

"不冷。"路言低头看了一眼。

顾戚说："感觉到冷了，离着凉也就不远了。"

路言想起这话徐娴以前总说。因为他怕冷，小时候衣服总是裹得一层又一层，一喊冷，徐娴就觉得他要感冒。

第 66 章

给我一中双男神排面

周日闭幕式之后，为期三天的运动会正式结束。

最后一辆大巴车驶出校门的那一瞬间，整个一中都安静了不少。连操场上的横幅都被摘得很干净，一条一条地折好，被各个学校带回去。

往年这些一次性的横幅都是交给主办方统一收置的，因为没别的用途，留着还占地方，所以大概率是被主办方按废弃品处理了。

今年却不一样，也不知道是哪个学校的学生起了个头。闭幕鼓一敲响，领导一退席，各代表团从看台上跑下来的间隙，便借了裁判台上的马克笔，在横幅上签了自己的名字，还写了一句千百年通用的"到此一游"，紧接着一发不可收拾。

以往也有横幅，可那些横幅大多都悬在体育馆看台外侧，离得远，有时候连横幅上写了什么都不知道。

这次不同，虽然一中和体育馆比，在硬件方面没那么专业，可总归是学校，学校里来回走动的也都是穿着校服的学生，哪怕学校的环境是陌生的，可熟悉感仍旧在，学生们的胆子也大一些，所以赛事结束的那一刻，看着那挂了三天的横幅，手一痒，就想在上头留点什么。

为了方便他们，几个体育组的老师一商量，索性把所有横幅都摘了下来，在跑道上依次铺开，又把器材室里写得出水的笔都拿出来。笔不够了，还找学生去超市买了七八盒。

从教学楼高处一眼望去，红色的横幅与跑道几乎融为一体，上头的印字却明黄一片，很显眼。

每条横幅旁都蹲着一批人，穿着不同款式、不同颜色的校服，动作却出奇地统一。各校通讯社的成员也出奇地默契，心照不宣地把这一幕拍了下来。

老师看着这些学生，笑着随他们闹。他们最后一条一条地把横幅卷好，各自带了回去。

一中高三年级的学生也靠在班级门口的护栏那边往下看，饶是只参与了一场开幕式的他们，看着那操场，恍惚间，也像是回到了高一、高二的时候。

各个学校的横幅上，基本上都是学生自己的名字，其余的，便剩下一行行的"高考加油"和"金榜题名"。

可谁知，画风到了一中这边，忽然来了急转弯。

当那写满"76""最佳镜头""双状元""给我一中双男神排面"的横幅照片，在一中各班的群间一转再转，最后转到九班班群的时候，九班的所有人："……"

红底黑字，各条单拎出来看，也不算多热闹，最出格的，大概也就是一个"76"。

可关键是，几乎一半的横幅上，都与顾戚和路言有关。

九班的人一条一条地看过去，绝了。没一个人写明顾戚和路言的名字，可偏偏谁都能看懂，每条都在写他们。

紧接着，半年前校公众号上九班种的那棵树，树上顾戚和路言那两条红绸，又被翻了出来。

顾戚和路言的这把火，甚至烧到了其他各个学校。

这几天凡是参加了这次运动会的，不论是运动员，方阵的表演人员，还是跟队的工作人员，时不时地就要被问一句：

"那随机镜头是真的吗？"

"真拍到了？"

"顾戚和路言关系这么好？"

"你看到了？"

刚开始他们还会描述一下，后来问的人多了，都麻木了，就变成了无情的回话机器，总结起来，基本上就只有两句话：

"在现场。"

"是真的。"

墙上的日历撕了一页又一页，很快就薄下去一层。

某天早自习，孙雨濛依着惯例去撕下昨日的那张日历时，一眼看到新页上那"立冬"两个字，才发觉秋天已经过去。

秋天在镇安这种地方，一贯就没什么存在感，秋风都没吹几阵，雨一下，就跟冬天没什么两样了。只是衣服从短袖换成外套，偶尔遇上潮湿的雨天，校园里还能见到几个穿冬大袍的。

五校联考之后，学校又组织了几次考试，第一名不是顾戚，就是路言，两人永远只差一两分，却和第三名拉开一段距离。

　　断层说不上，可其实大家心里也都清楚，差的那些分，不是光说"下次努力"就可以追上的。

　　其他几个班的学生心也都静了，从力争第二，变成冲个第三，但看着考出这样的成绩的顾戚和路言还每天刷题到凌晨，对他们俩服气的同时，也铆足了劲往前跟。

　　高三的分量，就这么悄无声息地压下来了。高三生会疲惫，偶尔也会丧气，可那种沉淀感也跟着扎下来了。

　　一中期中考过后，其他几所省重点的高中也陆续地考完试，老师们都省得另外安排作业了，各校试卷一发，让他们自己掐着时间好好做。

　　所以路言这两天一回到寝室，洗完澡之后，基本上就坐桌边了，常常是十点半开始，两点多才歇下。

　　倒不是路言给自己硬性地规定了什么时间，只是他从小养成了习惯，用整块的时间专心地做一件事。做卷子或看书都行。

　　早上各种主课一排下来，平时白天自己可以安排的时间太零碎了，只有平时的晚上和周末是自己可以安排的整块的时间。

　　顾戚从浴室出来，先看了看台灯那边的路言，又看了眼墙上的挂钟，晚上十二点半。

　　这几天卷子多，顾戚也知道。可路言已经连续熬了三天大夜了，今天再算上，就是连着四天熬夜了，顾戚怕他吃不消。

　　顾戚绕过椅子走到路言身后，低头扫了一眼，一张新的卷子，刚做了几道选择题。刚开始，也好结束。顾戚伸手压在那张卷子上："就到这儿，先睡觉。"说着，拿过路言手上的笔，合上盖子，放在桌角。

　　路言偏头想去看时间，顾戚却微一侧身，挡了他的视线，说："一点多了。"

　　路言记得他去洗澡的时候，似乎只有十二点，才出来没多久，就过了一个小时？

　　路言刚想开口，一抬头，发现顾戚身上只套了一件薄款长袖。

　　"想感冒吗？"路言把外套递过去，"穿这么薄。"

　　"因为已经到了睡觉的点，不是我穿得薄，是你穿得厚，"顾戚把外套直接往椅背上一搭，"脱外套，睡觉。"

卷七

未来可期

背后的新树，向阳而生，

总有一天，会带着他们的名字，

高出矮墙，久长，一夏又一夏。

第 67 章

○

甜橙味的

镇安接连下了几日的雨，温度骤降。

路言洗完澡不喜欢穿太多，嫌麻烦，身上还有余温，因此外头只裹了一件一中的冬大袍，里头就是睡衣，所以顾戚才说他穿得厚。

见路言没有动作，也没有回答，顾戚开口："还是想穿着外套睡？"

路言："……"

"前几天都只睡了几小时，不困？"顾戚没辙，拿过小状元的试卷，放进桌膛，"少学点，给别人也留点拿状元的想象空间。"

状元啊……路言笑了下。

见他笑了，顾戚心情也挺好，问："怎么了？"

路言摇头。

他对考状元其实没什么执念，可或许是两年没有考试了，比起那些题目来，反倒觉得考试本身才是真正的考试，所以每次考完后，他都会花上几天时间去复盘。

现在想想，路言觉得不能考试的那两年，其实也是一种体验。当时觉得过不去的事情，不知不觉也过去了。

他还记得有一次周末留校，学校附近开了个新店，一群人出去吃饭，林季他们都吃得有点撑，靠在椅子上不想动。

老板问分量够不够，不够下次来再给加，朱瑞他们打着嗝说够了。

老板年纪挺大，待人也和善，看着见底的盘子，笑呵呵地问味道怎么样，林季撑得有点不想说话，抬手竖了个大拇指，权当回答。

那时他去楼下洗了个手，顾戚去接了个电话，两人刚好在楼梯口遇上，一起往包厢走。

推门的瞬间，尚清北刚好放下筷子，抬头看见了他。

那段时间，尚清北见缝插针地想替他补习，看到他进来，林季又刚好竖了个大拇指，立刻说了一句："这个手势，可以用来判断磁场的方向、洛伦兹力、感应电流方向。"

这事到现在还会被林季他们提起来。

想着想着，路言的思绪就有点飘远了。

顾戚见他明显有些心不在焉，开口问："在想什么？"

路言脑子里最后一个片段停在尚清北身上，顾戚这么一问，一走神，下意识地回了一句："尚清北。"

路言："……"

顾戚："……"

路言觉得这一觉睡得很沉，也不知道是不是前两天真的熬久了，平日六点的起床铃，一般早十几分钟就醒了，可今天拖到铃响，才慢慢地睁开眼睛。

才是初冬，可北风已劲，再加上接连的阴雨，寝室都跟浸在寒气里一样。

天色也沉，依稀见光，是一个很适合睡觉的天气。

从小到大，只要是上学的日子，路言都没怎么赖过床，哪怕是最冷的时节。这还是他第一次生出"再躺一会儿"的念头。

意识清醒后，路言才掀了被子，看着浴室门缝间漏出的光线，知道顾戚醒了。路言刚想问问，浴室的门便开了。

里头的光没了遮挡，从那窄长的小空间一路延展到寝室门口。光线冷白，不算亮，可眼睛还没来得及适应，显得有些刺眼。

路言头只别过去一半，顾戚已经抬手把灯关了，寝室再度陷入一片灰蒙蒙之中。

"先躺着，穿好衣服再下来。"顾戚拿过椅子上的冬大袍，"今天降温，秋季的外套太薄，穿这个。"

路言接过衣服，问："几点起的？"

顾戚说："刚刚。"

刚洗漱完，顾戚身上带着点凉气，像是怕凉气过到还没怎么睡醒的路言的身上，只笑了下，放好衣服便起身，说："眼睛遮好，我去开灯。"

刚开始光线稀薄，路言看不清，等灯一开，顾戚一走近，路言才发现了异样。

"昨晚没睡好？"路言看着顾戚那明显带着血丝的眼睛，问出了口。

顾戚说："没，刚洗脸的时候眼里进水了，揉了两下。"

说着，他走到衣柜边，拿出一件奶白色的羊绒衫，问："穿这个？"

路言随口应了一声，等穿好衣服，就往浴室走去。

门一关，顾戚才坐在椅子上，往后一靠，有一下没一下地揉着眉心。

昨晚不是没睡好，是根本没怎么睡。

像睡着，又像醒了，做的梦乱七八糟的。

那种半梦半醒的状态很要命，像一把火星子搅在干草堆里，外头什么都不显，里头却被灼得焦黑一片，只差一点，就能里里外外地痛快地烧起来，可直到醒来，这大火都没烧起来。

路言走进浴室，拿过牙膏的瞬间，才发现换了新的。

"甜橙味的。"顾戚不知道什么时候站在了门口。

路言这才记起来，前两天牙膏快见底，就去了学校的超市一趟。

他对这个没讲究，挑了个离柜台最近的，结果顾戚拿了个甜橙味的。

他以为是顾戚喜欢这个味道，结果顾戚说是给他的，因为小孩子都喜欢。

"挺甜的，"顾戚笑了下，"超市还有个草莓味的，下次可以试试。"

路言："……"

之前还没彻底地醒过神来，路言没怎么看清顾戚的状态。等洗漱完，整个人彻底地清醒了，路言才察觉到顾戚的状态，显然不是他说的眼睛进水后揉了两下的状态。

"昨晚到底几点睡的？"路言皱眉问。

顾戚说："你几点睡的，我就几点睡的。"

路言显然没信，课间操盯着顾戚睡了一觉，见他精神好些了，才放下心来。

入冬之后一天比一天冷，雨又一直不歇。尽管老师、家长都时常提醒学生添衣防寒，可感冒的学生还是越来越多。

已经有一个多星期没出课间操，整个学校的气氛都显得有些沉闷。

走廊上溅进的雨水汇成一股一股的，淌满各个角落。空气又湿又冷。学生偶尔开窗想要换换气，突然就起阵风，雨丝扑一脸。被雨扑脸的次数多了，门窗就全关上了。一关门窗，空气更不流通了。

老师们听到有学生咳嗽一声，心头就一跳，尤其是高三。曾宏每天早自习都要亲自来一趟，问班里有没有头疼脑热的。

这天课间操，所有人都还趴在桌子上补觉，隔着一条走廊，就听到曾宏的声音。

"都把杯子拿出来放桌上啊，把杯子里的东西都倒了。该洗的杯子都好好地洗洗。"

声音由远及近，像是从各班一路走过来的。

前两天顾戚便让家里的司机把那件"教研组"送了过来，放在教室里，给路小同学补觉的时候用，所以曾宏的声音响起的时候，路言正盖着那"教研组"自带的帽子补觉。

路言醒是醒了，却没起，也没动，就这么慢慢地睁开眼，看着顾戚。

顾戚忽然想起这人第一次披着这件外套睡觉的时候，被风吹得头疼，才勉勉强强地把头偏向他这一侧。现在哪怕睡着，也会下意识地朝向他这个方向了。

他放下书，轻笑道："别这么看我。"

路言这才起身。

整个五楼突然热闹起来，路言刚掀下帽子，那头林季已经"哇"了一声。

靠近走廊的那一排窗户一下子全开了，风不大，但教室里还是体感可辨地多了点凉气。

顾戚把路言掀下的帽子重新戴上，语气没什么商量的余地，说："先披着。"

"我的天，老曾这是……被调去学校食堂了？"朱瑞扒着窗口喊。

"啊?!"这下就连埋头写卷子的尚清北他们都抬起头来。

"否则身后怎么带着一群食堂阿姨啊？"

"后面那一群阿姨是食堂的吧，我没看错吧？"朱瑞眼睛都快眯成一条缝了。

林季探着脖子看，说："是，最前面那个是张阿姨，三号窗口，每次打菜都给我多一点，我不会认错的。"

很快，周易和曾宏就一前一后地走进了九班。

周易先开了口："这两天学校感冒的学生多，食堂一早煮了姜茶，大家都把杯子准备一下，等会儿所有人都把保温杯打满。"

等周易说完，曾宏立刻接腔："先给你们送过来的，怕你们喝不着，大家动作都快点啊，高二、高一的学生还等着呢。"

林季他们一听姜茶，脸色就一青。

姜茶，还打满?!这种好事应该先给学弟学妹呀，身为高三的他们应该孔融让"茶"！

可没等到他们让，阿姨就已经拎着姜茶走了过来。三个巨大的保温壶，比市面上常见的大保温壶都要大两圈。

最先倒满的是孙雨濛的杯子，在所有人的注视中，她先喝了一口，然后又喝了一口，接着喝了第三口。"姜味不浓，用的是糖姜，还有红枣！可！"孙雨濛比了个"OK"的手势。

食堂阿姨笑着说了一句:"这孩子嘴巴还挺刁。"

周易道:"就怕你们不爱喝再浪费了,做这姜茶,食堂下了些功夫的,每人多少都倒一点,最好倒满。"

有了班长以身试"毒",一群人才跟幼儿园的小朋友排队分零食似的,端端正正地坐在椅子上,打开盖子。

路言不太喜欢姜的味道,本来想着倒一点就好,别浪费。可阿姨都没等他开口,只看了他一眼,便一下子把水杯灌满,灌到杯口才停下来。

路言:"……"

阿姨看着他说:"不够的话,中午再拿着杯子来一号食堂打啊。"

路言满脸疑惑的表情。

前排拿着自己的杯子,和路言的杯子比了比。

"言哥你和阿姨认识吗?阿姨为什么给你打这么满?还让你中午拿着杯子去一号食堂打?"

路言:"……"

顾戚坐在一旁,就看着路小同学盯着那满杯的姜茶,想笑到不行。路小同学可能忘了自己刚睡醒,戴着帽子,脸还红扑扑的,看着是挺招人疼的,难怪阿姨打杯姜茶都想给他打满。

"不爱喝就少喝点,剩下的给我。"顾戚怕茶凉,伸手把盖子盖上。

他知道路言不太喜欢姜的味道,但也不是不能喝。他刚也试过了,这茶姜味不算浓。刚好这两天天气冷,喝点暖暖身子也好。

一时间,整个教室的人都坐在位置上,捧着保温杯喝茶,闲适得很。

路言喝了三分之一,等身上暖了,便脱了那件"教研组",换上了冬大袍。

姜茶这种东西,喝的时候被红枣香一压,没什么感觉,但余劲特别长,就好像含了一小片糖姜片在嘴里。很快,教室里传来了各种声音。

"嘴上不得劲啊,老朱,你早上那个茶叶蛋呢?就凉掉的那个,扔给我!搞快点!"

"想吃辣条!"

"吃什么辣条,下节就是老王的课,吃了立马给你抓出来。"

这几天下雨,会储粮的学生都很久没去超市了。有人问了一圈,发现能"供给"全班的存粮,只剩孙雨濛的一罐软糖了,就是装在一掌宽的铁皮罐里的那种。

很快,这糖就从第一排传到了路言这边。前排转过身,问:"戚哥、言哥,吃糖吗?"

路言头都没抬地说："不用，你们吃吧。"

顾戚也偏头，示意他往另一边传，问："真不吃吗？甜橙味的，果味很浓。"

甜橙味的。路言抬起头来，刚好撞上顾戚看过来的视线，迟疑道："嗯……"

前排看路言抬起头，忙把罐子往前递了递，又问了句："哥，吃吗？"

回答他的却是顾戚，顾戚伸手拿了一颗放进嘴里，说："是挺甜的，尝尝？"接着又拿了一颗，递给路言。

路言："……"

第 68 章

初雪

镇安很少下雪，也就在临近春节的时候，偶尔下两场。霜气最重的时候，那景象也会让人有下了场雪的错觉。

所以当开窗的瞬间，看到宿舍楼下那些枝叶上的浅白的一层，也不知道是哪边先喊了一声"下雪了"，声音很清脆，在一片空地上悠悠地荡开。

紧接着，整个宿舍区彻底地醒了。

路言已经起了好一会儿，穿着外套坐在桌前看英语，走廊上便传来一阵凌乱的脚步声和说话声。

路言隐约地能分辨出朱瑞的声音，因为最响，朱瑞嘴里还说着什么"下雪了"。

他放下书，转身看着站在窗口那边的顾戚，问了句："下雪了？"

顾戚没有开窗，只是把窗帘拉开，说："嗯，应该是昨晚下的。"

路言起身，朝窗户这边走过来，又问："还在下？"

顾戚说："停了。"

"出去看看？"顾戚把帽子给路言戴上，"时间还早。"

路言对下雪本身没什么特别的兴趣，可这是镇安的第一场雪，于是点头应下了。

两人没出门，而是去了阳台。

雪大概是下了一晚上，刚停不久，已经没多少叶子的梧桐树的枝干上，浅覆了一层白，一眼望去，倒像是长了层白芽似的。

后墙这边原本很少有人走动，可大概是因为雪积得比较多，不少人跑了过来。

"言哥！戚哥！"楼下突然传来一阵喊声。

路言和顾戚循声一看，林季他们正站在圆水泥管旁，拼命地挥手。

他们当时没注意，抬头看到路言和顾戚，便扯着嗓子喊了一声，结果忘了周遭还有人。

其余人一听，跟着抬起头来，跑过来凑热闹的人也越来越多。

一个接一个的，没多久，后墙这片空地上便站了一群，还都仰着头，画面甚至有些诡异。

路言："……"

幸好林季他们反应快，林季一看专门跑过来的又大多是高一、高二的学生，便说了句"该去哪儿去哪儿，赶紧散了吧"。学长发了话，人群也很快就散了。

路言看着那被雪水打湿的水泥管，突然想起之前窝在里头的猫。

"好像很久没见到那些猫了。"路言说了一句。

顾戚往下扫了一眼，问："住水泥管里的那几只？"

路言说："嗯。"

顾戚说："有人照顾着，冻不到的。"

见路言还在走神，顾戚笑了下，说："下次让林季问问。"

路言不解。

顾戚道："林季跟食堂和宿管科的阿姨熟，也认识器材室的老伯。他们应该知道猫跑哪儿去了。"

路言笑了下。

两人正说话，屋里的手机响了一下。

顾戚先进了屋，路言转身看他，问："谁的消息？"

顾戚说："林季。"

路言走进来，问："说什么了？"

顾戚简单地回了个消息，抬头说："林季说食堂今天烧了小馄饨，他帮我们占了位置，让我们早点下去。"

"定海神针"和状元爷吃早餐的事，九班人原先是操碎了心。

一个没有吃早餐的习惯，一个一日三餐虽然挺规律，但吃得少，经常就是去超市买杯豆浆应付过去，或者喝碗杯装的小米粥。

这事甚至传到了周易那边，他某天还特意地花了点时间，强调早餐得吃好，别马虎。

尤其是顾戚，不吃早餐都出了名。要不是知道顾戚不是这性格，都有人怀疑他们这一中的状元预备役队员拿早餐的时间去做题了。

路言也是，基本上就没人在早上的食堂见过他。

谁知道后来，负负得正。

顾戚为了让路言早餐吃好点，不仅跟着吃，还怕路言腻了，变着花样给路言弄吃的。路言则是要改掉顾戚不吃早餐的毛病，所以顾戚弄啥，他也跟着吃。

林季他们平时不会把手机带到教室去，今天刚好下雪，拿手机在楼下拍了照，去食堂的时候看到窗口排了长队，一问才知道食堂煮了小馄饨，于是第一时间给顾戚发了消息。

比起干巴巴的煎包、炒面，路言的确更喜欢这种带汤水的，再加上是现煮的，吃完了，胃里都熨帖了很多。

等到了教室，几个女孩子还在说下雪的事，只不过用的词更浪漫——初雪。

一个本没有任何一点不同的日子，因着一场雪，被赋予了特别的意义。

班里男生对"初雪"显然没什么执念，新鲜劲过去后，挂在嘴边的就只是今早食堂限量提供的"小馄饨"。

半天过去，雪就化得差不多了。

本来大家以为这天气，正是体育老师"生病"的好时候，可谁知，没一个主科老师来抢。

孙雨濛都没来得及去办公室问，体育老师便出现在后门，把一群人轰了下去。

一群男生都快一个月没摸到篮球了，热完身，体育老师一说自由活动，也顾不上地上有没有雪渍，跑到器材室就拿了篮球，冲到了篮球场。

路言陪着玩了一局，松了松骨头，就下了场。

其他人打完两局后，身上出了汗，冬大袍穿着又实在重，也打不动了，于是，他们就横七竖八地躺在看台的椅子上，路言在这群躺着的人里却没看见顾戚。

路言正往器材室那边看，孙雨濛就先开了口："言哥，戚哥去宿舍了！"

路言回头问："宿舍？"

孙雨濛说："嗯，说拿个东西，让我跟你说一声。"

路言"嗯"了一声，坐下后，随口又问："有说拿什么吗？"

孙雨濛摇头道："没有。"

很快，路言就知道顾戚回去拿的是什么东西了。路言早上没带出门的围巾。

顾戚把围巾递给路言，才在他身边坐下，说："猫养在实验楼的后面。"

路言只顿了一下，问："储物室那边？"

顾戚答："嗯。"

实验楼下边有间废弃的储物室，遮风挡雨足够了。

路言看了他一眼，说："不是说让林季去问吗？"

顾戚回答："刚好碰到隔壁楼的宿管阿姨，就问了一句。"

顾戚也刚从篮球场下来不久，嫌闷，校服外套还敞着。路言伸手扯了扯他敞开的校服底边，说："把拉链拉好，别感冒了。"

顾戚照办。

躺在两人身后的林季他们，总算从椅子上爬了起来。朱瑞斜靠在徐乐天身上，感慨地说了一句："我觉得我不该以老周为偶像的，我应该去考体育的。有寒暑假，各科老师还主动替我上课，打半份工，挣一份钱，除了全校学生都知道我身体不太好，这工作简直不要太美。"

朱瑞说着，还看向路言和顾戚，问："哥，你们觉得我行吗？"

路言顺口回："行。"

顾戚语气闲适地说："挺合适。"

朱瑞呵呵一笑。其他人："……"

有一种人，就是瞎扯都很有说服力，比如言哥，比如戚哥。

"等你哪天体测项目拿了第一名再说，也不用全部项目都拿第一名了，其中一项就行。"郑意用一句话把朱瑞拖回现实。

朱瑞比了个拒绝的手势，然后像是忽然想起什么来，突然往前排靠了靠，说："说起第一，我都忘了，戚哥你知道你和言哥这几天在咱们学校隔壁的附中被传得有多神吗？"

这下不仅是路言和顾戚，其他人也全抬起了头。

"我错过了什么？"林季率先开口说。

联考的事已经过去很久，后来就没再组织联考了，联赛倒有，但也是高一和高二的学生参加，没他们高三生什么事。近期一中也是风平浪静，怎么突然扯到戚哥和言哥身上了？

"附中怎么了？快说！"陈蹊催促道。

"就咱们学校隔壁附中的教导主任，不都说是我们几所省重点的高中里最严的学校吗，这个你们知道吧？"朱瑞挑眉道。

众人点头。

"然后前几天那联赛，也刚出结果，"朱瑞笑了下，"就学校大屏放两天喜报那个，我们第一，附中第二。"

林季一头雾水地问："这跟戚哥、言哥有什么关系？"

"你听我说啊，"朱瑞吸了一口气，接着说，"本来联考就已经被我们压了一头，联赛我们又是第一，然后成绩一出，他们教导主任就把联赛团队的学生带走了，具体说了什么不清楚，但最后说了一句，大致意思就是等毕业很多年以后，大家能记住班里考第一的，但考第二的是谁，没人记得。

"本来就是这么个理，话糙理不糙，老曾以前也经常把这句挂在嘴边。

"可偏偏这次队里有个'头铁'的高一新生，实事求是地拿了戚哥和言哥做例子。

"言哥和戚哥。一个第一，一个第二，的确是所有人都记得，还不只我们一中的人记得，附中的人也记得。"

一群人回过神，坐在看台上笑开来。

路言下意识地看了顾戚一眼，却刚好和顾戚撞上视线。

路言问："怎么了？"

顾戚语气带笑地说："看第一名。"

他第二还是第一，别人记不记得，记多久，对顾戚而言，都无所谓。只要这个人记得就行。因为他从来也不是其他人后面的第二名。

身后一群人就着这个话题说开，几分钟后，不知道是陈蹊还是孙雨濛，先仰头说了句"好像下雨了"，摊开手心一接，才发现不是雨，是雪。

体育老师也察觉到了，吹了解散哨。

哨声尖锐，看台上的一群人起身往下走。

路言抬头看，雪粒子不大，落在身上没有实感，只偶尔砸在眼睫上，轻微地湿润了眼睫。

"下雪了，回去吧。"顾戚笑着说。

第69章

感冒

初雪后没多久，就是冬至。

这次没等到孙雨濛撕日历，因为食堂一早煮了热腾腾的小圆了。

本该吃汤圆或饺子，可那两样体积大，后厨开一上午的火都不一定能每人一份，就换成了不怎么占地且意思差不多的小圆子，还很有仪式感地撒了把小桂花。

"这桂花挺香的，我听阿姨说是她们后厨那边自己晒的，上次我们喝的那个糖姜红枣茶，里头也放了一点。"林季一边耐心地分享刚从食堂阿姨那边打探到的消息，一边也不嫌烫似的三两口就喝完了小圆子。

等碗见了底，他立刻抬头说："你们还要吗？要的话我顺便再拿一碗过来。"

"圆子不要了，帮我搞点白糖。"郑意舀着自己那碗，对林季开口道。

林季很嫌弃地撇了一下嘴，说："吃这么甜？"

郑意顺手拿起筷子，用尾端敲了一下林季的手背，说："我刚才只加了一点糖，没味。"

"那戚哥那碗也只加了一点，不照样吃？"林季饯了他一句。

郑意说："滚蛋。"

他和戚哥能一样？他这碗没味道，是忘加糖了，戚哥这碗没味道，是言哥没让。

顾戚前两天冲了个凉水澡，有些感冒了，没发烧，但嗓子疼了两天，所以这两天吃的是要多清淡有多清淡。

他吃的东西不算差，甚至有两次还是路言让家里煮的，司机特意送过来的饭。但是郑意这种吃惯重口味食物的人多看两眼都嫌缺油水。顾戚则吃得很乐意。

林季端着小半碗白砂糖回来，碗里还有一个塑料的公用勺子。郑意看也不看，拿着勺子就舀了两勺糖放入了自己的碗里，那量都把林季看躺了。

"言哥，要来一点吗？"林季把盛白砂糖的碗推过去。

路言摇了摇头。

这圆子煮的时候就放了蜂蜜，路言觉得不放糖味道也挺好的。

路言这么想，可吃了两口，还是放下勺子，往顾戚的碗里看了一眼，问："很淡吗？"

本就有些感冒，路言怕味道太淡了，顾戚吃不惯。

见他问得认真，顾戚笑了下，说："不淡，刚刚好。"

回了教室，离早读还有十几分钟的时间。

路言把抽屉里的两板药片拿出来，放在桌角。

他也不知道顾戚不吃药的毛病是哪儿来的。荧绿色的药丸，外头一层是糖衣，顾戚却说这药丸苦。明明只是个小感冒，吃个药就能好，让顾戚把药吃下去却很麻烦。

路言往后看了一眼，饮水机的上面正空着。

林季今天值日，倒完垃圾刚回来，见路言往饮水机的那角看，道："言哥，没水了，空桶拿楼下去了。课间操的时候师傅会统一换。"

"我那儿有一瓶矿泉水，昨天买的，还没开。戚哥要吃药的话可以先拿去喝。"

林季说着就去拿，路言却开口："不用。"

他拿过桌角的保温杯，起身。

顾戚不解。

路言解释说："去办公室接点热水。"

顾戚不想让他专门跑一趟，说："一口的事，矿泉水就好。"

路言放下保温杯，动作不大，慢条斯理的，可金属的保温杯磕在桌面上，还是响了点，听得人心头都咯噔一下。

"一口的事，"路言重复了一遍顾戚的前半句话，面无表情地说，"你也知道。"

前几天非要找各种理由不吃药的人，究竟是谁？

顾戚轻笑道："矿泉水对付过去就行。外头冷，别出去。"

路言这次没听他的，冷水吃个药是没事，但总归是温水对嗓子好些。

路言从办公室回来，早读已经开始。

顾戚这次药吃得倒是干脆，只是在路言扫过视线的时候，还是习惯性地说了一句"苦"。

本来要到课间操的时间才能换上的水，早自习下课便换好了。一群人捧着杯子过来接水，没多久，就少了三分之一。

"对了，再过几天，是不是就到语文老师生日了？"徐乐天一边接水，一边说，"我记得去年好像是在冬至后这几天过的。"

"你不说我都忘了，嗯……二十四号，"孙雨濛翻了下自己的记事册，"周六，大后天。"

林季拍了拍徐乐天，说："你行啊，语文老师生日都记得这么清。"

徐乐天往后薅了一把头发，显摆道："谁让我是曹老师的左膀右臂之一呢？"

就在大家开始讨论订什么蛋糕的时候，孙雨濛却突然转身，说："言哥，还有一个多月你也要过生日了！"

孙雨濛做了九班三年的班长，专门弄了个本子记事，上头就有各科老师和班里同学的生日。刚找到语文老师的生日后，特意往后翻了翻，结果发现路言也很快要过生日了。

"真的吗？"前排一群人这下也都转过身来，问着。

"几号几号？我看看是星期几。"朱瑞一下子跑到信息栏那边，打算翻翻日历。

孙雨濛说："二月七号。"

朱瑞嘴里念叨着"二月七号"，手上要把日历翻出火花似的快速地翻动着。

等他翻到那一页，眉头一皱，说："嗯?!"

林季说："嗯什么嗯，翻个日历还给你翻急眼了？"

朱瑞又确认了一遍，说："言哥，今年二月七号，是大年初三呀！"

路言知道自己生日一般都在春节前后，但今年刚好在大年初三这天，事先也没了解。

"本来还想在言哥生日那天，在学校里放肆一把，可大年初三的，怎么放肆呢？"朱瑞恨恨地说。

所有人听到"大年初三"这个时间点，都觉得有些可惜。

毕竟是路言进九班的第一个生日，也是他高中的最后一个生日。班里的同学不能给他庆祝就算了，他们可能连面都见不到。

朱瑞连喊了两声"戚哥"，等顾戚看过来，才开口道："戚哥，你听到了吗？"

"言哥生日在大年初三。"

"听到了。"顾戚回道。

跟其他人的震惊完全不同，顾戚就跟早知道了似的，气定神闲的，连一点点礼貌性的惊讶都没有。

朱瑞问："那怎么办？"

顾戚说："时间还早，到时候再说。"

朱瑞他们想了想，好像也只能这样了。

话说到了这儿，一下子也压不下来，一群人正七嘴八舌地说着"要不初三过一个，回学校后再过一个，也没人规定不能过俩生日"，尚清北却眼睛亮了一下，还颇高兴地说："说不定可以呢，高三不是要提早开学吗？可以争取初三那天就开学啊。"

所有人："……"心想：倒也不必，这么"争取"。

临近期末，高三晚自习自发结束得越来越晚，高三生走出教学楼的时候，高一、高二的教学楼的灯都已经关了。

整个学校都很安静，再加上夜间风盛，说句话都能呛风，所以回宿舍的一段路上，都没什么说话声。

除了楼下的照明灯，只有供高三夜宵的一号食堂还亮着。

路言很少吃夜宵，可今天大小算个节日，班里一群人在教室里就嚷着要去食堂"聚众夜宵"，路言也就随他们去了。

到了食堂，众人才发现夜宵还是小圆子，只不过早上是桂花小圆子，晚上是酒酿。

"肯定是食堂没算好量，做多了，所以夜宵又煮了一顿。"朱瑞斩钉截铁地说。

林季拿着碗，前一秒还在附和朱瑞的话，说"谁要一天吃两顿小圆子"，后一秒队伍排到他，扭头就让阿姨打满。

所有人："……"

路言听到夜宵是酒酿的时候，就看了顾戚一眼，他都还没开口，顾戚已经很有自知之明地应声："不能吃，我知道。"

陈蹊和孙雨濛站顾戚和路言身后，眼见着他们"无所不能"的戚神，只因为言哥一个眼神，立刻变到"有所不能"，差点没绷住，直接笑出声。

紧接着，几秒后，又听到另一个声音："没不让你吃，少吃点。"

"好。"

陈蹊："……"

孙雨濛："……"

圆子毕竟是糯米做的，还有酒糟，不太好消化，顾戚也没让路言多吃。两人各吃了半碗，便回了寝室。

路言先洗了个澡，坐在桌边刷题。

顾戚后进的浴室，出来后，看见桌角上放了一张糖纸，已经撕了角，里头空着。

"吃糖了？"顾戚捡起看了两眼，薄荷的。

路言点头说："嗯。"

"都是酒的味道。"

顾戚笑了下，没说话。

两人都埋头做了会儿卷子，路言想换支笔，抬眸的瞬间，刚好发现墙上的挂钟，过了零点。

路言顿了下，顾戚循着路言的视线看过去，问："怎么了？"

路言说了一句："冬至过了。"

顾戚应声："嗯。"

两人视线一对，忽然都笑了下。

"冬至过了，"顾戚看着路言，嘴角噙着笑，一字一顿地道，"所以从现在起，白天就越来越长了。"白天渐渐地长过黑夜，不久就会春暖花开了。

第70章

生日

高三放假的时候，春节的氛围已经很浓了。

从教学楼的窗口往外望，学校周边的好些门店都已经关了门。门外贴了一排红纸，写了归期的同时，还不忘写上两句"新年快乐"和"考试加油"。

从年末到下一年年初，虽然名义上过了一个年，日历界面也很应景地换了种"恭贺新春"的喜庆色调，可学校只给了一星期的假，大年初四就正式开学——刚好赶在路言生日的后一天。

放假通知一下发，九班的人就集体陷入沉默。

哪怕晚个两天，到初五，他们也不会觉得那么可惜，偏就晚了一天。

所以当其他班都在说学校是不是太过丧心病狂，初四就安排返校的时候，九班的人正在思考：怎么在不引起老师注意的情况下，把假期不着痕迹地缩短一天？

然后，成功地引起了老师的注意，而且是许多老师的注意，连曾宏都有耳闻，甚至在结业典礼上都着重表扬了一下九班。

九班人："……"

总共不到一星期的假，路言没让徐娴来接，放假当天还是司机来接的人。

司机把车开到后门没多久，天上就下起了雨，也幸好出门前，徐娴特意打电话叮嘱了一下，说天气预报提醒一小时后有雨，让他带着伞，别淋到了。

所以司机一早就备了伞，还备了好几把，结果……似乎用不上，他到的时候，路言已经在那儿了，身边还站了一个身材出挑的男生。

司机正要打伞，路言先开了口："没事，不用撑伞了，几步就到了。"

车上开着空调，比外面暖和不少，可提前开了半天的暖气，只开了个门，热气就被凉风扫了个干净。

今早路言衣服穿得不多，前两天又有点感冒的症状，顾戚怕路言着凉，于是送路言上了车之后，只说了一句"到家给我回个消息"，就关了门。

车门刚关上，车窗便降了下来。

顾戚说："窗户关上，外面冷。"说着，把伞往下放了点，挡住往车里飘的雨丝。

路言偏身，拿过后座上一把折叠伞，从窗户递出去，说："林季他们没有伞，先拿过去应个急。"说着，还看向站在车门边的司机，"林哥，后备厢还有伞吗？"

司机说："有，还有一把备用的。"

顾戚接过伞，见路言还在往司机那边看，屈指在车窗上轻叩了两下，说："知道了，我去拿。"

路言点头。

顾戚说："窗关上，在里面坐着别下来。"

路言抬眸看他，说："早点回去。"

顾戚说："嗯。"

等路言把窗关上，顾戚才撑着伞，往车后走。司机把手上的伞递过去，问："两把够吗？不够的话，我这把也先拿过去。"

顾戚说："够了。"

司机说："好。"

顾戚回头，往那关好的车窗上看了一眼。

"他前两天有点着凉，胃口不太好，麻烦林哥回去的时候说一下，这几天可能得注意一点。"

司机点头说："好的好的，我会跟太太说的。"

顾戚说："辛苦林哥了。"

司机把路言送回家后，第一件事就是把路言前两天有点着凉，而且胃口不好的事，告诉了徐娴。

路言不常生病，但真要病了，一个小感冒都能病上很久，因此家里格外小心，这几天菜都做得极其清淡。

在听到刘婶问"这段时间是不是学习太累了，抵抗力下降，怎么总感冒"的时候，路言还怔了一下。后来才想起来，顾戚感冒那几天，他让刘婶炖了些吃的，用的也是他感冒的名义。

路言难得有些心虚，应了声，乖乖巧巧地喝了三天补汤。

春节一过，转眼就是路言的生日。

这两年路言的生日，大多情况下，都是在家里小办一下，也不请其他人。一来路言不喜欢热闹；二来，哪怕是最亲近的家里人，人一多，有时候嘴一快，也会提些以前的事。

徐娴心疼路言，不愿路言听到那些不开心的事，所以基本上都是她和路明提前安排好工作，在家里陪路言吃个饭，或者一家人挑个清静的地走走，散散心，可今年是路言的成年礼，年前就有好些人来问，甚至路言的舅舅都问了一句，说今年路言的生日怎么庆祝。

"你舅舅说了，要办的话，家里人聚，就在山庄那边订个位置。后面就是别墅，新建了一座温泉馆，环境不错，也清静。"徐娴说道，"但这事还没定，你舅舅那边也没应，你的成年礼你想怎么办都可以，爸妈都随你。"

路言放下茶杯，最终说："就在家吧。"

徐娴问："不请其他人了？"

路言点头。

他最想见的人，可能不用请。

路言不办生日宴在徐娴和路明的意料之中，两人随儿子高兴，但儿子这么重要的生日在家里过，他们心里多少有些失望。

可转念想想，已经到了高考冲刺的阶段，初四又马上要返校的，的确不是什么大操大办的好时候。这样的选择在情理之中，可总归还是有些可惜。

于是大年三十这天，路言的舅舅做东，以年夜饭的名义先聚了聚。

席间还订了一个七八层的蛋糕，说是过年图喜庆，来年节节攀高，实际上每层蛋糕上面画的都是一个穿红袍的小状元郎，任谁看了这蛋糕都是给路言准备的。

众人看破不说破，笑着让路言把蛋糕切了。

初二这天，徐娴本来说要到零点，先给儿子煮碗长寿面，说完生日快乐再睡。奈何她这两天睡眠时间严重不足，晚上十点，坐在沙发上，眼皮就开始打架，最终被路言哄去睡觉了。

路言刷了几套题，洗完澡，刚从浴室出来没多久，放在桌上的手机便响了。

他下意识地抬头，先看了一眼挂钟上的时间，十一点三十七分，还有二十三分钟过第二天的零点。

他笑了下，接了电话。

"在做什么？"顾戚先开了口，声音很轻，带着显而易见的笑意。

路言把桌上的卷子合上，说："写卷子。"

顾戚问："要睡了？"

路言说："没。"

路言对零点其实没什么执念，但他知道这个电话会来，所以他在等。

班群已经很热闹，看着那些熟悉的头像，路言却忽然想起很久以前的事。

那时候徐娴怕他一个人待着无聊，总想让他多出去走走，和同学聚聚。

但是他小时候就喜欢一个人在家待着。看书，玩魔方，下棋，或做点别的。

徐娴老是怕他太孤单，总想带他和同龄的小孩子玩。倒也不是玩不到一块去，只是路言觉得有点闹，比起一群人待着，他可能更适应一个人的状态。

后来上了学，有了名正言顺的理由，徐娴也不好再说什么。路言原先一直觉得，他可能天生就比较适合一个人待着，直到遇见九班这群人。

这些回忆，边想着边不自觉地讲给了顾戚听。

"所以从小时候起，你就是'别人家的孩子'了。"顾戚笑了下说。

路言问："你不是吗？"

如果他算"别人家的孩子"，那顾戚无疑也算。

顾戚否认得很干脆，答道："我不是。我没你这么乖，天天想着往外跑。如果不是我妈太忙，我妈可能会再生个小的，像你这么乖的。"

路言笑了下。两人都没再说话，时间一分一秒地过去。手机上显示的时间，终于四位归零。

零点，生日，成年。

路言手机从这一秒开始，就彻底地响个不停，可顾戚的声音依旧清晰。

他说："生日快乐。"

第 71 章

小福牌

夜里到零点的时候，班级群的消息就没停过，路言也不知道，闹到几点才停下，只记得那时候满屏都是红包，他只拆了一两个。本想着要还过去，又被一些事耽搁了，直到现在才打开手机。

他点进消息界面，只看一眼，便停了动作。

"言哥牛！戚哥牛！"

"给言哥和戚哥跪下！"

"我的天，春节微信红包不限额度原来是这么用的吗?!"

"就因为言哥生日，让我这本不富裕的钱包一下子就富裕了起来。我决定也要把今天当成我重生的日子。"

"我在此衷心地希望我们言哥年年有今日，岁岁有今朝，也希望我本人能年年有今日，岁岁有今朝。"

再往上一翻，路言才知道他们这么说的原因。

群里发了红包，只不过不是他发的，是顾戚以他的名义发的。具体多少个红包，路言没点，但看群里的反应，想来也不会少。

满屏的红包雨，还夹着几句话。

"戚哥，怎么是你发的红包啊？言哥呢？"

"睡了。我替他发。"

当时已经凌晨三点，可群里一群夜猫子，又被这红包炸出一片，还是热闹得很。

路言把昨晚的消息过了一遍，刚好是过年的时候，所有人都有空，几乎每人都上了线，连一向不怎么玩微信的尚清北都说了话。

一眼望去，零点到之后那半个小时里，群里全是"生日快乐"和未拆封的红包，路言笑了一声。

几秒后，班群再度炸开。所有人都没想到，在凌晨那场红包雨之后，竟然又有一场，让本就已经富裕的九班的人，变得更加富裕。

这共同富裕的直接结果就是，一群人嚷着"红包都给到这儿了，怎么着都得跟言哥当面说句生日快乐吧"，然后直接上门，因为离得近，地点定在了顾戚家的别墅。

推开门的刹那，路言就听到一声很齐、很响的"生日快乐"，孙雨濛捧着个蛋糕站在最前面。

路言笑了下，说："谢谢。"

顾戚从孙雨濛手上接过蛋糕，随口问了一句："赶回来的？"

昨晚，孙雨濛还说正在老家，还传了几张春节风味十足的风景照上来，现在却在这里。

孙雨濛不容置疑地说："那是！言哥生日，就是在国外，我也得赶回来呀！"

"对，"陈蹊接腔道，"否则那两场红包雨不是白下了？"

岁初的天，冷得人脑仁都疼。昨天还下了场小雨，现在这天气和夏日完全不同，可在这一瞬间，九班的人有种回到上个夏天，在尔海别墅时的感觉。

一群人嘻嘻哈哈地说笑了好一会儿，孙雨濛起了个头，先把礼物递了过去，说："言哥，生日快乐，也不知道你喜欢什么，就买了个艺术魔方，给你无聊的时候转着玩。"

"班长你不早说，撞了，我也买了个魔方。"徐乐天立刻把手里的礼物举高，

"不过我这个是机械的，言哥我敢保证，你只看一眼就会爱上，没爱上就找我！"

"言哥，让我这套资料成为你状元路上的一大助力吧！"

"一点新意都没有，看我这个……"

没多久，客厅的透明茶几上下就摆满了大小不一的礼物盒。

路言不是没收过礼物。年纪小一点的时候，生日宴偶尔大办。来人太多，礼物甚至都不过他的手。哪怕是这两年没设宴，家里人不到庆生的礼物也会到。和家里人的那些礼物比起来，这些可能都算上不了台面的小玩意，路言却很珍惜地一一收好。

众人坐沙发的坐沙发，位置不够的就随便地坐在沙发下的绒毯上，闹完路言，又去问顾戚，问他送了礼物没，送了什么。他们戚哥没说话，只是坐在路言身旁，看起来心情很好。

一群人闹到天色彻底地暗下来才散了。走的时候，嘴上还在说要不是明天就开学，今天说不定能通个宵。

顾戚叫了车，把一群人一一地送上车，才转头看向身边的路言。

"林哥到哪儿了？"顾戚说道。

路言说："快了。"

说话间，司机的车已经驶进视线，还闪了两下车前灯。在离他们十几米开外的时候，司机就看到了这两个纸袋。当时隔了点距离，司机没看清两个纸袋里装的是什么。走近一看，司机才发现纸袋很大，里头花花绿绿的，一看就是礼物，便问："这是要带回去的吗？"

路言点头，说："嗯。"

司机拎着两个袋子便往车的方向走，路言却没跟上。

顾戚偏头看他，问："怎么了？"

刚巧起了一阵风，吹得两旁的景观树簌簌作响，裹在颈间的围巾飘动，露出一块小小的福牌。走的时候，班里人问他，顾戚是不是没送礼物，怎么翻遍了都没看见，他说："送了。"

顾戚送了。顾戚送了他一块小福牌，愿他可以大步向前，愿他"喜乐顺遂，遇难也成祥"。

"起风了，上车吧。"顾戚说。

路言就在这时抬起头来。两人站在一盏几米高的落地灯下，光线不算亮，顶端挂着"贺新年"字样的小红灯笼，被风吹得一摇一晃的，灯笼的光也忽明忽暗的。

路言轻声开口："明天见。"

"明天见。"顾戚笑着说。

第72章
◦
成年礼

高三放假的时候，校门口好些店已经关了门，开了学，仍旧关着。

只是过了一个小长假，除了能一口气撕掉好几张的日历，和宿舍楼下还没擦干净的春节板报，似乎一切都和放假前没什么区别，可整栋高三楼的学生，忽地沉下了心。从上学期到下学期，连整半年都算不上了。高考的计量单位就这么从年，变到月，再到天。

慢慢地，冬日过去，白昼越来越长，可日子好像越过越短。有时候做几张卷子，上几节课的工夫，一天便过去了。当黑板右上角的高考倒计时已经步入两位数，有些人的春季校服，也开始从长袖换成短袖的时候，高考的氛围越加浓烈。

今日高三教学楼的走廊难得热闹。

不知道谁先说了一句"今年成年礼好像定了，就在体育馆举行了"，下面就炸开了锅。

"我盼了一个多月的成年礼，就这么被一场雨给下没了。"林季忍了又忍，终是没忍住，暗骂了一声。

"没办法，因为天气，成年礼一拖再拖。近来天气都不好，原计划是登山，学生要是摔了，学校也担不起这个责任。"孙雨濛看了看外头的天色。

"老周说了，等高考完就带我们去爬山，补上这次没来得及完成的成年礼。"陈蹊安慰道。

道理他们都懂，可盼了这么长时间的成年礼因着天气泡汤，他们多少有些意难平。

"对啊，就办在体育馆，多没劲啊！"整个走廊的人都开始附和。

所有人都觉得没劲，没劲透了。

可到了成年礼那天，看看那漫天的"志愿"气球，百米长的签字横幅，老师的手写信，以及历届优秀校友的致辞，他们才知道，学校有多想办好这次成年礼。

所有"没劲"就在曾宏致辞的一瞬间，化为全场的尖叫。

他们闹着小孩脾气似的进去，红着眼眶出来，这才懂了成年礼的意义。成年礼是祝福，是祝愿，来自家长的、老师的、学长学姐的，而不是他们以为的，只是为了给高考增加更多仪式感，年年一样的流水线环节。眼眶最红的，恰恰就是当时喊"没劲"喊得最响的那几个人。

那一整个下午，所有老师上完课，回到办公室第一句话，就是："好像真的长大了。"

下午上课的时候是这样，晚自习也是这样。下课铃已响，没一个人离开位置，整间教室只有翻书和翻卷子的声音，偶尔几句讨论题目的声响。

当周围突然陷入一片浓重的黑暗时，所有人都愣了一下。好一会儿，才听到一声满是疑惑的"停电了？"。

就在这时，楼下忽然传来吉他的声音，耳熟能详的旋律通过话筒，在整幢高三楼一点一点地扩散开，各班关着的门、窗一下子就都开了。

只是几秒，走廊上便挤满了人。所有人站在护栏边，往下一看，高一、高二的学生就站在楼下，手上戴着各色荧光棒弯成的手环。周遭都暗着，高三楼、高二楼、高一楼，连不远处的操场灯都熄了。只有那环在手腕上的荧光棒弯成的手环，发着光。

"学长学姐！恭喜成年啊！"

"学长加油！学姐加油！"

"高考加油！镇安加油！"

喊完，音乐的间奏也刚好结束，歌声再度响起。

高三生这才回过神来，原来成年礼还没结束。和早上那些庄重的誓言不同，楼下的声音显得那样孩子气，冒着雨，唱着歌，喊着"加油"，赤诚得让所有人眼眶发热。

就好像，在从老师、家长那边得到成长的重量和年岁的沉淀感后，忽地又被人轻拉住袖角，告诉他们，可以慢慢走，不急。原来，他们的成年礼不只是长辈给的，还有"后辈"们给的。

渐渐地，合唱的人就不只是楼下的高一生、高二生，还有楼上的高三生，他们从带着点哭腔的小声附和，到声嘶力竭的高声合唱。这是他们从没见过的镇安一中。

在这样的声音和楼下的微光中，路言看着身边这一群人。

以前，他们过过很多个春夏，但从来没有一个春夏像现在这样；以后，他们还会有很多个春夏，也再没有一个春夏，会像现在这样。

"顾戚。"路言声音很轻，在这合唱声中，甚至显得很单薄，顾戚却听见了。

"嗯。"

话说出口，路言才后知后觉，自己好像又没什么想说的。

顾戚却笑了下，说了声："好。"

路言嘴角也带着笑，问："好什么？"他都没想好要说什么。

顾戚微侧过身，看着他说："什么都好。"

"想做什么，想去哪儿，想要什么，都好。"

不知道谁先跑下楼，喊了一声："去操场唱啊！"

紧接着就有第二个、第三个，很快，所有人都跑了出去，各班老师的声音也从走廊上传来。

"小心点！楼梯上别跑！别挤！"

"一个一个地来！"

杂七杂八的脚步声、笑声，还伴着学生们的回应声。

"老师，这教学楼的楼梯都长一个样，连地砖的花色都没变过，我们都走了三年了，我闭着眼睛都知道有几级！"

"再过几十天就没的走了，还走什么啊，跑啊！"

操场上灯已经亮起，先下楼的一拨人已经从学弟学妹那边讨来了荧光棒，还有人把吉他都借了过来，一边弹，一边往操场走。

顾戚往外看了一眼，问路言："下去走走？"

路言点头道："好。"

第73章

未来可期

成人礼那晚的操场，是所有人记忆里最热闹的一次，闹到后来，好些老师都被拉进了队伍。没有广播，没有更多设备，只有一个音响，一个有线话筒和几把吉他，简陋得像是从哪个角落拖出来的，却好像比主席台上那上万元的设备更让人心动。

他们扯着嗓子唱着不着调的歌，声音盖过了伴奏。有人抢了拍，有人记不住词，有人跑了调，可当唱到最中间高潮部分的时候，又莫名其妙地唱得格外齐整。

最后是怎么散掉的，他们都有点记不清了，好像是雨下大了，老师带着宿管阿姨来赶。老师们一路赶，他们一路唱，连宿舍的灯都破天荒地亮到了凌晨，再在催促声中一盏一盏地熄掉。

他们肆意地放纵了一个晚上，却也只有一个晚上。

后来得闲的时候，还会说起那晚的事，时常还会哼两声那晚唱过的歌，可那晚的操场，再也没见过了。

贴在每个人桌角的课表，覆了一层又一层，所有副课光明正大又名正言顺地消失，连象征性地应付上头检查的表面功夫都懒得做了，学校也像去年这个时候一样，各种政策给高三让道。

宿舍午休时间照样开着，高三楼却几乎没人再回去。教室里的桌子上趴着一排，睡上十几二十分钟，起来之后照常写卷子，也不用人催。

一群高一高二时候喊着"趴教室里算什么午休，桌子板硬成那样，根本睡不着"的人，现在十几秒就能睡下。

周易知道，也了解，只是看着心疼，偶尔见他们实在累了，就挤出课上的三五分钟，让他们都趴一下，然后掐着时间再把人叫醒。那是他们最满足的几分钟。

黑板右上角的倒计时一天一天地变，最后从两位数变到一位数。越发临近高考，"高考"这个词的出现频率反倒越低。无论是老师还是领导，都没再多说什么。

等到校门口开始拉起各种占位桩、隔离线的时候，一群人放下笔，站在走廊上，看着高一、高二的学生背着书包往校外走，恍惚间还能想起去年的这个时候，他们好像还正商量着去尔海的时候要带什么。

时间过得这么快，一转眼就是一年。

周易带着准考证从办公室走过来，把人都叫进教室。可他没像往常那样往下发，而是念着每个学生的名字，让他们一个一个地来领。

周易发得很慢，名字也念得很慢，所有人就坐在位置上，不催，也不说话。

等准考证发完，老周还和以前任何一次一样，唠叨半天，可这次他们都听得很认真。

"接下来几天，气温都比较高，大家出门的时候，记得带把伞。日头最晒的时候，千万不要在外面晒。要是有事就给我打电话。

"学校的门卫室那边会备凉茶，都是食堂现煮的。要是有不舒服的感觉，就去喝一点。还有一些藿香正气水，但不是特别不舒服，一定别乱喝。去年有学生觉得有点不舒服，喝了一小瓶，但由于味道冲，后来吐了。

"考点在其他学校的也别紧张，提前去踩点，熟悉路线。有问题就求助门卫和在场的老师，别自己闷着不说，耽误了考试。

"能早睡早起最好，如果平时习惯了一两点睡，五六点起的，就稍微睡早一个小时，起晚一个小时，在自己的生物钟上做细微的调整就好，不用逼着自己十点钟就上床。该看书看书，该写卷子写卷子，找到自己的状态。

"还有考试的时候……"周易看着自己那快写到最后几页的工作簿，看着那一条条的注意事项，最终笑了下，还是把它合上了。

"说得也够多了，怕你们听腻。"

讲台下沉默了一瞬间，孙雨濛先说了一声："不腻。"

"对啊，考试的时候怎样，老周你继续啊。"朱瑞道。

"不行，我一天不听老师唠叨，就感觉浑身难受！"林季也笑着说。

"快快快，老师你多说几句，我学一学，以后自己带学生的时候，可以用得上。"徐乐天说着，还装模作样地拿出笔记本要记。

众人被逗笑。

周易视线在他们脸上一一地扫过，沉默了一会儿，最终握拳高举，没有一点征兆，极其用力地喊了一声："高三九班，高考加油！"

九班人很少见到这样的老周，喊得面红耳赤，形象全无，可也只怔了一下。

朱瑞和林季他们立刻站了起来。

"高三九班！高考加油！"

"高三九班！高考必胜！"

…………

拍桌子的声音、椅子拖动的声音和少年人的加油声混杂在一起。很快，八班也不甘落后地喊了一嗓子，再到整个五层的其他班级喊了起来，最后整个教学楼都响起了加油声。

不知道是谁先冲上去抱了一下周易，然后周易就被围在了中间。

"老周祝我物理开挂！考的全会，写的全对！"

"老周祝我英语……不对不对，我记得老周高考英语好像滑铁卢了是吧?! 老周是不是说过？"

"对对对，现在冲到办公室去抱老薛还来得及！"

"抱什么老薛啊！舍近求远，我们班有俩状元呢！"朱瑞立刻往后一指。

"对啊！去抱戚哥和言哥啊！"

朱瑞话一出，被团团围住的人，就从周易变成路言和顾戚了，但一群人还没得到两位状元首肯，不太敢动，就眨着眼睛站着。

林季看了路言一眼，又看着顾戚，最终壮着胆子说了一句："戚哥，言哥……给抱吗？"

顾戚看了路言一眼，路言笑了下。

顾戚嘴角噙着笑，说："今天可以。"

得了应允，所有人一哄而上。

"沾了言哥和戚哥的喜气，我有预感，我这次高考一定可以创历史新高。"

"什么叫沾了戚哥和言哥的喜气啊？那叫才气，才气！懂不懂？"

"我前两天还听老曾说呢，今年也凑巧，戚哥和言哥就在我们自己的学校考，大概是专门镇场子的。"

"高一高二的学生不还说要打听两人坐哪儿呢吗？高考结束就溜进来，在位置上坐坐。"

"这我怎么没想到啊？戚哥言哥快看看你们坐哪儿，趁考场还没封，我也先去坐坐啊！"

"算我一个！"

"我服了，言哥这准考证上的照片，怎么感觉跟我们拍照时用的镜头都不一样?!"

"那是镜头问题吗？你清醒点，是脸！"

…………

高考开始，高考结束，好像也只是几张卷子的事。结束的那一刻，每个人甚至有种"这就结束了"的茫然感。

直到两天后的毕业典礼，看着彼此换下校服的模样，他们才意识到似乎真的要毕业了。

"今年毕业生代表是戚哥吧？"

"是，演讲稿都是蹊姐帮着打印的。"

"你们猜猜戚哥和言哥估分多少？"

"多少？"

"不知道，但老曾找两人问过，还找了好几遍，让他们先往低了估。"

"然后呢？"

"然后据说已经开始着手准备横幅了。"

"什么横幅？"

"你说呢？"

"状元横幅啊，还能有什么！"

"老曾这么狂的吗？"

"不是老曾狂，戚哥和言哥哪次估分偏差不在几分之内？他们心里肯定有数。"

"安静安静，老曾说话了。"

话筒声音一起，体育馆才安静下来。

这次，谁都没再嫌无聊，没再嫌曾宏唠叨，甚至在他发言完毕的时候，还有人喊了一声嘹亮到有些震耳的"老曾再讲点"，引得哄堂大笑。

气氛在毕业生致辞的时候，推到巅峰。

对 109 届的所有学生来说，顾戚和路言，绝不仅仅是榜首那么简单。

因为这两座大山，他们叫过苦，骂过娘，甚至在顾戚因为比赛不能参加考试的时候，偷笑出声。可抛开种种，这两座大山只是立在那儿，他们就有方向。这种方向看得见，摸得着。有时候学累了，还能跟"方向"说说话，取取经。

在知道这两人的考点就在学校的时候，和别人说起，会带着他们自己都必须承认的"与有荣焉"的神情，说一句："嗯，俩状元替我们一中镇着场子呢。"

"戚哥太帅了！"林季看着台上的顾戚，一嗓子号了出去。

"戚哥我爱你！"

九班的学生一打头，其他班和顾戚玩得好的男生也争相号了几声。

一时间，满场都是"戚哥""戚神"的喊声。

顾戚的致辞不长，和领导比起来，甚至干练得像是随便上台发了个言，再加上几乎是脱稿，因此所有人都听得格外认真。

"……最后，祝同学们前程似锦。"顾戚的声音通过话筒传来。

"最后""前程似锦"这两个词一出，众人正欲抬手鼓掌，台上的顾戚却忽然侧过头，像是在找谁似的，动作顿了下。

毕业典礼的规格不输成年礼，也是在体育馆举行的。所有多媒体设备全开着，包括两侧的投屏，因此顾戚这本不算明显的举动，落在了所有人眼里。

前排好些人都下意识地顺着顾戚的视线看过去，这才发现，顾戚看的是九班。

还不等他们仔细地分辨，就见大屏幕中的戚神笑了下，紧接着，一字一顿地道："我们，未来可期。"

"我们，未来可期。"和之前的中规中矩的致辞发言的语气截然不同，他带着笑，甚至给人一种像是专门说给谁听的错觉。

陈蹊猛地抓住孙雨濛的手，问："濛濛，你听到了吗？戚哥说'我们，未来可期'。"

孙雨濛问："嗯，怎么了？"

陈蹊眼眶有点红，说："那稿子是学生会那边给的，我打印的，原稿的结尾，只有一句前程似锦。"

她把稿子交给顾戚的时候，还玩笑着说了一句："原来网上说的都是真的，前程似锦真的有离别的意思。"

那时候顾戚只笑了下，没说话，可现在，他补上了一句"未来可期"。

孙雨濛听懂了，那一瞬间，竟也有些说不出话来，最后她和陈蹊两人只是相视一笑。

未来可期，真好。

毕业典礼结束后，到处都是拍照的人，并没有人说什么，可九班的人不约而同地跑到操场后边的花园来。

那棵象征着九班的树，好像长高了不止一点，枝丫横生，恣意挺拔。

新叶的颜色并不浓郁，可茂密一片，好像要在这个夏天铆着劲地往上长。风一吹，碎阳落隙，打着弧状的圆廓，印在地上。

还有那写着彼此名字的红绸，系在上端，顺着风的方向飞扬、缠绕。日晒雨淋，红绸颜色淡了，墨迹没什么章法地晕作一团。其他人费劲地去辨，可能都认不得红绸上写的是什么，可九班认得出。自己的系在哪里，他们的系在哪里，系了个什么结，结上画了什么，都记得。

"三、二、一——茄子！"带着摄影机的陈蹊，突然来了一个偷袭。

"蹊姐！我都还没准备好！"

"什么？这就开始拍了！"

陈蹊已经按下快门，说："就是要拍你们个措手不及。"

"拍成什么样了？我看看！"

一群人围了过去，低头一看，照片上有人没看镜头，有人被挡着只露了半张脸，有人眼睛没睁开，有人来不及站稳，可所有人都在笑。

"戚哥和言哥这是在拍什么海报吗？"

"把周围人都修掉，我都不敢说这是抓拍的。"

"老朱你怎么偏偏就站在言哥旁边了？哈哈哈。"

…………

盛夏未至，蝉鸣已起。

路言看着身旁的顾戚，看着不远处的一群人，半晌，低头笑了。

他原先一直觉得，或许这之后，再没有一个夏天，像现在这样，可现在觉得，可能这些人的名字，就是夏天。

那边一群人已经开始往操场跑。

"顾戚。"

"嗯。"顾戚偏过身，逆着光，看着路言。

"谢谢你。"

顾戚忽然想起很久之前，这人刚进一中的时候，论坛里那些调侃的话。怎么说的来着？好像是说，眼前这个人，可能是上天看不惯他顾戚，所以给下了一张战帖，字里行间布满细碎的倒刺，稍不留神都能给他划一道口。

可这哪是什么战帖，明明是一张满分的卷子。幸好，他遇见路言了。

背后的新树，向阳而生，总有一天，会带着他们的名字，高出矮墙，久长，一夏又一夏。

番外

回去看看

晚自习的铃声差十几分钟打响，

一抬头，就是盛夏那粉紫色的天空。

谁笑着应了一声，

转身朝着高三九班跑去……

双黄蛋

高考成绩公布的那一天，野了小半个月，甚至颠倒了生物钟，能从早闹到晚的各班班群都熄了火，异常安静。

头像都亮着，所有人都在线，可愣是没一个人敢说话，只偶尔大喘气似的冒出一句"出了吗"，连"成绩"两个字都不敢正面提，甚至有人未雨绸缪地先行一步，把签名改成"别问，勿扰"了。

可饶是一个两个嘴巴管得牢，手却都很诚实，一遍又一遍地登录查分系统。

就在查分系统界面被刷新到出现"请勿频繁操作"的提示的时候，九班的班群却突然多了一条新消息，没有显示内容，只提示"图片"两个字。

所有人心里咯噔了一下，手比脑子更快，瞬间点了进去。

入眼的就是一张截图，不是成绩截图，而是一张朋友圈的截图。只见截图上显示的头像是他们镇安一中的校景，头像旁的备注上打着"老曾"两个字。

"老曾"发了一条朋友圈，只有三个字——双黄蛋，后面跟了一排晃眼到让人眼晕的"大哭"的表情。

一排大哭间，还夹了一个戴着墨镜的"得意"，"得意"的表情中显得格格不入，看起来就好像是因为老曾太激动了，赶着要宣布这个好消息，老曾手一抖，都没检查，直接就发出来了。

所有人睁大了眼睛，如果这个"老曾"是他们想的那个"老曾"，那么这个"双黄蛋"，也就是他们想的那个"双黄蛋"，那就意味着——

好半天，群里才像是突然醒过神来似的。

林季问："是我想的那样吗？双黄蛋？"

朱瑞问："蹊姐，你哪儿来的截图？"

徐乐天说："好像真的是老曾的朋友圈，我刚在散群那边看到消息了，是团委的人截的图，他加了老曾的微信，朋友圈的评论区有人评论，问了一句'是不是高考'，老曾还回复了一个'嗯'。"

林季说："所以……"

朱瑞说："所以……"

郑意说："我的天，戚哥和言哥手机都占线！半天打不进去！"

尚清北说："官方是说晚上出成绩，但全省前列的成绩和排名，依照往届的规律看，应该都已经有了。"

朱瑞说："蹊姐，你别话说一半啊，是……戚哥和言哥吗？"

朱瑞这句话说完后，再没人接话，所有人都在等，哪怕他们都知道，如果是"双黄蛋"，那一定是顾戚和路言，可在没确定之前，他们就是再确信，也得先忍着。

直到陈蹊发来一条语音，所有人都屏着呼吸点开。

"是！不是戚哥和言哥还有谁！老周确认过了，双黄蛋啊！我们班创校史了！"

哪怕他们所有人心里都有数，哪怕他们也知道除了那两人，再没其他人了，可当陈蹊真正敲鼓的那一刻，九班的人还是齐齐地怔住了。

戚哥和言哥，双状元，"双黄蛋"。

"所以对面六楼的校史室，有一页是我们班的了?!"

"'双黄蛋'啊！我做梦都不敢这么做的，太猖狂了！"

"我就知道言哥和戚哥可以！值了，真的值了，这事我可以吹一辈子，跟俩省状元做过同学，一起上过课，跑过步，熬过夜，刷过题！"

"我号太大声了，把我妈号来了，她现在甚至不关心我成绩出来了没，把我们班俩状元的事发家族群里去了。"

"戚哥和言哥呢？怎么都不出来？我打个电话！"

"占线！别打了！电话绝对被招生办打爆了！先等……不行，我忍不住了！我得去发个朋友圈冷静一下！"

…………

而此时的路言，正站在阳台上。

成绩出来的那一刻，他的手机、徐娴的手机和路明的手机，就没有停过地振动着。招生办的、家里人的、老师的，路言接了几个，从周易那边知道了顾戚的成绩之后，便转给了徐娴。路言得了一点空，拿着手机上了楼。

说不高兴是假的，但要说多高兴，也没有。

不是觉得这状元的头衔非自己莫属，也不是觉得这是多理所当然的事。只是这两年的时间，丢掉的东西捡回来了，想要的东西好像也都有了。高考反倒少了点"一锤定音"的意味，因为他遇到一群人。

可看着徐娴和路明脸上藏不住的笑意，听着周易和家里人话里话外的欣慰之意，路言没因为"状元"这个头衔多高兴，却因着他们的情绪也笑着聊了好一会儿。

已近傍晚，天边烧得暖黄一片。

路言靠在阳台的护栏上，低头看了看消息不断的手机，刚在班群里回了几句话，手机便响了。

他看着屏幕上的名字，接起了电话。

那头没说话，却传来一声清晰的低笑。

路言声音难得地散漫，问："笑什么？"

顾戚说："在想生日的时候送了块福牌，现在拿状元了，也该送你点什么。"

路言顺着他的话往下说："那想好了没？"

顾戚说："还没。"

"送什么，总得见个面才好想。"

路言想起刚在群里看到的消息，问："后天回学校拿档案？"

顾戚却说："现在。"

前一次顾戚到这边来的时候，还是春末时节，衣服裹得厚，行动都有些不便，可现在，已是盛夏。

顾戚就站在观景灯下。日头还未完全落下，灯还没亮起，路言隔着距离看过去，其实看不太清对方的神情。脸庞只是大致有个轮廓，即使这样，路言却能清晰地感受到他的视线。

路言走过去，刚要开口，手机却忽然响了。几乎是他手机响起的一瞬间，顾戚的手机也紧接着响起。

路言低头一看，是朱瑞，也没多想，就接了起来。

"天！通，通，通了？！我该说什么啊！"朱瑞的声音像是开了免提似的，瞬间飞了出来。

路言问："嗯？"

朱瑞问："状……状元爷，是您吗？"

路言："……"

电话那头隐约还夹杂着一众杂音，顾戚听到了林季的声音，也猜了个大概，于是挂断手头的，转而接起路言的手机，问："人在哪儿？"

朱瑞一通电话，喊来了两位状元爷，陪着他们等到晚上系统正式开放，一切才好像尘埃落定。

群里还停留在"双状元"的消息上，没人再提起成绩的事，直到孙雨濛拿回一手消息。

当那句"各项指标均创历史新高！全员上线！平均分远超一本线！理科双状

元！同学们这三年辛苦了！镇安一中109届九班的高三生，我们真的毕业啦！"砸下的时候，班级群彻底地沸腾。

"我们毕业了"不知疲倦地被刷了一排又一排，甚至连是谁发的都来不及看清，便被覆盖，又添了新的。

没有人说笑，没有人插科打诨，"毕业"两个字真正落了地。

路言看着屏幕，看着那一句句"我们毕业了"，心口一烫，不疼，泛着点酸涩，那种情绪来得很快，可也很快地散在顾戚那句"毕业快乐"中。

和毕业典礼那天不同，拿档案的这天，所有人都穿得格外青春洋溢，几个女孩子甚至化了淡妆。

毕业典礼那天也是换下了校服，可那时候，"毕业"两个字，对他们来说，其实仍旧有些模糊，就好像一脚踏出了校园，一脚却还停在那三年里，甚至不用转身，一个偏头，又会回到点灯刷题的日子里。

可现在不一样，初夏到盛夏，已经归零清空的高考倒计时，重新回归三位数，而空着的教室马上也要迎来新一届的高三生。

现在，他们才有种真正毕业的感觉。

因为等到下次再回学校的时候，也许荣誉墙或校史室里，还有他们的痕迹，却再没有独属于他们的教室了。

在回学校的路上，想到这个，一群人莫名地还有点伤感，可当他们站在校门口，看着那堪比当年市高中运动会的恭贺横幅，那滚动播放的喜报，以及那横跨整个一中正门，正鼓着风的几个人环手都不一定抱得住的几米粗的，顶头还用明黄加粗的正楷写着"状元门"三个字的充气拱形门时，所有人齐齐地冒了句"我的天"。

林季扭头去看身旁的郑意，问："今天是什么校友会吗？我们不就是回学校拿个档案吗？这是不是太夸张了点？"

郑意伸手一指，说："上头那三个字，认得吗？"

林季说："状元门。"

朱瑞拍了拍林季的肩膀，说："哪里是迎我们的，是迎俩状元的，我们是沾了戚哥和言哥的光。"

"门和横幅昨天就弄好了，新一届的高三生昨天回校，"陈蹊从后头走过来，抬手在那鼓得分外结实的拱门上拍了两下，"看得见摸得着的东西，总比那些励志标语要有用得多。"

此时六班的一群人恰好从超市走出来，见林季他们一行人站在门口，立刻跑了过来。

李博超隔老远就把手上的水扔过来，林季本来想接，却被郑意截走了。

李博超走过来后，扬了扬下巴来打招呼，然后立刻扒开人，往后头看："戚哥和言哥呢？没跟你们一起？"

旁人也忙附和道："对啊，俩状元爷呢？我们都在校门口晒半天了，还等着见见呢！"

郑意乐了，说："是不认识，还是以前没见过，还在校门口等半天了？"

李博超捶了郑意一拳，说："这能一样吗，省状元啊！不是五校联考的状元，是省状元！还俩！这辈子可能也就见这么一次了，怎么都得拍个照装点一下我的朋友圈吧！"

因着顾戚和路言双状元的头衔，九班本来就是今天的"重点关注对象"，一行人又好巧不巧地聚在校门口。这下好了，后来的一拨人，脚步就停在了校门口。早到的一拨听到消息，趁着老师们都还不见人影，也跑了出来。

两拨人一聚，校门口登时被围了个水泄不通。

"我的天，这阵仗，今天是教育厅领导来还是怎么回事？"几米外就被校门口那拱门的气势吓到的人，摸着那红布，直接"哇"出了声。

而已经在学校里晃过一圈的人表示"就这？"，伸手往后一指："进去看看就知道了。"

"前天晚上才公布成绩，我都不知道这一天时间，学校是怎么搞出这么多花样的，高三教学楼都快被横幅淹了，全是，红的底白的字，看不晕算你牛！"

"我都怀疑可能一早就做好了。"

"校史室都开了！进门就是今年高考的喜报，还有戚哥和言哥的照片，"那人说着，随手抢了一大圈，"大概这么大，校长、老曾、你们班老周，还有一众校领导，都在上面，老曾脸都笑拧巴了。"

"都好几年没出过状元了，一出出了俩，还不能让老曾笑笑？"

一群人笑完，才又开始围着九班的人问。

"哎，戚哥和言哥呢？"

"怎么还没来啊？"

"对，林季你打个电话问问，顺便问问戚哥和言哥等会儿有没有什么安排，我听八班的学生说过两天班里要集体去旅游，你们有没有计划？搭个伙也成。"

"一早好像就出门了啊，戚哥说老周那边有事，怎么还没到？"林季说着，拿出手机，先给顾戚打了一个，顾戚没接。郑意刚好也结束通话，说："不用打了，言哥也没接。"

一群人正疑惑的时候，保安大叔突然探出头来，问："顾戚和路言啊？"

所有人齐齐地转过头去。

"早来了，在曾主任那边呢！你们都先进去转转，穿得这么好看，也多去拍些照，"保安大叔看着这群孩子看了三年，知道今年成绩好，也替他们高兴，"去班级坐坐，本来今天新一届的高三就要搬进去的，知道你们回校拿档案，特地改到了明天。"

众人闻讯，总算挪了步，不知道是谁打头，撒欢似的，一个带着一个地往前跑。男生在前头，女生在后头，恍惚间好像回到了成年礼那天。

高考结束，109届的所有学生给镇安一中，甚至整个镇安都交了一份满意的答卷，所有校领导见到路言和顾戚的时候，都笑得只见牙不见眼。

曾宏和周易带着他们接待了全程，等一行人往校史室去，才得出了点空。门一关就开始聊志愿和发展方向。

曾宏和周易问，顾戚和路言答，半个小时过去了，才把人放了回来。

路言和顾戚往高三的教学楼那边去的时候，还没走到教学楼，远远地就看到楼下的宣传栏那边黑压压一片。

"那是戚哥和言哥吧?!"人群中不知谁喊了一声，一群人转身。

九班的人先回过神，跑了过来。

"宣传栏那边怎么了？"路言随口问了一句。

"昨天刷了墙，漆干了，要往上贴光荣榜了，"林季笑嘻嘻地说了一句，"正等着看照片呢，说是要留上小半年，给学弟学妹看的，得先看看丑不丑。"

"丑也没办法了，你还能换一张怎么的？"

"我们丑没事，有戚哥和言哥镇着呢。"

"快快快，要贴了要贴了，我先去看看，你们跟上啊！"

…………

地都还没站热，刚跑过来的一群人又闹哄哄地往那边跑，也不嫌热似的。路言和顾戚没有跟，慢悠悠地走在后头。

当那占了足足一面墙的位置的"光荣榜"贴好的一瞬间，人群安静了下来。

"光荣榜"很简单，一张照片，照片的下面除了名字和班级，只有一栏"致自己"。在一众"将来的你，一定会感激现在拼命的自己"和"不畏过往，不惧将来"中，最前列的两栏，却显得格外简短、醒目。

因为顾戚的"致自己"那栏，写着路言，而路言那栏，写着顾戚。

这"人生格言"，是成年礼那天的仪式之一。每个人写在字条上，致自己，写下你认为最能激励自己的一句话。

当时并没说用途，他们大多写了那个情境下，他们觉得最合适的，也是最先出现在脑海里的话，无外乎就是那些寻常到不能再寻常的名言警句，可最前列的两栏，却是他们的名字。

一群新一届的高三生过来凑热闹，一群人就笑着说，这是两位状元的风格，言简意赅，写下对方的名字，是记住对手，是向他学习，也是共同进步。说着，三三两两地回头，往那边看了一眼。

那两人就站在天光下，并肩说着话，无限闪亮。

未来已来，过去未去

"你们到了没啊？都半个小时了，讲座都要开始了。"林季半捂着手机，一边手动消除杂音，一边往人比较少的楼梯口那边走。

郑意潦草地回了句"楼下了，两分钟"，便挂了电话。

林季等得无聊，避开人群，靠在护栏上，给顾戚发了一条消息。

"哥，我们在图书馆报告厅这边了，你那边什么时候结束啊？过得来吗？要先给你占个位置吗？"

信息只发出去几秒，便有了回复："他呢？"

没指名，没道姓，可这个"他"是谁，林季用手指头想都能知道。

"还没见着，就远远地看了一眼，在台上呢，好像正在和教授讨论什么，我们怕打扰到他，也没敢打电话。"

"行，知道了。"

"哥，这儿人真的太多了，等你那边结束，过道的位置我看都没了。"

"先进去，别等我。"

"好。"

林季放下手机，往报告厅那边看了一眼，黑压压的一片。林季也不知道他们怎么就脑袋一热，说要跑到这第一学府来听一堂光听名字就啃不下来的讲座。

事情还要从两天前讲起。

高考结束，九班的成绩刷新了纪录。在填报志愿的时候，大半个班的人都报到一块去了，那些什么天南海北的伤怀情绪，都没焐热，就被扭头扔在了后头，原本想着大半年聚一聚，愣是被弄成了周末就出来碰一碰。

虽然学校都在一个区域，但毕竟不像高中那样，平常多少都有事绊着，三两人聚聚是常态，偶尔七八个，可一喊喊上全员的，还没有过。

今年林季生日恰逢周六，一商量，觉得刚好可以借着这个由头把人都叫出来。其他人一听，也觉得这主意好，于是纷纷应下，说要把周六的时间空出来。

林季立刻就@了顾戚和路言，不过回答他的不是顾戚和路言，而是和他们戚哥、言哥同校的尚清北。

"学校周六上午有个公开讲座，主讲人是言哥所在系教授，带了几个学生做辅讲。"

群里的人登时来劲了。

"什么意思啊？言哥是辅讲之一吗？"

"嗯，因为其中有个课题是言哥他们团队直接参与的。"

"牛。"

"我的天，这么一想，我好像还没见过言哥上台发言?!"

"你不说我还没意识到！高中时候光看戚哥了！"

"北北，公开讲座是什么意思？我们也能混进去的意思吗？"

在得到尚清北肯定的答复后，也不知道是谁先说了一句"要不我们去蹭个讲座？"，然后在一众"有生之年"的附和声中，就这么定了下来。

因为讲座时间早，又怕远的人太折腾，于是几个离得近的打了头阵，其余人则约在讲座之后，在校门口集合，所以林季才在这大冬天的周六早上，出现在了满是知识芳香的第一学府的图书馆。

郑意他们上来的时候，林季都没让喘气，一边直说着"快快，马上就没位置了"，一边拖着一群人进了场，等在最后几排落了座，郑意他们才得空，喘了喘气。

"北北，你不是说这讲座是公开非强制的吗？这大周六的，哪来这么多人啊？"林季靠在椅子上问。

尚清北也有点惊讶，但也能猜到一些原因，说："是非强制的，不过言哥他们系教授很有名，很少有公开的讲座，我们学院也有不少人来，可能是冲教授来的。"

陈蹊笑了下，拍了拍林季，随即下巴轻扬，示意他往前排看。

林季顺着陈蹊的动作往那边一看，发现在他们正前排左侧的那个女生的笔记本上，印着一个校徽。那女生显然跟他们一样，外校来凑热闹的，林季了然。

报告厅暖气开得足，路言今天只穿了一件白衬衫，对讲座这种场合来说，是寻常到不能再寻常的装扮，讲台右侧两个男生也是同样的打扮。

可不知道为什么，那衬衫往路言身上一穿，看起来就跟从秀场走出来的模特似的。

"那就是路言吧？是不是，是不是?!"一个扎着高马尾的女孩子拿着笔，小心翼翼又语带兴奋地往台上指了指。

"是，我们系男神，怎么样，这趟没白来吧？"另一个女孩子回道。

"就这还评不上你们学校校草？你们眼光是不是太高了点？"

"什么评不上，谁说的，不是评不上，是分不出高下，双校草，另一个是隔壁金融系的，顾戚。"

"你们学院一口气承包了俩？隔壁系？那来了吗？"说着，那女孩子就环视了一圈。

身后林季他们都不说话了，光明正大地听八卦。

"别看了，没来。"

"你都没看，就知道没来？"

她啧了一声，说："百分百没来，要是来了，你会先在台上看到他。"

高马尾女孩子皱了皱眉，问："什么意思？"

"你不知道，两人高中是同班同学，大学一个金融，一个经济，好得跟什么似的，到这点了顾戚还没出现，百分百是有事不能来，否则来的第一件事肯定得上去跟路言先说两句话。"

林季他们直接笑出了声。

讲座性质比较专业，大多数观点和内容对专业不对口的林季他们来说，有些生涩，硬啃了一半。起了个大早的一群人神情已经开始恍惚，直到前排的人直了直身板，林季他们这才发现路言已经从台侧的位置起身，上了台。

路言开始讲话，林季他们瞬间就打起精神了，就在这时，后门的位置突然传来开门的声音。声音很轻，就连末尾几排的林季他们都没注意，视线还定在讲台上。

尚清北说的不假，这周六的讲座，之所以能座无虚席，很大一部分人是冲教授来的，但还有很大一部分人，就是冲路言来的，倒不是单纯地冲脸，而是实在对路言好奇。

路言和顾戚自打进校起，两人的话题的热度就没下来过，可偏偏两人都不算高调，偶尔顾戚还会露个脸，被拉去撑撑场，路言却对这些事都不太热络，所以当路言会辅讲这场讲座的消息一出来，哪个系都有想来凑凑热闹的，想看看这"天之骄子"是不是跟传言中一样。

在这样的氛围影响下，台下就算是冲教授名气来的，也被带着直起了腰板，往台上看，然后差不多就懂了。在他们这种学校里，一直有这样一句话糙理不糙的话，有的人只要一开口，就能知道是个什么水平，台上这人显然就是其中之一。

这下哪怕是纯粹来凑热闹的，也被路言吸引了全部的注意力。

然而就在这时，在所有人的注视下，原本正有条不紊地介绍着课题的人，突然顿了一下，台下满座的人跟着一怔后，瞬间吵闹了起来，却不是因为路言那顿住的一下。

那一下并不明显，台上的人甚至很快就切了下一页的演示文稿，连卡顿都说不上。之所以台下会炸开，是因为路言在继续往下讲的时候，忽地笑了下。

一向对谁都冷冷淡淡的路言，却在讲解课题的时候，忽地笑了？

第一排位置上的几人最先注意到，慢慢地转过头去，然后就在后门的位置上看到了一个人，顾戚。顾戚刚到，头发还有些湿，更准确地说，是掐着路言上台的点刚到。

几人半天都没转回头，前排一群人一看，也跟着转过头去，慢慢地，跟着转头的人越来越多，于是所有人都看到了顾戚："……"

所以刚刚路言根本就不是无缘无故地笑的，也根本不是什么忘词了才顿了一下，是因为那时候后门来了一个人。

因着顾戚的出现，接下来的讲座，整个会场都有些热闹。尤其是林季他们前排那两个女生，当顾戚在林季他们身旁落座的时候，她们浑身就绷了起来，接着又听到林季和郑意他们叫了声"戚哥"，话语间透露着不遮不掩的熟稔的感觉，两人开始疯狂地思考她们刚刚说了什么。

陈蹊她们却对这场景见怪不怪。当年毕业典礼的时候，她们可是从那句"未来可期"中走过来的。

讲座就在这样的氛围中，画上句号。散场散得前所未有地慢，因为路言还在，顾戚也没走，平常一分钟就能散干净的会场，愣是拖了小十分钟。

等到多媒体设备都熄完，路言才和教授、学长打完招呼，朝着后门走来。

顾戚就站在门那边，报告厅已经关了灯，显得有些昏暗。

顾戚把围巾给路言戴上，说："下雪了。"

路言问："下雪了？"

顾戚答："嗯。"

路言问："他们呢？"讲座的时候人太多，直到快结束，路言才看到后排的林季他们。

"拿伞去了。"顾戚把路言没扣好的绒服外套的扣子扣好。

等该穿的、该围的都弄好，顾戚看着他问："累不累？"

路言说："还好。"

路言又道："不是在林教授那边吗？报告赶好了？"

顾戚说："没。"

路言问："那怎么过来了？"

顾戚说："听路老师讲课。"

两人走下楼，林季他们站在不远处，朝着他们招手。

雪还没下大，只隐约地见到一些细碎的粒子，看着林季他们，路言忽然觉得好像什么都没变。虽然这里不是镇安，不是一中，不同的景色，不同的地点，可他们还是他们。

"戚哥，言哥，快啊！等会儿雪下大了！"

"镇安今年有雪吗？"

"不知道啊，朱瑞不在那边吗？等会儿视频问问。"

"顺便问问……"

路言和顾戚撑着伞，朝着他们走过去。未来已来，过去却未去，等春暖花再开，还要记得回去看看。

新生代表

在路言成为新生代表，并在军训闭幕式发言的那天，"路言"两个字就成了移动招牌，无人不知，无人不晓，就连食堂阿姨见了都要多给点肉还不颠勺的程度。无他，长得"漂亮"，高考成绩"漂亮"。

闭幕式一结束，关于"路言"的消息就没断过，新生们刚入学，行为还算收敛，大二、大三的学生就坐不住了，带头冲锋，学校的内网论坛前所未有地热闹。

"这神仙哪儿冒出来的啊？听说是镇安一中的，真的假的？镇安一中的人在不在？出来说说。"

"千呼万唤始出来"的一中学生："……"很快，几十条省略号在论坛的页面上排得整整齐齐，除一中外的镇安其他几所市重点高中的学生也在省略号的"队列"里。

好奇的群众："？"

好奇的群众问："你们镇安的人团建来了？满屏的省略号是什么意思？"

镇安的学生："……"他们比这些人更想知道，这神仙究竟是哪儿冒出来的？路言？整张卷子只会写学号的路言？

"我之前好像看过新闻，说今年镇安一中考得特别好，出了双状元。所以除了路言，还有一个谁？"

"我也听说了，好像也在我们这儿。"

"三分钟，我要那位学弟的全部资料。"

"有些心疼这位状元学弟了，看看，同样是状元，路言的生辰八字都快给你们打听透了，另一位状元学弟却连名字都不配拥有。"

"也能理解，你们没看路言往台上一站，直播通道的人都肉眼可见地多了起来吗？这就是招生办的阴谋。"

"十分钟过去了，无名状元学弟依旧无名，里头的心酸，希望无名学弟永远不要懂。"

一中的学生："……"

"又是省略号，你们今天怎么回事？"

很快，他们就知道了那一连串省略号究竟怎么回事。

几天后，所有人见到了这位无名……有名学弟——在开学典礼上，他是新生代表。

所有人："……"

路言填志愿的时候，填了经济系。徐娴和路明为此还特地找了一趟周易，怕路言是顾虑到家里的公司所以选了这个专业，好在周易给了肯定的答复，说这是两个孩子商量过的结果。徐娴和路明这才放下心来。

两个孩子，另一个自然是顾戚，他们俩一个经济，一个金融，系别不同，却同属一个经管学院。课程各有千秋，但一个学院总归就是那么多老师。大一的时候还好，排课少，大二专业课一多，上着上着，课就上"串"了。

"昨晚又熬了个通宵，真的，别玩了，大好青春是用来学习的。"

"可这知识它不进脑子啊！"一大早，教室里就满是哀号声。

和大一比起来，大二的学习任务显然重了不少，又是期末。所有人向着学习的苦海前进，试图用这短短的几周时间来弄懂教授的深邃思想，饶是平日里踩着点上课的学生，都能在这特殊的期末月迸发出无限的热情。

离第一节大课还有十几分钟的时候，教室里已经坐满了求知的"灵魂"，于是姗姗来迟的国际经济学教授一眼就看到了他钦点的课代表旁边，空着一个位置。

教授说："很久没点名了，今天点个名。"

求知的"灵魂"们抬起头，睁着发黑的双眼，说："啊？"这座无虚席的，哪里有点名的必要？

"顾戚。"教授直直地盯着一个方向。

所有人："……"

教授一副"可被我给逮着了"的表情，问："顾戚没来？"

全班人哄堂大笑。"老师，顾戚是隔壁金融的啊，哈哈哈。"

"老师你搞错了，戚神就是来陪课的，哈哈哈，你不能因为戚神厉害就针对他。"

"太好笑了，老师，我们朋友圈见！"

路言："……"

教授看着他的课代表，问："顾戚不是我们班的？"

路言答："嗯。"

一节大课分为两节小课，就在第一节小课休息的时候，顾同学终于出现在后门。

教授装作不知道的样子，摘下了眼镜，问："顾戚，旷了一节课啊，怎么回事？"

"去了院长那一趟，"顾戚从善如流，"忘了找您请假了，下次注意。"

教授说："找课代表记个名。"

路言就坐在下面，看着讲台上两个人演，班里人已经彻底地笑精神了。

"言哥，你记一下啊，戚神旷课了，老师说要扣分。"

"老师扣几分啊？给戚神个面子，扣少了不合适吧？"

教授俯身打开课件，问："路言，你说扣几分？"语气极其自然，就好像顾戚真的是他们班的学生。

路言："……"心想，扣完吧。

熬人的复习周一过，期末考试一结束，寒假如约而至。

林季拎着个两人宽的行李箱，站在学校门口，正低头发消息，有人拍了拍他。

"回家啊？"是楼下宿舍的同学。

林季说："对啊，假期快乐啊！"

"同乐同乐，"他扫了林季的行李箱一眼，"去动车站吗？一起啊，老王叫了专车，再过几分钟就到了，刚好多个位置，带你一个。"

"不用，"林季一晃手机，"我也……"林季特意顿了下，胸一挺，"叫了车。"

"这样啊，那行，那我们就先……"他们话还没说完，一辆迈巴赫在他们跟前停了下来。

楼下宿舍的几人："这是你叫的车？"

林季说："嗯。"

驾驶座车窗落下，几人看到"司机"的脸，问："这是司机？！"

"嗯，"林季笑容逐渐开始狰狞，"还行吧？"

几人："……"

"现在专车司机都长这样了吗？"他们心想，往男模的方向长？

在众人的窃窃私语中，"司机"顾戚的视线落在林季身上："就一个行李箱？"

副驾驶座的路言偏过头，看着外头的林季，问："要不要帮忙？"

说着就要下车，顾戚和林季的声音同时响起："不用。"

借着这个角度刚好看清路言脸的几人："……"心想，还是个男模团！

林季三下两下地放好行李箱，矜持地和几人道完别，坐进了车里。

豪车逐渐远去，几人慢慢地扭头看向其中一个人，说："老王，我也想坐迈巴赫，你看我有机会吗？"

"……"

车上导航目的地写着"镇安市"三个字，林季坐了没一会儿，就坐不住了，问："言哥，你们学校寒假放到哪天啊？"

路言说："正月十六，过完元宵节。"

林季眼睛一亮，说："那大家的假期时间都差不多。"

顾戚从后视镜看了他一眼，问："想做什么？"

"也没什么，"林季嘿嘿一笑，"就是今年出国的几个不也回来了吗？人还算齐，刚好今年言哥的生日在正月初七，离开学还有一周的时间，不像高三那年那么紧，我就想着聚聚呗。"

"听说尔海新弄了个彩虹花田，很漂亮，班长和蹊姐她们一直嚷着要去打卡。"地点都挑好了，一听就知道不是临时起意。

顾戚笑了下，看向身侧的人，问："去吗？"

重任在肩的林季等得抓心挠肝，这期间手机还响个不停——刚拉的临时群里吵得不行。

朱瑞问："戚哥言哥怎么说？有没有其他安排？"

杨旭之说："我说过，这种重要的事就应该让清北去问，林季，不行。"

郑意说："兄弟们，把林季不行打在公屏上。"

林季说："谁不行了!!!"

朱瑞说："他急了,他急了,他急了!"

林季正要开启猎杀时刻,前头路言忽然转过身,问了一句:"打算玩几天?"

林季愣愣地说:"都可以。"

"刚不是一直在聊吗?"顾戚说,"问问他们。"

林季:"……"心想,所以戚哥早知道他们在互通情报了。

之前群里讨论这个的时候,大家都说几天来着?好像是说等鸡啄完了米,狗舔完了面,火烧断了锁,我们就回去。

林季琢磨了一下,说:"三四五天吧。"

路言问:"那就初六到初十?"

初六到初十,五天,一小周!还有这种好事!林季赶忙应下:"好,好!"

说完,林季才注意到路言好像一直在低头敲手机,说:"嗯……言哥,你要是忙的话,玩个一两天其实也……"

林季话没说完,手机上已经多了两张截图。

"订好了,注意事项在第二张图,让他们记得看。"路言轻声说。

林季疑惑了。

几秒后。

林季发出"订单截图.jpg"。

林季发出"注意事项.jpg"。

孙雨濛说:"哇!还是我们原来住的那幢别墅吗?!大哭!"

朱瑞说:"今天我们之所以欢聚在这里,是为我们从小到大的好兄弟林季,庆祝他人生的高光时刻,感谢他,把几年后分分钟身价百万上下的戚哥、言哥邀约至此。"

杨旭之说:"季季牛。"

林季说:"看到下单时间了吗?就在你们还在讨论行不行的时候,言哥已经把单下好了,和老板都聊上了。"

徐乐天说:"所以换句话说,就是都是言哥的手笔,季季你啥也没干?"

接着屏幕上显示:"杨旭之撤回一条消息。"

"郑意撤回一条消息。"

朱瑞说:"超过两分钟了,撤不回,怎么办?在线等!急!"

林季:"……"

春节一过,转眼就是路言的生日。

一群人再来到尔海的时候，别墅还是那幢别墅，海还是那片海，可他们已经从夏天走到了冬天，从镇安走了出去，又回到了镇安。

　　路言的生日，从顾戚准备的零点海边烟火开始，在别墅生的炉火中结束。

　　一群人闹了个通宵，横七竖八地躺了一排的时候，好像又回到了高二那年，一时间也分不清是这零点的烟火漂亮点，还是那年破晓的日出漂亮点。

　　"明天什么安排？"朱瑞瘫在沙发上问。

　　尚清北看了一眼计划表，说："上午去彩虹花田。"

　　林季说："勾掉，上午睡觉。"

　　尚清北说："从初六到现在，已经勾掉七条了。"

　　林季不信地问："有吗？"

　　路言失笑，就知道在这群人身上，毫无"计划"可言。

　　"今天都累了，明天早上多睡一下也好。"顾戚说。

　　顾戚一发话，尚清北立刻把"彩虹花田"勾掉了。

　　林季问："下午呢？"

　　孙雨濛说："下午是环岛骑行。"

　　徐乐天说："勾掉，下午打麻将吧。"

　　陈蹊深深地看了他一眼，说："收手吧，乐天，前天你在戚哥手里连输十把的经历还不够惨吗？"惨，非常惨，惨到尚清北计划表里的"麻将时间"都被勾去，改成"给戚哥送钱环节"了。

　　徐乐天说："那不是我的问题，那是戚哥的问题，我坚信，只要我们开除戚哥的'牌籍'，就能实现共同富裕。"

　　众人一想，好像是这个理。

　　"戚哥，你明天就观战吧，"朱瑞嘿嘿地笑了下，"让言哥替你玩两局？"

　　顾戚看着路言，路言说："我不会。"

　　就是不会才喊你啊！心里这么想的一群人嘴上说的却是："很简单的，看两把就会了。"

　　"对啊，对言哥你来说就是小意思。"

　　顾戚觉得没什么不可，就说："玩一下？"

　　路言只好应下。

　　翌日，尚清北计划列表里的"给戚哥送钱"再度被勾去，变成"给戚哥言哥送钱"了。

回去看看

"我听说新悦商场开了一间新的密室逃脱，比原先那家难度更大点，反正都开车来的，过去也就一小时的事，"孙雨濛拿着手机，"要不要去逛逛？"

"我不去，我夜盲，根本看不见路，"林季果断地拒绝，"那种地方会让我受伤。"

郑意说："我怎么不知道你还有夜盲症这毛病？"

林季说："突发性夜盲症。"

所有人："……"

最终，突发性夜盲症患者林季在密室中成功地痊愈，跑得比谁都快，堪称医学奇迹。

"三年过去了，老板好像还记得戚哥和言哥。"尚清北说。

杨旭之说："不仅记得，还多送了两只'鬼'。"

所有人："……"

路言手里拿着老板刚送的团体券，孙雨濛笑了下，说："言哥，高二你们赢来的那张团体券还夹在我的语文书里呢。"

顾戚问："还没用？"

"找不到合适的时间啊！"孙雨濛说，没用，就一直留着，也……舍不得扔。

"太可惜了。"孙雨濛很轻地说了一句，自然不是可惜那张券，而是用券的那些人。

路言看着孙雨濛，把新的一张团体券递了过来，说："旧的就留着，这张记得用。"

孙雨濛怔了下，笑了，被安慰到了。

陈蹊听出了路言话外的意思。

"对，旧的就留着，这张记得用。我问过了，有效期到明年，暑假我们再来，一个都不准跑。"

郑意说："希望那时候，季哥的夜盲症已经好了。"

林季："……"

下了楼，林季转身往外走，被杨旭之一把拎住，问："去哪儿啊？"

"F门啊，不都走这边……"林季这才反应过来，他都忘了，以前一直走F门，是因为那里离学校最近。

"你这弄得我都想回学校看看了。"朱瑞说。

众人没说话，沉默片刻，杨旭之忽然说了一句："要不我们回去一趟？"

徐乐天立刻开口："回去一趟也行，学校食堂翻新了，你们还不知道吧？体育馆旁边被打通了，弄了个跟停车场一样的开放操场。现在不像我们那时候，如果上体育课时下了雨，还得跑到主席台那儿去避雨。"

"刚好，前两天高三也开学了，老周就在学校。"作为立志要接老周班的徐乐天，对这些情况可谓了如指掌。

一群人你看看我，我看看你，最终把视线停留在路言和顾戚身上，问："言哥，戚哥，怎么说？"

路言说："开车过去，还是走过去？"

那就是答应了。

"走过去，走过去！也没几步路！"

"太棒了！"

顾戚说："先给老周打个电话，问他在不在学校。"

"好嘞！"

"走了走了，等会儿赶不上食堂开饭了。"

徐乐天忽然想起来，说："你们先走，我下去拿个东西，等会儿追上来。"

几分钟后，九班的众人看着徐乐天手上的东西，齐齐无语。

"校服？"

"你车上为什么会有这种东西？"

徐乐天嘿嘿地笑了两声："上次去老周班里旁听的时候，我就是穿校服混进去的。"

所有人："……"

"老黄瓜刷绿漆！你装嫩！"

"别跟我站一起啊，我嫌丢人！"

然后，"嫌丢人"的一群人，在刚踏进学校大门的一刻，为了一件校服开始厮杀。

"老周好像下节有课。"徐乐天看着手机说。

"啊？那我们先去找老曾玩玩？"

"等等，老周给我发消息了……他让我们去大教室。"

林季说："老周是怕我们这么多人坐不下，所以特意换的大教室吧？感动。"

顾戚却说："不见得。"

十几分钟后，路言知道了顾戚为什么这么说。

"也没说这节课是物理随堂测啊！"林季"愤怒"地看着眼前的卷子，而且老周还以"看看大家底子还在不在"为由，给他们人手发了一张?!

"小声点，学弟学妹都在写卷子呢。"

"不行啊，我早忘干净了。"

"全员恶人般地走进了教室，全员文盲一样地出了教室。"

杨旭之说："谁跟你全员文盲，没看见戚哥和言哥的试卷都已经翻面了吗?"

众人这才往身后一看，顾戚和路言已经翻面写大题了，看起来异常游刃有余，甚至开始对起了话。

路言说："题型变了?"

顾戚说："内容差不多，可侧重点不一样了。"

林季："……"

朱瑞："……"

林季他们从来没觉得一节课这么漫长过，等下课铃响，前排的高三学生一停下笔，连卷都没交，就不断地往后看，当然，目光基本上都集中在最后一排坐着的那两位身上。

那年双状元的消息一出，让整个镇安市沸腾了一个夏天，而现在，这两位从一中走出来的双状元，就坐在他们教室后面。

有胆大的几个学生直接站了起来，问："老周，能不能找学长学姐取取经啊?"

老周说："问你们学长学姐。"

一群人正气凛然，齐齐地回头，孙雨濛作为班长，在顾戚和路言的默认下，点了头。于是教室前排立刻空了，后排被围得水泄不通。

消息一传开，来人越来越多，最后还是老周笑呵呵地把一群人带了出来。

朱瑞他们走的时候，还不忘把自己的试卷从抽屉里带出来，决计不能让这群一中的小花朵知道他们的学长是文盲这种事。

"怎么样，专业课忙不忙?"周易问路言。

"还好，不算忙。"路言笑了下，答道。

周易问："顾戚呢?"

顾戚说："比路小同学闲一点。"

周易看了顾戚一眼，转头对路言说："你得看着他点，别让他太闲了。"

路言笑了下，问："老师呢?"

"忙，"周易言简意赅地说，"但也高兴。"

孙雨濛说："又是一年高三啊!"

徐乐天说："那句话怎么说来着，没有人永远高三，但永远有人正'高三'着。"

陈蹊说："不是没有人永远年轻，但永远有人正年轻吗？"

徐乐天说："差不多。"

陈蹊："……"

"老师，这届高三是沿用了我们那届的校服吗？"尚清北之前就注意到了，"颜色、样式好像都一样。"

"对，我刚想问来着，学校不是每届都要更新一下的吗？"张健也说。

周易说："这就得问路言和顾戚了。"

路言疑惑。

周易说："曾主任说你们那届考得好，状元红，名好听，颜色也好看，就保留了。"

郑意说："他还是从前那个老曾，没有一丝丝改变。"

"不会今年又搞什么青春的树、友谊的树了吧？"

徐乐天说："这个我有所耳闻，今年不种树，好像埋了什么时光胶囊。"

所有人："……"心想，老曾就爱搞这些花里胡哨的。

"那我们的树呢？是不是被移走了？"

周易说："养得好好的，移什么？"

"是吗？长得壮不壮？高不高？"

周易说："自己去看看不就知道了？"

几人一溜烟地跑出去，老周在后头笑，说着带他们逛逛的人，最后慢悠悠地跟在他们身后晃。

路言和顾戚走在老周旁边，老周手里拎着他那老式茶杯，喝了一口，说："还是这样好。"

路言疑惑地等着老周下面的话。

"你们在前面走，我们在后面看。"在老周的印象里，他总觉得这群孩子比他都要矮一点，现在都比他高了。

这时，顾戚忽然喊了一声林季的名字。

林季应声停住脚步，问："戚哥，怎么了？"

一群人也跟着停了下来。

顾戚把老周刚掉在地上的杯盖捡起，说："您看，喊一声，他们也是会停下的。"

周易笑开，是啊，喊一声，也是会停下的。

"老周不行啊，怎么走这么慢？"

"上了年纪腿脚总不会太麻利，要理解。"

"老师，朱瑞说你上了年……"

不知怎的，一群人的脚步像是为了配合谁似的，又慢了下来。他们走过操场，走过矮墙，看到青春的树、友谊的树就在那儿恣意生长。

树上的红绸带早就褪色了，名字也看不见了，可大家都找到了自己的那条。

"当时我们还嚷着说等它长得足够高了，高出矮墙了，长不下了，就把八班的给铲了。"

"现在看看，八班的树也挺好看的。"说着，朱瑞随手拍了张照片，给八班的人发了过去。

"兄弟"俩字还没说出口，那头很快就回了过来："你背着我们对我们的树做了什么？是不是想把我们班的树铲了?!"

朱瑞放下手机，从伤春悲秋中立刻走了出来……还是铲了吧。

"我记得刚开始拿苗的时候，那树苗好像才到我这儿，"孙雨濛在自己的脖子上比了比，"现在都长这么高了。"

林季说："班长，不要在记忆中肆意拔高自己，它还是苗的时候，就比你高了。"

孙雨濛："……"

风吹树梢，红绸飘摇，陈蹊浅浅地吸了一口气，说："长得好快啊，都有这墙一半高了。"

"等高出墙，还要两三年，"周易端着茶杯，笑了下，说，"没你们长得快。"

是老周一贯的语速，慢悠悠，又缓又稳，这次却好像多了点什么，众人心里也都清楚，老周说的哪是树啊，明明是他们。他们栽下的树还没高出墙，他们已经从这面墙出去了。

天色渐暗，不知是谁先喊了"饿"，老周大手一挥，拿出了教师饭卡，说："不够就去找老曾要。"

"那必须不够啊！"

"走走走，趁老曾还没下班，赶紧去他的办公室堵他。"

"化学老师不也在吗，都叫上，都叫上。"

一群人勾肩搭背地往教务处走，路言还是和顾戚一起，走在老周身边。路言看着身旁的顾戚，看着老周，又抬头看看前面这群人，依稀间又回到了那时候。

他们笑着闹着，一个接一个地经过彼此的身旁。定点亮起的灯照在红色的跑道上，校园的广播里响着《海阔天空》，老周在远处喊着他们的名字，让他们注意脚下。

晚自习的铃声差十几分钟打响，一抬头，就是盛夏那粉紫色的天空。

谁笑着应了一声，转身朝着高三九班跑去……

图书在版编目（CIP）数据

你想都不要想 / 七寸汤包著 . -- 长沙 : 湖南文艺
出版社，2022.4
ISBN 978-7-5726-0594-9

Ⅰ . ①你… Ⅱ . ①七… Ⅲ . ①长篇小说 – 中国 – 当代
Ⅳ . ① I247.5

中国版本图书馆 CIP 数据核字（2022）第 030605 号

上架建议：畅销·青春文学

NI XIANG DOU BUYAO XIANG
你想都不要想

作　　者：七寸汤包
出 版 人：曾赛丰
责任编辑：吕苗莉
监　　制：邢越超
策划编辑：郭妙霞
特约编辑：李美怡
营销支持：文刀刀　周　茜
封面设计：CHyugan
版式设计：李　洁
插图绘制：哆　多　圣　圣
内文排版：百朗文化
出　　版：湖南文艺出版社
　　　　　（长沙市雨花区东二环一段 508 号　邮编：410014）
网　　址：www.hnwy.net
印　　刷：北京中科印刷有限公司
经　　销：新华书店
开　　本：680mm×955mm　1/16
字　　数：428 千字
印　　张：24.5
版　　次：2022 年 4 月第 1 版
印　　次：2022 年 4 月第 1 次印刷
书　　号：ISBN 978-7-5726-0594-9
定　　价：52.80 元

若有质量问题，请致电质量监督电话：010-59096394
团购电话：010-59320018